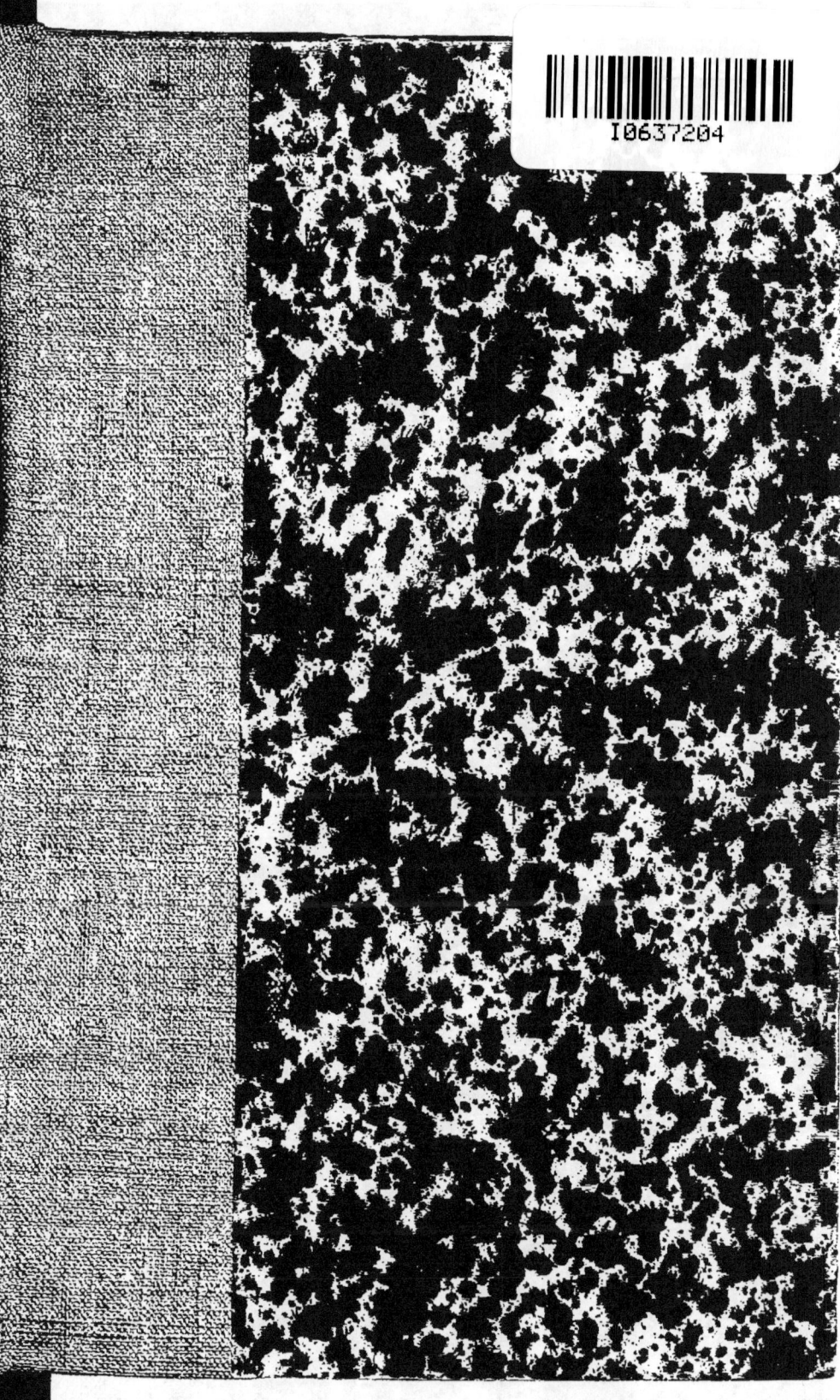

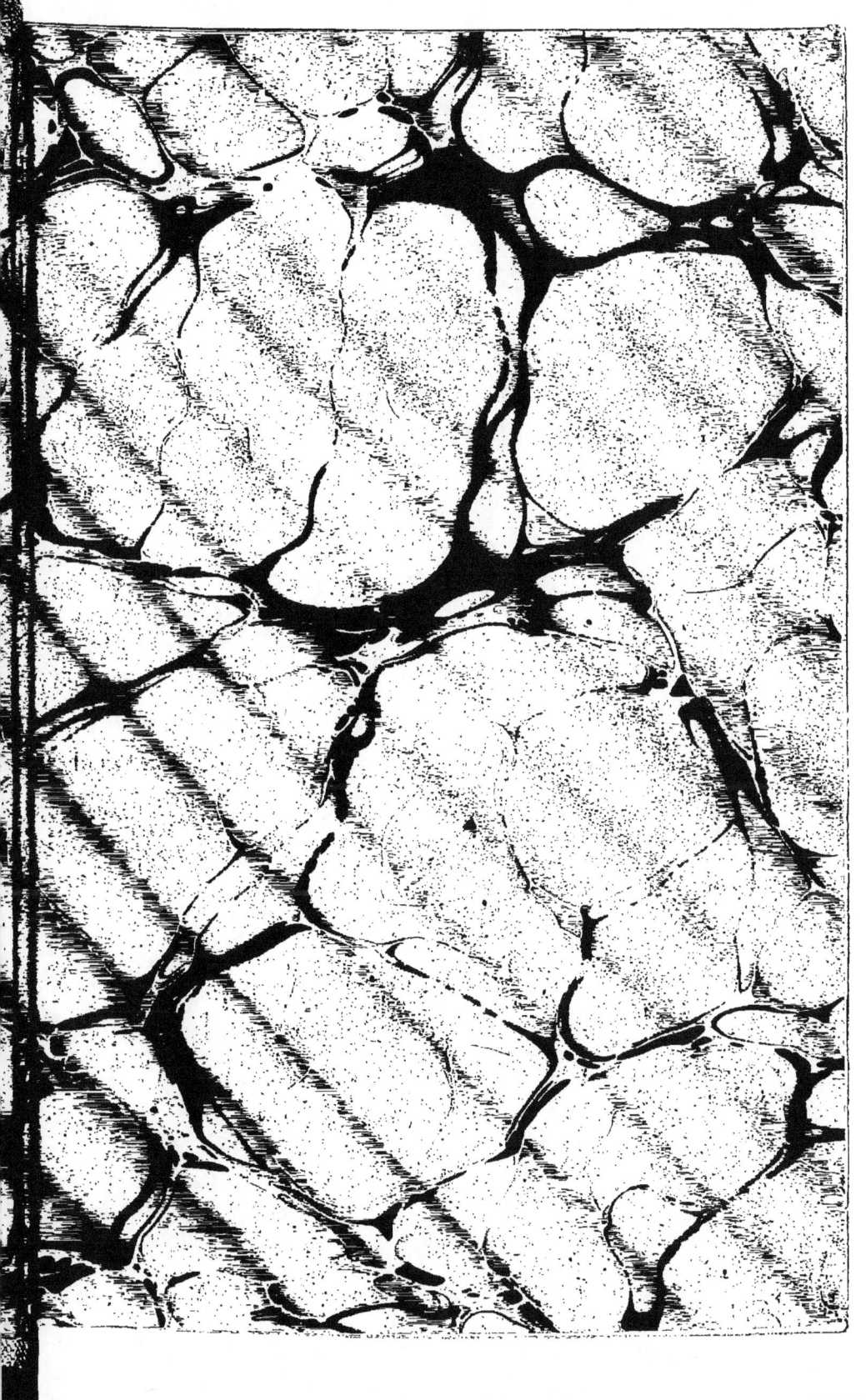

LE CURÉ DE LOURDES

MGR PEYRAMALE

PAR

HENRI LASSERRE

Ouvrage faisant suite a « N.-D. de Lourdes »,
aux « Épisodes miraculeux de Lourdes » et a « Bernadette »
du même auteur

PARIS

BLOUD & BARRAL, LIBRAIRES-ÉDITEURS
4, rue Madame, et rue de Rennes, 30.

1897

LE CURÉ DE LOURDES

Mᴳᴿ PEYRAMALE

MONSEIGNEUR PEYRAMALE

CURÉ DE LOURDES

LE CURÉ DE LOURDES

MGR PEYRAMALE

PAR

HENRI LASSERRE

Ouvrage faisant suite a « N.-D. de Lourdes »,
aux « Épisodes miraculeux de Lourdes » et a « Bernadette »
du même auteur

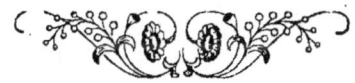

PARIS

BLOUD & BARRAL, LIBRAIRES-ÉDITEURS

4, rue Madame, et rue de Rennes, 59

DÉCLARATION DE L'AUTEUR

Conformément aux prescriptions de Notre Sainte Mère l'Eglise catholique, nous déclarons formellement :

Que nous soumettons, sans aucune restriction, au jugement du Saint-Siège, tout ce que nous écrivons ;

Qu'en ce qui concerne les guérisons extraordinaires que nous pouvons raconter (alors même que nous employons le mot usuel de *Miracle*, et que nous en relevons les circonstances qui nous semblent prouver l'intervention divine), nous n'entendons nullement en décider de notre propre chef le caractère surnaturel, ne voulant donner à nos paroles d'autre force que celle d'un témoignage purement historique ;

Que, quand il nous arrive, en parlant de pieux et vénérés personnages, de nous servir de termes consacrés par l'Eglise dans les causes des Saints, nous n'entendons nullement prévenir le jugement du Siège apostolique, auquel seul il appartient de prononcer en pareille matière.

Henri LASSERRE.

DÉDICACE

LE DOCTEUR LASSERRE DE MONZIE,

Chevalier de la Légion d'Honneur
Ancien chirurgien-major de la Marine nationale et impériale,
Ancien professeur de Médecine
à l'Ecole pratique du Port de Toulon,
Ancien médecin des Epidémies du département de la Dordogne.

———

C'est à vous, ô mon vénéré Père, endormi sous les herbes en attendant la Résurrection, c'est à votre chère mémoire que je me fais l'honneur de dédier ce livre, dans lequel, m'efforçant de retracer les traits d'un homme épique, j'ai vu à chaque instant passer devant mes yeux la vision émue de ce que vous-même avez été durant votre passage en ce monde.

A mon tour, comme vous l'étiez du temps de mon adolescence, me voici au soir de la vie. Je touche au terme d'un laborieux chemin, semé de joies et de douleurs ; d'un long chemin où j'ai fait, hélas ! des faux pas et des chutes, où j'ai accompli aussi quelque bien, trop loué par les voix humaines, pour que j'ose en espérer là-haut d'autre récompense.

Quel que soit en France et à l'étranger le lieu où se dirigent mes pas, je me vois souvent accueilli les bras ouverts comme auteur de livres que Dieu a bénis outre mesure ; et, non sans

a

confusion, je vérifie, en ces circonstances, la parole du Prophète :
« Nimis honorati sunt amici tui, Domine. »

Assurément, cette catholique popularité a ses douceurs et m'a
apporté de précieuses affections ; mais, en ce qu'elle a d'excessif
et d'immérité, elle m'est importune : et maintes fois, dans l'intime de mon âme, je me prends à envier le silence et la paix
de ceux que le tumulte des opinions a laissés à l'écart. Mélan-
coliquement, je me répète les deux vers du poète :

> Heureux qui se nourrit du lait de ses brebis
> Et qui, de leur toison, se tisse ses habits.

Aussi, ai-je éprouvé un charme profond à me réfugier dans
la retraite de cette solitaire campagne des Bretoux, qui, sur les
rives de la Dordogne, sert pour moi de cadre, ô mon Père, à
votre bien-aimé souvenir. Aux Bretoux, tout me parle de vous,
les choses et les personnes. Car la plupart des arbres plantés et
des constructions y procèdent de vous, car les cœurs de ceux
qui m'environnent ne vous ont pas oublié.

Voilà plus de quarante années que vous êtes allé recevoir
dans le ciel la couronne méritée par une vie d'étude, de labeur,
de sublime charité. Cette charité, je vous ai vu l'exercer
envers tous, envers quiconque, pauvre ou riche, eut besoin de
votre vaste science dans l'art de guérir, de votre infatigable
dévouement, de votre bourse, que tous savaient modeste, et qui
pourtant semblait inépuisable, quand il s'agissait de donner.
Aussi loin que s'étende le regard en cette région où vous avez
vécu, il n'est ni château, ni maison, ni chaumière, où vous
n'ayez trouvé l'occasion de rendre service, dont, une fois ou

l'autre, vous n'ayez été la Providence, et où vos obligés d'autrefois n'aient transmis à leur descendance d'aujourd'hui la tradition de leur gratitude.

Oui, après un demi-siècle bientôt écoulé, je vous retrouve encore ici, mon Père : je vous y vois, je vous y entends, defunctus adhuc loquitur. Votre mémoire est restée vivante, non seulement dans votre famille, toute fière d'être issue de vous, mais dans tout ce pays de braves gens, parmi lesquels je suis venu m'asseoir pour mourir.

En ce cher foyer natal, où, tout enfant, je voyais votre noble et auguste visage se pencher sur mon berceau, où, plus tard, j'ai reçu de vous des enseignements si paternels, si éclairés et si tendres; à cette table patriarcale où je m'efforçais d'apprendre de vos lèvres, familières et éloquentes, le secret de raconter et d'écrire comme vous parliez, à cette table où mon oreille charmée écoutait avec une avidité presque fiévreuse l'histoire de vos voyages autour du monde et vos récits incomparables; en cette demeure où j'étais si heureux d'être le serviteur et le fils, et où je suis, hélas ! devenu le maître et le chef; en cette longue terrasse où ma bonne mère avait coutume de se promener, me narrant vos épisodes de batailles navales, vos traits héroïques, dignes de la plume de Plutarque; en toute cette contrée que foulèrent vos pas, vous êtes, aujourd'hui comme hier, mon perpétuel bienfaiteur; et, de même que je vous fus redevable des joies de mon aurore, je vous dois les suprêmes joies de mon automne et de mon hiver, de ma vieillesse déjà commencée.

Ici, en ces Bretoux, d'où je me complais à dater mes livres, disparaît le vain bruit des appréciations diverses, l'applaudis-

sement des amis et la clameur des ennemis. Ici, je goûte une
gloire qui m'est plus douce. Ici, cher vieillard disparu, je suis
aimé, non à cause de moi, mais à cause de vous et parce que
je suis votre fils. Ailleurs, en me voyant, on peut penser à moi
et à mes travaux ; ici, en me recevant ou me visitant, en me
témoignant considération et bienveillance, on pense à vous et
on m'entretient de vous et de ma mère. Ici, je ne suis rien
par moi-même et ne suis quelque chose ou quelqu'un que par
vous.

Tandis que je trace ces lignes, vos yeux si beaux et si bons,
vos yeux, pour jamais fermés en ce monde, baignent là-Haut
dans la lumière sans ombre, dont le Seigneur enveloppe,
pour ainsi dire, l'immortalité des justes. Entouré et illuminé
de cette clarté surhumaine, regardez au fond de mon cœur, ô
mon Père. Vous y verrez combien est grande la félicité terrestre que je ressens à finir mes jours dans l'atmosphère de
votre souvenir, et à réchauffer mes vieux ans aux rayons d'or
qui sortent de votre tombeau.

Que ce livre, dédié à votre mémoire, soit l'hommage de la
tendre vénération du dernier-né de vos trois enfants.

Ex imo corde, in X° et B. M. V. I.

HENRI LASSERRE DE MONZIE.

PRÉFACE

PRÉFACE

~~~~~~~~~~

En cette époque de défaillances morales et
d'impiété cynique, où tant d'injustes préventions
sont semées de toutes parts contre le Prêtre,
il nous paraît opportun de faire voir à nos
contemporains ce que c'est qu'un vrai apôtre
de Jésus-Christ, et de montrer, dans la vivante
réalité de son type sacerdotal, un homme qui
eut, dans notre siècle, l'incomparable honneur
d'être un instrument de Dieu et de la Vierge
immaculée. C'est par la contemplation de telles
et si nobles figures que les peuples apprennent
ou réapprennent le respect du Prêtre. De sorte
que nous croyons faire à la fois œuvre de vérité
et œuvre d'édification, en essayant de raconter
la vie du Curé de Lourdes, Mgr Peyramale, —
« du Serviteur de Dieu » — pour employer l'expression du Vatican dans un document cité en ce
livre (1).

(1) P. 371.

*
* *

Pour écrire ce volume, qui termine la série de nos œuvres historiques sur Lourdes, nous nous sommes inspiré des mêmes principes qui n'ont cessé de nous guider depuis nos premiers travaux et qui sont ceux que formulait, il y a quelques années, le Pape Léon XIII.

« Il faut, disait Sa Sainteté, il faut énergique- « ment s'efforcer de réfuter les mensonges et « les faussetés, en recourant aux sources, ayant « surtout présent à l'esprit que la première loi « de l'Histoire est de ne pas oser mentir, la « seconde de ne pas craindre de dire vrai. Et il « faut, en outre, que l'historien ne prête pas au « soupçon de flatterie ni d'animosité (1). »

Mettant notre religieuse application à remplir à la lettre les termes de ce sage et loyal pro- gramme, nous nous sommes comme toujours efforcé *énergiquement de réfuter les men- songes et les faussetés. Nous n'avons point menti. Nous avons raconté ce que nous avions vu par nous-même et recouru aux sources* pour ce dont nous n'avions pas été personnellement

---

(1) Discours de Sa Sainteté Léon XIII, prononcé à l'ouverture des Archives du Vatican.

les témoins. Nous *n'avons pas craint de dire vrai* et d'être également exact et impartial, soit que nous eussions à parler des morts ou à parler des vivants. Nous n'avons *flatté* personne : car ce n'est point flatter que d'admirer ce qui est digne d'admiration ; nous *n'avons pas eu d'animosité :* car ce n'est point en avoir que de blâmer ce qui est blâmable.

Deux lampes, croyons-nous, ont constamment éclairé notre table de travail. L'une s'appelle « Vérité » ; l'autre s'appelle « Justice. »

Plus d'une fois, nous avons dû faire appel à l'inflexible énergie du devoir et à notre chrétienne conscience d'historien, pour dédaigner et repousser les atténuations et les ménagements qui peuvent plaire aux hommes, mais qui déplaisent au Seigneur. Les personnes sont d'un jour, la Vérité est éternelle. Laissant parler les choses, nous avons peu parlé.

Voilà notre œuvre telle que nous avons voulu la faire, nous n'osons dire telle qu'elle est, car on y trouvera encore bien des défectuosités échappées à notre faiblesse. Nous la livrons aux jugements humains et avant tout à celui de Dieu.

Nous sommes loin de nous faire l'illusion de croire qu'elle conquerra tous les suffrages et qu'elle échappera à toutes critiques. Mais il nous est doux de penser que notre livre gagnera quelques sympathies posthumes au grand homme de bien que nous tentons de faire revivre en ces pages.

Il ne nous paraît pas impossible cependant que, contrairement à notre dessein, nous attirions contre celui dont nous rappelons le souvenir, et par suite contre nous-même, des plaintes sourdes ou des clameurs publiques. Ni les unes ni les autres ne nous trouveront surpris ou ému.

Nous avons trop vécu pour ne pas savoir que s'il est des âmes nobles et bonnes que le spectacle du bien réjouit, transporte et exalte jusqu'à l'enthousiasme, il se rencontre aussi, hélas ! çà et là, dans certaines natures, un vil instinct qui pousse à jalouser tout mérite, à souiller toute pureté, à abaisser toute grandeur. Il semble parfois qu'il suffise que la vertu et la valeur d'un homme prennent un caractère éclatant et le fassent saillir hors de pair, pour soulever contre lui des inimitiés implacables.

Ainsi, par cela seul qu'il est manifestement agréable au Seigneur, Abel est tué par Caïn. Ainsi, parce qu'une étincelle de gloire est venue, dans sa propre famille, illuminer son front, Joseph est enseveli dans la citerne et vendu par ses indignes frères. Ainsi, parce qu'il a été le héros acclamé et le bienfaiteur d'Israël, David subit les poursuites meurtrières de ce même Saül, dont il a sauvé le Royaume. Ainsi, pour le simple fait de son renom de justice, Aristide, dans l'Athènes païenne, est exilé par le verdict de l'Envie. Ainsi vous-même, ô Seigneur Jésus, à cause de vos miracles, à cause de votre miséricorde infinie, à cause de votre divin langage, à cause de la surhumaine auréole de Divinité qui rayonnait autour de Vous, vous avez encouru l'impitoyable colère du Sanhédrin, de ses valets et de ses séides : ainsi, vous les avez vus vous clouer à la Croix, et, s'acharnant après votre mémoire, défendre de prononcer votre nom sacré, placer des gardes à votre sépulcre, persécuter vos Disciples, fidèles à votre souvenir.

Les serviteurs ne sont pas plus que le Maître, et subissent de semblables traverses, comme l'a prophétisé votre infaillible parole. On vous a persécuté : on les persécute. On vous a insulté : on les insulte. On vous a calomnié : on les calomnie.

Qu'importent donc aux chrétiens les animo-

sités, les injures, les attaques violentes, les diffa-
mations dont on les poursuit, les indignes motifs
qu'on leur attribue? La Vérité n'en fait pas moins
son chemin dans le monde, réconfortant et vivifiant, à travers les âges, les âmes qui s'ouvrent à
ses rayons. Les ennemis du Juste disparaissent
comme la fumée, comme le sombre nuage qu'emporte le vent. Ils se croyaient plus forts que le
soleil et que le ciel, parce qu'ils faisaient une
traînée d'ombre et interceptaient la clarté qui
descend des hauteurs. Vaine présomption ! le
temps qui passe les précipite, le souffle qui se
lève les dissipe : et ces tout-puissants de la minute qui s'enfuit se sont évanouis, tout à coup et
pour jamais. Où sont aujourd'hui les partisans,
les défenseurs et les gardes de ce Caïphe, de
ces Scribes et de ces Pharisiens, devant lesquels,
tant la terreur qu'ils exerçaient était universelle,
nul n'osait dire sa pensée au sujet de Jésus :
*Nemo tamen palam loquebatur de illo, propter
metum Judæorum ?* (Joann., VII, 13.)

Et voilà pourquoi, après que les saints Évan-
giles ont enregistré les miracles et les enseignements de l'Homme-Dieu, type et modèle éternel
de toute sainteté; après qu'ils ont ainsi transmis,
aux siècles qui sont venus et à ceux qui viendront, les noms et les actes de ses ennemis, les

trahisons, les reniements et l'abandon de ses amis, voilà pourquoi, à l'imitation de l'Evangile du Christ Jésus, il est bon que l'Histoire, — dans un domaine infiniment plus humble, mais toujours grand, — perpétue le souvenir des disciples du Seigneur qui, malgré tous les obstacles de la vie, se sont efforcés de marcher sur ses traces et de passer en faisant le bien.

Dans le Bref qui conférait au Curé Peyramale le titre de Protonotaire apostolique, le Pape Pie IX, de vénérée et inoubliable mémoire, portait ce témoignage : « Que parmi les ouvriers « du champ du Seigneur, ce prêtre se distinguait « par l'éclat de sa piété, de sa droiture, de son « courage, autant que par sa sagesse, par sa « prudence et son savoir » ; — et Sa Sainteté voulait « que de tels hommes ne fussent point « des lampes cachées sous le boisseau, mais « que, tout au contraire, en ces jours surtout « où l'impiété a déclaré une guerre criminelle « au Très-Haut et à ses Saints, ils brillassent « avec plus de splendeur pour servir d'exemple « à tous les autres (1). »

C'est cette pensée du Père commun des Fidèles qui nous a mis la plume à la main.

_____

(1) Texte intégral du Bref, cité ci-après, p. 440.

Que ces pages, par nous déposées sur le tombeau du Curé de Lourdes, racontent ce qu'il fut à ceux qui ne l'ont point connu ; qu'elles rappellent sa vie à ceux qui pleurèrent sa mort ; et qu'elles contribuent à faire ressortir de plus en plus aux yeux de tous le caractère auguste du Prêtre catholique et du Pasteur selon le cœur de Dieu.

H. L.

Les Bretoux, 25 mars 1897.
Fête de l'Annonciation et 39ᵉ Anniversaire du jour où Notre-Dame de Lourdes a dit à Bernadette pour être transmis au Curé Peyramale : « Je suis l'Immaculée Conception. »

LIVRE PREMIER

LA PRÉPARATION

LE CURÉ DE LOURDES
MONSEIGNEUR PEYRAMALE

LIVRE PREMIER

—

LA PRÉPARATION

I

« Le vieux docteur Peyramale, disait-on souvent, il y a un demi-siècle, dans la contrée située entre Tarbes et Bagnères, ne connaissait que trois choses : son Dieu, son Roi et sa Médecine. Et à quatre-vingt-six ans, ayant jeûné tous les vendredis de sa vie, il mourut tel qu'il avait vécu, fidèle jusqu'à la fin à tout ce qu'il avait aimé. »

La descendance de ce vieillard se partagea en trois directions, comme s'étaient en lui partagées les études de l'intelligence, les convictions de l'esprit et les religieuses aspirations de l'âme.

L'aîné de ses fils se fit médecin.
Deux entrèrent au service de l'État et du Roi. Et,

parmi ceux-là, il en fut un qui, après avoir été précepteur des pages de Charles X, quitta la France, à la chute de la monarchie légitime, et émigra en Amérique, au Pérou, où il remplit avec honneur et rare capacité les hautes fonctions de Directeur des Monnaies. — Alliances écrites là-haut et singulières affinités entre les familles chrétiennes et héroïques ! La fille de ce dernier, Delphine Peyramale, épousa le frère de l'illustre Garcia Moreno, président de la République de l'Equateur, lequel, comme chacun le sait, fut assassiné par les ennemis de la cause catholique et mourut ainsi martyr de la foi.

Le plus remarquable des fils du docteur Peyramale prit le meilleur parti et se tourna tout entier du côté de Dieu.

Il naquit et fut baptisé à Momères (Hautes-Pyrénées), le 9 janvier 1811. Ce jour était la fête du Bienheureux Berruyer, archevêque de Bourges, saint Prélat du XIIIᵉ siècle, qui avait été, en son temps, un prêtre admirable, dont la vie fut la perpétuelle mise en pratique du grand commandement : « Aimer Dieu plus que tout, et son prochain comme soi-même. »

C'est de ce fils du vieux Docteur Peyramale, c'est de cet enfant de prédilection et de grâce que nous entreprenons de raconter l'histoire.

On lui donna au baptême les noms de Marie-Dominique, le plaçant ainsi, d'abord et avant tout, sous le patronage de la Vierge immaculée qui avait décrété d'apparaître, un demi-siècle plus tard, aux roches de Massabielle, et, en second lieu, sous l'égide du grand saint qui fut le propagateur de ce rosaire, de ce chapelet béni, que Notre-Dame de Lourdes allait présenter de nouveau aux chrétiens de notre âge.

II

A cinq ou six ans, Marie-Dominique était un enfant robuste et charmant, plein d'exubérance, de force et de bonté, ayant toutes les vivacités de l'esprit et toutes celles du cœur. Un mélange de brusquerie et de tendresse, d'innocente gaieté et de piété naïve, de sensibilité exquise et de fougue indomptable, formait le fond de sa riche nature.

Ses parents étant chrétiens, l'éducation qu'il reçut développa les germes féconds que le Créateur avait mis en lui.

Sa logique très droite et très généreuse appliquait à la lettre, — et quelquefois même plus complètement qu'on ne l'eût peut-être souhaité, — les préceptes de l'Evangile.

Citons à ce sujet quelques traits enfantins, restés dans la mémoire des paysans de Momères.

Au commencement d'un automne pluvieux, Mme Peyramale, ayant rapporté de la ville une paire de sabots, les avait laissés dans un coin du vestibule. Après quoi, elle était sortie pour aller faire quelques courses.

A son retour, elle rencontre près de sa demeure une vieille pauvresse, dont les pieds, habituellement nus, étaient chaussés de magnifiques sabots

tout neufs. La regardant s'éloigner, le petit Dominique, les yeux brillants de joie et le visage épanoui,
se tenait debout sur le seuil de la porte. La mère
comprit :

— Comment, petit monstre, dit-elle à son fils, tu
t'es permis de donner mes sabots à cette femme?

— Maman, répond l'enfant avec une simplicité
antique, elle en avait plus besoin que vous.

*
* *

Un autre jour, alors qu'il avait huit ou dix ans,
il courait en quelque chemin aux alentours de la
maison. C'était l'hiver : il faisait grand froid. Voilà
que tout à coup il se trouve en face d'un petit
paysan du même âge, vêtu de haillons de toile, et
grelottant sous le vent glacial. Marie-Dominique
l'arrête au passage :

— Halte-là! lui dit-il. A chacun son tour. Chan-
geons d'habit. J'aurai froid et tu auras chaud.

Et comme l'enfant pauvre, tout surpris et timide,
ouvrait de grands yeux et semblait hésiter, Marie-
Dominique lui met la main au collet et lui arrache
sa veste. Le reste suivit : et, des pieds à la tête,
tous deux furent transformés.

Le bon Dominique avait ainsi habillé de force le
petit malheureux, employant, pour le revètir, un
procédé analogue à celui des voleurs qui détrous-
sent un passant.

Lorsqu'il rentra au logis dans cet accoutrement
inattendu, sa mère poussa d'abord les hauts cris.
Il narra son aventure. Elle ouvrit alors les lèvres

pour lui prêcher la mesure, la modération, la
retenue ; mais elle ne put prononcer une syllabe.

Qu'eût-elle dit en effet? Fallait-il parler raison
inférieure et prudent égoïsme devant un tel acte du
cœur? C'eût été recommander l'humaine sagesse,
fille de la terre, à la Charité, fille du Ciel.

La mère prit son fils dans ses bras et l'y pressa
en pleurant.

Tel fut l'enfant, tel devait être l'homme. On le
vit grandir ; on ne le vit point changer.

.·.

Aimant le prochain comme lui-même, il aima le
Seigneur par-dessus toutes choses, et, dès ses plus
jeunes ans, résolut de se consacrer à Jésus-Christ.

Il entra au séminaire. La Doctrine sacrée pénétra
comme d'elle-même dans cette intelligence, déjà si
merveilleusement éclairée par la foi, par l'espérance et par l'amour. Il lisait et relisait les Pères
de l'Eglise, afin de s'imprégner de plus en plus
de cette double pensée : « — Que l'homme n'est
placé ici-bas que pour s'efforcer d'imiter Dieu,
*Estote vos perfecti sicut et Pater vester cœlestis
perfectus est ;* — et que ce Dieu, qu'il faut imiter,
est tout charité, *Deus charitas est.* »

Toutefois, bien qu'il n'eût en quelque sorte
cherché que la vertu, la science lui fut octroyée
par surcroît. Sa mémoire retenait tout : sa haute
raison comprenait et coordonnait tout. S'il eût dé-
daigné la science, en tant que satisfaction de curiosité vaine, il l'appréciait à un haut prix, comme

moyen de répandre autour de lui les trésors de la Vérité. — Il aurait voulu tout savoir pour tout enseigner, et tout avoir pour tout donner.

Ainsi se passa l'adolescence. Ainsi se passa la jeunesse.

III

Ayant reçu, en 1835, le saint ordre de la Prêtrise, il fut nommé vicaire de Vic-en-Bigorre.

De Momères, il se rendit à pied à son poste, le bâton du voyageur à la main et sa valise sous le bras.

Il frappe à la porte du presbytère :

— Je suis Marie-Dominique Peyramale, le nouveau vicaire, dit-il au vieux curé de Vic, M. Bayle. Et je viens, comme disciple, apprendre de vous à cultiver la vigne du Seigneur.

Le vieillard regarda ce lévite au front superbe, aux yeux droits, à la lèvre éloquente, qui lui apparaissait ainsi, dans toute la splendeur et la vigoureuse sève de sa vingt-cinquième année. Il était d'une haute stature, d'une physionomie puissante ; et la force de l'âme, comme celle du corps, éclataient en lui. Ce jeune homme inspirait à toute nature élevée un secret respect et une irrésistible sympathie.

Ce n'est pas, cependant, qu'il fût déjà assis dans ces paisibles et célestes sommets, où le vieil homme, entièrement mort, succède à l'homme

nouveau, entièrement ressuscité. Nullement. Sa
chrétienne beauté ne possédait point l'harmonie
sans discordance des saints qui sont dans le ciel ;
mais elle avait le caractère des saints qui sont
encore sur la terre, sur le sol inégal du combat et
des imperfections relatives. Ce n'était ni le séraphin
impassible, ni l'élu, transfiguré dans la gloire et
goûtant l'éternelle paix au sein de l'éternel repos :
c'était le mortel passible, le soldat du Christ, en
marche vers la patrie, à travers les péripéties, les
accidents, les blessures de la grande bataille d'ici-
bas ; c'était le héros, luttant comme l'apôtre Paul
et s'écriant en présence des défaillances que Dieu
permettait : « Misérable homme que je suis ! Qui
me délivrera ? »

La tentation de Paul résidait dans la chair ; celle
de l'abbé Peyramale était particulièrement dans la
fougue de l'appétit irascible. Et, puisque nous
traçons son portrait, nous nous ferions scrupule
d'en dissimuler les ombres et de ne point dessiner
les lignes frustes de ce type plein de grandeur, mais
encore incomplet et heurté.

Ses traits magnifiques étaient demeurés un peu
rudes. Sa sincérité d'or n'était point exempte de
brusquerie. Ses formes, franches et loyales, avaient
parfois des angles saillants. Profondément sensible
au spectacle du bien, il n'était pas moins vivement
impressionné, et l'était peut-être sans assez de mesure, au spectacle du mal. De sorte que son regard,
si naturellement doux et bienveillant à tous, si
compatissant au malheureux et au faible, prenait
promptement des teintes d'orage, devant tout ce
qui lui semblait mériter l'indignation d'une âme
honnête.

Epris de l'amour de Dieu, **épris** de l'amour du
prochain, il était souvent impuissant à se contenir
en face de l'impie, ennemi du Seigneur, en face du
froid égoïste, ennemi du pauvre. Il avait les deux
extrêmes emportements de l'amour : amour du prochain jusqu'à l'oubli de soi ; amour de Dieu jusqu'à
la violence envers ceux qui Le méconnaissent et
qui Le bravent. Volontiers il eût dit avec David :
Iniquos odio habui. « J'ai en exécration les hommes
d'iniquité. » Volontiers il eût dit avec les fils de Zébédée : « Seigneur, voulez-vous que nous fassions
tomber le feu du ciel sur ces villes qui se refusent à
vous recevoir ? » Et, s'il avait été présent au jardin
des Oliviers, il eût sans nul doute, aussi promptement que Pierre, tiré le glaive du fourreau et coupé
l'oreille de Malchus.

Mais, comme dans les grandes âmes de Pierre,
de Jean et de David, brûlait en lui la flamme
sainte. Les défauts que nous signalons n'étaient
que la déviation d'une qualité et l'excès d'une
vertu. Dieu, qui est le Bien absolu, condamne ces
défauts. Toutefois, il aime les hommes qui ont
ces défauts ; et c'est sur de semblables natures
qu'il se plaît généralement à greffer sa grâce
puissante. De David il fait son prophète et le roi
d'Israël ; de Jean Zébédée, de ce fils de la foudre,
comme l'appelle le Nouveau Testament (1), il fait
son ami de prédilection, son évangéliste et le
gardien de sa Mère ; de ce Pierre, aux prompts
mouvements et à la colère facile, il fait le chef de
son Eglise... *Felices culpæ !*

(1) Boanergès, fils du Tonnerre.

Tel était le jeune prêtre qui se présenta au curé de Vic en lui disant :

— Je veux être votre disciple.

Aussi, quelques jours plus tard, ayant pris ample connaissance de cette âme sacerdotale, le vieux prêtre tenait-il ce langage :

— Ce n'est pas un Disciple, c'est un Apôtre.

IV

Le 1er novembre 1835, fête de tous les Saints, l'abbé Peyramale monta en chaire pour la première fois. Nous avons sous nos yeux les notes qu'il avait jetées sur le papier.

Il avait choisi pour texte l'évangile de la messe. Avant toutes choses, il devait être un homme de détachement ; — et la Providence voulut que, avant toute parole, il dît celle-ci : *Beati pauperes spiritu.* « Heureux, s'écria-t-il, ceux qui ont l'esprit de « pauvreté, heureux ceux qui sont détachés des « richesses ! Donnez ! donnez !... Donnez ! on ne « possède que ce que l'on a donné pour le Seigneur : « survient la mort, et tout le reste est perdu. « Donnez ! la charité couvre la multitude des « péchés ! Donnez ! et, en répandant vos trésors « périssables sur vos frères de ce lieu de passage, « vous en amassez de centuples et d'immortels « dans la patrie où vous êtes destinés à vivre à « jamais ! *Thesaurizate vobis thesaurum in cœlis.* » Celui qui s'exprimait ainsi ne connut jamais d'autre façon de thésauriser.

Par la pureté sans souillure de son âme, il devait mériter d'être mêlé plus tard à un drame surnaturel et divin. Et la Providence plaça encore sur ses lèvres cette autre parole : *Beati mundo corde, quoniam ipsi Deum videbunt.* « Heureux les cœurs « purs, parce que ce sont ceux-là qui verront Dieu. »

Il devait enfin, sur la fin de sa vie, avoir des peines cruelles et souffrir. — Et voici que son allocution se termina par ces mots : *Beati qui lugent... Beati qui persecutionem patiuntur propter justitiam.* « Heureux ceux qui pleurent ! heureux « ceux qui, pour la justice, sont persécutés. »

* *

Le presbytère de Vic prit une physionomie nouvelle. Le vieil abbé Bayle, d'une santé chancelante et sentant le poids des ans, put se reposer de ses longs travaux. L'activité de son jeune disciple suppléait à tout. Mais avec quel art ingénieux ce disciple s'appliquait à s'effacer toujours et à laisser planer sur le bon Doyen la gloire de tout ce qu'il opérait lui-même !

S'il entrait chez un malade : « M. le Curé, disait-il, est bien souffrant cet hiver. Cependant, il pense aux autres et il veut avoir de vos nouvelles. »

S'il allait porter à un indigent quelque secours, il débutait ainsi : — « Que vous avez un Curé charitable ! et que je suis heureux d'être quelquefois son commissionnaire !... »

Il mettait autant de soin à cacher le bien qu'il accomplissait, que l'hypocrite en déploie pour dissimuler le mal qu'il commet. Comme le criminel, il avait, dans ces circonstances, ruses sur ruses ; comme le criminel aussi, il se fabriquait des alibi et essayait de détourner les soupçons. Comme le criminel, il était dévoilé de temps en temps.

A l'occasion de sa fête ou du jour de l'an, le docteur Peyramale, son père, l'avait gratifié de deux cents francs. Dans la soirée, un pauvre petit marchand de Vic, veuf et chargé de famille, frappe à la porte de sa chambrette, au presbytère, et lui confie, avec sa peine de cœur, sa peine d'argent. Le bon vicaire le console d'abord et l'exhorte à ne point désespérer, lui rappelant les admirables paroles du sermon sur la montagne : *Nolite ergo solliciti esse in crastinum.*

— Agenouillez-vous sur le prie-Dieu, et demandez au Seigneur de nous envoyer une bonne idée...

La bonne idée, il l'avait déjà.

— Je connais, dit-il ensuite, quelqu'un qui a justement reçu aujourd'hui la somme dont vous avez besoin... Attendez-moi là un instant.

Et le marchand entend le jeune vicaire descendre les escaliers quatre à quatre et entrer dans la chambre de M. Bayle, en fermant précautionneusement la porte derrière lui.

— Monsieur le Curé, dit l'abbé Peyramale, à quelle heure doit avoir lieu le service de demain ?

Durant quelques minutes, il s'entretint avec le pasteur de choses indifférentes, puis le quitta, sans avoir fait la moindre allusion à l'homme dont nous venons de parler. Après quoi, tirant de sa poche les deux cents francs, il remonte dans sa chambre d'un air triomphant :

— J'ai votre affaire ! s'écrie-t-il. Voici la somme !
Celui qui vous en fait don ne veut pas être nommé.

— Il n'est pas besoin de le nommer, pour que je
le devine ! répond le brave homme, très ému, et
entièrement dupe des allées et venues du vicaire.
Quel cœur d'or que celui de M. le Curé !

Mais il arriva que ce petit marchand, ayant
franchi la crise, revint à la cure au bout de trois
ou quatre mois. Ne trouvant pas l'abbé Peyramale,
qui était sorti, il se présente chez le vénérable
Doyen.

— Monsieur le Curé, lui dit-il, vous m'avez vraiment sauvé !

— Et comment donc ? dit le bon abbé Bayle, fort
étonné.

— Par les deux cents francs que vous m'avez
donnés et que je vous rapporte.

— Quels deux cents francs ? s'écria le prêtre, de
plus en plus surpris.

— Inutile de feindre, Monsieur le Curé, reprend
le pauvre homme, les larmes aux yeux. Je sais tout.

— Comment tout ? Quel tout ?

La physionomie stupéfaite du vieillard fut inter-
prétée à faux par le débiteur en voie de s'acquitter.

— Oh ! ne croyez pas, Monsieur le Curé, que
l'abbé Peyramale vous ait trahi, mais j'ai tout
compris ou plutôt tout vu. Il est revenu de votre
chambre, avec l'argent.

Le nom du vicaire fut une soudaine lumière pour
le Doyen.

— L'abbé Peyramale ! il est capable de tout ! Il doit
y avoir encore là-dessous quelque tour de sa façon.

Et il se fit raconter l'histoire.

Qui fut, le soir, troublé et rougissant, à la table du presbytère ? Ce fut M. le vicaire, lorsque son doyen lui remit la somme, non sans l'admonester paternellement. Mais ce sermon n'eut d'autre effet que de faire murmurer tout bas par l'abbé Peyramale ces quatre paroles, peu respectueuses pour la vertu des sages :

— La prudence ne sert de rien !

Elle le servit trop souvent, cependant : car il parvint certainement à cacher, dans un mystère que l'histoire ne peut percer, la plupart de ses œuvres. Ce qu'on en découvre fait regretter ce qu'on en ignore.

.*.

Bien qu'il fût d'une ingéniosité merveilleuse à se dérober à la police du bien, sa réputation était telle qu'il ne pouvait échapper au soupçon. Alors même que ses actes se perpétraient dans l'ombre, la voix publique, sans avoir besoin de témoins, le condamnait, en dépit de ses réclamations.

Ce ne fut point matériellement dans l'ombre, mais au contraire en plein soleil qu'eut lieu ce qui va suivre.

Par une ardente après-midi d'été, l'abbé Peyramale revenait à pied de Tarbes et rentrait à Vic. La route était déserte. Sur le bord du chemin, abrité par le feuillage touffu d'un grand ormeau, un vieux pauvre s'était endormi, la tête appuyée sur le bissac qui lui servait à aller mendier son pain. Lassé par la marche, il avait ôté ses chaussures ; et les informes lambeaux de cuir, noués de ficelle, qui jadis avaient été des souliers et n'avaient plus de nom dans notre langue, gisaient à côté de lui.

L'abbé Peyramale le reconnut. C'était un ancien vigneron qui avait vaillamment travaillé toute sa vie, mais dont le misérable gain avait disparu par suite de maladies fréquentes. De sorte que, l'âge venu, il se trouvait sans épargne, impuissant à tout labeur et contraint à quêter sa subsistance, non sans rougir, car il était fier.

— Il est plus dur de tendre la main que de fatiguer ses bras ! était un mot mélancolique qu'il répétait tristement, en s'arrêtant devant les portes, et qui avait plu au jeune prêtre.

Ce vieillard dormait profondément, au moment où le vicaire de Vic arrivait près de lui.

L'abbé le regarde et son parti est bientôt pris. Voilà qu'il se déchausse et substitue silencieuse- ment ses souliers, de pareille taille, aux loques de cuir du mendiant, qu'il s'approprie, et dans lesquels il introduit ses pieds de jeune homme. Après quoi, il poursuit sa route, laissant longuement flotter sa soutane.

Le pauvre, s'étant éveillé, aperçoit la métamor- phose, et croit que le bon Dieu a passé par là. Il met le premier soulier : on eût dit qu'il était fait pour lui.

— J'y entrais, disait-il plus tard, j'y entrais comme en paradis.

Mais dès qu'il veut mettre le second, il le trouve trop court. Le gros orteil touche le bout, à moitié chemin. A l'extérieur pourtant, le soulier à la même apparence.

— Qu'est-ce cela ? pense le bonhomme inquiet.

Mais son inquiétude cessa vite. Au fond du soulier, il y avait une somme d'argent, nouée dans un mouchoir, dont le prévoyant donateur avait déchiré la marque.

Tout le monde dans le pays accusa l'abbé Peyramale, qui haussa les épaules avec indignation, quand on lui parla de cette aventure. Malgré ses haussements d'épaules et ses redoutables froncements de sourcils, nous maintenons le fait à sa charge.

*
* *

Il ne pouvait, hélas ! toujours donner, soit de l'argent, soit des souliers. Sa bourse se vidait vite, et sa garde-robe était, la plupart du temps, réduite aux vêtements qu'il portait sur lui. De là, parfois, de cruels embarras.

Comme il cheminait dans les rues de Vic, en compagnie d'un des petits banquiers de la ville, renommé pour son avarice, il est abordé par une malheureuse veuve qui avait perdu naguère son fils aîné, unique soutien du ménage. Elle traînait après elle deux enfants déguenillés et mendiait.

Le vicaire se fouille :

— Je n'ai rien, ma pauvre femme.

L'habitant de Vic tire son porte-monnaie.

— Monsieur l'abbé, dit-il, prenez des sous...

— Des sous ? s'écrie l'abbé Peyramale, en le regardant d'un air indescriptible, des sous ?... Des pièces ! reprend-il d'un ton d'autorité.

Et il puise dans la bourse quatre grosses pièces d'argent qu'il remet à l'indigente.

— Le bon Dieu vous doit 20 francs, dit-il à l'avare. Et comme il paye au centuple, cela fait deux mille.

De toute votre vie, vous n'avez fait un meilleur placement.

La joie d'avoir fait une aussi bonne affaire ne paraissait point, il faut l'avouer, exempte de tout souci pour le petit banquier.

L'abbé Peyramale, s'en apercevant, ajoute aussitôt, avec sa bonne humeur habituelle :

— Allons ! allons ! je me rends caution du bon Dieu ! et je deviens votre débiteur : pour le capital, bien entendu ; car, pour les intérêts au centuple, c'est un taux usuraire, et Lui seul peut payer !

A quelques jours de là, il avise, chez un tailleur, un vêtement d'enfant, habit, veste et culotte, en grosse bure du pays.

Le tout valait une vingtaine de francs.

— Voulez-vous me le laisser emporter à condition ?

— Très volontiers, Monsieur l'abbé.

— Voici 20 francs.

— Inutile de payer, puisque c'est à condition.

— J'y tiens.

Et le vicaire porte le vêtement à la veuve et en revêt le fils aîné. Puis, le prenant par la main, et se faisant suivre du plus jeune frère en haillons, il va chez le banquier.

Dans ces habits chauds et tout neufs, l'enfant heureux était charmant. Tout son visage était imprégné de contentement. Le petit frère, lui, grelottant dans ses guenilles, le considérait avec étonnement et désir.

C'est en cette double compagnie que l'abbé Peyramale se présenta à son créancier.

— Je venais m'acquitter de ma dette, dit-il en

écartant un peu les deux bambins pour ne point être entendu par eux ; mais j'ai vu ce vêtement sur mon chemin et je l'ai acheté *à condition,* voulant savoir s'il allait bien à l'enfant. Faut-il le rendre et vous rapporter alors les 20 francs que j'ai laissés en gage au tailleur ? Rien n'est plus aisé : le magasin est à deux pas.

Le petit banquier regarde. Et des sentiments, glacés depuis sa jeunesse, commencent à revivre en lui. Tel, au fond d'un vallon, un ruisseau congelé par un long hiver se remet à couler sous les feux du soleil... Une larme roula dans les yeux de cet homme.

— Monsieur l'abbé, dit-il, vous êtes un saint ! Voici pour vêtir l'autre petit garçon et la mère. Toujours, désormais, ils auront du bois et du pain.

* *

Il ne faut point croire toutefois que le jeune vicaire ne fût que suavité et douceur. Il avait un fond d'impétuosité qu'il ne parvenait pas toujours à maîtriser à temps.

Un garnement de dix-huit à vingt ans, taillé en athlète, avait été, à cause de vices nombreux, indéfiniment retardé pour la première communion. Ses parents, sans grand espoir, continuaient à l'envoyer au catéchisme, dont le vicaire était chargé. Or, ce dernier, étant encore dans la sacristie, entendit le drôle, en pleine église, se vanter de quelque obscénité devant cette troupe innocente.

D'un élan, il fond sur le misérable. Et sa main, plus prompte que la foudre, s'abat sur lui.

Le méchant polisson, quoique des plus robustes, tombe raide comme sous la massue d'Hercule.

Dans la brusquerie indignée de son premier mouvement, l'abbé Peyramale ne s'était plus souvenu de sa force extraordinaire.

— Ah! mon Dieu, je l'ai tué! s'écrie-t-il, saisi d'épouvante.

Il n'en était rien, heureusement. Le drôle reprit connaissance. Le vicaire se voua spécialement à le convertir, et il y parvint.

Depuis cet accident, il veilla avec soin sur la prompte spontanéité de ses gestes. Lorsque la fougue de l'indignation faisait frémir en lui l'appétit irascible, il se contenait; et l'éclair de ses yeux, je ne sais quel grondement sourd, révélaient seuls les vagues tonnerres qu'il refoulait en son âme. Il était alors superbe à voir et rappelait le Neptune antique dominant les Océans soulevés... *Quos ego!... Sed motos præstat componere fluctus!...* Puis il se calmait peu à peu. La tempête, noire de nuages amoncelés et menaçants, faisait place à un bleu de ciel serein et à un paisible horizon.

— Allons! allons! disait l'abbé Peyramale, ne recourons pas au bras séculier.

Ce qu'il nommait le bras séculier, c'était son propre bras, vigoureux et irrésistible comme celui des plus rudes montagnards de la chaîne pyrénéenne.

*
* *

Pouvons-nous affirmer toutefois que le bras séculier fut totalement paralysé à partir de ce jour? « Totalement » serait hyperbolique.

Une ou deux anecdotes, dans le cours de sa vie, nous le montrent encore, sous l'empire de quelque violent émoi, passant tout à coup, de la parole articulée, ou des jeux de physionomie, au geste frappant.

On raconte qu'à une procession de la Fête-Dieu, un capitaine de cuirassiers, en congé au pays et connu pour son animosité contre toute idée religieuse, affectait sur le trottoir de fumer arrogamment son cigare et, au grand scandale de tous, de garder son chapeau sur la tête devant le Saint Sacrement. L'abbé Peyramale sort des rangs et, d'un geste impérieux, jette par terre cigare et chapeau. L'officier veut lever le bras, mais ses deux poignets se sentent pris aussitôt comme dans des tenailles d'acier.

— Assez, Monsieur ! dit le prêtre, en le foudroyant d'un regard indigné. Vous avez voulu abuser de vos galons militaires pour scandaliser ces femmes, ces enfants, ces chrétiens qui prient et qui adorent : j'use de ma force pour les défendre. Allez, maintenant, et que Dieu vous pardonne ! Si vous faites un mouvement, je vous ploie à genoux, publiquement, aux pieds du Dieu que vous avez insulté.

Puis il reprend sa place dans la procession, un instant troublée par cette scène rapide. Le mécréant confus se dérobe par une rue latérale, et, le soir même, repart pour son lointain régiment.

.*.

Il avait aussi des rudesses de langage et de brusques réponses, coupant court à certains bavardages inconvenants. Faut-il l'en blâmer ?

Dans un salon où il se trouvait, la conversation vint à tomber sur le célibat ecclésiastique. Or, parmi plusieurs autres dames, une minaudière vaporeuse se livrait, sur cette règle disciplinaire de l'Eglise catholique, à des réflexions sentimentales et élégiaques.

Cette lectrice de romans, réputée assez désagréable dans son intérieur, devait à sa mauvaise littérature, à ses prétentions poétiques, à l'assurance de son jargon et, pour ne rien oublier, à sa fortune de parvenue, de tenir le haut bout dans la contrée. Assurée d'être applaudie, elle se permettait toutes les sottises.

— Mon Dieu ! Monsieur l'abbé, que le célibat, imposé aux prêtres, doit être pénible et dur pour les natures qui ont du cœur, car le cœur a ses besoins ! Qu'elle doit vous peser, par moments, votre solitude !

Les autres dames et demoiselles excitaient la romanesque personne dans la voie où elle venait de s'engager, et riaient malignement de ce colloque impertinent.

— Soyez sincère, poursuivit-elle en roulant des yeux de colombe, soyez sincère, Monsieur l'abbé. Dans le mystère de votre cellule close, que pensez-vous le soir, aux tièdes rayons de la lune d'été, quand les oiseaux çà et là se répandent sous la feuillée des arbres, que pensez-vous alors du célibat ecclésiastique ?

— A ces tièdes rayons du soir, Madame, sans que nulle discordance vienne troubler l'harmonie de ma prière et de mon action de grâces, j'élève mon âme vers Dieu, et je goûte en paix l'admiration de ses œuvres. Et je me dis alors, Madame, que

quand le Seigneur n'aurait fait à ses prêtres d'autre grâce que de les délivrer de l'embarras d'une femme, *il les aurait assez récompensés, dès ici-bas.*
Continuons.

. *

L'excellent M. Bayle, curé de Vic, avait gardé en sa maison, à titre de domestique, un vieux sacristain qui sciait le bois, portait l'eau, soignait le cheval. C'était la besogne de sa matinée, et le pauvre vieillard y était fort exact, — bien que la faiblesse de l'âge eût fait pour lui une fatigue, de ce travail quotidien, qui, autrefois, lui était un jeu.

Peu de temps après l'arrivée de l'abbé Peyramale, ce bonhomme donna quelques signes d'aliénation mentale. Il se promenait souvent seul dans le jardin, se frappant le front et paraissant en proie à la plus vive préoccupation. A tout instant, il entrait dans le bûcher ou l'écurie et en ressortait précipitamment, faisant maints et maints signes de croix très effrayés.

Le curé s'en alarma :

— François, tu as un secret qui te tourmente. Il y a quelque chose d'extraordinaire.

— Oui, Monsieur le Curé, il y a quelque chose d'extraordinaire. Mais je ne puis vous le dire, vous seriez désolé.

— Parle et ne crains rien.

François hésite longtemps. Le prêtre insiste et finit par ordonner.

— Eh bien, Monsieur le Curé, votre presbytère est hanté.

— Comment ? mon presbytère est hanté ? que dis-tu là ?

— Oui, Monsieur le Curé, il y revient des esprits, la nuit.

— Mais tu es fou, mon pauvre François !

— Je ne suis pas fou, Monsieur le Curé. Vous savez que, en allant me coucher, je ferme le presbytère en dedans à double tour. Depuis quarante ans, je n'y ai pas manqué une seule fois.

— Eh bien ?...

— Eh bien, Monsieur le Curé, voilà (c'est à faire dresser les cheveux sur la tête !) voilà que, dans cette maison ainsi fermée, les esprits, il y a déjà trois semaines, se sont mis à travailler toute la nuit. Chaque soir, je laisse mes cruches vides : le matin, à cinq heures et demie, je les trouve pleines. Chaque soir, je laisse, sans y toucher, le bois dans le bûcher : le matin, il est scié. A l'écurie, les esprits ont étrillé le cheval. Ils sortent certainement de sous terre, car la serrure du jardin est fermée à double tour et au verrou, comme je m'en suis assuré la veille.

— Il faut guetter, dit le curé.

— Guetter ? Je tomberais mort rien que de voir un esprit. J'entends bien quelquefois leur sabbat ; mais je me pelotonne sous mes couvertures et je n'ose descendre qu'au petit jour.

Le curé était plus brave que le vieux sacristain. Et le lendemain, à quatre heures, il prit en flagrant délit l'abbé Peyramale, faisant clandestinement, avant le lever de l'aurore, la besogne du serviteur, accablé par l'âge.

Quand François connut le vrai de l'histoire, il

retrouva sa raison égarée, mais il perdit son cœur pour toujours. Le jeune vicaire l'avait conquis à jamais.

*
* *

Il n'est point étonnant que, donnant ainsi sa personne, il donnât également ses habits. On a vu ce qu'il faisait de ses souliers. Quant au drap, tissé avec la toison des brebis de Momères, quant au drap, que sa mère lui envoyait pour que le tailleur de Vic confectionnât ses costumes ecclésiastiques, il l'employait à vêtir quelques malheureux. Et c'est ainsi qu'il finit par n'avoir qu'une unique soutane, raccommodée, reprisée, recousue et toute limée par un usage indéfini.

Harcelé par les plaisanteries de quelques confrères, il se décide à aller chez le tailleur :

— Il s'agit, pour cette fois-ci, lui dit-il, de faire une œuvre de ténèbres. Il s'agit de me retourner cette soutane pendant la nuit. On vous l'apportera ce soir, je l'enverrai prendre demain matin.

— Mais, Monsieur l'abbé, je l'ai déjà retournée, il y a deux ans...

— Allons ! s'écria le vicaire, elle tiendra encore !.. ne fût-ce que par la force de l'habitude.

Mais cette force ne méritait point la confiance que lui témoignait l'abbé. La soutane, devenue luisante et montrant la corde, faisait froid à voir, par les bises de l'hiver, — malgré la sollicitude de François, qui veillait aux moindres accrocs, ne la brossant qu'avec un méticuleux respect, et lui prodiguant les soins que l'on doit aux moribonds.

.·.

L'abbé Peyramale, si cordial envers les petits, n'était pas moins à l'aise avec les grands, lesquels recherchaient son commerce et se plaisaient dans la conversation de ce jeune prêtre sympathique, spirituel et plein d'entrain.

Le contre-amiral de la Salle, sortant un matin en voiture, l'aborde dans la rue comme il venait de dire sa messe.

— Quelle bonne fortune de vous rencontrer ! s'écria le marin. Montez donc dans ma voiture ; je vous emmène avec moi à Sarriac.

Sarriac était la maison de campagne de M. de la Salle.

— Mais...

— Pas d'objection. J'aperçois là-bas M. le Curé de Vic, qui va vous donner congé pour aujourd'hui.

— Bien volontiers, amiral, dit le Pasteur en s'approchant. Je vous confère mes pleins pouvoirs.

Et l'abbé Peyramale entre dans la calèche. Elle était attelée de deux vigoureux chevaux qui se mettent à brûler le pavé de la route... La causerie était animée entre les voyageurs, et le temps s'écoulait rapide.

Vers onze heures, le vicaire manifeste quelque étonnement :

— Il me semble, dit-il, que nous devrions déjà être arrivés à Sarriac.

— Nous avons fait un détour, répond l'amiral en riant.

Et, quelques instant après, la voiture roulait sur le pavé d'une ville.

— Mais nous sommes à Auch ! s'écrie l'abbé Peyramale.

— Précisément, dit l'amiral, et je vous y garde jusqu'à demain pour déjeuner avec l'archevêque qui nous attend. Je vous ai trahi.

— Déjeuner avec Sa Grandeur, amiral? c'est impossible ! s'écrie le pauvre abbé; regardant sa soutane, c'est impossible ! je ne suis pas en état.

— J'ai tout prévu : — et votre curé était du complot. Mon tailleur est averti. Voici midi : nous allons le trouver à l'hôtel. Il vous prendra mesure, et la soutane sera prête demain, pour le déjeuner de l'archevêque.

Rien ne peut rendre les expressions multiples de la mobile physionomie de l'abbé Peyramale, essayant de se défendre.

— Amiral ! amiral ! à qui se fier désormais? Les plus loyaux marins en revendraient aujourd'hui aux diplomates les plus retors... Non ! non ! je ne puis souffrir...

— Mon cher abbé, dit M. de la Salle, permettez-moi de faire une fois pour vous ce que vous avez fait si souvent pour les autres, et de contraindre, aujourd'hui, à recevoir, celui qui toujours a su si bien donner.

Le tricorne et les souliers accompagnèrent la soutane nouvelle.

Grandes furent la joie et la surprise des habitants de Vic, lorsque, le lendemain, ils virent arriver leur vicaire, tout embarrassé dans son nouveau costume, et ramené triomphalement par le brave amiral.

— Hélas ! s'écriait-il, que ne puis-je dépouiller le vieil homme comme j'ai dépouillé la vieille soutane !

*
* *

Deux ans s'étaient écoulés. Le presbytère était devenu une famille, et le vieil abbé Bayle n'avait pas tardé à chérir son vicaire comme un père chérit son enfant. Le bon curé disait souvent :

— Je suis comme Abraham. Le Seigneur m'a accordé un fils à la fin de mes jours. Mon Isaac me fermera les yeux.

Hélas ! comme à Abraham, le Seigneur demanda un jour le sacrifice à son serviteur.

En 1837, l'abbé Peyramale fut appelé par l'Evêque au premier vicariat de la paroisse de Saint-Jean à Tarbes. Nul ne dira quelle fut la désolation de Vic-en-Bigorre.

Un nonagénaire de ce pays, se souvenant de ces temps lointains, en parlait à un de nos amis :

— Ah ! j'en ai vu passer des prêtres, et des prêtres !... Mais comme celui-là, jamais ! jamais !

Tenez, ajouta-t-il en ouvrant son armoire, j'étais alors un simple ouvrier... Il bénit mon mariage et voulut me faire cadeau de mon chapeau de noces. Le voilà ! je le garde comme une relique.

Quant à l'abbé Bayle, il répétait le mot de Job, ainsi qu'il avait redit celui d'Abraham :

— Le Seigneur me l'avait donné, le Seigneur me l'a enlevé : que son saint nom soit béni !

Mais une larme qui roulait sur sa joue, ridée par les ans, montrait à tous que sa résignation n'était point sans douleur.

Quelques mois après, le vieux prêtre tomba malade et puis mourut... Presque immédiatement son successeur fut désigné : il se nommait M. Dumax.

Retournons à l'abbé Peyramale.

V

La charité se cache mieux à la ville qu'à la campagne, et les citadins n'ont pas la longue mémoire des paysans. De là, moins d'anecdotes typiques à recueillir sur l'histoire de M. l'abbé Peyramale, comme vicaire de Saint-Jean de Tarbes. Un fait cependant est demeuré traditionnel :

De tout temps, paraît-il, en un certain jour de l'année, qui n'était point une fête religieuse, le peuple de la paroisse se portait en masse dans l'église, arborant je ne sais quelle bannière profane. Musique et tambour en tête, il en faisait le tour, sans nulle prière et au milieu d'un vacarme affreux.

Le torrent populaire était tel en la circonstance que le Clergé n'avait jamais osé réagir contre cette coutume, quelque visiblement hétérodoxe et fâcheuse qu'elle pût être.

Le nouveau vicaire de Saint-Jean était un de ces hommes qui ne craignent rien, et aucune multitude ne pouvait l'intimider. Au jour dit, il se trouva là, lorsque la foule en désordre pénétra dans le temple avec son drapeau forain, représentant, je crois, d'un côté, des danses, et de l'autre, un bœuf aux cornes d'or (1).

A la vue de ce qu'il considérait justement comme un sacrilège et une profanation, Dominique Peyramale hausse la voix : mais vainement. Elle se perd en partie dans le tumulte et le bruit des instruments.

— Sortez du temple, profanateurs ! Abattez cet étendard d'idolâtrie et de scandale.

Inutiles paroles. La monstrueuse procession commence à faire le tour de l'église.

Zelus domus tuæ comedit me. La colère sainte montait au cœur frémissant du prêtre et de l'apôtre. Il s'élance, et arrache la bannière à celui qui la portait. Les cris menaçants de la foule lui font craindre un instant qu'elle ne lui soit enlevée.

— Coupez-en les cordons et jetez cela sous les pieds, dit-il au sacristain.

Comme celui-ci cependant, ayant tiré et ouvert son énorme couteau catalan, était tout tremblant et hésitait à toucher l'objet de la superstition populaire, l'abbé Peyramale, d'un geste rapide, veut saisir le couteau pour lacérer lui-même la bannière. Mais il fait un faux mouvement et se perce de part en part la paume de la main. Le couteau s'y était planté et ressortait de l'autre côté comme les clous du crucifiement.

Il y eut une clameur d'épouvante. Quant au prêtre, il ne poussa pas un cri. Sans se troubler, et avec le plus grand calme, il retira la lame

(1) Nous n'avons obtenu sur les origines de cet usage que des renseignements assez peu précis. Nous ne savons comment il commença ; mais nous savons comment il prit fin. Ce fut par l'incident que nous allons raconter.

de son fourreau vivant et aussitôt le sang se mit à jaillir à flots.

Reprenant alors son œuvre, il lève sur cette multitude son bras ensanglanté et dit avec douceur :

— Sortez, mes amis. Ne profanez point le temple de votre Dieu.

Les gouttes de son sang tombaient sur ceux qui tenaient la tête de l'étrange cortège. Devant cette main, transpercée comme celle du Crucifié, la foule, devenue tout à coup muette et honteuse, s'écoula au dehors, laissant derrière elle le prêtre qui tomba à genoux et remercia Dieu.

Depuis ce jour, il ne fut plus question de pareilles saturnales. Le sang de l'abbé Peyramale avait noyé la superstition.

*
* *

Peut-être pourrions-nous retracer ici une des œuvres les plus douces du vicaire de Saint-Jean. Cet homme si viril avait un cœur maternel, et il se plaisait particulièrement à instruire et à former les petits enfants. Parfois, en sortant de l'église, il se faisait accompagner de l'un d'eux et le conduisait auprès de quelques pauvres malades, employant l'enfant à attiser le feu de la chambre, à porter une tasse de tisane aux lèvres brûlées par la fièvre. Puis, en s'en retournant, il l'interrogeait :

— N'es-tu pas plus content que si tu avais joué ? N'éprouves-tu pas dans ton cœur une joie que tu n'échangerais point pour le plaisir d'une partie de barres ?

— Oui ! oui ! répondait l'enfant, qui se sentait heureux.

— Eh bien, apprends à goûter cette joie, quand tu auras quelqu'un qui souffre dans ton voisinage. Prête tes petits services, et le bon Dieu te bénira.

De temps en temps il disait, au catéchisme :

— On m'a envoyé des vêtements et des couvertures. Tous ceux qui sauront parfaitement leur leçon demain auront pour récompense de venir avec moi les distribuer aux malheureux.

En enseignant la foi, il enseignait aussi la charité.

— Il ne suffit pas de l'école théorique, répétait-il souvent, il faut l'école pratique, et celle-ci est plus essentielle que l'autre. Notre-Seigneur a commencé par faire, avant de dire, et l'enseignement est sorti de ses exemples : *cœpit facere et docere.*

Ainsi s'écoulèrent quelques années. Comme elle avait rayonné à Vic-en-Bigorre, sa vertu rayonnait déjà à Tarbes, lorsqu'un nouveau poste lui fut assigné.

VI

En 1842, l'abbé Peyramale fut envoyé à Aubarède, avec le titre de desservant.

Aubarède est une commune d'une assez vaste étendue. Les chemins escarpés y sont durs aux pieds du marcheur. Ils étaient surtout fatigants par les chaleurs intenses d'une longue sécheresse, qui désolait alors le pays. Son père lui fit présent d'un cheval.

— Voilà maintenant, dit l'abbé Peyramale, en le remerciant, que, grâce à vous, mon père, je serai dans toutes mes courses entre le ciel et la terre. C'est la vraie position d'un curé.

Quelques traits particuliers signalèrent ses débuts dans la paroisse.

. .

Pour je ne sais quelle cause, remontant probablement à d'anciens dissentiments de la population avec l'un de ses pasteurs, les hommes d'Aubarède avaient contracté une bizarre et fâcheuse habitude.

Ces braves gens étaient fort exacts à assister le dimanche au saint Sacrifice, accomplissant ainsi à la lettre le commandement de l'Eglise :

Les Dimanches Messe ouïras
Et les Fêtes pareillement.

Mais, comme le commandement ne comprend point le sermon, ils sortaient dès que le prédicateur se disposait à monter en chaire. Laissant les femmes écouter l'homélie, ils allaient sur la place respirer l'air, à l'ombre du vieil ormeau. Puis, quand le discours du prêtre était terminé, ils rentraient, et, chantant le *Credo* de tout cœur, ils demeuraient dévotement jusqu'à la fin de l'Office.

Cette bizarre coutume, ayant persévéré sous un ou deux curés, était passée à l'état chronique et avait fini par être considérée en quelque sorte comme un privilège spécial, une franchise, une immunité, un droit singulier des paroissiens d'Aubarède.

Lorsque, le dimanche qui suivit son installation, le nouveau curé, ayant quitté à l'autel ses habits sacerdotaux, se dirigea vers la chaire, il aperçut les derniers hommes qui disparaissaient par la porte de sortie. En face de lui, il n'avait plus qu'un auditoire de femmes.

Quelle fut sa prédication ce jour-là ? Laissa-t-il, dans son zèle sacré, éclater son indignation ou sa douleur devant cette injure à la parole de Dieu ? Garda-t-il en lui-même, par un puissant effort, l'expression de ses sentiments, afin de ne point achever de rompre le roseau à demi brisé, de ne point éteindre la mèche fumant encore ? Il prit ce dernier parti et ne fit aucune allusion à cette fuite du sexe fort.

Mais le dimanche d'après, quand, à la fin de l'évangile, les hommes commencèrent à se mettre en mouvement, la voix puissante du prêtre, debout sur les marches de l'autel, se fit entendre aussitôt avec un tel accent d'autorité que chacun s'arrêta, tout d'abord hésitant, et ensuite immobile.

« Hommes d'Aubarède, ne sortez point encore ! J'ai à parler, non point à vos femmes, mais à vous. Que nul donc ne quitte sa chaise ou son banc. Vous serez libres tout à l'heure.

« Sur cette place où vous allez stationner, de quoi conversez-vous ensemble ? De vos affaires, de vos champs, de vos récoltes ? Et c'est précisément de vos récoltes, de vos champs et de vos affaires que j'ai moi-même à vous entretenir. Tout cela, hélas ! mes chers paroissiens, est gravement menacé, et vos terres, si naturellement fertiles, si admirablement situées sous le soleil vivifiant du midi, courent le danger d'être frappées cette année-ci d'une entière stérilité. Pourquoi donc ?

« C'est que, quoique le soleil soit évidemment

la grande puissance que Dieu emploie afin de féconder le sol, il ne suffit point aux prairies et à la glèbe, pour produire plantes et moissons, de demeurer exposées aux rayons du grand astre. Il leur faut encore recevoir la pluie des nuées ; et elle vous manque depuis bien longtemps. De là, cette sécheresse qui empêche vos riches terrains de donner leur fruit et qui les transforme en plaines arides...

« Eh bien ! mes chers paroissiens, le saint Sacrifice qui se célèbre à l'autel, la Messe à laquelle vous assistez régulièrement, est, dans l'ordre moral et religieux, comme le Soleil des âmes : soleil fécond, vivifiant, destiné à répandre grâces sur grâces. Mais, quels que soient ses salutaires effets, ce n'est pas assez de venir s'y échauffer, il faut aussi recevoir la parole du prêtre, la pluie du nuage... Faites donc pour vous-mêmes ce que vous voulez que Dieu fasse pour vos terres... »

Et, partant de cette pensée, il la développa avec un tel charme, une telle éloquence, avec tant d'âme et de vérité, que pour jamais l'habitude fut vaincue et la mauvaise coutume abrogée.

* *

Autre anecdote :

Peu de temps après son arrivée dans la paroisse, un malheureux père de famille, poursuivi pour dettes, vint lui conter ses peines et chercher un conseil.

L'abbé Peyramale garda le silence et réfléchit un instant. La somme était forte, et il n'avait point d'argent.

— Voici mon conseil, dit-il enfin, en allant ouvrir une porte : c'est de prendre cette bride que vous voyez là, attachée à un clou.

Etonné, le pauvre homme regardait le prêtre d'un air stupéfait, n'osant se fâcher, mais pensant en lui-même que cet ecclésiastique choisissait assez mal l'occasion de plaisanter.

— Ensuite, continue le prêtre, vous irez passer cette bride au cheval que vous apercevez là-bas paissant dans le clos. Puis, vous conduirez ce cheval à la foire de Tarbes, qui a lieu aujourd'hui ; vous le vendrez, et le prix que vous toucherez vous tirera d'embarras.

— Mais, balbutia l'homme, ce cheval...

— Ce cheval est le mien, et je vous le donne.

L'infortuné faillit en perdre le sens :

— Ah ! Monsieur le Curé, que pourrais-je jamais faire pour vous ?

— Vous pouvez faire beaucoup, mon ami.

— Eh ! quoi donc ?

— Vous taire absolument, et ne jamais dire un mot de cela. Si vous parlez, je vous réclame la somme, et je vous envoie un huissier.

Quand le docteur Peyramale revint chez son fils, celui-ci trouva mille prétextes pour l'empêcher d'entrer à l'écurie. Mais enfin, à la visite suivante, le père demanda des nouvelles du cheval.

— Il marche admirablement ! dit le Curé. L'autre semaine, il est allé à Tarbes d'un trait, sans perdre haleine.

— Pourquoi n'est-il pas là ?

— Impossible de le garder à l'écurie.

— Mais je ne le vois pas davantage dans le pré.

Silence, embarras, vague recherche de quelque faux-fuyant. Le vieux docteur comprend le trouble du coupable.

— Oh ! l'enfant prodigue ! Je parie que tu as vendu et dépensé le cheval.

— Père, j'ai gardé la selle ! il y a des circonstances atténuantes.

Bien que cette réponse ne dénotât point un repentir très profond, le criminel reçut sa grâce.

Le docteur Peyramale, après l'avoir laissé à pied quelque temps, lui fit cadeau d'un second cheval qui prit la même route que le premier. Ainsi disparurent, en cinq ou six ans, trois ou quatre chevaux. Avec le dernier, la selle aussi avait quitté l'écurie.

Toute la famille déclara l'abbé incorrigible ; et ce Curé, qu'on avait voulu faire cavalier, fut unanimement condamné à demeurer fantassin à perpétuité.

— Qu'importe ? répondait-il en riant : dans le sentier du Ciel, on va encore plus vite à pied qu'à cheval.

* *

Cet homme si charitable était, nous l'avons dit, quelquefois rude. Ce prêtre si compatissant était quelquefois inflexible.

Il ne pouvait tolérer le scandaleux travail du dimanche ; et il lutta avec une infatigable énergie contre ce mal qui avait malheureusement conquis droit de cité dans cette paroisse longtemps négligée. Il finit par en triompher.

On raconte encore dans le pays que, entre messe

et vêpres, il montait souvent au clocher de son église et que, de cet observatoire, il regardait autour de lui, dans tous les champs et prairies, pour voir si nulle part ne se commettait quelque infraction à la loi du Seigneur.

Ayant une fois aperçu dans le lointain un moissonneur chargeant des gerbes sur son chariot, l'abbé Peyramale descend du clocher et se rend en toute hâte sur le théâtre du délit. Il n'y avait point d'excuse. Le temps était pur, et nul. orage ne menaçait à l'horizon.

Le travailleur dominical, ayant terminé sa besogne, ramenait le chariot le long du champ moissonné.

L'abbé Peyramale, en l'abordant, reconnaît en lui l'un des plus riches paysans de la contrée.

— Où donc allez-vous de la sorte ?

Le délinquant balbutie :

— Monsieur le Curé, vous le voyez, j'emporte ces gerbes.

— Aujourd'hui ? dimanche ?

— Mais, Monsieur le Curé, il y a pourtant des cas où il est permis de travailler un peu le dimanche.

— Assurément, mon ami, dans le cas d'urgence et avec l'autorisation du Curé. L'autorisation, je vous l'apporte ; et l'urgence est telle que je viens vous aider.

Le paysan ébahi ouvrait de grands yeux.

— Oui, certes, il y a urgence ! continue le Curé, qui était déjà monté sur le chariot. Et, quant à moi, je n'ai aucun scrupule à travailler avec vous, en plein dimanche, pour remettre tout en ordre.

Et voilà que, d'un bras vigoureux, il commence à

rejeter dans le champ, gerbe par gerbe, le chargement illicite.

— Ah ! Monsieur le Curé, s'écrie le moissonneur, passant peu à peu du trouble à une confusion de plus en plus émue, ce ne sera point vous qui ferez cela. Pardonnez-moi : et laissez-moi réparer mon tort.

— Mon ami, lui dit le prêtre en le quittant, vous avez dérobé au Seigneur une journée. Il faut la lui rendre. Il y a près de votre maison telle famille, qui est dans la plus extrême indigence. Vous lui apporterez une de ces gerbes.

— Je lui en porterai quatre, Monsieur le Curé.

Depuis ce jour, ni le paysan, ni personne ne travailla le dimanche dans la paroisse d'Aubarède.

*
* *

Pendant que l'abbé Peyramale s'appliquait à transformer ce petit pays, se complaisant à oublier toutes ses bonnes œuvres passées, d'autres en avaient conservé la mémoire.

En 1850, le curé de Vic-en-Bigorre, le successeur du vieil abbé Bayle, M. Dumax, s'endormit dans le Seigneur... Aussitôt, la cité de Vic se leva tout entière et un cri universel retentit :

— Nous voulons pour curé l'Apôtre d'il y a huit ans.

Une pétition, à laquelle ne manqua aucune signature, fut portée à l'Evêque de Tarbes, Mgr Laurence, pour lui demander l'abbé Peyramale, comme curé de Vic.

Mgr Laurence était un homme froid, très pénétré des idées d'autorité, et, par suite, assez mal disposé, en principe, pour ce qui semblait dicter ou seulement conseiller au pouvoir religieux un choix à faire, ou une mesure à prendre. De telles immixtions populaires lui portaient ombrage. Prélat régulier, méthodique, d'habitudes traditionnelles et de vertu rectiligne, il comprenait, moins bien peut-être que d'autres esprits, le caractère prime-sautier du prêtre apostolique qui enthousiasmait les multitudes. Les allures discrètes, effacées et officielles de son entourage, marquaient la façon particulière dont le vénérable vieillard concevait de préférence les hommes d'Eglise. Il écarta la requête des habitants de Vic, alléguant que, malgré ses mérites, l'abbé Peyramale était encore trop jeune pour occuper un tel poste, l'un des premiers du diocèse, et que d'autres y avaient des droits, acquis à l'ancienneté.

Dénué de toute ambition, l'abbé Peyramale, malgré le bon souvenir qu'il avait gardé de la paroisse de Vic, ne souhaitait du reste autre chose que de demeurer à jamais dans l'humble vigne que le Seigneur lui avait confiée.

Vint un jour cependant où l'Evêque, qui entendait tant parler de ce jeune prêtre, mais qui le connaissait personnellement assez peu, eut le désir de le voir de plus près.

Donc, l'année suivante, en 1851, Mgr Laurence appela l'abbé Peyramale aux fonctions d'Aumônier de l'Hôpital civil et militaire de Tarbes.

Ce fut à Aubarède un deuil universel. La population l'accompagna en pleurant jusqu'à la frontière de la paroisse ; et, aujourd'hui encore les vieillards montrent à leurs fils le tournant de la route où ils eurent la douleur de se séparer de l'homme de Dieu. Ils montrent aussi un grand arbre, sous lequel il faisait asseoir ses visiteurs et à l'ombre duquel il lisait souvent, durant de longues heures, dans le bréviaire de l'Eglise ou dans les écrits des Saints.

VII

De même qu'il avait été le vrai type du Curé de campagne, de même l'abbé Peyramale, à l'Hospice civil et militaire, réalisa l'idéal du véritable Aumônier.

La nature de son zèle convenait parfaitement à son nouveau milieu. Il consolait, il fortifiait, il convertissait. Tout le monde l'aimait.

Dans la chaire, sa parole chaude et chrétienne, originale et entraînante, allait à l'âme, — de même qu'elle en venait.

Il avait beaucoup observé et ressentait vivement ; son intelligence était claire et nette ; son imagination toute pleine de couleur, de pittoresque et d'imprévu ; sa causerie spirituelle, étincelante de verve et de saillies. C'était un conteur incomparable. Les soldats se groupaient autour de lui ; les malades oubliaient leurs maux en l'écoutant.

Tout, en lui, plaisait à l'homme d'armes : sa haute stature, son courage martial, voire même sa force herculéenne ; sa physionomie ouverte, sa droiture, sa bonté brusque, ses allures, parfois un peu militaires.

L'Hôpital de la troupe n'était pour lui qu'une porte d'entrée dans la caserne. Chaque soldat qui avait été son malade restait son pénitent; et quand une de ses brebis, artilleur, dragon ou cuirassier, tardait longtemps à reparaître au bercail, l'Aumônier prenait sa houlette pastorale et allait à sa recherche.

Cette « houlette pastorale » était un énorme bâton recourbé, comme celui que les peintres attribuent au patriarche Jacob.

Il se crut là dans sa définitive vocation. Mais il se trompait. L'homme propose et Dieu dispose. Le Seigneur lui avait marqué une autre place.

Au mois de novembre 1854, alors qu'il était aumônier depuis environ trois ans, la cure d'une petite ville des Hautes-Pyrénées devint inopinément vacante par la mort du prêtre qui y avait charge d'âmes, M. l'abbé Forgues. Cette ville, encore obscure et inconnue, se nommait LOURDES.

N'allons point à Lourdes, toutefois, pour l'heure présente. Et, quoique cela puisse sembler une digression sans nul lien avec notre récit, transportons-nous, si le lecteur veut nous y suivre, dans la capitale du monde chrétien.

VIII

En cette _seconde semaine de novembre_ 1854, les regards de l'univers étaient tournés vers Rome. Un fait inouï depuis bien des siècles allait s'accomplir :

la Définition d'un Dogme par la voix infaillible du suprême Chef de l'Eglise.

Accourant des horizons les plus opposés, cent vingt Evêques de toutes les nations arrivaient à Rome, et se réunissaient en assemblée solennelle autour du Père commun des fidèles.

Renouvelant collectivement le vœu déjà formulé par les innombrables lettres épiscopales qui avaient répondu à l'Encyclique de Gaëte, *Ubi primum*, ils demandaient au représentant du Fils de Dieu de promulguer le décret dogmatique de l'Immaculée Conception. Les séances de ce synode auguste commencèrent le 20 novembre et se terminèrent le 24.

Conformément à cette supplique, le Saint-Père convoqua en Consistoire secret, pour le commencement de décembre, les Cardinaux de l'Eglise romaine, et leur déclara sa résolution de prononcer la Définition du Dogme, en la fête de l'Immaculée Conception. Et, dès lors, *c'est-à-dire du 2 au 8 décembre*, les choses se disposèrent pour la proclamation *Urbi et Orbi*. La Bulle fut définitivement rédigée, signée, revêtue de toutes les formalités. La médaille d'or commémorative, qui devait être remise aux Evêques, fut frappée. Elle porte, d'un côté, l'effigie de la Vierge sans tache, et, de l'autre, cette inscription : *Mariæ sine labe Conceptæ Pius IX. P. M. ex auri Australiæ primitiis sibi oblatis cudi jussit VI Id. Dec. A. MDCCCLIV.*

Le vendredi 8, jour de la fête, au milieu d'un concours immense de Cardinaux, Patriarches, Archevêques, Evêques, Prêtres et Fidèles, Sa Sainteté le Pape Pie IX, dans la Basilique du Prince des Apôtres, promulgua officiellement le Dogme de l'Immaculée Conception de la Très Sainte Vierge Marie, Mère de Dieu, enrichissant de cette vérité l'inviolable trésor des Dogmes de l'Eglise. Et, d'un soleil à l'autre, le monde chrétien entra en prière et en recueillement.

Le samedi, 9 décembre, jour consacré à la Vierge, le Saint-Père donna aux Evêques, avant leur départ, le congé apostolique. Puis, le vaste mouvement des choses divines et humaines reprit son cours.

Ces diverses dates et particularités sont prises dans le savant ouvrage historique de Mgr Malou, évêque de Bruges : *L'Immaculée Conception considérée comme Dogme de foi* (1).

La Catholicité eut un tressaillement d'allégresse. Un immense cri d'amour monta de la terre au ciel. Et il est permis de penser que la Vierge, Mère de Dieu, se pencha, dès cet instant, vers ce globe, — où elle avait résolu d'apparaître bientôt en personne, pour confirmer elle-même, devant l'innocence en extase, le dogme défini par le Pontife souverain, Vicaire de Jésus-Christ. Il est permis de penser que ses yeux se portèrent déjà sur ce pays de Lourdes où, quelques années plus tard, elle viendrait faire jaillir une source vive, accomplir miracles sur miracles, et répandre grâces sur grâces. Il est permis de penser que, à partir de cette heure solennelle de *la vie de l'Eglise* et du culte de Marie, tout se préordonna pour cet événement extraordinaire des Ap-

(1) Tome II, p. 358 à 379,

paritions aux Roches Massabielle, qui devait produire, à la profonde stupeur de l'incrédulité, le
plus grand élan religieux que l'on ait vu depuis
les croisades.

Oui, il est permis de le penser. Et voici, pour
corroborer un tel sentiment, les étonnants parallé-
lismes que l'Histoire rencontre sur son chemin.

C'est dans *la seconde semaine de novembre* 1854
que les Evêques de toute la chrétienté se dirigent
vers Rome pour s'associer de leur personne à la
Définition du Dogme. — Or, c'est en ce même moment, *le* 11 *novembre* 1854, que la Providence rend
vacante la Cure de Lourdes et ouvre la voie à l'arrivée du grand ouvrier de Marie (1).

C'est *du* 20 *au* 24 *novembre* 1854 que cette Définition est sollicitée par l'Episcopat réuni. — Or, c'est
en ce même moment, *du* 20 *au* 24 *novembre* 1854,
— le 23, — que Mgr Laurence, évêque de Tarbes,
se sent inspiré de nommer et de proposer à l'agrément du Ministère des cultes, pour la cure de
Lourdes, un ecclésiastique à qui nul n'avait songé,
et qui y songeait moins que tout autre. Cet oint du
Seigneur était l'abbé Peyramale.

C'est *du* 2 *au* 8 *décembre* que tout se prépare à
Rome et que toutes les pièces officielles se signent
pour la proclamation solennelle du Dogme par le
Chef de l'Eglise. — Or, c'est en ce même moment,
c'est *du* 2 *au* 8 *décembre*, — le 6, — que l'abbé
Peyramale est agréé en France par le chef de l'Etat.

(1) Acte de décès de M. l'abbé Forgues, le 11 novembre 1854.
Registres de la mairie de Lourdes.

Le Décret officiel de sa nomination, inséré au *Moniteur,* porte cette date.

C'est le *samedi, 9 décembre,* que les Evêques reçoivent congé du Saint-Père et rentrent dans leurs diocèses respectifs, emportant, avec un exemplaire de la Bulle, toutes les joies et toutes les espérances contenues en ce grand fait catholique. — Or, c'est juste au même moment, c'est le *samedi 9 décembre,* que le Décret, signé le 6, est expédié par le Ministère des cultes et adressé à l'Evêque de Tarbes.

Ainsi, tandis que le Pape Pie IX proclamait devant l'univers cette vérité ancienne et ce Dogme récent, une invisible main allait chercher, dans l'humble cellule d'un hospice, l'Apôtre, alors ignoré, qui serait, à *Lourdes,* l'instrument des desseins de Marie, son coopérateur ardent et infatigable, le fondateur de son Temple et, pour tout dire en un mot, le *Prêtre de l'Immaculée Conception.*

Nous avons puisé ces renseignements aux Archives du Ministère. Nous imprimons en note la lettre qui nous fut adressée par le conseiller d'Etat, Directeur général des cultes (1).

---

(1) *A M. Henri Lasserre, à Paris.*

Monsieur, j'ai l'honneur de vous transmettre les renseignements que vous m'avez demandés, par votre lettre du 24 mai courant.

C'est le *23 novembre 1854,* que M. l'abbé Peyramale fut nommé Curé de Lourdes par l'évêque de Tarbes, qui était alors Mgr Laurence.

Cette nomination fut agréée par décret du *6 décembre suivant,* lequel fut notifié *le 9 du même mois* à l'Autorité diocésaine.

Recevez. etc.

Pour le Ministre de l'Intérieur et des Cultes,
Le conseiller d'Etat, Directeur général des Cultes :

Ed. LAFERRIÈRE.

L'acceptation du Ministre étant arrivée à Tarbes. M. l'abbé Peyramale fut avisé et dut se préparer à quitter ses chers soldats pour devenir le « CURÉ DE LOURDES. »

Il avait alors quarante-quatre ans.

Avant de poursuivre le récit des événements, faisons encore quelques réflexions :

*
* *

Lorsque l'on étudie avec soin la vie des personnages exceptionnels, employés à des œuvres visiblement divines, on rencontre souvent certains incidents caractéristiques, certaines coïncidences de date qui frappent l'esprit. Ni les hommes ni le hasard n'ont pu les produire. Un seul de ces détails n'est rien : le nombre a une portée saisissante.

« — J'étais avec Dieu disposant toutes choses », est-il écrit au livre des Proverbes, en ce texte célèbre qui nous transmet le langage de la Sagesse éternelle et dont l'Eglise fait l'application à la Vierge Marie : « J'étais avec Lui, disposant toutes choses, « et je me complaisais de tout temps à me jouer « devant Lui, à me jouer sur le globe terrestre, met- « tant mes délices à me trouver parmi les enfants « des hommes. *Cum eo eram cuncta componens,* « *et delectabar per singulos dies, ludens coram eo* « *omni tempore, ludens in orbe terrarum : et deliciæ* « *meæ esse cum filiis hominum.* » (PROV., VIII, 30, 31. Office de la Sainte Vierge. Epître de la messe.)

Dans le secret de ses conseils de miséricorde, la Vierge, afin de marquer par un signe mystérieux l'action de sa main et la corrélation intime de deux destinées qui, dans le plan providentiel, devaient se faire écho l'une à l'autre, la Reine de l'univers avait voulu que le Prêtre des Apparitions et la Voyante de la Grotte de Lourdes eussent fait ici-bas, *à pareil jour* de l'année, leur entrée dans l'Eglise militante, et fussent, derrière leur nom public et usuel, également revêtus de son nom sacré, ainsi que d'une force secrète et d'une armure invincible.

Donc, en 1811, — *le 9 janvier,* — MARIE-Dominique Peyramale, qui devait être LE CURÉ DE LOURDES, avait été baptisé en l'église de Momères.

Et, en 1844, à semblable date, — *le 9 janvier* également, — MARIE-Bernarde Soubirous, qui devait être BERNADETTE, avait été baptisée dans l'église de Lourdes.

La mission de la Voyante de Lourdes, cette mission divine à laquelle Marie-Dominique fut si indissolublement associé, se trouva être le point central de sa vie. Et il fallait qu'un symbole en fût donné aux pieuses intelligences qui goûtent une joie profonde à scruter les jeux de la Puissance suprème. Donc, étant né en 1811, *trente-trois ans avant la naissance de Bernadette,* sa mort fut marquée pour 1877, *trente-trois ans après cette même naissance.* La naissance de Bernadette fut ainsi le centre de ses années, de même que la mission de Bernadette fut le centre de son rôle ici-bas et de sa destinée.

IX.

Avant de prendre possession de son poste, l'abbé Peyramale désira offrir le saint Sacrifice en simple prêtre étranger, dans sa future église. Il choisit pour cela le 1ᵉʳ janvier 1855, fête de la Circoncision, et inaugura ainsi l'année nouvelle, et la vie nouvelle qui s'ouvraient devant lui.

Ayant passé la journée dans les murs de cette cité en laquelle Dieu l'appelait, le Prêtre au grand cœur voulut se recueillir encore dans la retraite et célébrer la fête des Rois avec ses malades de l'Hôpital, avec ses soldats aimés, dont il se voyait contraint de se séparer. De sorte qu'il ne fit son entrée, officielle et définitive, dans la paroisse de Lourdes que le mardi, 9 *janvier* 1855.

Or ce jour, qui était l'anniversaire de sa naissance, et l'anniversaire de son baptême, se trouvait être, en même temps, l'anniversaire du baptême de cette humble Bernadette, encore cachée dans l'ombre et qui n'en devait sortir qu'à l'heure marquée d'En Haut.

⁎⁎

A Lourdes, il visita toutes les familles de son troupeau, puis tous les curés de ce canton, dont il était le Doyen. Et quelques mois ne s'étaient point encore écoulés qu'il était déjà populaire dans la ville et dans les champs, dans la vallée et dans la montagne, parmi le clergé non moins que parmi les Fidèles.

Il était taillé en héros et en saint ; et il semblait destiné à devenir légendaire, même de son vivant. Aussi à Lourdes, comme à Vic, comme à Aubarède, comme à Tarbes, circule-t-il, sur son compte, nombre d'histoires touchantes et originales.

Nous les répéterons telles qu'on nous les a transmises, et nous redirons à nos lecteurs ce que nous-même avons entendu. Admettant, en nos scrupules d'historien sévère, qu'il se peut rencontrer çà et là, soit dans un mot prononcé, soit dans un détail secondaire, quelque élément d'inexactitude, nous maintenons, toutefois, en toute assurance, l'incontestable et éclatante vérité du fond général et de l'ensemble, en ces anecdotes diverses, que les vieillards aiment à raconter et qui passent de bouche en bouche dans la grande tribu dont il fut, pendant plus de vingt ans, le Patriarche vénéré (1).

Après les Apparitions de Marie aux Roches de Massabielle, il devient facile, grâce à mille documents, de contrôler avec une rigueur minutieuse, ainsi que nous l'avons fait dans *Notre-Dame de Lourdes*, les moindres actes de la vie du Curé Peyramale... Mais, bien avant cette heure, la tradition s'était emparée de cet homme épique.

Tout le démontre et tout l'atteste, le Curé de Lourdes avait déjà son rayonnement particulier et très frappant, quand il fut porté tout à coup dans la pleine lumière de l'œuvre divine. Et c'est la tradition, malgré ses brumes habituellement indécises, qui nous explique, en quelques traits caractéristiques, comment ce Prêtre avait plu au Seigneur, et mérité d'être élu par Marie, pour prendre sa glorieuse part aux desseins de miséricorde qu'Elle méditait d'accomplir.

Qui se donne tout entier ne tarde pas à tout conquérir, et l'abbé Peyramale se donnait sans réserve.

---

(1) D'un grand nombre de ces faits, nous avons les attestations écrites, signées des noms les plus honorables. D'autres nous ont été verbalement racontés par des témoins (ou des personnes dignes de toute foi, et sont de notoriété publique.

De même qu'en ses précédentes étapes, les miséreux, les infortunés, les gens visités par le malheur, avaient vite connu le chemin de sa maison, toujours ouverte. Pour l'affligé, il avait une consolation ; pour l'homme dans l'embarras, un conseil utile ; pour le malade, des soins paternels ; pour l'indigent, un don généreux. La pitié débordait en lui : et il l'enveloppait dans des formes pittoresques, imprévues, j'allais dire humoristiques, qui faisaient tout à coup épanouir le sourire sur le visage de ceux dont il s'appliquait à sécher les pleurs.

Les pauvres gens étaient ses amis. Il avait décoré d'un nom générique cette flottante peuplade de boiteux, d'estropiés et de besogneux qui se pressaient vers sa demeure. Il les appelait : « Ma Clientèle. »

— A chacun suivant son besoin, disait-il à sa « Clientèle. » A l'affamé, le pain ; à celui qui est nu, le vêtement ; à celui-là, un avis ; à tel autre, la remontrance nécessaire ; à tous, le secours.

Les larmes venaient aux yeux, quand on racontait les merveilles de son évangélique bienfaisance ; et, en même temps, le franc rire et la gaieté épanouissaient le visage, quand on rapportait ses bons mots et ses saillies.

. ˙ .

Un mardi gras, il retournait plein d'appétit en son presbytère. Il traverse la cuisine pour voir si le déjeuner est prêt :

— A l'instant ! dit la cuisinière. Voilà sur la lèchefrite ce magnifique chapon rôti qui vous attend, et qui est assez gros pour faire plusieurs

repas. Mme D... vous a fait là un cadeau superbe !
Le temps de descendre à la fontaine, Monsieur le
Curé, et vous êtes servi. Déjà le vin et le potage
sont sur la table.

Pendant qu'elle court chercher de l'eau, une
femme misérablement vêtue, à l'aspect désolé,
paraît sur le seuil.

— Mon pauvre mari et moi, nous allons bien
mal, Monsieur le Curé, dit-elle. Nos enfants sont
sans pain !

Tout en essayant de la réconforter par de chrétiennes espérances et de sympathiques paroles,
M. Peyramale se fouille et lui donne une pièce
d'argent ; — puis un morceau de pain ; — puis une
bouteille de vin...

Elle s'en allait en remerciant.

— Attendez donc ! s'écrie le prêtre en la rappelant, je veux que vous fassiez vos jours gras.

Et prenant le magnifique chapon, il le roule
prestement dans du papier :

— Mettez-le dans votre tablier, dit-il. Et maintenant, partez vite !...

— Pas de ce côté ! ajouta-t-il vivement en la
voyant se diriger vers la fontaine. Vous y rencon-
treriez l'ennemi !

Cependant l'excellente créature que M. Peyramale appelait « l'ennemi » rentra un instant après,
sans défiance, et posa sa cruche au pied du
potager.

— Allons ! vite ! servez le déjeuner, dit le Curé
d'un ton rude, en passant dans la petite salle à
manger.

Il y était à peine, qu'il entend des cris effarés :

— Le chapon ! où est le chapon ?... On a volé le chapon ! Le chat a emporté le chapon !

Le Curé riait en lui-même. Il se lève et accourt, à ces clameurs désespérées.

La ménagère, éperdue, allait, venait, courait, regardait sous les meubles. Le fourbe ecclésiastique savourait en son âme les délices exhilarantes d'une volupté scélérate.

Tout à coup la vieille Parque aperçoit le chat, qui arrivait d'un air satisfait, à pas discrets et la queue en l'air...

— Vilain chat ! s'écria-t-elle en saisissant le balai pour l'assommer.

Le spectacle de cette innocence en péril arracha l'aveu sur les lèvres du coupable :

— Arrêtez ! C'est moi qui ai pris le chapon... Apportez-moi le fromage.

Jamais le Curé de Lourdes ne fit un meilleur festin.

Il faut en effet qu'il l'ait trouvé excellent : car, maintes fois, il se plut à en faire de semblables, sans autre assaisonnement que la joie intime d'avoir mis en pratique le précepte du Seigneur et nourri, mieux que lui-même, quelqu'un de ses frères en Jésus-Christ.

A mesure qu'il recevait, il donnait. La garderobe, le garde-manger, toutes les armoires qui gardent, ne gardaient rien. Il plaçait ses richesses en un lieu où la rouille ni les vers ne les peuvent atteindre, et où les voleurs ne peuvent faire effraction.

Il avait continué de porter jusqu'à extinction ses

soutanes et ses souliers. Plus d'une fois, on fut
obligé de corrompre sa domestique, afin que, durant la nuit, on pût substituer aux vieux vêtements
une nouvelle édition, absolument indispensable.

Il se plaignait et se fâchait :

— Pourquoi me séparer de mes anciens serviteurs ?

*
* *

Ses libéralités incessantes, on l'a vu, jetaient
souvent le trouble dans l'esprit de sa majordome.

On lui envoie douze chemises, un matin. La
ménagère les pose sur la table et, prenant un plu-
meau, s'empresse d'aller épousseter l'armoire. Elle
revient et ne trouve plus que dix chemises. Un
pauvre avait passé.

— Mais il y en avait douze tout à l'heure ! s'écrie-
t-elle.

— C'était un abus ! répond le Curé, je les ai
réduites au système décimal. C'est plus conforme
aux lois.

Le lendemain, pourtant, il ne craignait pas de
violer les lois en réduisant de même sorte la dizaine
à huit et ensuite à six.

Quand il n'en resta que trois, la bonne femme fit
explosion, malgré la présence de l'un des confrères
de M. Peyramale. Il ne daigna répondre qu'en
latin :

— *Numero Deus impare gaudet,* dit-il gravement.

Il fallut bien se contenter de ce latin, qu'elle prit
sans doute pour quelque sentence de l'Ecriture.

.*.

Tous ces actes ne se commettaient pas impunément et soulevaient de temps en temps, dans sa maison, des difficultés intestines. C'est une règle générale que les servantes de Curé tendent à être un peu gouvernantes, et qu'elles ne laissent pas toujours s'accomplir, sans opposition et sans résistance, de telles prodigalités. La servante du Curé de Lourdes ne faisait point exception à cette coutume universelle.

Voyant son maître gratifier un mendiant d'un gilet de flanelle, acheté la veille, elle n'y put tenir :

— Eh quoi ! Monsieur le Curé, vous lui avez donné le gilet neuf ! Ne pouviez-vous pas, tout aussi bien, lui faire l'aumône de celui qui est tout usé ?

L'abbé Peyramale eut une réponse superbe :

— Cet homme était assez riche en guenilles. Il était inutile de lui en ajouter une de plus.

.*.

Une autre fois, ce fut tout à fait grave. Pendant qu'il était à l'église, un vieil indigent, qui faisait partie de sa Clientèle, se présenta chez lui. La servante était seule ; elle le reçut fort mal.

— M. le Curé n'a pas d'argent à vous distribuer. Sa bourse est vide, — et pour longtemps. Vous et vos pareils l'avez dépouillé de tout. Souvent, il n'y a pas ici de quoi dîner. Faites-moi le plaisir de décamper et de ne point reparaître. Vous n'aurez ni un franc ni un sou.

Tandis qu'elle s'exprimait très vertement de la

sorte, un homme était entré dans la salle, sans qu'elle s'en aperçût.

C'était le Curé de Lourdes qui revenait de l'église, après avoir dit sa Messe.

En entendant ces dures paroles, il fut saisi par une soudaine et sainte colère.

— C'est à vous de sortir! s'écria-t-il, et de passer par la porte que vous fermez aux malheureux!

Il n'y eut pas moyen de l'apaiser.

Après avoir laissé sa servante hors de chez lui durant huit jours, il consentit à céder à ses instances et à la reprendre, espérant que la leçon avait été salutaire.

— Les malheureux représentent pour moi Celui qui est le seul Maître, lui dit-il; et nous sommes ici pour les servir.

. .
. .

Déclarons, à la décharge de cette estimable domestique, que le bon abbé Peyramale était très souvent réduit à une pénurie absolue. Tout le patrimoine qu'il avait reçu de son père avait peu à peu disparu en aumônes.

Ne pouvant se résoudre à aller dans la masure d'un pauvre ou près du lit d'un malade sans lui apporter un secours, voici comment il s'y prenait lorsque, ayant épuisé toutes les ressources de son modeste traitement, il lui était matériellement impossible de faire quoi que ce soit.

Il se rendait près d'une personne aisée de la ville. Vous pensez qu'il lui demandait de l'argent? Point du tout. Il mettait sous ses yeux la souffrance d'autrui et lui disait:

— Un tel est malade ; sa misère est extrême. Promettez-moi de le visiter et vous serez agréable à Dieu.

Puis il retournait vers l'indigent, et lui laissait cette parole en quittant son chevet :

— Je vous annonce une bonne nouvelle. Ce soir ou demain, quelqu'un qui vous veut du bien viendra vous voir.

Et c'est ainsi que, non content de faire la charité, il la faisait encore faire autour de lui.

— Un Curé doit toujours donner, se plaisait-il à répéter. Quand il a de l'argent, il donne aux pauvres. Quand il n'en a pas, il donne aux riches.

Il appelait, avec raison : « donner aux riches » leur fournir l'occasion d'accomplir une bonne action.

X

Dans le prêtre, le peuple aime et demande avant toutes choses le désintéressement, le mépris de l'argent, le don de soi-même, et, pour tout dire en un mot, la Charité. Il aime aussi, d'autre part, la bravoure, le sang-froid devant le péril, le courage ; il applaudit à la force.

Le peuple se plaît, comme Samson, à cueillir le miel dans la bouche du lion, et à voir la tendresse de l'apôtre dans la poitrine d'un vaillant. Le grand abbé Peyramale avait tout cela. L'énergie du Curé de Lourdes, sa visible intrépidité que rien ne déconcertait, rehaussaient encore le prix de sa mansuétude et de sa bonté.

Quelques histoires singulières qui lui advinrent firent, à cette époque, le sujet de toutes les conversations du pays. Et on les racontera longtemps encore dans les veillées.

* *
*

Environ deux ou trois ans après son arrivée, le Doyen de Lourdes fut invité à assister à l'inauguration d'un « Chemin de Croix », qui avait lieu dans une paroisse assez reculée de la Montagne. On était au mois de février. Il s'y rendit avec l'un de ses vicaires. Tous deux acceptèrent le repas du soir chez le curé, projetant de rentrer ensuite à la clarté de la lune.

Mais, pendant qu'ils étaient à table, la neige se mit à tomber très épaisse; et, quand on voulut prendre le chemin du retour, un immense linceul blanc couvrait la montagne, les gorges et les vallons. Après la bourrasque, le temps s'était, du reste, rasséréné. Le ciel était clair, les étoiles brillantes, la lune dans tout son éclat. Il gelait.

— Impossible de partir la nuit avec vingt centimètres de neige sous les semelles! s'écria leur hôte. Je vous garde l'un et l'autre jusqu'à demain.

— Il n'y aurait vraiment pas moyen de distinguer les sentiers et la route, avoua le vicaire, dissimulant peu son effroi.

— Restez! jeune homme, dit le Curé de Lourdes. Pour moi, c'est différent; j'ai des malades, et il faut que je rentre. La Montagne me connaît, et je connais la Montagne.

On insista vainement pour l'empêcher de s'aventurer de la sorte. La pensée des malades qu'il avait laissés dans sa paroisse et qui pouvaient avoir besoin de son ministère fut plus forte que toute considération. Le vicaire alors s'offrit à l'accompagner.

— Inutile ! répondit le Curé de Lourdes : vous n'avez pas le pied montagnard ; et, quant à moi, ma houlette pastorale me suffit.

Et, prenant son énorme bâton recourbé, il descendit la pente de la Montagne.

Il avait dit vrai, d'ailleurs. Il connaissait la Montagne, et ne s'égara point dans son chemin.

Ayant, sans se tromper, deviné les sentiers, il parvint sur la grande route de Barèges. Mais il était encore à une ou deux lieues de Lourdes.

La beauté de la nuit, le spectacle grandiose de ce paysage nocturne, de ces pics gigantesques qui étincelaient comme de l'argent, de ces masses formidables qui semblaient soutenir le ciel, le silence absolu de cette vaste solitude, portaient son âme à la pensée de Dieu ; et il s'abandonnait, de toute la spontanéité de son cœur, à la méditation que conseillent ces paroles bibliques : *In noctibus extollite manus vestras in sancta, et benedicite Dominum.*

Tout à coup, il crut entendre derrière lui le bruit d'un piétinement timide et très léger, à peine perceptible. Il se retourne et aperçoit, à vingt pas, un loup énorme qui le suivait, un loup dont les yeux faméliques flamboyaient dans l'ombre. La neige gelée se brisait en crépitant sous les pieds de la bête, et produisait ce grésillement qui avait mis en éveil l'oreille très fine du prêtre voyageur.

L'abbé Peyramale continua son chemin, regardant de temps en temps en arrière pour se rendre compte de l'attitude du personnage.

Le loup conservait mathématiquement la même distance, aussi exacte que si elle eût été mesurée avec un compas. Quand l'homme s'arrêtait, le loup s'arrêtait ; quand l'homme reprenait sa marche, le loup reprenait la sienne.

A un certain moment, les pas du loup parurent plus accentués. Le Curé voit un second loup qui avait rejoint le premier. Se sentant en force, ils s'étaient rapprochés. La distance n'était plus que de moitié, et le nombre était double : danger quadruple.

Le Curé s'arrêta, les loups s'arrêtèrent. Il fit tournoyer dans sa main, avec une vigueur peu commune, sa houlette pastorale. Ils n'avancèrent pas, mais ne reculèrent pas. Il poursuivit son chemin : les loups persistèrent à l'accompagner. Cela dura une demi-lieue. A chaque instant, il faisait volte-face, brandissant sa redoutable houlette, et la même scène recommençait.

Ce groupe hétérogène approchait de la Ville. On n'en était plus qu'à un kilomètre, lorsque survient un troisième loup, et la bande raccourcit encore la distance de moitié. D'un bond, elle peut s'élancer sur le prêtre.

Celui-ci choisit aussitôt sa stratégie.

La route était large et belle, aucun obstacle imprévu ne pouvait se rencontrer sous le pied. Le Curé de Lourdes prend le parti de marcher à reculons, afin de présenter constamment à l'ennemi sa face intrépide et sa robuste main, armée du bâton ferré.

Les trois loups, espérant sans doute que l'homme butterait ou glisserait et qu'ils se jetteraient alors sur lui, le suivirent jusque dans la grande rue, où l'un des habitants, sortant de sa maison, aperçut cette étrange rentrée du Doyen de Lourdes dans son Doyenné.

— Qu'est cela ? Au secours ! s'écria le Lourdais, épouvanté à cet extraordinaire spectacle.

— Ce n'est rien ! dit le Curé : ce sont trois compagnons qui ont tenu à me faire la conduite. Maintenant qu'ils m'ont ramené jusque dans ma caverne, ils vont retourner dans leur presbytère.

Au bruit des fenêtres qui s'ouvraient et à l'aspect des lumières, les loups venaient, en effet, de prendre la fuite.

— S'ils étaient entrés chez lui, il était capable de les amender et de les transformer en gens de bien, disait-on le lendemain dans la ville, faisant allusion à certaines conversions étonnantes opérées par ce prêtre, à qui on ne résistait point.

* *

Ecoutons l'histoire d'un mécréant de la contrée, fort ennemi des robes noires. Hostile à toute idée religieuse, il l'était aussi, par une conséquence logique, à tous les ministres de Dieu. Il ne croyait ni à leur foi, ni à leur charité. Lorsque, dans la rue, il apercevait le Curé de Lourdes, il s'empressait de l'éviter ; et l'abbé Peyramale n'avait pu mettre encore la main sur cette ouaille, considérablement égarée. La Providence leur ménagea une entrevue.

Par une après-midi pluvieuse, ce mécréant conduisait, dans un chemin creux, une charrette chargée d'une pièce de vin. Il se tenait à côté, son fouet à la main.

Voilà que, tout à coup, l'une des roues s'enfonce dans une ornière profonde qu'une flaque d'eau dissimulait ; et en même temps le cheval s'abat. Le malheureux conducteur se trouve pris inopinément entre la roue et le talus, dans l'impossibilité absolue de se dégager. Bien plus, le sol étant détrempé et ramolli, de seconde en seconde la roue s'enfonçait davantage. De sorte que, sous cette pression formidable, qui s'accroissait progressivement, l'homme devait être inévitablement écrasé en quelques minutes. Il poussait des cris déchirants, essayant en vain, par des efforts désespérés, de s'échapper de cette sorte d'étau meurtrier.

D'aventure, le curé Peyramale suivait le même chemin. Il accourt ; il voit le péril.

— Faites un acte de contrition ! crie-t-il au charretier, je vous absous de vos péchés.

Mais, tout en récitant la formule de l'absolution *in articulo mortis*, il se glisse sous la charrette et, au risque de se rompre l'épine dorsale, il plie en arc-boutant son corps athlétique, et soulève pour un instant ce poids énorme. Il délivre ainsi le moribond.

Puis, sortant de dessous le chariot, il va vers cet infortuné, pour voir s'il n'a aucun os de brisé. L'accident, heureusement, n'avait produit que de fortes contusions.

Le cheval s'était relevé de lui-même.

— Maintenant vous voilà sain et sauf, dit le Curé, se dérobant brusquement aux remerciements de celui qu'il venait de sauver.

Le lendemain matin, cet homme frappe à la porte de l'abbé Peyramale.

— Monsieur le Curé, lui dit-il, j'ai un autre fardeau qui m'écrase.

— Je m'en doutais, répondit le prêtre.

— Et je viens vous prier de me l'ôter.

— Bien volontiers.

Et une demi-heure après, le ministre de Dieu faisait entendre au confessionnal la parole du pardon sur le front incliné de la brebis perdue qui rentrait au bercail.

Il se ressentit longtemps de l'effort effroyable qu'il avait fait. Il eut les reins malades pendant six mois.

Sa cordiale bonne humeur assaisonnait les moindres actions de sa vie et leur ajoutait je ne sais quelle particulière saveur.

Une après-midi, il rencontre dans la rue, à côté de la diligence qui relayait, un ecclésiastique étranger, dans un fâcheux embarras. Ce prêtre revenait des eaux de Barèges. Durant le trajet, son tricorne avait été emporté brusquement par un coup de vent et jeté dans le Gave. Il demande à l'abbé Peyramale qui passait, et qu'il ne connaissait point, s'il n'y aurait pas, en ville, quelque chapelier.

— Suivez-moi ! dit le Curé de Lourdes. Il n'y a pas de chapelier, mais il y a un chapeau.

Et il l'amène chez lui. Il ouvre une armoire et en tire le tricorne des grands jours.

— Voilà votre affaire ! s'écrie-t-il en le lui posant sur la tête.

Mais, s'apercevant alors que cet ecclésiastique avait un chef tout petit, tandis que lui-même avait une tête large et forte :

— Oui, c'est votre affaire ! ajouta-t-il en riant... mais à la condition toutefois que votre tête grandisse ou que mon chapeau diminue.

On choisit le second parti. Grâce à trois ou quatre journaux insérés dans la coiffe, le contenant se plia docilement à l'exiguïté du contenu.

.

Vers cette même époque s'effectua dans la paroisse de Lourdes une arrestation remarquable, et qui mérite d'autant mieux d'être mentionnée, que les chroniques ont rarement l'occasion d'en relater de semblables. Il faut, en effet, remonter à plus de deux siècles et franchir l'océan Atlantique pour pouvoir citer une histoire analogue, qui eut lieu, rapporte-t-on, à Lima, dans la ville du saint archevêque de Turibe (1).

C'était pendant une nuit assez sombre, vers une heure du matin. Les rues étaient entièrement désertes : à ce moment, en province, tout le monde est depuis longtemps couché. Deux habitants, qui revenaient de la campagne où ils avaient soupé chez un ami et qui s'étaient attardés, rentraient en ville. Arrivés sur la place du Marcadal, ils aperçurent, longeant mystérieusement les murs, un individu qui s'empressa de hâter le pas, dès qu'il les entendit derrière lui. Ce rôdeur était chargé

(1) Dom Bérengier, *Vie de saint Turibe.*

d'un énorme paquet dont il était impossible de discerner la nature.

— Qui vive? s'écrient les deux braves gens.

Nulle réponse.

Le fugitif s'était mis à marcher plus rapidement, tentant de s'échapper par une rue transversale.

Les deux Lourdais ne manquaient pas de courage : sans hésiter, ils s'élancent à sa poursuite. Mais l'inconnu, qui avait de l'avance, ne se laissait point gagner.

— La peur de la prison lui donne des jambes, pensèrent-ils.

Ils firent alors semblant d'abandonner leur chasse nocturne et eurent recours à la ruse. Ils prirent une ruelle détournée, et un instant après ils se trouvèrent face à face avec l'homme au paquet. Ils le saisirent en même temps au collet.

— Halte-là, camarade! nous te tenons.

Quel coup de théâtre ! Ce rôdeur de nuit était le Curé de Lourdes. Le paquet énorme, dont ses épaules étaient chargées, n'était autre chose qu'un matelas. Il l'apportait chez un pauvre malade. Tenant à cacher les excès de sa charité, il avait choisi l'heure des crimes, pour perpétrer sa bonne action.

XI

La paroisse ne possédait pas de presbytère; et le curé, comme un voyageur qui passe, était dans un habitacle de location. L'abbé Peyramale s'en inquiéta peu. On l'eût logé sous une tente qu'il se fût déclaré content. Plusieurs le pressaient de réclamer, d'agir auprès de la Municipalité, de se faire construire une maison curiale.

— Vous ne pouvez, lui disait-on, être ainsi en camp volant.

— Pourquoi pas? répondit-il : je ne tourmenterai pas mes paroissiens à ce sujet. *Non habemus hic permanentem domum.*

Et en effet, toute sa vie, il est demeuré dans un logis et, en grande partie, dans des meubles d'emprunt.

Le plus illustre Curé du monde n'a pas eu de presbytère.

.•.

Pour la Maison de Dieu, il ne montrait point, tant s'en faut, la même indifférence. Son église, misérable et caduque, bâtie il y a mille ans au centre d'un pauvre village, ne pouvait suffire à une population qui, s'étant accrue de siècle en siècle, était devenue celle d'une petite ville.

L'une de ses premières pensées fut donc de construire un nouveau temple, afin de remplacer cette vieille construction qu'il était à peu près impossible de réparer.

Déjà il mûrissait ce projet en lui-même, lorsque survinrent à la Grotte de Lourdes, en février 1858, les événements dont le bruit n'allait pas tarder à remplir le monde entier.

C'est à partir de cette date que le curé Peyramale entre dans le grand jour de l'histoire.

La charité avait été sa préparation à l'élection que la Vierge fit de lui.

LIVRE DEUXIÈME

—

LA MISSION

LIVRE DEUXIÈME

LA MISSION

I

Il n'entre point dans notre dessein de reprendre ici l'historique complet des faits extraordinaires racontés dans *Notre-Dame de Lourdes*. Nous nous bornons à nous emprunter à nous-même le récit des divers épisodes, dans lesquels le Curé Peyramale se trouva directement mêlé, rappelant tout d'abord, pour être clair, les détails principaux, relatifs aux Apparitions.

Le jeudi 11 février 1858, une enfant de Lourdes, Bernadette Soubirous, âgée d'environ quatorze ans, était allée, avec sa sœur Marie et une autre petite fille du voisinage, Jeanne Abbadie, ramasser du bois mort sur le bord de l'èau.

Elles cheminèrent ainsi, en glanant leur petite provision, jusques au fond de l'île du Chalet, à l'endroit même où un ruisseau de moulin, aujourd'hui détourné de son cours primitif, venait rejoindre le Gave.

Elles se trouvaient juste en face d'une triple excavation que l'on nommait dans le pays « la Grotte de Massabielle », grotte déserte, que connaissaient seulement les bergers et les pêcheurs qui s'y abritaient quelquefois contre le mauvais temps, quand ils venaient, en ces endroits, jeter leurs filets dans le Gave. Les trois enfants n'en étaient séparées que par le cours d'eau du moulin, ordinairement très fort, qui baignait le pied des rochers.

Or, ce jour-là, le moulin de Sâvy étant en réparation, on avait, autant que possible, fermé en amont la prise d'eau.

Tombées des divers arbustes qui poussaient dans les anfractuosités du rocher, des branches de bois mort tapissaient ce lieu sauvage, que le dessèchement accidentel du canal rendait momentanément plus accessible que de coutume.

Joyeuses de cette trouvaille, diligentes et actives comme la Marthe de l'Evangile, Jeanne et Marie ôtèrent bien vite leurs sabots et traversèrent le ruisseau.

— L'eau est bien froide, dirent-elles en arrivant sur l'autre rive et remettant leurs sabots.

On était au mois de février, et ces torrents de la Montagne, à peine sortis des neiges éternelles où leur source se forme, sont généralement d'une température glaciale.

Pour Bernadette, moins alerte ou moins empressée, chétive d'ailleurs, c'était tout un embarras que de traverser ce faible courant. Elle portait des bas, tandis que Marie et Jeanne étaient nu-pieds dans leurs sabots, et elle avait à se déchausser.

Devant l'exclamation de ses compagnes, elle redouta le froid de l'eau.

— Jetez deux ou trois grosses pierres au milieu du ruisseau, leur dit-elle, pour que je puisse passer à pied sec.

Les deux glaneuses de branches mortes s'occupaient déjà à composer leur petit fagot. Elles ne voulurent pas perdre leur temps à se déranger :

— Fais comme nous, répondit Jeanne : mets-toi nu-pieds.

Bernadette se résigna, et, s'adossant à un fragment de roche qui était là, elle commença à défaire sa chaussure.

Il était environ midi. L'*Angelus* devait sonner à tous les clochers des villages pyrénéens.

II

Elle était en train d'ôter son premier bas, lorsqu'elle entend autour d'elle comme le bruit d'un coup de vent, se levant dans la prairie, avec je ne sais quel caractère d'irrésistible puissance.

Croyant à un ouragan soudain, elle se retourna instinctivement. A sa grande surprise, les peupliers qui bordent le Gave étaient dans une complète immobilité. Aucune brise, même légère, n'agitait leurs branches paisibles.

— Je me serai trompée, se dit-elle...

Mais l'impétueux roulement de ce souffle inconnu retentit de nouveau à son oreille.

Bernadette leva la tête, et poussa aussitôt, ou plutôt voulut pousser un grand cri, qui s'étouffa dans sa gorge. Terrassée, éblouie, écrasée en

quelque sorte par ce qu'elle aperçut devant elle,
elle ploya, pour ainsi dire, tout entière, et tomba à
deux genoux.

Un spectacle vraiment inouï venait de frapper
ses yeux. Le récit de l'enfant, les interrogations
innombrables que lui ont faites depuis cette époque
mille esprits investigateurs et sagaces, les particularités précises et minutieuses dans lesquelles tant
d'intelligences en éveil l'ont forcée de descendre,
permettent de tracer, d'une main aussi sûre de
chaque détail que de la physionomie générale, le
portrait étonnant de l'Être merveilleux qui apparaissait aux yeux de Bernadette, terrifiée et ravie.

III

Au-dessus de la Grotte devant laquelle Marie et
Jeanne, empressées et courbées vers la terre, ra-
massaient du bois mort; dans une niche rustique
formée par le rocher, se tenait debout, au sein
d'une clarté surhumaine, une femme d'une incomparable splendeur.

L'ineffable lueur qui flottait autour d'elle ne bles-
sait aucunement la vue, ainsi que le fait l'ardente
flamme du soleil. Tout au contraire, cette auréole,
vive comme un faisceau de rayons et paisible comme
l'ombre profonde, attirait invinciblement le regard
qui semblait s'y baigner et s'y reposer avec délices.
C'était la lumière dans la fraîcheur : *Stella matu-
tina,* pour employer l'expression des Litanies.

Rien de vague, d'ailleurs, ou de vaporeux en

l'Apparition elle-même. Elle n'avait point les contours fuyants d'une vision fantastique; c'était une
réalité vivante et revêtue d'un corps, que l'œil
jugeait palpable comme la chair de nous tous, et
qui ne différait d'une personne ordinaire que par
son auréole et par sa paradisiaque beauté.

Elle était de taille moyenne. Elle semblait toute
jeune et elle avait la grâce de la vingtième année;
mais, sans rien perdre de sa tendre délicatesse, cet
éclat, fugitif dans le temps, avait en elle un caractère éternel. Bien plus, dans ses traits aux lignes
divines se mêlaient en quelque sorte, sans en troubler l'harmonie, les beautés successives et isolées
des quatre saisons de la vie humaine.

L'innocente candeur de l'Enfant, la pureté absolue de la Vierge, la gravité tendre de la plus haute
des Maternités, une Sagesse supérieure à celle de
tous les siècles accumulés, se résumaient et se fon-
daient ensemble, sans se nuire l'une à l'autre, dans
ce merveilleux visage. Nulle majesté dans l'univers,
nulle distinction de ce monde, nulle simplicité d'ici-
bas, ne peuvent en donner une idée et aider à le
faire mieux comprendre. Ce n'est point avec les
lampes de la terre que l'on peut, pour ainsi dire,
éclairer les astres du ciel.

La régularité même et l'idéale perfection de ces
traits, où rien n'était heurté, les dérobent à la descrip-
tion. Faut-il dire cependant que la courbe ovale du
visage était d'une grâce infinie, que les yeux étaient
bleus et d'une suavité qui semblait fondre le cœur de
quiconque en était regardé? Les lèvres respiraient
une bonté et une mansuétude angéliques et surhumaines. Le front paraissait contenir la sagesse

suprême, c'est-à-dire la science de toutes choses, unie à la vertu sans bornes.

Les vêtements, d'une étoffe inconnue, et tissés sans doute dans l'atelier mystérieux où s'habille le lis des vallées, étaient blancs comme la neige immaculée des montagnes, et plus magnifiques en leur simplicité que le costume éclatant de Salomon dans sa gloire. La robe, longue et traînante, la robe aux chastes plis, laissait ressortir les pieds, qui reposaient sur le roc et foulaient légèrement la branche de l'églantier. Sur chacun de ces pieds, d'une nudité virginale, s'épanouissait la Rose mystique, couleur d'or.

Une ceinture, bleue comme le ciel et nouée à moitié autour du corps, se déroulait en deux longues bandes touchant presque à la naissance des pieds. En arrière, enveloppant dans son amplitude les épaules et le haut des bras, un voile blanc, fixé autour de la tête, descendait jusque vers le bas de la robe.

Ni collier, ni diadème, ni bagues, ni joyaux : nul de ces ornements auxquels s'est complu de tout temps la vanité des filles d'Ève. Un chapelet, dont les grains étaient blancs comme des gouttes de lait, dont la chaîne était jaune comme l'or des moissons, pendait entre les mains, jointes avec ferveur (1). Les grains du chapelet glissaient l'un après l'autre entre les doigts. Toutefois, les lèvres de cette Reine des Vierges demeuraient immobiles. Au lieu de réciter les *Ave Maria,* elle écoutait peut-être en son propre cœur l'écho éternel de la Salutation Angélique et le

_____

(1) La Vierge de Lourdes est toujours apparue avec un chapelet à cinq dizaines et non avec le Rosaire, qui en a quinze.

murmure immense des invocations venues des mortels. Chaque grain qu'Elle touchait, c'était, on le le peut présumer, une pluie de grâces célestes qui tombaient sur les âmes, comme des perles de rosée dans le calice des fleurs.

Elle demeurait dans le silence; mais, plus tard, sa propre parole et nombre de faits miraculeux devaient attester qu'Elle était la Vierge immaculée, la très auguste et très sainte Marie, Mère de Dieu.

Cette Apparition merveilleuse regardait Bernadette, laquelle, dans son saisissement, s'était irrésistiblement prosternée.

IV

L'enfant, dans sa première stupeur, avait pris instinctivement son chapelet; et, le tenant dans ses doigts, elle voulut faire le signe de la Croix. Mais son tremblement était tel, qu'elle n'eut pas la force de lever le bras; il retomba impuissant sur ses genoux ployés.

Nolite timere, « ne craignez point », disait Jésus à ses disciples, quand il vint à eux, en marchant sur les flots de la mer de Tibériade.

L'attitude et le sourire de la Vierge incomparable semblèrent dire la même chose à la petite bergère effrayée.

D'un geste grave et doux, qui avait l'air d'une toute-puissante bénédiction pour la terre et les cieux, Elle fit elle-même, comme voulant encourager l'enfant, le signe de la Croix. Et la main de Bernadette, se soulevant peu à peu, invisiblement dirigée par Celle que l'on nomme le Secours des Chrétiens, traça en même temps le signe sacré.

Ego sum : nolite timere. « C'est Moi-même, ne craignez point ! » disait Jésus à ses disciples.

L'enfant n'avait plus peur. Éblouie, charmée, doutant pourtant parfois d'elle-même et se frottant les yeux, se sentant constamment attirée par cette céleste Apparition, elle prononçait humblement les prières de son chapelet : « Je crois en Dieu ; Je vous salue, Marie, pleine de grâce... »

À l'instant où Elle venait de terminer la formule en laquelle se condense toute la religion : « Gloire au Père, au Fils et au Saint-Esprit, dans les siècles des siècles », la Vierge lumineuse disparut tout à coup, rentrant sans doute dans les Cieux éternels où réside la Trinité sainte.

Bernadette éprouva comme le sentiment de quelqu'un qui redescend ou qui retombe. Elle jeta les yeux autour d'elle. Le Gave courait toujours en mugissant à travers les cailloux et les roches brisées ; mais ce bruit lui semblait plus dur qu'auparavant, les eaux plus sombres, le paysage plus terne, la lumière du soleil moins claire. Devant elle s'étendaient les Roches de Massabielle, sous lesquelles ses compagnes glanaient des débris de bois. Au-dessus de la Grotte, la niche où reposait la branche d'églantier était béante et vide : rien d'inaccoutumé n'y apparaissait ; nulle trace ne lui était restée de la visite divine, et elle avait cessé d'être la Porte du ciel.

V

Cette extraordinaire Vision avait duré environ un quart d'heure : non point que Bernadette eût eu conscience du temps, mais il se peut mesurer par cette circonstance qu'elle avait récité les cinq dizaines de son chapelet.

Jeanne et Marie l'avaient aperçue tombant à genoux et se mettant en prière; mais ce n'est pas rare, Dieu merci, parmi les enfants de la montagne, et, occupées à leur besogne, elles n'y avaient prêté nulle attention.

Bernadette, les ayant rejointes, fut surprise du calme complet de sa sœur et de Jeanne. Elles avaient en ce moment même achevé leur récolte de menu bois, et, entrant sous la Grotte, s'étaient mises à jouer.

— Est-ce que vous n'avez rien vu? leur dit l'enfant.

Elles remarquèrent alors qu'elle était agitée et émue.

— Non, répondirent-elles. Et toi, qu'est-ce que tu as vu?

La Voyante craignit-elle de profaner ce qui remplissait son âme? voulut-elle le savourer en silence? fut-elle retenue par une sorte de timidité tremblante? toujours est-il qu'elle obéit à ce besoin instinctif des humbles de cacher comme un trésor les grâces particulières dont Dieu les favorise.

— Si vous n'avez rien vu, répondit-elle, je n'ai rien à vous dire.

Les petits fagots étaient terminés. Les trois enfants reprirent la route de Lourdes.

Mais Bernadette n'avait pu dissimuler son trouble. Chemin faisant, Marie et Jeanne la tourmentèrent pour savoir ce qu'elle avait vu. La petite bergère céda à leurs instances et à leur promesse de garder le secret.

— J'ai vu, dit-elle, quelque chose habillé de blanc.

Et elle leur décrivit, en son langage, sa merveilleuse Vision.

— Voilà ce que j'ai vu, ajouta-t-elle ; mais, je vous en prie, n'en parlez point.

Marie et Jeanne ne doutèrent aucunement. L'enfance, dans sa pureté et son innocence premières, est naturellement croyante, et le doute n'est ni son mal, ni sa tentation. D'ailleurs, l'accent vivant et sincère de Bernadette, encore tout imprégnée de ce qu'elle venait de contempler, s'imposait irrésistiblement. Donc, Marie et Jeanne ne doutèrent point, mais elles furent effrayées. Les enfants des pauvres sont toujours craintifs. Cela n'est que trop explicable : la souffrance leur vient de tous les côtés.

— C'est peut-être quelque chose pour nous faire du mal, dirent-elles. N'y revenons pas, Bernadette.

A peine arrivées à la maison, les confidentes de la petite bergère ne purent tenir longtemps leur secret. Marie raconta tout à sa mère.

— Ce sont des enfantillages, dit celle-ci... Que me rapporte donc ta sœur ? reprit-elle en interrogeant Bernadette.

La petite fille recommença son récit.

La mère Soubirous haussa les épaules :

— Tu t'es trompée. Ce sont des lubies, des enfantillages... Et quoi qu'il en soit, je te défends d'y
retourner.

Cet ordre formel serra le cœur de Bernadette.

Cependant elle se résigna et ne répliqua point.

VI

Deux jours, le vendredi et le samedi, se passèrent.
Cet événement singulier se représentait à toute heure
à la pensée de Bernadette, et il faisait le sujet constant de ses entretiens avec sa sœur Marie, avec
Jeanne et d'autres enfants. Une passion, si l'on
peut se servir de ce mot profané pour désigner un
sentiment si pur, était née dans ce cœur ingénu
de petite fille : l'ardent désir de revoir la Dame
incomparable. Ce nom de « Dame » était celui par
lequel elle la désignait en son rustique langage.
Toutefois, quand on lui demandait si cette Apparition ressemblait à quelqu'une des dames qu'elle
rencontrait, soit dans la rue, soit à l'église, à quelqu'une des personnes célèbres dans le pays pour
leur beauté éclatante, elle secouait la tête et souriait doucement.

— Rien de tout cela n'en donne une idée, disait-
elle. Elle est d'une beauté qu'il est impossible d'exprimer.

Son plus grand désir était donc de la revoir. Ses
compagnes étaient partagées entre la peur et la
curiosité.

VII

Le dimanche, le soleil s'était levé radieux et il faisait un temps magnifique. Il y a souvent dans les vallées pyrénéennes de ces jours de printemps, tièdes et doux, égarés dans la saison d'hiver.

En revenant de la Messe, Bernadette pria sa sœur Marie, Jeanne et deux ou trois autres enfants, d'insister auprès de sa mère pour qu'elle levât la défense et leur permît de retourner aux Roches Massabielle.

— Peut-être est-ce quelque chose de méchant? objectaient-elles.

Bernadette répondait qu'elle ne le croyait pas, qu'elle n'avait jamais vu une physionomie si merveilleusement bonne.

— En tout cas, reprenaient les petites filles, qui, plus instruites que la pauvre bergère de Bartrès, savaient un peu de catéchisme, en tout cas, il faut lui jeter de l'eau bénite. Si c'est le diable, il s'en ira. Tu lui diras : « Si vous venez de la part de Dieu, approchez; si vous venez du démon, allez-vous-en. »

Ce n'était point tout à fait la formule précise des exorcismes; mais, en vérité, les petites théologiennes de Lourdes raisonnaient, en cette affaire, avec autant de circonspection et de justesse qu'aurait pu le faire un Docteur en Sorbonne.

Il fut donc décidé, dans ce concile enfantin, que l'on emporterait de l'eau bénite. Une certaine ap-

préhension était d'ailleurs venue à Bernadette elle-
même, à la suite de ces causeries.

Restait à obtenir la permission.

Les enfants toutes réunies la demandèrent après
le repas de midi. La mère Soubirous voulut d'abord
maintenir sa défense, alléguant que le Gave longeait
et baignait les Roches Massabielle, qu'il y aurait
peut-être du danger, que l'heure des Vêpres était
proche et qu'il ne fallait pas s'exposer à les manquer, que c'étaient là des niaiseries, etc. Mais on
connaît à quel point de pression irrésistible peut
s'élever une légion d'enfants. Toutes promirent
d'être prudentes, d'être expéditives, d'être raison-
nables, et la mère finit par céder.

Le petit groupe passe par l'église. Une des compagnes de Bernadette avait apporté une bouteille
d'un demi-litre : on la remplit d'eau bénite.

Arrivées à la Grotte, rien ne se produisit tout
d'abord.

— Prions, dit Bernadette, et récitons le chapelet.

Voilà les enfants qui s'agenouillent et qui commencent, chacune à part soi, la récitation du chapelet.

Tout à coup le visage de Bernadette paraît se
transfigurer et se transfigure en effet. Une émotion
extraordinaire se peint dans tous ses traits; son
regard, plus brillant, semble aspirer une lumière
divine.

Les pieds posés sur le roc, vêtue comme la
première fois, l'Apparition merveilleuse venait de
se manifester à ses yeux.

— Regardez ! dit-elle : La voilà !

Hélas ! la vue des autres enfants n'était pas

miraculeusement dégagée comme la sienne du voile
de chair qui empêche de percevoir les corps
spiritualisés. Les petites filles n'avaient devant elles
que le rocher désert et les branches de l'églantier,
qui descendaient, en faisant mille arabesques,
jusqu'à la base de cette niche mystérieuse où
Bernadette contemplait un Etre inconnu.

Toutefois, la physionomie de Bernadette était
telle, qu'il n'y avait point moyen de douter. L'une
des enfants plaça la bouteille d'eau bénite entre les
mains de la Voyante.

Alors Bernadette, se souvenant de ce qu'elle
avait promis, se leva, et secouant vivement et à
plusieurs reprises la petite bouteille, elle aspergea
la Dame merveilleuse, qui se tenait toute gracieuse
à quelques pas au-dessus d'elle, dans l'intérieur
de la niche.

« Si vous venez de la part de Dieu, approchez »,
dit Bernadette.

A ces mots, à ces gestes de l'enfant, la Vierge
s'inclina à plusieurs reprises et s'avança presque
sur le bord du rocher. Elle semblait sourire aux
précautions de Bernadette et à ses armes de guerre.
Au nom sacré de Dieu, son visage s'illumina.

« Si vous venez de la part de Dieu, approchez »,
répétait Bernadette...

Mais, la voyant si belle, si éclatante de gloire, si
resplendissante de bonté céleste, elle sentit son
cœur lui faillir au moment d'ajouter : « Si vous
venez de la part du démon, allez-vous-en. » Ces
paroles, qu'on lui avait dictées, lui semblèrent
monstrueuses, en présence de l'Etre incomparable ;
et elles s'enfuirent pour jamais de son esprit, sans
être montées jusqu'à ses lèvres.

Elle se prosterna de nouveau et continua de réciter le chapelet, que la Vierge semblait écouter, en faisant elle-même glisser le sien entre ses doigts.

A la fin de cette prière, l'Apparition s'évanouit.

VIII

En reprenant le chemin de Lourdes, Bernadette était dans la joie. Ses compagnes éprouvaient une vague terreur. La transfiguration du visage de Bernadette leur avait montré la réalité d'une Apparition surnaturelle. Or, tout ce qui dépasse la nature, l'effraye. « Eloignez-vous de nous, Seigneur, de peur que nous ne mourions », disaient les Juifs du Vieux Testament.

— Ne retournons plus ici, Bernadette. Ce que tu as vu vient peut-être pour nous faire du mal, disaient, à la jeune Voyante, ses compagnes troublées.

Comme elles s'y étaient engagées, les enfants rentrèrent pour les Vêpres. A la sortie de l'église, la beauté du temps attira sur la route une partie de la population, allant, venant, devisant aux derniers rayons du soleil, si doux en ces splendides jours d'hiver. Le récit des petites filles circula çà et là dans quelques groupes de promeneurs. Et c'est ainsi que le bruit de ces faits étranges commença à se répandre dans la ville. La rumeur, qui n'avait d'abord agité qu'une humble société d'enfants, grossissait comme un flot qui monte, et pénétrait dans les couches populaires. Les carriers, très nombreux en ce pays ; les couturières, les ouvriers, les paysans, les servantes, les bonnes femmes, les pauvres gens, s'entretenaient, ceux-ci pour y croire, ceux-là pour le contester, d'autres pour en rire, certains pour l'exagérer et broder des contes, de cette prétendue Apparition. Sauf une ou deux exceptions, la bourgeoisie ne prit pas même la peine d'arrêter sa pensée à ces enfantillages.

Chose singulière ! le père et la mère de Bernadette, tout en ne doutant nullement de sa pleine sincérité, considéraient l'Apparition comme une illusion.

— C'est une enfant, disaient-ils. Elle a cru voir ; mais elle n'a rien vu. Ce sont des imaginations de petite-fille.

Toutefois, la précision des récits de leur fille les préoccupait. Par moments, entraînés par la force de vérité qui éclatait dans le témoignage de Bernadette, ils se sentaient ébranlés dans leur incrédulité. Malgré un réel désir qu'elle n'allât plus à la Grotte, ils n'osaient le lui défendre.

Elle n'y retourna point jusqu'au jeudi.

IX

Durant ce commencement de la semaine, nombre de visiteurs parmi les gens du peuple vinrent chez les Soubirous interroger Bernadette. Les réponses de l'enfant furent nettes et précises. Sa parfaite simplicité, son âge innocent, l'accent irrésistible de ses paroles, je ne sais quelle autorité étonnante dans tout cet ensemble, imposaient la confiance. Tous sortaient de leur entretien complètement convaincus de sa véracité, et persuadés qu'un fait mystérieux et inexpliqué s'était passé aux Roches de Massabielle.

La déclaration d'une petite fille ignorante ne pouvait pourtant pas suffire pour établir un événement aussi entièrement en dehors de la marche ordinaire des choses. Il fallait d'autres preuves que le témoignage d'une bergère.

Qu'était-ce, d'ailleurs, que cette Apparition, en la supposant véritable ? Etait-ce un esprit de lumière ou un ange de l'abîme ? ne serait-ce point une âme en souffrance, errante et demandant des prières ? ou bien telle ou telle personne, morte naguère dans le pays en odeur de sainteté, et se manifestant dans sa gloire ? — La foi et la superstition proposaient chacune leurs hypothèses.

Les cérémonies funèbres du Mercredi des Cendres contribuèrent-elles à incliner vers l'une de ces solutions une jeune fille et une dame de Lourdes ? virent-elles, dans la blancheur éclatante des vêtements de l'Apparition, quelque idée de linceul ou quelque apparence de fantôme ? nous ne savons. La jeune fille se nommait Antoinette Peyret, et faisait partie de la Congrégation des Enfants de Marie ; l'autre était Mme Millet.

— C'est sans doute une âme du Purgatoire qui implore des Messes, pensèrent-elles.

Et elles allèrent trouver Bernadette.

— Demande à cette Dame qui elle est et ce qu'elle veut, lui dirent-elles. Qu'elle te l'explique ; ou mieux encore, comme tu pourrais ne pas bien comprendre, qu'elle te le mette par écrit.

Bernadette, qui se sentait, par un mouvement intérieur, vivement portée à retourner à la Grotte, obtint de ses parents une nouvelle permission ; et le lendemain matin, jeudi 18 février, vers six heures, à la naissance de l'aube, après avoir entendu à l'église la Messe de cinq heures et demie, elle prit, avec Antoinette Peyret et Mme Millet, la direction de la Grotte.

X

La réparation du moulin de M. de Laffitte était terminée et le canal qui le faisait mouvoir avait été rendu à son libre cours ; de sorte qu'il était impossible de traverser comme auparavant l'île du Châlet pour se rendre au terme du voyage. Il fallait monter sur le flanc des Espélugues, en prenant un chemin fort malaisé qui conduisait à la forêt de Lourdes, redescendre ensuite par des casse-cou jusqu'à la Grotte, au milieu des roches et du tertre, rapide et sablonneux, de Massabielle.

Devant ces difficultés inattendues, les deux compagnes de Bernadette furent un peu hésitantes. Celle-ci, au contraire, parvenue en cet endroit, éprouva comme un frémissement, comme une hâte d'atteindre le but. Il lui semblait que quelqu'un d'invisible la soulevait et lui prêtait une énergie inaccoutumée. Son pas devint si rapide à la montée de la côte, qu'Antoinette et Mme Millet, toutes deux dans la force de l'âge, avaient peine à la suivre. Son asthme, qui lui interdisait toute course précipitée, paraissait avoir momentanément disparu. Arrivée au sommet, elle n'était ni haletante ni fatiguée. Tandis que ses deux compagnes ruisselaient de sueur, ses traits étaient calmes et reposés, sa respiration paisible. Elle descendit ces rochers, qu'elle n'avait pourtant jamais franchis, avec la même aisance et la même agilité, ayant toujours conscience de cet appui qui la soutenait et qui la guidait. Sur ces pentes à peu près à pic, à travers ces pierres roulantes, son pied était aussi ferme et aussi assuré que si elle eût foulé le sol large et plan d'une grande route. Mme Millet et Antoinette n'essayèrent pas de la suivre dans cette impossible allure. Elles descendirent avec la lenteur et les précautions nécessitées par une voie si périlleuse.

Bernadette les devança, par conséquent, de quelques minutes à la Grotte. Elle se prosterna, commença la récitation du chapelet, les yeux ardemment fixés sur la niche, encore vide, que tapissaient les branches de l'églantier.

Bientôt, elle pousse un cri. La clarté bien connue de l'auréole rayonne dans le fond de l'excavation ; une Voix l'appelle. La merveilleuse Apparition se trouvait debout à quelques pas au-dessus d'elle. La Vierge admirable penchait vers l'enfant son visage tout illuminé d'une sérénité éternelle ; et, d'un geste de sa main, elle lui faisait signe d'approcher.

En ce moment arrivaient, après mille efforts pénibles, les deux compagnes de Bernadette, Antoinette et Mme Millet. Déjà les traits de l'enfant étaient transfigurés par l'extase.

Celle-ci les entend et les voit.

— Elle est là, dit-elle. Elle me fait signe d'avancer.

— Demande-lui si Elle est fâchée que nous soyons ici avec toi. En ce cas, nous nous retirerions.

Bernadette regarda la Vierge, invisible pour tout autre qu'elle, écouta un instant et se retourna vers ses compagnes.

— Vous pouvez rester, répondit-elle.

Les deux femmes s'agenouillèrent à côté de l'enfant et allumèrent un cierge bénit qu'elles avaient apporté.

C'était sans doute la première fois, depuis la création du monde, qu'une telle lueur brillait en ce lieu sauvage. Cet acte si simple, qui semblait inaugurer un sanctuaire. avait en lui-même une mystérieuse solennité.

Si l'Apparition était vraiment divine. ce signe d'adoration, cette pauvre petite flamme allumée par deux humbles femmes de la campagne ne s'éteindrait plus, et irait chaque jour grandissant dans la longue série des siècles. Le souffle de l'incrédulité aurait beau s'épuiser en efforts, l'orage de la persécution. aurait beau se lever ; cette flamme, entretenue par la foi des peuples, continuerait de monter, droite et inextinguible, vers le trône de Dieu. Tandis que ces rustiques mains, inconscientes d'elles-mêmes, l'allumaient ainsi en toute simplicité dans cette Grotte inconnue où priait une enfant, l'aube, blanchissante d'abord, avait successivement pris la teinte de l'or et celle de la pourpre ; et le soleil, qui devait bientôt, à travers et malgré les nuages, inonder la terre de sa lumière, commençait à poindre derrière la cime des monts.

Bernadette, ravie en extase, contemplait la Beauté sans tache. *Tota pulchra es, amica mea, et macula non est in te.*

Ses compagnes l'interpellèrent de nouveau : '

— Approche-toi, puisqu'Elle t'appelle et te fait signe. Demande-lui qui Elle est, pourquoi Elle vient ici ?... Est-ce une âme du Purgatoire qui implore des prières, et qui souhaite qu'on dise des Messes à son intention ?... Prie-la d'écrire sur ce papier ce qu'elle désire. Nous sommes disposées à faire tout ce qu'elle veut, tout ce qui est nécessaire pour son repos.

L'enfant prit le papier, l'encre et la plume qu'on lui tendait, et s'avança vers l'Apparition, dont le regard maternel l'encouragea.

Pourtant, à chaque pas que faisait l'enfant, l'Apparition reculait peu à peu dans l'intérieur de l'excavation. Bernadette la perdit de vue un instant et pénétra sous la voûte de la Grotte d'en bas. Là, toujours au-dessus de sa tête, mais beaucoup plus près d'elle, dans l'ouverture de la niche, elle revit la Vierge rayonnante.

Bernadette, ayant en main les objets qu'on venait de lui donner, se dressa sur ses pieds afin d'atteindre, avec ses petits bras et sa modeste taille, à la hauteur où se tenait debout l'Être surnaturel.

Ses deux compagnes la suivirent pour tâcher d'entendre l'entretien qui allait s'engager. Mais Bernadette, sans se retourner, et comme obéissant elle-même à un geste de l'Apparition, leur fit signe de la main de rester en arrière.

Toutes confuses, elles se retirèrent à l'écart.

— Ma Dame, dit l'enfant, si vous avez quelque chose à me communiquer, voudriez-vous avoir la bonté d'écrire qui vous êtes et ce que vous désirez?

La divine Vierge sourit à cette requête naïve.
Ses lèvres s'ouvrirent et elle parla.

— Ce que j'ai à vous dire, répondit-Elle, je n'ai
point besoin de l'écrire. Faites-moi la grâce de
venir ici pendant quinze jours.

— Je vous le promets, dit Bernadette.

La Vierge sourit encore et fit un signe de satisfaction, montrant ainsi sa pleine confiance en la
parole de cette paysanne de quatorze ans.

Elle savait que la petite bergère de Bartrès était
de ces enfants très purs dont Jésus aimait à
caresser les têtes blondes, en disant : « Le Royaume
des cieux est pour ceux-là qui leur ressemblent. »

A la parole de Bernadette, Elle répondit par un
engagement solennel :

— Et moi, je vous promets de vous rendre heureuse, non point dans ce monde, mais dans l'autre.

A l'enfant qui lui accordait quelques jours, Elle
assurait, en récompense, l'éternité.

Bernadette, ayant interrogé la Vierge pour savoir
si elle devait durant cette quinzaine venir seule
à la Grotte ou avec ses compagnes, reçut cette
réponse :

— Elles peuvent retourner ici avec vous, elles et
d'autres encore. Je désire y voir du monde.

En prononçant ces mots, l'Apparition disparut,
laissant après elle cette clarté lumineuse dont Elle
était environnée et qui s'évanouissait peu à peu.

Cette fois-là, comme précédemment, l'enfant
remarqua un détail, au sujet de cette auréole dont
la Vierge était constamment entourée.

— Quand la Vision a lieu, disait-elle, je vois

la Lumière tout d'abord et ensuite la « Dame » ;
quand la Vision cesse, c'est la « Dame » qui disparaît la première et la Lumière en second lieu.

Le bruit de ces choses se propagea promptement,
et, franchissant bien vite les milieux populaires,
jeta, soit dans un sens, soit dans un autre, la plus
profonde agitation dans la société de ce pays. Ce
jeudi, 18 février 1858, était précisément jour de
marché à Lourdes. Il y avait, comme de coutume,
beaucoup de monde ; de sorte que, le soir même,
la nouvelle des visions, vraies ou fausses, de Bernadette se répandit dans la montagne et dans les
vallées, à Bagnères, à Tarbes, à Cauterets, à Saint-
Pé, à Nay, dans toutes les directions du département et dans les villes du Béarn les plus rappro-
chées. Dès le lendemain, une centaine de personnes
se trouvaient déjà à la Grotte lorsque Bernadette y
arriva. Le surlendemain, il y en avait quatre ou
cinq cents. On en comptait plusieurs milliers le
dimanche matin.

Que voyait-on cependant ? qu'entendait-on sous
ces roches sauvages ? Rien, absolument rien, sinon
une fillette en prière, qui disait voir et qui disait
entendre. Plus infime en apparence était la cause,
plus inexplicable humainement était l'effet.

Un courant électrique, une irrésistible puissance
à laquelle nul ne pouvait se soustraire, semblaient
avoir soulevé cette population à la parole d'une
ignorante bergère. Dans les chantiers, dans les
ateliers, dans l'intérieur des familles, dans les
réunions, parmi les laïques et parmi le clergé, chez
les pauvres et chez les riches, au cercle, dans les
cafés, dans les auberges, sur les places, dans les

rues, le soir, le matin, en particulier, en public,
on s'entretenait de cela. Qu'on fût sympathique,
qu'on fût hostile, qu'on ne fût ni l'un ni l'autre,
mais seulement curieux ou inquiet de la vérité, il
n'était personne dont ces événements singuliers ne
fussent en ce moment la plus violente, j'allais dire
l'unique préoccupation.

L'instinct populaire n'attendait pas que l'Apparition se fût nommée pour la reconnaître. — C'est
sans doute la sainte Vierge, disait-on de tous côtés.

Quelques incroyants de la contrée voulurent
connaître Bernadette, l'interroger, assister à ses
extases. Les récits de l'enfant furent simples, naturels, sans aucune contradiction, faits avec un
accent de sincérité auquel il était impossible de se
méprendre, et qui portait, chez les interlocuteurs
les plus prévenus, la conviction de son entière bonne
foi. Quant aux extases, ceux qui avaient vu à Paris
les grandes actrices de notre temps, déclarèrent
que l'art ne pouvait aller jusque là. Le thème de
la comédie ne tint pas vingt-quatre heures devant
l'évidence.

« L'hallucination, la catalepsie » devinrent alors
les deux grands mots des savants de Lourdes.

De ce qu'elle était sincère, ils concluaient qu'elle
ne pouvait être que cataleptique ou folle. Certains
d'entre eux résolurent de se livrer, pendant les
quinze jours annoncés à l'avance, à un scrupuleux
examen et de se trouver aux premières places. A
mesure que la chose prenait des proportions plus
considérables, le nombre des observateurs augmen-
tait.

Quelques médecins, quelques Socrates autochthones, quelques philosophes locaux se disant voltairiens pour faire croire qu'ils avaient lu Voltaire, se roidissaient seuls contre leur propre curiosité et tenaient à honneur de ne pas figurer dans la foule stupide qui, chaque jour, allait grossissant. Ainsi que cela arrive presque toujours, ces fanatiques du Libre Examen avaient le principe de ne pas examiner du tout. Pour ceux-là, aucun fait n'était digne d'attention, s'il dérangeait les dogmes inflexibles appris dans le *Credo* de leur journal. Du haut de leur infaillible sagesse, sur la porte de leur boutique, à la devanture du café, aux fenêtres du cercle, ces esprits de premier ordre voyaient passer avec un dédain transcendant les innombrables flots humains que je ne sais quel vertige emportait vers la Grotte.

XI

Le Clergé, surpris comme tout le monde par l'incident qui s'était brusquement emparé de l'esprit public, se préoccupait d'en discerner la nature. Là où le voltairianisme local n'admettait qu'une solution possible, le Clergé en voyait plusieurs. Le fait pouvait être naturel, et, dans ce cas, être le résultat d'une comédie très habile ou d'une maladie très étrange ; il pouvait être surnaturel, et alors, il y avait à examiner si ce surnaturel était diabolique ou divin. Dieu a ses miracles, mais le démon a ses prestiges.

L'enfant, devenue subitement si célèbre dans ce pays, était inconnue des prêtres de la Ville, à

laquelle d'ailleurs elle était presque étrangère.
Toute son enfance s'était écoulée dans une petite
paroisse de l'autre côté du Gave, à la distance de
deux ou trois lieues, à Bartrès, chez une mère
nourrice, qui l'avait gardée jusqu'à treize ans pour
conduire les brebis aux pâturages.

Depuis sa rentrée à Lourdes auprès de ses parents, elle allait au catéchisme; mais l'ecclésiastique chargé cette année-là de la préparation à la
première communion, M. l'abbé Pomian, ne l'avait
point remarquée. S'il l'avait peut-être questionnée
une fois ou deux, c'était sans faire attention à
sa personne, perdue qu'elle était dans la foule
des enfants. Lorsque les populations accouraient
déjà à la Grotte, vers le troisième jour de la
quinzaine demandée par l'Apparition mystérieuse,
M. l'abbé Pomian, désirant connaître celle dont on
parlait de toutes parts, l'appela par son nom au
catéchisme, comme il avait coutume de faire quelquefois quand il voulait interroger. Au nom de
Bernadette Soubirous une petite fille, assez chétive
et pauvrement vêtue, se leva humblement. L'ecclésiastique ne remarqua en elle que sa simplicité, et
aussi son extrême ignorance de toute matière
religieuse.

Il transmit ses impressions au Doyen de Lourdes.

M. l'abbé Peyramale approchait alors de la cin-
quantaine et était curé de Lourdes depuis quatre
ans. Ce peu de temps, on s'en souvient, lui avait
suffi pour conquérir le cœur de son peuple.

Ce n'est pas qu'il l'eût flatté. Loin de là. Rien de
ce qui était mal, aucun abus, aucun désordre moral,
d'où qu'il vînt, ne le trouvait indifférent ou faible.

Souvent la société de l'endroit, flagellée dans quelqu'un de ses vices ou de ses travers par l'ardente parole du prêtre, avait jeté les hauts cris. Il ne s'en était point ému, et avait fini presque toujours par être, Dieu aidant, vainqueur dans la lutte.

Ces hommes de devoir sont gênants, et on leur pardonne rarement l'indépendance et la sincérité de leur langage. On le pardonnait pourtant à celui-là : car, on savait que ce vrai serviteur de Dieu, si austère dans ses mœurs, si sévère dans ses doctrines, *était d'une bonté de cœur inexprimable, dont tout* malheureux dans la cité avait les preuves quotidiennes.

La vie privée est promptement percée à jour dans les petites villes, et il était devenu l'objet de la vénération générale.

Rien qu'à voir la façon dont ses paroissiens ôtaient leur chapeau quand ils l'apercevaient dans la rue ; rien qu'à l'accent familier, affectueux et content dont les pauvres gens, assis sur le pas de leur porte, disaient : « Bonjour, monsieur le Curé ! » on devinait qu'un lien sacré unissait le pasteur à ses ouailles. Les libres-penseurs parlaient de lui en ces termes : « Il n'est pas toujours commode, mais il est charitable et ne tient pas à l'argent. C'est cent fois le meilleur de toute la ville, malgré la soutane. »

Plein d'abandon et de bonhomie dans les relations ordinaires, ne supposant alors jamais le mal, et se laissant même quelquefois tromper par de fausses misères qui exploitaient sa charité, il était, comme prêtre, prudent jusqu'à la défiance dans tout ce qui touchait à l'intérêt éternel de la Religion et aux fonc-

tions de son ministère. L'homme pouvait être parfois abusé, le prêtre jamais. Il y a des grâces d'état.

Cet ecclésiastique éminent unissait à une âme
d'apôtre un bon sens d'une grande fermeté, et un
caractère que nulle force au monde ne pouvait faire
fléchir quand il s'agissait de la vérité. Les circonstances ne devaient pas tarder à montrer en lui ces
qualités de premier ordre.

Domptant en cela son tempérament natif et ses
habitudes peu expectantes, M. l'abbé Peyramale,
avant de permettre à son clergé de se montrer à la
Grotte, avant de se le permettre à lui-même, résolut
d'attendre que des preuves irréfragables se fussent
produites et que l'autorité épiscopale eût prononcé.

Il chargea quelques laïques intelligents et sûrs
de se rendre aux Roches Massabielle toutes les fois
que Bernadette et la multitude s'y transporteraient,
et de le tenir au courant, jour par jour et heure par
heure. Mais. en même temps qu'il prenait ses mesures pour être parfaitement renseigné, il les
prenait aussi pour ne mêler en rien le Clergé
dans cette affaire, dont la véritable nature était
encore douteuse.

« — Laissons faire, disait-il aux impatients, et
abstenons-nous. Ne nous exposons ni à consacrer
par notre présence une supercherie ou une illusion,
ni à combattre, par une attitude hostile, une œuvre
venant peut-être de Dieu.

« Quant à nous y présenter en simples spectateurs,
cela n'est pas possible avec le costume que nous por-
tons. La population, apercevant un prêtre au milieu
d'elle, se grouperait spontanément autour de lui pour
qu'il marchât en tête et entonnât des prières. Or, s'il

cédait à la pression publique ou à son enthousiasme
spontané, et que, ensuite, l'on découvrît que ces
Apparitions sont une illusion ou un mensonge, qui
ne voit à quel point la Religion en serait atteinte
dans la personne du Clergé ? S'il résistait, au contraire, et que, dans un temps plus ou moins proche,
la main de Dieu devînt manifeste, cette résistance
n'aurait-elle pas de semblables et fâcheuses conséquences ?

« Gardons-nous donc contre nous-mêmes et ne
risquons point de compromettre Dieu dans le saint
ministère qu'il a daigné nous confier. »

Les plus jeunes, en l'ardeur de leur zèle, insis-
taient vivement.

« — Non, répondait-il avec fermeté : nous
n'aurions à sortir de notre réserve que s'il venait
à surgir de là quelque hérésie évidente, quelque
superstition. Alors notre devoir serait nettement
tracé par la situation même : et il nous faudrait
accourir, au premier symptôme inquiétant, pour
préserver notre troupeau.

« Si ces faits sont de Dieu, ils n'ont pas besoin
de nous, et le Tout-Puissant saura bien, sans notre
pauvre secours, surmonter tous les obstacles et
tourner les choses au gré de sa volonté.

« Si cette œuvre n'est pas de Dieu, il marquera
lui-même le moment où nous devrons intervenir,
pour la combattre en son nom. »

Telles furent les raisons profondes, les considérations de haute sagesse qui déterminèrent la conduite de M. le Curé Peyramale.

Mgr Laurence, évêque de Tarbes, approuva cette
attitude de stricte neutralité. Lorsque, au tribunal de la Pénitence ou ailleurs, un ecclésiastique
du diocèse était interrogé sur ce qui se passait
à la Grotte de Massabielle, la réponse était faite
d'avance :

« — Nous n'y allons point nous-mêmes, et nous
ne pouvons, par conséquent, nous prononcer sur
cette question, que nous ne connaissons pas suffisamment. Il est évidemment loisible à tout fidèle
de s'y rendre, si cela lui convient, et d'examiner
les faits, jusqu'ici en dehors de toute décision
de l'autorité religieuse. Allez-y ou n'y allez pas ;
nous n'avons ni à vous y autoriser, ni à vous
l'interdire. »

Dieu donna à ses prêtres la force de ne point
céder à ce courant inouï et de demeurer immobiles
au sein de cette prodigieuse agitation. Cette complète abstention du Clergé montrait à quiconque
ouvrait les yeux que la main et l'action de l'homme
n'étaient pour rien dans ces événements, et qu'il
fallait en chercher la cause ailleurs, c'est-à-dire
plus haut.

XII

L'autorité civile se préoccupait, elle aussi, du
mouvement extraordinaire qui était en train de se
produire dans la ville et aux environs, et qui, ga-
gnant de proche en proche tout le département, en
avait déjà franchi les limites du côté du Béarn.

Bien qu'il n'advînt aucun désordre, ces pèleri-

nages, ces foules recueillies, cette enfant en extase,
inquiétèrent ce monde ombrageux.

Au nom de la liberté de conscience, n'y avait-il
pas moyen d'empêcher ces gens de prier, et surtout
de prier où bon leur semblait ? Tel était le problème
que le libéralisme officiel commençait à se poser.

Un Miracle en plein dix-neuvième siècle, se
produisant inopinément sans demander la permission et sans autorisation préalable, parut à quelques-
uns un intolérable outrage à la civilisation, une
atteinte à la sûreté de l'Etat ; et, pour l'honneur de
notre lumineuse époque, il importait d'y mettre
ordre.

A des degrés divers, M. Dutour, procureur impérial, M. Duprat, juge de paix, le Substitut, le
Commissaire de Police et bien d'autres encore
prirent ou donnèrent l'alarme.

Il est vraiment digne de remarque que le Surnaturel, toutes les fois qu'il se manifeste ici-bas, rencontre toujours, sous des noms et des aspects
différents, les mêmes oppositions, les mêmes indif-
férences, les mêmes fidélités. Avec des nuances
diverses, Hérode, Caïphe, Pilate, Joseph d'Ari-
mathie, Pierre, Thomas, les saintes Femmes, les
francs ennemis, les lâches, les faibles, les dévoués,
les sceptiques, les timides, les héros appartiennent
à tous les temps.

Le Surnaturel n'échappe jamais, notamment, à
l'hostilité d'une partie plus ou moins considérable
des pouvoirs établis ; seulement cette hostilité vient
tantôt du maître, tantôt des valets.

Le plus intelligent de la petite légion des fonctionnaires de Lourdes, à cette époque, était, sans

aucun doute, M. Jacomet, bien que M. Jacomet fût hiérarchiquement le dernier de tous, puisqu'il occupait le modeste emploi de commissaire de police. Il était jeune, très sagace en certaines circonstances, et doué d'un art de parole assez rare chez ses pareils. Sa finesse était extrême. Nul mieux que lui ne comprenait les coquins.

Il comprenait beaucoup moins les honnêtes gens. A l'aise dans les choses compliquées, cet homme se troublait devant la simplicité. La vérité le déconcertait et lui semblait suspecte ; le désintéressement excitait sa défiance ; la franchise mettait à la torture son esprit, avide de découvrir partout des duplicités et des détours. A cause de cette monomanie, la sainteté lui eût paru sans doute la plus monstrueuse des fourberies et l'eût trouvé implacable.

Content de sa personne, il était mécontent de sa position, à laquelle il était supérieur par ses facultés, sinon par son caractère. De là, un certain orgueil remuant et un inquiet désir de se signaler. Il se mêlait de tout, et menait, ou peu s'en faut, les affaires de la ville. Il avait plus que de l'influence, il avait de l'ascendant sur ses chefs ; et il affectait de traiter d'égal à égal avec le Procureur impérial et avec tous les autres fonctionnaires. Pour ce qui concernait le canton de Lourdes, le préfet du département n'avait de regard et ne se rendait compte que par les yeux de Jacomet.

Tel était le commissaire de police, tel était le personnage important de Lourdes lorsqu'eurent lieu les Apparitions à la Grotte de Massabielle.

XIII

Le 21 février, premier dimanche de Carême, marquait la date du troisième jour de la Quinzaine. Devant la Grotte et tout autour, sur les bords du Gave et dans la prairie, plusieurs milliers de curieux se trouvaient déjà réunis avant le lever du soleil. C'était l'heure où Bernadette avait coutume de venir. Elle arriva, enveloppée dans son capulet blanc, suivie de quelqu'un des siens, sa mère ou sa sœur. Ses parents avaient assisté, la veille et l'avant-veille, à ses extases ; et maintenant ils croyaient.

L'enfant traversa, sans assurance et sans embarras, la foule qui s'écarta avec respect devant elle en lui livrant passage ; et, sans se préoccuper aucunement de tous les regards fixés sur elle, elle alla, comme si elle accomplissait un acte tout naturel, s'agenouiller et prier au-dessous de la niche où serpentait la branche d'églantier.

Quelques instants après, on vit son front s'illuminer et devenir rayonnant. Le sang pourtant ne se portait point au visage ; au contraire, elle pâlissait légèrement, comme si la nature fléchissait et défaillait en présence de l'Apparition qui se manifestait. Tous ses traits montaient, montaient, et entraient comme dans une région supérieure, comme dans un pays de gloire, exprimant des sentiments et des impressions qui ne sont point d'ici-bas. La bouche entr'ouverte était béante d'admiration, et paraissait aspirer le ciel. Les yeux, fixes et bienheureux, contemplaient une beauté que nul n'apercevait, mais que tous sentaient présente, que tous contemplaient, pour ainsi dire, par réverbération sur le visage de l'enfant. Elle semblait ne plus appartenir à la terre.

C'était l'Ange de l'innocence, laissant le monde derrière lui et tombant en adoration, dès qu'il entr'ouvre les portes éternelles et aperçoit le Paradis.

Tous ceux qui ont vu Bernadette en extase parlent de ce spectacle comme d'une chose qui est tout à fait sans analogue.

Quoique son attention fût entièrement absorbée par la contemplation de la Vierge, pleine de grâce, elle avait en partie conscience de ce qui se produisait autour d'elle.

Un souffle du vent ayant éteint son cierge, elle étendit la main pour que la personne la plus proche le rallumât.

Quelqu'un voulut, avec un bâton, toucher l'églantier. Elle fit vivement signe de le laisser, et ses traits exprimèrent la crainte. — J'avais peur, dit-elle ensuite naïvement, qu'on n'atteignît la « Dame » et qu'on ne lui fît du mal.

Un des observateurs de la ville, M. le docteur Dozous, était à côté d'elle.

— Ce n'est là, pensait-il, ni la catalepsie avec sa roideur, ni l'extase inconsciente des hallucinés; c'est un fait d'un ordre tout à fait inconnu à la Médecine.

Il prit le bras de l'enfant et lui tâta le pouls. Le

pouls, parfaitement calme, était régulier comme dans l'état ordinaire.

— Il n'y a donc aucune excitation maladive, se dit le savant docteur, de plus en plus bouleversé.

En ce moment, la Voyante fit, sur ses genoux, quelques pas en avant dans la Grotte. L'Apparition s'était déplacée; et Bernadette ne pouvait l'apercevoir que par l'ouverture intérieure que l'on remarque au plafond de la Grotte. C'est de là du reste qu'Elle a toujours parlé.

Le regard de la sainte Vierge parut embrasser toute la surface de la terre et elle le reporta, imprégné de tristesse, sur Bernadette agenouillée.

— Qu'avez-vous? Que faut-il faire? murmura l'enfant.

— Prier pour les pécheurs, répondit la Mère du genre humain.

En voyant ainsi la douleur voiler, comme un nuage, l'éternelle sérénité de la Vierge bienheureuse, le cœur de la pauvre bergère ressentit une cruelle souffrance. Une indicible affliction sembla l'envahir. De ses yeux, toujours tout grands ouverts et fixés sur l'Apparition, deux larmes roulèrent sur ses joues et s'y arrêtèrent, sans tomber.

Un rayon de joie revint enfin éclairer son front, car la Vierge avait sans doute tourné elle-même sa pensée vers l'espérance, et contemplé, dans le Cœur du Père, la source intarissable de la miséricorde infinie descendant sur le monde, au nom de Jésus et par les mains de l'Eglise.

Ce fut alors que l'Apparition s'évanouit. La Reine du Ciel venait de rentrer dans son Royaume.

L'auréole demeura encore quelques secondes, puis s'effaça insensiblement, pareille à une brume lumineuse qui se fond et se dissout dans l'air.

Les traits de Bernadette descendirent peu à peu. Il sembla qu'elle passait de la région du soleil à celle de l'ombre, et la vulgarité de la terre reprit possession de son visage. Ce n'était plus qu'une humble bergère, une petite paysanne que rien en apparence ne distinguait des autres enfants.

Autour d'elle se pressait la foule haletante, anxieuse, émue, recueillie.

Durant toute la journée, entre les offices, il ne fut bruit à Lourdes que de ces étranges événements, auxquels on donnait naturellement les interprétations les plus diverses.

A l'issue de Vêpres, Bernadette quitta l'église en même temps que les fidèles. Elle était l'objet de l'attention générale ; on l'interrogeait : et la pauvre enfant, embarrassée de ce concours, tâchait de percer la foule, afin de rentrer chez elle.

Tout à coup, traversant les groupes, un homme revêtu des insignes de la force publique, un Sergent de ville, Officier de police, s'approcha d'elle et la toucha sur l'épaule.

— Au nom de la Loi, dit-il.

— Que me voulez-vous ? dit l'enfant.

— J'ai ordre de vous prendre et de vous emmener.

— Et où ?

— Chez le Commissaire de Police. Suivez-moi.

XIV

Un murmure menaçant parcourut la multitude. Beaucoup de ceux qui étaient là avaient vu le matin l'humble enfant transfigurée par l'extase divine. Pour eux, cette petite fille, bénie de Dieu, avait quelque chose de sacré. Aussi, quand l'agent de la force publique porta la main sur elle, ils frémirent d'indignation et voulurent intervenir. Mais un prêtre, qui sortait de la sacristie, fit signe à ce peuple de se calmer : — Laissez faire l'Autorité, dit-il.

La foule émue et troublée suivit Bernadette, emmenée par l'agent officiel. Le Sergent entra avec l'enfant dans un corridor qui servait de vestibule au Commissariat, et se retourna pour fermer la porte extérieure à la clef et au verrou.

Une minute après, Bernadette se trouvait en face de M. Jacomet.

Des groupes nombreux stationnaient au dehors.

.·.

L'homme très perspicace qui allait interroger Bernadette se sentait assuré d'un facile triomphe, et il s'en était à l'avance hautement réjoui.

Convaincu qu'il ne pouvait y avoir que de fausses apparitions, il avait résolu de trouver, par ruse ou par force, le point de l'erreur, admirable occasion de saisir une manifestation surnaturelle en flagrant

délit d'imposture et, par là, de porter un rude coup
à la prétendue autorité de toutes les Visions du
passé, — surtout s'il parvenait à découvrir et à
montrer que le Clergé, qui affectait de s'abstenir si
soigneusement dans cette affaire, la dirigeait ou
l'exploitait secrètement.

A supposer que Dieu ne fût pour rien dans cet
événement et que les hommes y fussent pour le
tout, le raisonnement de Jacomet était excellent.

A supposer, au contraire, que Dieu y fût pour
le tout et les hommes pour rien, le malheureux
Commissaire de Police s'engageait en ce moment
dans la voie la plus funeste.

Lorsque Bernadette entra, il arrêta sur elle ses
yeux perçants et aigus, qu'il eut l'art merveilleux
d'imprégner tout à coup de bonhomie et d'abandon.
Lui, qui avait habituellement le verbe haut avec
tous, se montra plus que poli pour la pauvre fille
du meunier Soubirous ; il fut doux et insinuant.
L'ayant fait asseoir, il prit, pour l'interroger, l'air
bienveillant d'un véritable ami (1).

— Il paraît que tu vois une belle Dame à la
Grotte de Massabielle, ma bonne petite ? Raconte-
moi tout.

(1) Nous ne pouvons évidemment, après que dix ans écoulés
ont passé sur la mémoire des témoins de cette histoire, garantir
dans leur littéralité rigoureuse les termes précis de ce dialogue
et de quelques autres que l'on trouvera dans le cours de ce récit.
Nous en donnons le sens et la physionomie générale, tout en
essayant, grâce aux innombrables pièces que nous avons en
main, documents imprimés ou manuscrits, relations diverses
écrites à l'époque, correspondances officielles, lettres particulières, etc., d'en reconstituer autant que possible la forme
même, l'originalité première et la vie.

(Note de la 1re édition de « Notre-Dame de Lourdes. »)

Comme il venait de dire ces mots, la porte de la
salle s'était ouverte doucement et quelqu'un était
entré. C'était M. Estrade, Receveur des Contributions indirectes, un des hommes considérables de
Lourdes. Ce fonctionnaire occupait une partie de la
maison où demeurait M. Jacomet ; et averti, par la
rumeur de la foule, de l'arrivée de Bernadette chez
le Commissaire, il avait eu la très naturelle curiosité
d'assister à l'interrogatoire. Il partageait, au sujet
des Apparitions, les idées de Jacomet, et il croyait,
comme lui, à une fourberie de l'enfant. Quand on
lui donnait toute autre explication, il haussait les
épaules. Il n'avait pas même daigné aller à la Grotte
regarder les scènes étranges dont tout le monde parlait. Ce philosophe s'assit un peu à l'écart, après avoir
fait signe au Commissaire de ne point s'interrompre.

Le dialogue des deux interlocuteurs se trouvait
ainsi avoir un témoin.

A la question de M. Jacomet, l'enfant avait levé
sur l'homme de police son beau regard innocent et
s'était mise à exposer en son langage, c'est-à-dire
en patois du pays, avec une sorte de timidité personnelle qui ajoutait encore quelque chose à son
accent de vérité, les événements qui remplissaient
sa vie depuis quelques jours.

M. Jacomet l'écoutait avec une vive attention,
continuant d'affecter la bonhomie et la bienveillance.
De temps en temps il traçait quelques notes sur un
papier qu'il avait devant lui.

L'enfant le remarqua, mais ne s'en préoccupa
nullement.

Quand elle eut achevé son récit, le Commissaire,
de plus en plus doucereux et empressé, lui posa

des questions sans nombre, comme si sa piété
enthousiaste s'intéressait outre mesure à de si
divines merveilles. Il formulait toutes ses interrogations coup sur coup, sans aucun ordre, par
petites phrases brèves et précipitées, afin de ne pas
laisser à l'enfant le temps de réfléchir.

A ces diverses questions Bernadette répondait
sans l'ombre d'une hésitation, avec la tranquille
assurance de quelqu'un que l'on interroge sur l'aspect d'un paysage ou d'un tableau qu'il a sous les
yeux. Parfois, afin de se mieux faire comprendre,
elle ajoutait quelque geste imitatif, quelque mimi-
que expressive, pour suppléer à l'impuissance de
sa parole.

La plume rapide de M. Jacomet avait soigneusement transcrit au fur et à mesure toutes les réponses qui lui étaient faites.

Ce fut alors qu'après avoir de la sorte essayé de
fatiguer et d'embrouiller l'esprit de l'enfant dans la
minutieuse infinité des détails, ce fut alors que le
redoutable agent de la Police prit, sans transition,
une physionomie menaçante et terrible, et changea
brusquement de ton :

— Tu mens ! s'écria-t-il avec violence et comme
saisi d'une soudaine colère. Tu trompes tout le
monde : et si tu ne confesses tout de suite ton
imposture, je te ferai emmener par les Gendarmes.

A l'aspect de cette subite et formidable méta-
morphose, la pauvre Bernadette fut aussi stupéfaite que si, croyant tenir en ses mains une inof-
fensive branche d'arbre, elle eût senti tout à coup
se tordre, s'agiter et apparaître entre ses doigts les
anneaux glacés d'un serpent. Mais, contrairement

au calcul profond de Jacomet, elle ne se déconcerta ni ne se troubla.

Le Commissaire s'était dressé debout en regardant la porte, comme pour donner à entendre qu'il n'avait qu'à faire un signe pour appeler les Gendarmes et envoyer la visionnaire en prison.

— Monsieur, dit Bernadette avec une fermeté paisible et douce qui, dans cette misérable petite paysanne, avait une incomparable grandeur; monsieur, vous pouvez me faire prendre par les Gendarmes, mais je ne puis dire autre chose que ce que j'ai dit. C'est la vérité.

— C'est ce que nous allons voir, dit le Commissaire en se rasseyant et jugeant d'un coup d'œil exercé que la menace était absolument impuissante sur cette enfant extraordinaire.

Témoin muet et impartial, M. Estrade était partagé entre l'étonnement prodigieux que lui inspirait l'accent de conviction de Bernadette et son admiration intellectuelle pour l'habile stratégie de Jacomet, dont il avait, à mesure qu'elle se déployait devant lui, compris toute la portée.

La lutte prenait un caractère tout à fait inattendu entre cette force doublée de finesse, et cette faiblesse enfantine, sans autre défense que sa simplicité.

Armé des notes qu'il venait de prendre depuis trois quarts d'heure, Jacomet se mit à recommencer, mais dans un tout autre ordre et avec mille formes captieuses, son interrogatoire, procédant toujours, suivant sa méthode, par rapides questions, et demandant des réponses immédiates.

Il ne doutait point de faire entrer de la sorte, au moins sur quelque menu détail, la petite fille en contradiction avec elle-même. Et alors, l'imposture était démontrée et il devenait maître de la situation. Mais il épuisa vainement toute la dextérité de son esprit dans les souples évolutions de cette subtile manœuvre. L'enfant ne se contredit en rien, pas même dans ce point imperceptible, dans ce minime iota dont parle l'Evangile. Aux mêmes questions, quels qu'en fussent les termes, elle répondait invariablement, sinon les mêmes mots, du moins les mêmes choses, et avec la même nuance. Toutefois M. Jacomet s'obstinait. Il tournait et retournait en tous les sens le récit des Apparitions, sans le pouvoir entamer. Il était comme un animal qui voudrait mordre sur un diamant.

— C'est bien, dit-il enfin à Bernadette : je vais rédiger le procès-verbal et te le lire.

Il écrivit rapidement trois ou quatre pages en consultant son carnet. A dessein il avait introduit quelques variantes de peu d'importance, relatives, par exemple, à la forme de la robe, à la longueur ou à la position du voile de la Vierge. C'était un nouveau piège. Il fut aussi inutile que les autres. A chacune de ces légères altérations de son récit, Bernadette, tandis qu'il les lisait et répétait de temps en temps : « C'est bien cela, n'est-ce pas ? » Bernadette intervenait humblement, mais avec fermeté, aussi douce qu'inébranlable :

— Non, monsieur, vous faites erreur. Je n'ai pas dit cela, mais ceci.

Et elle rétablissait dans sa vérité première le détail inexact.

La plupart du temps Jacomet contestait :

— Mais tu as dit cela !... Je l'ai écrit au moment même !... Tu as raconté ceci de telle façon, à plusieurs habitants de la ville..., etc., etc.

Bernadette répondait :

— Non, je n'ai point parlé ainsi ; et je n'ai pu le faire, car ce n'est pas la vérité.

Et le Commissaire était toujours obligé de céder aux réclamations de l'enfant.

M. Estrade observait avec une surprise croissante l'assurance modeste de cette petite fille. Bernadette était et paraissait d'une extrême timidité ; son attitude était humble, un peu confuse même, devant quiconque lui était inconnu. Et malgré cela, sur tout ce qui touchait à la réalité des Apparitions, il la voyait montrer une force d'âme et une énergie d'affirmation peu communes.

Le Commissaire revint à la menace :

— Si tu continues d'aller à la Grotte, je te fais mettre en prison, et tu ne sortiras d'ici qu'en t'engageant à n'y plus retourner.

— J'ai promis à la Vision d'y aller, dit l'enfant. Et puis, quand arrive le moment, je suis poussée par quelque chose qui vient en moi et qui m'appelle.

L'interrogatoire touchait à sa fin. Il avait été long et n'avait pas tenu moins d'une grande heure. Au dehors la multitude attendait, non sans une inquiète impatience, la sortie de l'enfant. De la salle où se passait la scène dont nous venons de rendre compte, on entendait confusément les cris, les paroles, les interpellations, les mille bruits divers dont se compose le tumulte des foules. La rumeur semblait grossir et devenir menaçante. En un certain moment, il y eut dans cette affluence une agitation particulière, comme s'il arrivait au milieu d'elle un nouveau venu, vivement appelé et désiré.

Presque aussitôt des coups redoublés retentirent à la porte de la maison.

Le Commissaire ne sembla pas s'en émouvoir.

Les coups devinrent plus violents. Celui qui frappait secouait en même temps la porte et essayait de l'ébranler. Jacomet irrité se leva et alla ouvrir lui-même.

— On n'entre pas! dit-il avec véhémence. Que voulez-vous ?

— Je veux ma fille! répondit le meunier Soubirous, en pénétrant de force et en suivant le Commissaire dans la pièce où se trouvait Bernadette.

La vue de la physionomie paisible de sa fille calma l'inquiète agitation du père, et ce ne fut plus qu'un pauvre homme du peuple un peu tremblant devant le personnage qui, malgré sa modeste position, était devenu, par son activité, le plus considérable et le plus redouté de ce petit pays.

François Soubirous avait ôté son béret béarnais et le roulait entre ses mains.

Jacomet, à qui rien n'échappait, devina la peur du meunier. Il reprit son air de bonhomie et de pitié compatissante. Il lui frappa familièrement sur l'épaule :

— Père Soubirous, lui dit-il, prenez garde! prenez garde! prenez garde! Votre fille est en train de se faire une mauvaise affaire, elle s'engage tout droit dans le chemin de la prison. Je veux bien ne pas l'y envoyer pour cette fois, mais à la condition que vous lui défendrez de retourner à cette Grotte où elle joue la comédie. A la première récidive, je serai inflexible; et d'ailleurs, vous savez que M. le Procureur impérial ne plaisante pas.

— Puisque vous le voulez, monsieur Jacomet, répondit le pauvre père effrayé, je le lui défendrai, et sa mère aussi; et, comme elle nous a toujours obéi, elle n'ira certainement pas.

— En tout cas, si elle y va, si ce scandale continue, je m'en prendrai, non seulement à elle, mais à vous, dit le terrible Commissaire, redevenant menaçant et les congédiant d'un geste.

Lorsque Bernadette et son père sortirent, la foule fit entendre des cris de satisfaction. Puis, l'enfant rentrée chez elle, la multitude se dispersa par la ville.

Après le départ de Bernadette, le Commissaire de Police et le Receveur, demeurés seuls, se communiquaient leurs impressions.

— Quelle fermeté inébranlable dans ses dépositions ! s'écriait M. Estrade.

— Quelle obstination invincible dans son mensonge ! répondait Jacomet.

— Quel accent de vérité ! continuait le Receveur. Rien dans ses paroles ou dans son attitude ne s'est démenti une seule fois. Il est évident qu'elle croit avoir vu.

— Quelle souplesse d'intelligence ! reprenait le Commissaire. Elle ne s'est pas coupée, malgré mes efforts. Elle possède sa fable sur le bout du doigt.

Le Commissaire et M. Estrade persistaient d'ail-

leurs l'un et l'autre dans leur incrédulité, relativement au fait même de l'Apparition. Mais une
nuance séparait déjà leurs deux négations, et cette
nuance était un abîme. L'un supposait Bernadette
adroite dans son mensonge, l'autre la jugeait de
bonne foi dans son illusion.

— Elle est habile, disait le premier.

— Elle est sincère, disait le second.

Ce dernier, M. Estrade, bien qu'il ne fût point
un croyant, n'en était pas moins un admirateur du
Curé Peyramale, lequel de son côté le tenait en
grande estime. Dans la soirée de ce même jour, il
alla répéter au vénéré Prêtre le dialogue auquel il
venait d'assister.

Le Doyen de Lourdes en fut très frappé. Il réfléchit un instant. Puis s'adressant à M. Estrade :

— Vous n'êtes pas encore allé à la Grotte, me
dites-vous. Eh bien! allez-y désormais et examinez
par vous-même et pour moi. D'autres personnes,
dignes aussi de confiance, me rendent le même
service. J'ai à résoudre un problème très difficile :
Ne rien voir et tout savoir.

XV

Tout en ayant été impuissant contre les réponses
précises et sans contradiction de Bernadette, M. Jacomet, néanmoins, avait remporté, à la fin de cette
longue lutte, un avantage décisif. Il avait fortement
effrayé le père de la Voyante, et il comprenait que,
par ce côté, et pour le moment, il était maître de la
position.

François Soubirous était un fort brave homme, mais ce n'était point un héros. Devant les représentants du pouvoir il était timide, comme le sont habituellement les gens du menu peuple et les indigents, pour lesquels la moindre tracasserie est un désastre immense, à cause de leur misère, et qui sentent leur entière impuissance contre l'arbitraire et la persécution. Il croyait, il est vrai, à la réalité des Apparitions, mais, ne sachant point ce que c'était, n'en mesurant pas l'importance, éprouvant même une terreur vague à ce sujet, il ne voyait pas grand inconvénient à s'opposer au retour de Bernadette à la Grotte. Il avait bien peut-être une certaine crainte de déplaire à la « Dame » invisible qui se manifestait à son enfant; mais la peur d'irriter un homme en chair et en os, un homme comme le Commissaire, le touchait de plus près, et agissait bien plus puissamment sur son esprit.

— Tu vois que tous ces messieurs du pays sont contre nous, dit-il à Bernadette, et que, si tu reviens à la Grotte, M. Jacomet, qui peut tout, te fera mettre, toi et nous, en prison. N'y retourne point.

— Père, disait Bernadette, quand j'y vais, ce n'est pas tout à fait de moi-même. Il y a quelque chose qui m'y appelle et qui m'y attire.

— Quoi qu'il en soit, reprit le père, je te défends formellement d'y retourner désormais. Tu ne me désobéiras pas, je pense, pour la première fois de ta vie.

La pauvre enfant, prise de la sorte entre la promesse faite à l'Apparition et la défense expresse de l'autorité paternelle, répondit :

— Je ferai alors tout mon possible pour m'empêcher d'y aller.

Ainsi s'écoula tristement la soirée de ce même Dimanche, qui s'était levé dans la glorieuse et bienheureuse splendeur de l'extase.

XVI

Donc, le lendemain, 12 février, à l'heure habituelle des Apparitions, les multitudes qui stationnaient sur les rives du Gave ne virent point arriver la Voyante. Ses parents l'avaient, dès le lever du soleil, envoyée à l'École ; et Bernadette, ne sachant qu'obéir, s'y était rendue, le cœur tout gros de larmes. Les Sœurs avaient joint leur défense à celle du père et de la mère.

La malheureuse petite fille souffrait cruellement, non seulement de ces contradictions extérieures, mais plus encore peut-être des anxiétés intérieures de son âme.

Cette enfantine bergère, qui n'avait encore connu, en sa vie si courte, d'autres douleurs que les douleurs physiques, entrait dans une voie plus haute, et elle commençait à ressentir d'autres tortures et d'autres déchirements. D'un côté, elle ne voulait se dérober ni à l'autorité de son père ni à celle des religieuses ; et, de l'autre, elle ne pouvait supporter la pensée de manquer à la promesse qu'elle avait faite à l'Apparition de la Grotte. Dans cette jeune âme, jusque-là si paisible, se livrait un terrible combat. Il lui semblait qu'elle oscillait invinciblement entre deux abîmes également mortels : aller à la Grotte, c'était pécher envers son père ; ne pas y aller, c'était pécher envers la Vision. Dans les deux cas c'était, à ses yeux, évidemment pécher contre Dieu. Et cependant, de toute nécessité, il fallait s'arrêter à l'un de ces partis ; il n'y avait point de milieu, et il était impossible de ne pas faire ce choix fatal. Il est vrai que ce qui est impossible à l'homme, dit l'Evangile, est possible à Dieu.

La matinée se passa dans ces angoisses, d'autant plus pénibles et déchirantes qu'elles arrivaient dans une âme toute neuve, à cet âge où les impressions sont si vives : l'accoutumance des peines humaines n'a pas encore formé comme un calus autour des fibres délicates du cœur.

Vers le milieu du jour, les enfants rentraient chez elles pour prendre leur repas.

Bernadette, l'âme brisée entre les deux termes inconciliables de cette situation sans issue, cheminait tristement vers sa maison. La cloche de l'église de Lourdes venait de sonner l'*Angelus* de midi.

En cet instant, une force étrangère s'empara d'elle tout à coup, agissant, non sur son esprit, mais sur son corps, comme eût pu le faire un bras invisible, et la poussa hors du chemin qu'elle suivait, pour la porter invinciblement dans la direction du sentier qui se trouvait à droite. Cette impulsion était pour elle, paraît-il, ce que serait, pour une feuille gisant à terre, l'impérieux souffle du vent. Elle ne pouvait pas plus s'empêcher d'avancer que si elle eût été placée sur une pente, à peu près verticale. Il lui fallut marcher, il lui fallut courir.

Et cependant, le mouvement qui l'emportait n'était ni brusque ni violent. Il était irrésistible, mais n'avait rien de heurté ni de dur ; tout au contraire, c'était la suprême douceur. En la maîtrisant et la conduisant, la main cachée se faisait maternelle et pleine de mansuétude, comme si elle eût craint de blesser cette frêle enfant.

Qui donc avait résolu l'insoluble dilemme ? L'enfant, soumise à son père, n'allait point à la Grotte, et voulait ne pas y aller ; mais voilà qu'entraînée en son corps, malgré elle, par l'Ange du Seigneur, elle y arriva, suivant sa promesse à la Vierge, sans que sa volonté eût désobéi à la volonté paternelle.

De tels phénomènes se sont plus d'une fois produits dans la vie de certaines âmes, dont la pureté profonde a plu au regard du Seigneur. Saint Philippe de Néri, sainte Ida de Louvain, saint Joseph de Copertino, sainte Rose de Lima, ont éprouvé des choses semblables ou analogues.

L'humble cœur de Bernadette, meurtri et abandonné, souriait déjà à l'espérance, à mesure que ses pas s'approchaient de la Grotte.

— Là, se disait l'enfant, je reverrai l'Apparition bien-aimée ; là je contemplerai ce visage si beau dont la vue me ravit de bonheur. A mon affreux chagrin va succéder la joie sans bornes : car la « Dame », elle, ne me délaissera pas.

*
* *

Un peu avant la Grotte, la force mystérieuse qui avait emporté l'enfant parut, sinon s'interrompre, du moins diminuer. Bernadette ressentit une fatigue qu'elle n'avait pas habituellement : car c'était justement en cet endroit que, les autres jours, une puissance invisible semblait à la fois, et l'attirer vers la Grotte, et la soutenir dans sa marche. Elle n'éprouva ni cette attraction secrète ni cet appui mystérieux. Elle avait été *poussée* vers la Grotte, elle n'y avait point été *attirée*. La force qui l'avait saisie lui avait marqué le chemin du devoir, et montré que, avant tout, il fallait obéir et tenir la promesse faite à l'Apparition ; mais l'enfant n'avait pas, comme précédemment, entendu la Voix intérieure et ressenti le puissant attrait. Quiconque a l'habitude de l'analyse saisira ces distinctions, plus faciles à comprendre qu'à exprimer.

Bien que la très grande multitude qui, durant la matinée, avait si vainement attendu Bernadette, se fût dispersée, il se trouvait pourtant en ce moment devant les Roches Massabielle une affluence considérable. Les uns y étaient venus pour prier, les autres pour regarder. Beaucoup, ayant aperçu de loin Bernadette cheminant dans cette direction, étaient accourus et arrivaient à la Grotte en même temps qu'elle.

L'enfant, comme de coutume, s'agenouilla et se mit à réciter son chapelet, en regardant l'ouverture, tapissée de mousse et de branches sauvages, où la Vision céleste avait, déjà six fois, daigné apparaître à ses yeux.

La foule, curieuse, recueillie, haletante, comptait à tout instant voir le visage de l'enfant rayonner et marquer, par sa splendeur, que l'Etre surhumain était debout devant elle.

Un temps très long se passa ainsi.

Bernadette priait avec ferveur, mais rien dans ses traits immobiles ne s'éclairait du divin reflet. La

Vision ne se montra point à ses yeux, et l'enfant implora, sans être exaucée. Le Ciel parut ne pas lui être plus compatissant que la terre et demeurer aussi dur à sa prière et à ses larmes que les roches de marbre devant lesquelles ses genoux étaient ployés.

De toutes les épreuves auxquelles elle était en butte depuis la veille, celle-là était la plus dure et ce fut là l'amertume des amertumes.

— Pourquoi avez-vous disparu ? disait l'enfant. Et pourquoi m'abandonnez-vous ?

L'Être merveilleux en effet semblait lui-même la repousser aussi, et, en cessant de se manifester, donner raison aux contradicteurs et laisser le champ libre à ses ennemis.

Mille questions lui étaient posées par ceux qui l'entouraient.

— Aujourd'hui, répondait l'enfant, retenant ses sanglots, aujourd'hui « la « Dame » ne m'est point apparue. Je n'ai rien vu.

— Tu dois comprendre maintenant, ma pauvre petite, que c'était une illusion et qu'il n'y a jamais rien eu : tu avais des lubies, disaient les uns.

— Pourquoi, ajoutaient les autres, si la « Dame » est apparue hier, n'apparaîtrait-elle pas aujourd'hui ?

— Je l'ai vue hier et précédemment, comme je vous vois, disait l'enfant ; et nous nous parlions, Elle et moi. Mais aujourd'hui, Elle n'y est plus, et je ne sais pas pourquoi.

— Bah ! reprenait un sceptique, le Commissaire de Police s'en est mêlé, et vous verrez que tout est fini :

De par le Roi, défense à Dieu
De faire miracle en ce lieu.

Les croyants qui se trouvaient là étaient troublés et ne savaient que penser.

Quant à Bernadette, sûre d'elle-même et sûre du passé, le doute ne l'effleura même pas. Mais elle était dans une tristesse profonde, et, en rentrant au logis paternel, elle pleurait, le cœur tourné en haut, et ignorant que pleurer, c'est prier.

— D'où viens-tu? lui dit son père, lorsqu'elle rentra.

Elle fit le récit de ce qui venait de se passer.

— Et tu affirmes, reprirent les parents, qu'une force t'a emportée malgré toi?

— Oui, répondit Bernadette.

« Cela est vrai, pensèrent-ils, car cette enfant n'a jamais menti. »

Le père Soubirous réfléchit un long moment. Il semblait y avoir en lui comme une lutte intérieure. Enfin, il releva la tête et parut prendre une résolution définitive :

— Eh bien, puisqu'il en est ainsi, puisqu'une force supérieure t'a maîtrisée, je ne te défends plus d'aller à la Grotte et je te laisse libre.

La joie, une joie vive et pure, descendit sur le visage de Bernadette.

Ni le meunier ni sa femme n'avaient présenté comme une objection la non-Apparition de ce jour. Peut-être en voyaient-ils la cause dans la résistance que, par effroi de l'autorité officielle, ils avaient apportée aux ordres surhumains.

XVII

Ce que nous venons de raconter avait eu lieu dans l'après-midi.

La brusque interruption des Apparitions surnaturelles donnait prétexte aux commentaires les plus opposés : pour les uns c'était un argument sans réplique contre toutes les visions précédentes ; pour les autres, au contraire, c'était une preuve de plus en faveur de la sincérité de l'enfant.

Cette force irrésistible, qui aurait entraîné Bernadette, faisait hausser les épaules philosophiques de l'endroit, et fournissait un sujet d'interminables thèses aux honorables savants qui expliquaient tout par une perturbation du système nerveux.

Le Commissaire, voyant que ses injonctions avaient été violées, et apprenant, en outre, que François Soubirous avait levé la défense qu'il avait faite à sa fille, les manda tous deux devant lui, ainsi que la mère, et il renouvela ses menaces. Mais, malgré la terreur qu'il leur inspirait, il ne trouva plus, à sa grande surprise, dans François Soubirous la docilité ou la faiblesse de la veille.

— Monsieur Jacomet, disait le pauvre homme, Bernadette n'a jamais menti ; et si le bon Dieu, la sainte Vierge ou quelque Sainte l'appellent, nous ne pouvons nous y opposer. Mettez-vous à notre place, monsieur le Commissaire : le bon Dieu nous punirait !

— Dailleurs, tu dis toi-même que la Vision n'apparaît plus, argumentait Jacomet, s'adressant à l'enfant. Tu n'as plus rien à y faire.

— J'ai promis d'y aller tous les jours de la Quinzaine, répondait Bernadette.

— Tout cela, ce sont des contes ! s'écriait le Commissaire exaspéré ; et je vous ferai tous mettre en prison, si cette fille continue d'ameuter les multitudes par ses simagrées.

— Je m'en vais prier toute seule, reprenait l'enfant ; et, s'il vient tant de monde après moi et avant moi, ce n'est pas ma faute. C'est qu'on a dit que c'était la sainte Vierge ; mais moi, je ne sais pas ce que c'est.

Habitué aux allures détournées du monde des coquins, l'homme de police était déconcerté devant cette simplicité profonde. Comment sa merveilleuse habileté échouait-elle contre ce qui lui semblait encore la faiblesse même ? N'admettant pas un seul instant qu'il fût dans le faux, il ne pouvait comprendre la cause de sa complète impuissance. Aussi, loin de renoncer à s'opposer au libre cours des événements, il songea à employer d'autres moyens.

— En vérité, s'écria-t-il en frappant du pied, voilà une stupide affaire !

Et, laissant les Soubirous rentrer chez eux, il courut chez le Procureur impérial, M. Dutour.

Malgré son horreur de la superstition, ce dernier ne pouvait découvrir dans l'arsenal de nos Codes aucun texte pour traiter la Voyante en criminelle. Elle ne convoquait personne ; elle ne retirait de toutes ces choses aucun avantage d'argent ; elle allait prier sur un terrain communal, ouvert à tout le monde et où aucune loi ne l'empêchait de s'agenouiller ; elle ne faisait tenir à l'Apparition aucun discours subversif ou contraire au Gouvernement ; les populations ne se livraient à aucun désordre : il n'y avait évidemment nul prétexte de sévir.

Quant à poursuivre Bernadette pour délit de « fausses nouvelles », il était établi par l'expérience qu'elle ne se contredisait jamais ; et, en dehors d'une contradiction dans ses paroles, parfaitement constatée, il était difficile de lui prouver qu'elle

mentait, sans attaquer directement le principe
même des Apparitions surnaturelles, principe admis
de tout temps par l'Eglise catholique. Or, en dehors
d'un ordre écrit et de l'agrément des chefs suprêmes
de la Magistrature et de l'Etat, quel procureur impérial eût osé prendre sur lui d'engager un pareil
conflit ?

Pour qu'elle fût passible de poursuites, il fallait
au moins que Bernadette se contredît un jour ou
l'autre, qu'elle ou ses parents tirassent quelque
profit de ce qui se passait, que la foule se livrât à
quelque désordre. Mais rien de pareil ne s'était
produit.

Tout cela, il est vrai, pouvait arriver.

De cette hypothèse au désir de la réaliser, de
cette claire vue des choses chez les ennemis du
fanatisme populaire, à l'envie de tendre des pièges
à la multitude ou à l'enfant, il n'y aurait eu sans
doute qu'un pas pour les natures vulgaires qui
s'agitent au-dessous du monde officiel. Mais M.
Jacomet était un fonctionnaire, et la moralité de la
Police est à l'abri de pareils soupçons. Il n'y a que
les esprits mal pensants qui puissent croire à
l'existence des agents provocateurs.

XVIII

Quand se leva l'aurore du lendemain, 13 février,
la foule se trouvait à la Grotte, ayant devancé les
premiers rayons du soleil. Bernadette arriva avec
cette sérénité paisible que n'altéraient ni l'hostilité menaçante des uns, ni la vénération enthou-

siaste des autres. La tristesse et les angoisses de la veille avaient laissé quelques traces sur son visage. Elle craignait encore de ne plus revoir l'Apparition, et, quelle que fût son espérance, elle n'osait s'y abandonner.

Humblement elle s'agenouilla, appuyant l'une de ses mains sur un cierge bénit qu'elle avait apporté ou qu'on lui donna, tenant, de l'autre, le chapelet.

Le temps était calme, et la flamme du cierge ne montait pas plus droit vers le ciel que ne le faisait la prière de cette âme, vers les célestes régions d'où avait coutume de descendre l'Apparition bienheureuse. Il en était ainsi assurément : car à peine l'enfant se fut-elle prosternée que l'ineffable Beauté, dont elle invoquait le retour avec tant d'ardeur, se manifesta à ses yeux et la ravit hors d'elle-même. L'Auguste Souveraine du Paradis arrêta sur l'enfant de ce monde un regard plein d'une inexprimable tendresse. Elle, la plus sublime, la plus puissante des créatures ; Elle, dont la gloire, dominant tous les âges et remplissant l'éternité, fait pâlir ou plutôt s'effacer toute autre gloire ; Elle, la Fille, l'Epouse et la Mère de Dieu, elle sembla vouloir rendre tout à fait étroits et familiers les liens qui l'unissaient à cette petite fille inconnue et ignorante, à cette infime gardeuse de brebis. Elle l'appela par son nom, de cette voix harmonieuse dont le charme ineffable ravit l'oreille des Anges.

— Bernadette ! disait la divine Mère.

— Me voici, répondit l'enfant.

— J'ai à vous confier, pour vous seule et concernant vous seule, une chose secrète. Me promettez-vous de ne jamais la répéter à personne ?

— Je vous le promets, dit Bernadette.

Le dialogue continua et entra dans un mystère profond, qu'il ne nous est ni possible ni permis de sonder.

Quoi qu'il en soit, quand cette sorte d'intimité fut établie, il plut à la Reine du Royaume éternel de choisir cette petite enfant, qui la veille encore avait souffert et qui devait encore souffrir pour l'amour d'Elle, et d'en faire l'ambassadrice de l'une de ses volontés parmi les hommes.....

« — Et maintenant, ma fille, allez dire aux prêtres que je veux que l'on m'élève ici une chapelle. » — Et, en prononçant ces mots, sa physionomie, son regard et son geste semblaient promettre qu'Elle y répandrait des grâces sans nombre.

Après ces paroles, Elle disparut ; et le visage de Bernadette rentra dans l'ombre, comme, le soir, y rentre la terre, quand le soleil s'est effacé peu à peu dans les profondeurs de l'horizon.

La multitude se pressait autour de l'enfant. On ne lui demandait point si la Vision avait eu lieu : car, au moment de l'extase, tous avaient compris, avaient eu conscience que l'Apparition était là. Chacun faisait effort pour approcher de Bernadette :

— Que vous a-t-Elle dit ? que vous a dit la Vision ? était une question qui partait de toutes les bouches.

— Elle m'a dit deux choses, l'une pour moi seule et l'autre pour les prêtres ; et je vais tout de suite vers eux, répondait Bernadette, qui avait hâte de reprendre le chemin de Lourdes afin de remplir son message.

Elle s'étonnait, ce jour-là comme précédemment,

que tout le monde n'entendît pas le dialogue et ne vit point la « Dame. » « La Vision parle assez haut, faisait-elle observer ; et moi aussi, j'élève la voix comme à l'ordinaire. » Or, durant l'extase, on remarquait bien les lèvres de l'enfant qui s'agitaient, mais c'était tout : on ne distinguait aucun son. Dans cet état mystique, les sens sont en quelque sorte spiritualisés, et les réalités qui les frappent sont absolument imperceptibles pour les organes grossiers de notre nature déchue. Bernadette voyait et entendait ; elle parlait elle-même : et cependant nul ne percevait autour d'elle ni les paroles prononcées ni le corps de l'Apparition. Bernadette était-elle dans l'erreur ? Non : elle seule était dans le vrai. Elle seule, aidée du secours spirituel de la grâce extatique, apercevait momentanément ce qui échappait aux sens de tous ; de même que l'astronome, aidé du secours matériel d'un télescope, contemple un instant dans les cieux l'étoile énorme, mais lointaine, qui est invisible aux yeux du vulgaire. Hors de l'extase, elle ne voyait plus rien ; de même que, sans ce puissant instrument d'optique qui centuple la force visuelle de son œil, l'astronome est, à découvrir l'étoile cachée, aussi incapable que qui que ce soit.

XIX

La Voyante, s'étant levée, avait pris le chemin de Lourdes, escortée de la multitude immense qui avait assisté à son extase. Se conformant à l'ordre de la Reine du Ciel, l'enfant allait transmettre son message à celui qui devait être, après elle et avec elle, le plus grand et le plus fidèle instrument de l'œuvre divine.

Lorsque Bernadette arriva dans la ville, les flots populaires se portèrent en avant, pour ne pas perdre un de ses pas.

L'enfant descendit la route qui traverse Lourdes et en forme la principale rue ; puis, s'arrêtant au mur de clôture d'un agreste jardin, elle en ouvrit la porte à verte claire-voie, et elle se dirigea vers la maison dont ce jardin dépendait.

La foule, par un sentiment de respect et de convenance, demeura dans la rue.

Vêtue de ses misérables habits, raccommodés en maints endroit, la tête et les épaules couvertes de son petit capulet blanc en étoffe grossière, n'ayant, en un mot, nul signe extérieur d'une mission céleste, sinon peut-être ce royal manteau de l'indigence que Jésus-Christ a porté, la messagère de la Vierge apparue à la Grotte entra chez l'homme vénérable dans lequel se personnifiait, en ce coin de terre et pour cette enfant, l'indéfectible autorité de l'Église catholique.

Quoiqu'il fût encore de fort bonne heure, M. le curé de Lourdes avait déjà dit l'Office divin.

Au moment où, pour la première fois, il voyait venir à lui cette pauvre bergère, bien petite évidemment aux regards de la chair et du monde, très grande peut-être suivant le ciel, nous ne savons si sa mémoire lui rappela les diverses paroles qu'il avait prononcées peu de minutes auparavant, à l'Introït et au Graduel de la messe : *In medio Ecclesiæ aperuit os ejus.... Lingua ejus loquetur judicium. Lex Dei ejus in corde ipsius.* « Ses lèvres ont parlé au milieu de l'Eglise.... Sa langue a proféré ce qui est juste. La loi de Dieu est dans son cœur (1) ? »

Tout en étant pleinement pénétré, comme tous les chrétiens, de la possibilité des Apparitions, M. l'abbé Peyramale avait une certaine peine à croire à la réalité de cette Vision qui, au dire d'une enfant, se manifestait sur les rives du Gave, dans la Grotte, naguère inconnue, des Rochers Massabielle. L'aspect de l'extase l'eût convaincu peut-être ; mais il n'avait rien vu de toutes ces choses que par des yeux étrangers, et bien des doutes étaient en lui : d'abord sur le fait même des Apparitions, et ensuite sur leur caractère divin. L'Ange de ténèbres se transforme en effet parfois en Ange de Lumière ; et il est, en ces matières, une inquiétude légitime. Il jugeait d'ailleurs nécessaire d'éprouver, par lui-même, la sincérité de la Voyante.

Quoiqu'il se fût tenu à l'écart, comme nous l'avons expliqué, et qu'il n'eût jamais parlé à Bernadette, si nouvelle, on le sait, parmi ses ouailles, il la connaissait pourtant de vue, quelques personnes la lui ayant montrée, la veille ou l'avant-veille, alors qu'elle passait dans la rue.

— N'est-ce pas toi qui es Bernadette, la fille de Soubirous, le meunier ? lui dit-il, dès que, après avoir traversé le jardin, elle se présenta devant lui.

Le prêtre éminent que n'ont point oublié nos lec-

(1) *Missel Romain*, 23 février. Fête de S. Damien. Introït et Graduel de la messe.

teurs était, avec ses paroissiens, familier comme
un père, et il avait coutume de tutoyer de la sorte
tous les petits enfants de son troupeau. Seulement,
ce jour-là, le ton du père était sévère.

— Oui, c'est moi, monsieur le Curé, répondit la
messagère de la sainte Vierge.

— Eh bien, Bernadette, que me veux-tu?... Que
viens-tu faire ici? reprit-il, non sans rudesse et en
arrêtant sur la petite fille un regard dont la réserve
et la méfiante inquisition étaient faites pour décon-
certer une âme peu sûre d'elle-même.

— Monsieur le Curé, je viens de la part de la
« Dame » qui m'apparaît à la Grotte de Massabielle....

— Ah oui! fit le Prêtre en lui coupant la parole,
tu prétends avoir des Visions. Qu'est-ce que cela?
Qu'est-ce donc que ces Apparitions surprenantes
que tu affirmes et que rien ne prouve?

Bernadette était peinée, surprise peut-être en son
innocence, par l'attitude froide et l'aspect presque
dur qu'avait pris en la recevant M. le Curé Peyramale, habituellement si bon, si paternel et si doux
avec ses paroissiens, et en particulier avec les
humbles et les petits.

Bernadette, le cœur un peu serré, mais avec une
paisible assurance, raconta simplement ce qui lui
était advenu.

L'homme de Dieu savait être supérieur à ses préventions personnelles. Il était accoutumé, par une
longue pratique, à lire par delà les surfaces. Aussi,
à travers ces yeux limpides, derrière le candide
visage de la petite paysanne, il apercevait l'innocence profonde de cette créature privilégiée. Il

était impossible à sa noble et droite nature d'entendre un tel accent et de regarder ces traits harmonieux et purs, sans se sentir incliné à croire.

Les incrédules, nous l'avons expliqué, n'accusaient déjà plus la bonne foi de la Voyante. Dans ses extases, la Vérité venue d'en haut semblait l'illuminer tout entière et entrer en elle. Dans ses récits, la Vérité semblait sortir d'elle et rayonner, réchauffant les cœurs et dissipant, ainsi que de vains nuages, les confuses objections de l'esprit. Cette enfant extraordinaire avait, en un mot, autour de son front, comme une auréole de sincérité, perceptible à l'âme, et qui avait le don de chasser le doute.

Quelque inébranlable et arrêté que fût le caractère de M. Peyramale, quelles que fussent sa trempe intellectuelle et sa fermeté de nature, quelque vives qu'eussent pu être ses préventions antérieures, cet homme si fort se sentait vaincu. Mais il avait sur lui trop d'empire, il avait trop de prudence, pour se laisser aller à un entraînement qui, après tout, aurait pu le tromper. Simple particulier, il eût peut-être répondu à l'enfant : « Je te crois. » Pasteur d'un vaste troupeau, préposé à la garde de la vérité, il devait ne se rendre qu'aux preuves palpables et évidentes. Aucun muscle de son visage ne trahit son émoi intérieur. Il eut la difficile énergie de garder envers l'enfant sa physionomie sévère :

— Et tu ne sais pas le nom de cette Dame ?

— Non. Elle ne m'a point dit qui elle était.

— Ceux qui te croient, reprit le Prêtre, s'imaginent que c'est la Sainte Vierge Marie. Toutefois, ajouta-t-il d'une voix grave et vaguement mena-

çante, si c'est faussement que tu affirmes la voir
dans la Grotte, tu prends le chemin de ne la jamais
voir dans le ciel. Ici, tu te prétends seule à la voir.
Là-haut, si tu mens en ce monde, les autres la
verront, et toi tu seras, pour ta tromperie, à jamais
loin d'Elle, à jamais dans l'Enfer.

— Je ne sais point si c'est la Sainte Vierge, monsieur le Curé, répondit Bernadette ; mais je vois la
Vision, comme je vous vois, Elle me parle, comme
vous me parlez. Et je viens, en son nom, vous dire
qu'Elle *veut* qu'on lui élève une chapelle aux
Roches de Massabielle, où Elle m'apparaît.

Le Curé considéra cette petite fille, qui lui inti-
mait avec une si entière assurance cette demande
formelle ; et il ne put, devant la chétive apparence
de l'ambassadrice du Ciel, s'empêcher de sourire de
cette sommation singulière. L'idée que cette enfant
était dans l'illusion succéda dans son esprit à l'éclair
de foi qui venait de le traverser. Le doute reprit le
dessus.

Il fit répéter à Bernadette les termes mêmes qu'a-
vait employés la Dame de la Grotte.

— M'ayant confié le secret qui me concerne, et que
je ne puis révéler, Elle a ajouté : « Et maintenant,
allez dire aux prêtres que je veux que l'on me
bâtisse ici une Chapelle. »

M. Peyramale resta un instant silencieux. « Après
tout, songeait-il, ne serait-ce point possible ?... » Et
cette pensée que la Mère de Dieu pouvait lui envoyer, à lui, pauvre prêtre inconnu, un message
direct, le remplissait d'agitation et de trouble. Puis,
arrêtant ses yeux sur l'enfant, il se demandait :
« Où donc est la garantie de cette bergère, et qu'est-

ce qui me démontre qu'elle n'est pas le jouet d'une
erreur ?

— Si la « Dame » dont tu me parles est vraiment
la Reine du Ciel, répondit-il, je serai heureux, dans
la mesure de mes forces, de contribuer à lui faire
élever une Chapelle ; mais rien ne m'oblige à te
croire. J'ignore qui est cette « Dame », et, avant de
m'occuper de ce qu'elle désire, j'ai besoin d'avoir
la certitude qu'elle y a droit. Il me faut, par conséquent, quelque preuve de sa puissance.

La fenêtre était ouverte, et le regard du Prêtre,
plongeant sur le jardin, apercevait la végétation
arrêtée et la mort momentanée que donnent aux
plantes les frimas de l'hiver.

— L'Apparition, dis-tu, a sous ses pieds un rosier
sauvage, un églantier qui sort des Roches. Nous
sommes au mois de février. Je te charge de lui dire
que, si elle veut la Chapelle, elle fasse fleurir le
rosier.

Et il congédia l'enfant.

. .

On n'avait pas tardé à connaître dans tous ses
détails ce dialogue entre Bernadette, messagère de
l'Au delà, et le Curé de la ville de Lourdes.

— Il l'a mal reçue, disaient avec joie les philosophes et les savants : il a trop de bon sens pour faire
cas des rêveries d'une hallucinée, et il s'est tiré,
avec beaucoup d'esprit, d'une situation difficile.
D'un côté, accorder son assentiment à de telles
folies était un parti tout à fait inacceptable pour
un homme d'une si ferme raison et d'une si droite
conscience ; de l'autre, opposer à tout cela une

négation pure et simple, c'était se mettre à dos tous ces gens fanatisés. Au lieu d'échouer contre ce double écueil, au lieu de se laisser prendre dans les cornes de ce dilemme, il s'échappe tranquillement de la difficulté ; et, sans heurter de front la croyance populaire, il exige très finement une preuve certaine, sensible et palpable de l'Apparition, un Miracle, en un mot, c'est-à-dire l'impossible. Il condamne l'illusion ou le mensonge à se réfuter d'eux-mêmes, et, avec l'épine d'un rosier sauvage, il fait crever ce gros ballon. C'est fort bien trouvé !

Le Commissaire de Police. Jacomet, le Procureur Impérial et tout le clan de l'incrédulité irréductible se réjouissaient de cette mise en demeure, signifiée à l'être mystérieux ou imaginaire de la Grotte. « L'Apparition est sommée de présenter son passeport » était un mot qu'on répétait en riant dans les parages officiels.

— L'églantier fleurira, affirmaient les plus inébranlables parmi les croyants, ceux qui étaient encore sous l'impression du spectacle de Bernadette en extase.

Un grand nombre, tout en ayant foi en l'Apparition, redoutaient une épreuve. Le cœur de l'homme est ainsi fait, et le centenier de l'Evangile parlait pour la plupart d'entre nous, quand il disait : *Credo, Domine : adjuva incredulitatem meam.* « Je crois, Seigneur : venez en aide à mon manque de foi ! »

Les uns et les autres attendaient avec impatience le jour suivant.

. . . .

XX

— Eh bien, l'as-tu vue encore aujourd'hui ? demanda le Curé de Lourdes, lorsque Bernadette entra chez lui le lendemain, en revenant de la Grotte.

— J'ai vu la Vision, et je lui ai dit : « M. le Curé désire que vous lui donniez quelques preuves, comme, par exemple, de faire fleurir le rosier qui est sous vos pieds, parce que ma parole ne suffit pas aux prêtres et qu'ils ne veulent pas s'en rapporter à moi. » Alors Elle a souri, mais sans répondre. Puis, Elle m'a commandé de monter jusqu'au fond de la Grotte. Et Elle a crié par trois fois les mots : « Pénitence ! pénitence ! pénitence ! » que j'ai répétés, en me traînant sur mes genoux. Là, Elle m'a révélé encore un second secret qui m'est personnel. Ensuite, Elle a disparu.

— Et qu'est-ce que tu as trouvé au fond de la Grotte ?

— J'ai regardé après qu'Elle a disparu (car, pendant qu'Elle est là, Elle m'absorbe et je ne fais attention qu'à Elle). Je n'ai aperçu alors que le rocher, et par terre quelques brins d'herbe qui poussaient au milieu de la poussière.

Le Curé demeura songeur.

— Attendons, se dit-il.

Le soir, M. le Curé Peyramale racontait cette entrevue aux vicaires de Lourdes, à l'abbé Pomian, à quelques prêtres des environs. Ils plaisantèrent leur Doyen sur le peu de succès de ses exigences.

— Si c'est la Sainte Vierge, très cher maître, lui disait-on, ce sourire, en entendant votre requête, nous semble fâcheux pour vous, et une ironie, venant des régions paradisiaques, nous paraît inquiétante.

Le Curé se tira de cet argument avec sa promptitude d'esprit accoutumée :

— Ce sourire est en ma faveur, répondit-il. La Sainte Vierge n'est pas moqueuse. Si j'avais mal parlé, elle n'aurait pas souri ; elle se serait apitoyée sur mes raisons. Elle a souri : donc elle approuve.

XXI

Il y avait du vrai dans la fine répartie de l'abbé Peyramale, mais peut-être un peu moins qu'il ne le pensait. Certes, si en ce moment, avec sa rare sagacité et son élévation d'âme, il eût mûrement réfléchi aux paroles qu'avait prononcées, peu de temps après avoir souri, la céleste Apparition, il eût compris ce que signifiait ce sourire, que la pauvre enfant, quoique favorisée de visions si hautes, était impuissante à interpréter.

« Faire pénitence ; gravir à genoux la pente escarpée et pénible qui va, des ondes rapides et tumultueuses du torrent, au Roc immuable sur lequel doit se fonder un des sanctuaires de l'Eglise », tels avaient été les ordres de l'Apparition ; telle avait été sa réponse à la demande de faire fleurir le rosier sauvage ; tel avait été, en sa propre bouche, le très clair commentaire de son sourire... Qui ne voit, en y arrêtant sa pensée, la signification secrète et admirable de cette réponse symbolique ?

« — Eh quoi ! alors que je suis la Mère du Dieu sauveur, la Mère de ce Jésus qui a passé en faisant le bien et en consolant les affligés, n'y a-t-il à solliciter de moi, comme signe de ma puissance, que l'oiseuse et fragile merveille que feront d'eux-mêmes, d'ici à quelques jours, les rayons de mon serviteur, le Soleil ? Quand les peuples, coupables ou égarés, se désaltèrent aux fleuves empoisonnés de ce monde, à ces torrents troublés qui courent aux abîmes ; quand la multitude des pécheurs, indifférents ou hostiles à la loi de Dieu, couvre la surface du globe ; quand l'humanité, avant tout, a besoin de monter à genoux le chemin escarpé qui sépare de la vie immuable de l'esprit, la vie fuyante et agitée de la chair ; quand le salut de tant de malheureux et la guérison de tant de malades sont la préoccupation constante de mon cœur maternel, n'ai-je pas à produire de meilleurs témoignages de mon Pouvoir et de ma Bonté que de faire épanouir les roses en plein hiver ? Et est-ce donc pour un si vain amusement que je me manifeste à une jeune fille de la terre, et que j'ouvre devant elle mes mains pleines de grâces ? »

Tel était, ce nous semble, autant qu'il est permis de sonder et d'interpréter de si hauts mystères, le sens profond de ce sourire et de ces ordres, par lesquels la Mère du genre humain répondit à la requête du Pasteur de Lourdes. Dieu ne daigne pas, surtout en des temps nécessiteux et mauvais, amuser en quelque sorte son omnipotence à des prodiges qui ne frappent que les yeux, à des signes

éphémères qui se flétriraient du matin au soir ou
qu'emporterait le premier souffle du vent : Dieu
entend faire des œuvres utiles et bonnes, et ses
miracles sont toujours des bienfaits. Quand il veut
établir une œuvre immortelle, il l'appuie sur une
preuve immortelle, que les siècles ne pourront
entamer.

M. le Curé de Lourdes ne vit donc point tout
d'abord, pas plus que les simples Fidèles, ce que
l'avenir devait rendre évident. Le doute intermit-
tent, qu'il y avait au fond de lui-même sur la réalité
de l'Apparition, l'empêchait d'arrêter sur ces diverses circonstances le clair regard qu'il avait coutume de jeter sur les choses de Dieu.

Bien qu'ils fussent quelque peu déconcertés en
présence de conversions opérées le jour même aux
Roches Massabielle par l'éclat extraordinaire de la
transfiguration de Bernadette, les Libres-Penseurs
du lieu triomphaient singulièrement de l'échec
des croyants, au sujet de la preuve, gracieuse et
fleurie, requise par M. le Curé Peyramale. Ils
louaient ce dernier, plus encore que la veille,
d'avoir exigé un miracle : « Quelle maladresse,
disait-on, de vouloir recourir à la violence, à des
coups de force pour tuer l'Apparition ! le Curé, bien
plus habile, la force à se tuer elle-même. »
Incapables de comprendre la loyauté de cette im-
partiale sagesse qui, avant de croire, mais aussi
avant de nier, voulait avoir des gages de certitude,
ils appelaient ruse ce qui était prudence, et ils sup-
posaient un piège dans la naïve prière d'une âme
droite en quête de la vérité. Peu s'en fallait, on le voit,

que ces messieurs ne fissent en cette occasion au
vénérable pasteur de Lourdes l'honneur, très-grand
peut-être, mais à coup sûr fort immérité, de le
compter comme un des leurs.

L'honorable M. Jacomet paraissait s'en vouloir
de plus en plus de n'avoir pas détruit, à lui tout
seul, cette naissante superstition. Il se creusait la
tête pour deviner le mot de l'énigme : car il devenait hors de doute, par la demande même du
Curé de Lourdes, que le Clergé n'était pour rien
dans cette affaire. Donc il n'avait plus, en face de
lui, d'une façon ou d'une autre, que cette petite
fille et ses parents. Il se faisait fort d'en venir enfin
à bout.

XXII

La nuit avait mis fin aux agitations de tant
d'esprits divers, les uns ajoutant foi à la réalité
de l'Apparition, les autres restant dans le doute,
certains, niant résolûment. L'aurore allait se lever ;
et l'Eglise universelle, sur toute la surface du globe,
murmurait au fond des Temples, dans la paix des
Presbytères déserts, dans l'ombre peuplée des
Cloîtres, sous la voûte des Abbayes, des Monastères
et des couvents, ces paroles du Psalmiste, en l'office
des Matines : *Tu es Deus qui facis mirabilia. Notam
fecisti in populis virtutem tuam...* Viderunt te aquæ,
Deus, viderunt te aquæ, *et timuerunt, et turbatæ
sunt abyssi.* « Vous êtes le Dieu qui faites des mer-
« veilles. Vous avez montré votre puissance au
« milieu des multitudes... *Les eaux vous ont aperçu,*

« *Seigneur, les eaux vous ont aperçu ;* et elles ont
« tressailli en votre présence, et les abîmes en ont
« été troublés (1). »

Bernadette venait de s'agenouiller devant les
Roches Massabielle.

Bien qu'il y eût là bon nombre de sceptiques
et de négateurs, un religieux silence s'était fait
instantanément dès qu'on avait aperçu l'enfant.
Une commotion électrique avait fait frissonner cette
foule. Tous, par un instinct unanime, les incrédules et les croyants, s'étaient découvert le front.
Plusieurs s'étaient mis à genoux, en même temps
que la fille du meunier.

L'Apparition divine en ce moment se laissait
voir à Bernadette, ravie en son extase. Comme
toujours, la Vierge était debout dans l'excavation
ovale du rocher, et ses pieds foulaient le rosier
sauvage.

Bernadette la contemplait avec un sentiment
d'amour indicible, un sentiment doux et profond,
qui inondait son âme de délices.

La Mère de Dieu aimait cette enfant innocente.
Elle voulut, par une intimité de plus en plus étroite,
la presser davantage sur sa poitrine ; Elle voulut
fortifier encore le lien qui l'unissait à l'humble
bergère, afin que cette dernière, au milieu des
troubles et des obscurités de ce monde, sentît, pour
ainsi dire, à tout instant, que la Reine des cieux
la conduisait.

— Ma fille, dit-elle, je vais vous confier, toujours
pour vous seule et concernant vous seule, un

---

(1) *Ordo* de 1858, 25 février. Jeudi de la 1re semaine de
Carême. Office de Matines. Ps. LXXVI.

dernier secret, que, pas plus que les deux autres, vous ne révélerez à personne.

Bernadette, en la joie de son cœur, écoutait cependant l'ineffable musique de cette voix si maternelle et si tendre, qui charmait, il y a dix-huit cents ans, les oreilles filiales de l'Enfant-Dieu.

— Et maintenant, reprit la Vierge, allez boire et vous laver à la Fontaine, et mangez l'herbe qui pousse à côté.

A ce mot de « Fontaine », Bernadette regarda autour d'elle. Nulle source n'existait et n'avait jamais existé en cet endroit. Sans perdre la Vierge de vue, elle se dirigea donc tout naturellement vers le ruisseau qui longeait ces rochers et dont les eaux couraient à travers les cailloux.

Une parole et un geste de l'Apparition l'arrêtèrent dans sa marche :

— N'allez point là, disait la Vierge : allez à la Fontaine, elle est ici.

Et, étendant sa main, cette main miséricordieuse et puissante à laquelle la nature est soumise, Elle montra du doigt, au fond de la Grotte, ce même coin desséché vers lequel, la veille au matin, Elle avait déjà fait monter l'enfant à genoux.

Quoiqu'elle ne vît rien qui semblât avoir rapport aux indications de l'Etre divin, Bernadette obéit à l'ordre de la Vision céleste. La voûte de la Grotte allait en s'abaissant dans cette direction, et la petite fille gravit sur ses genoux l'espace qu'elle avait à parcourir.

Parvenue au terme, elle n'aperçut devant elle aucune apparence de fontaine. Tout contre le roc poussaient çà et là quelques touffes de cette herbe, de la famille des saxifragées, que l'on nomme la *Dorine*.

Soit sur un second signe de l'Apparition, soit par un mouvement intérieur de son âme, Bernadette, avec cette foi sans hésitation qui plaît tant au cœur de Dieu, se baissa et gratta le sol de ses mains.

Les innombrables spectateurs de cette scène, n'entendant ni ne voyant l'Apparition, ne savaient que penser du singulier travail de l'enfant. Déjà plusieurs commençaient à sourire et à croire à quelque dérangement dans le cerveau de la pauvre bergère. Qu'il faut peu de chose pour ébranler les plus fermes !

Tout à coup le fond de cette petite cavité devint humide. Arrivant de profondeurs inconnues, à travers les roches de marbre et les épaisseurs de la terre, une eau mystérieuse commença à sourdre goutte à goutte et à remplir ce creux, de la grandeur d'un verre, qu'elle avait achevé de former.

Cette eau nouvelle venue, se mêlant à la poussière de la surface, ne faisait tout d'abord que de la boue. Bernadette, par trois fois, essaya de porter à ses lèvres ce liquide bourbeux ; mais, par trois fois, son dégoût fut si fort qu'elle le rejeta sans se sentir la force de l'avaler. A la quatrième fois, dans un suprême effort, elle surmonta sa répugnance. Elle but, elle se lava, elle mangea une pincée de la plante champêtre qui poussait au pied du rocher.

En ce moment, l'eau de la Source franchit les bords du petit réservoir, et se mit à couler en un mince filet, plus exigu peut-être qu'une paille.

Ce filet était si faible, que, durant un long temps, c'est-à-dire jusqu'à la fin de ce jour, le sol desséché l'absorba tout entier au passage, et qu'on ne devinait sa marche progressive que par le ruban humide qui s'allongeait peu à peu, s'avançant avec une lenteur extrême vers l'eau courante du ruisseau.

Quand Bernadette eut accompli tous les ordres qu'elle avait reçus, la Vierge arrêta sur elle un regard satisfait : puis, Elle disparut à ses yeux.

Dès que Bernadette fut sortie de l'extase, on se précipita vers la Grotte. Chacun voulait voir de ses yeux le creux où l'eau venait de surgir. Chacun voulait y plonger son mouchoir et en porter une goutte à ses lèvres. De sorte que cette source naissante, dont on agrandissait peu à peu le terreux réservoir, prit bientôt l'aspect d'une flaque d'eau ou d'un amas liquide de boue détrempée. La Source, à mesure qu'on y puisait, devenait de plus en plus abondante. L'orifice par où elle sortait des abîmes s'élargissait insensiblement.

— C'est de l'eau qui, dans les temps pluvieux, aura suinté, par hasard, du rocher, et qui, par hasard aussi, aura formé sous le sol un petit amas que l'enfant aura découvert, toujours par hasard, en grattant avec ses ongles, dirent les savants de Lourdes.

Et les philosophes se contentèrent de cette explication.

Le lendemain, la Source, poussée par une force inconnue, grandissait à vue d'œil. Elle coulait déjà de la grosseur du doigt. Toutefois, le travail intérieur qu'elle opérait pour se frayer son premier passage à l'extérieur, la rendait encore boueuse. Ce fut seulement au bout de quelques jours que, après avoir augmenté d'heure en heure, elle devint absolument limpide. Elle s'échappa dès lors de la terre par un jet très considérable, qui avait atteint à peu près le diamètre d'un bras d'enfant..... — N'anticipons point pourtant sur les événements, et continuons de les suivre dans l'ordre de leur développement successif.

L'abbé Peyramale, instruit quotidiennement de ces incidents par M. Estrade, par le Docteur Dozous et d'autres honorables témoins, commençait à comprendre que l'Apparition manifestait sa présence et aussi sa puissance par des preuves moins éphémères que la floraison du rosier sauvage. Il était attentif à tout détail...

XXIII

L'émotion populaire avait pris des proportions considérables. Bernadette était acclamée quand elle passait, et la pauvre enfant, pour échapper à ces ovations, rentrait en toute hâte chez elle. Cette âme, qui avait vécu jusque-là ignorée, dans le silence et dans la solitude, se trouvait tout à coup placée en pleine lumière. Ses moindres paroles étaient commentées, discutées, admirées, repoussées, bafouées, livrées en un mot aux appréciations diverses des disputes humaines. Et c'est alors qu'elle goûtait l'indicible joie de n'avoir pas tout à dire. Les trois secrets que lui avait révélés la Vierge étaient comme un sanctuaire réservé où elle pouvait retirer son cœur et le rafraîchir, dans l'ombre de ce mystère et dans le charme de cette intimité avec la Reine du Ciel.

Ainsi que nous venons de le raconter, le jaillissement de la Source avait eu lieu vers le lever du soleil, en présence d'une foule nombreuse. C'était le 25 février, un jeudi, le troisième du mois, jour de grand marché à Tarbes. La nouvelle de l'événement survenu le matin aux Roches Massabielle fut donc portée au chef-lieu par la rumeur publique, et répandue, dès le soir même, dans tout le département et jusqu'aux villes limitrophes des départements voisins. Le mouvement extraordinaire, qui, depuis une huitaine, attirait à Lourdes tant de pèlerins et de curieux, prit dès lors un développement inouï.

Beaucoup de visiteurs vinrent coucher à Lourdes pour s'y trouver dès l'aube; d'autres marchèrent toute la nuit; et, aux premiers rayons de l'aurore, à l'heure où Bernadette avait coutume d'arriver, cinq à six mille personnes, debout ou assises sur les rives du Gave, sur les tertres et sur les rochers, campaient en face de la Grotte.

Quand la Voyante, paisible au milieu de cette agitation, se présenta pour prier, les populations s'écrièrent : « Voilà la Sainte ! voilà la Sainte ! » Plusieurs cherchaient à toucher ses vêtements, considérant comme sacré tout objet qui appartenait à cette privilégiée du Seigneur.

La Vierge ne voulait point cependant que ce cœur innocent succombât à la tentation de la vaine gloire, et que Bernadette pût s'enorgueillir des faveurs singulières dont elle était l'objet. Il était bon que l'enfant, saluée de tels enthousiasmes, constatât une fois de plus son impuissance personnelle. Vainement elle pria. On ne vit pas se répandre sur ses traits l'éclat surhumain de l'extase ; et, quand elle se releva, après sa longue prière, elle répondit avec tristesse aux interrogations, que la Vision d'en haut n'était point apparue.

XXIV

Cette absence de l'Apparition avait sans doute pour but de maintenir Bernadette dans la conscience de son néant ; mais elle contenait peut-être aussi, pour le peuple chrétien, un haut enseignement.

Si le ciel s'était ce jour-là fermé aux regards de Bernadette, si la divine Créature qui lui apparaissait avait semblé s'évanouir, la preuve de la réalité et de la puissance de cet Etre surhumain, la Fontaine, surgie la veille, ruisselait abondante sur le sol incliné de la Grotte, et restait visible aux yeux des multitudes émerveillées.

La Vierge se retirait, pour laisser en quelque sorte parler son œuvre. La Vierge se retirait aussi et se taisait, pour laisser parler l'Eglise de ce pays dont les textes liturgiques, à l'Introït de la Messe et aux Répons de Matines, pouvaient servir de commentaire à la naissance soudaine de cette Fontaine étrange.

Tandis en effet que ceci se passait à la Grotte, devant la Source miraculeuse jaillie du côté droit de l'aride rocher, on célébrait dans le diocèse de Tarbes, et dans plusieurs diocèses de France, la mémoire d'une autre Source, la plus illustre et la plus vivifiante de toutes celles qui, depuis six mille années, ont arrosé l'héritage des enfants d'Adam. Le 26 février 1858, vendredi de la première semaine de Carême, était la fête de la sainte Lance et des Clous de Notre-Seigneur (1). Et la Source dont les Offices particuliers du diocèse glorifiaient le souvenir, était la grande Source divine que la Lance du centurion romain, perçant le côté droit du Christ inanimé, avait fait jaillir comme un fleuve de vie pour régénérer la terre et sauver le genre humain : *Vidi aquam egredientem de templo, a latere dextro ; et omnes ad quos pervenit aqua ista salvi facti sunt.* « J'ai vu une eau qui jaillissait du temple, *du côté droit,* et tous ceux à qui cette eau arrivait ont été sauvés », s'était écrié le Prophète, contemplant à travers les siècles les prodiges de la miséricorde de Dieu.

« *En ce jour-là,* disaient également les prêtres en l'Office des Matines, *il y aura, pour la maison de David et les habitants de Jérusalem, une Fontaine*

(1) *Ordo du diocèse de Tarbes* pour 1858, 26 février. Vendredi de la 1re semaine de Carême. Fête de la sainte Lance et des Clous. Introït de la Messe. (Voir cette Messe dans le Missel romain, en l'Appendice : *Missæ celebrandæ in aliquibus locis ex Indulto Apostolico.*)

ouverte, servant à la purification du pécheur et de toute personne souillée (1). »

Par ces coïncidences vraiment étonnantes, que nous invitons instamment le lecteur à vérifier lui-même ; par de telles coïncidences, l'Eglise de ce diocèse répondait aux questions que tous se faisaient autour de la Fontaine merveilleuse, jaillissant au côté droit de la Grotte. La Source qui venait de naître à la base des Pyrénées procédait, par une infiltration mystérieuse, de ce fleuve immense de grâces divines qui, sous les Clous des soldats et par la Lance du centurion, commença à couler il y a dix-huit cents ans au sommet du mont Golgotha.

Tel était le principe intime auquel il fallait remonter pour trouver l'origine cachée de la Source miraculeuse ; et il était bon que les Offices célébrés à son point de départ, au lieu où elle venait de percer la terre, amenassent d'eux-mêmes l'esprit vers ces mystiques hauteurs. Quant aux résultats pratiques, quant aux effets extérieurs que devait produire au dehors cette Fontaine de l'Apparition, il en fallait tout naturellement demander l'interprétation et le secret, non plus dans le cercle restreint et à la fête exceptionnelle d'un diocèse particulier, mais bien aux Offices universels que l'Eglise catholique, apostolique et romaine célébrait partout à cette heure dans le monde chrétien. Or ce même jour, 26 février 1858, Vendredi de la première semaine de Carême, l'Evangile de la

(1) In die illa erit fons patens domui David, et habitantibus Jerusalem, in ablutionem peccatoris et menstruatæ.
Ordo du diocèse de Tarbes, Office de Matines. Répons de la IIIᵉ leçon du IIᵉ Nocturne.

Messe contenait ces paroles, qui n'ont pas besoin de commentaires : « Et il y avait à Jérusalem la Piscine probatique, appelée en hébreu Bethsaïda. Elle a cinq portiques, *sous lesquels gisait une grande multitude de malades, d'aveugles, de boiteux, de gens dont les membres étaient desséchés, attendant le mouvement des eaux.* Car l'Ange du Seigneur descendait à un certain moment dans la Piscine, et l'eau s'agitait. Et celui qui le premier, après le mouvement de l'eau, descendait dans la Piscine, ÉTAIT GUÉRI DE SON INFIRMITÉ, QUELLE QU'ELLE FUT (1). »

XXV

Quoique, sans doute, fort peu de personnes fissent de tels rapprochements, l'idée que les eaux de la Source, jaillie à la Grotte, pouvaient guérir les malades avait dû se présenter d'elle-même à l'esprit de tous. Le bruit de guérisons extraordinaires commença à se répandre de tous côtés. En face des versions contradictoires qui circulaient, de la sincérité des uns, de l'exagération volontaire ou involontaire des autres, de l'absolue négation de plusieurs, des hésitations et du trouble d'un grand

---

(1) Est autem Jerosolymis Probatica piscina, quæ cognominatur hebraice Bethsaida, quinque porticus habens. In his jacebat multitudo magna languentium, cæcorum, claudorum, aridorum, expectantium aquæ motum. Angelus autem Domini descendebat secundum tempus in piscinam ; et movebatur aqua. Et qui prior descendisset in piscinam post motionem aquæ, sanus fiebat a quacumque detinebatur infirmitate.

Ordo et missel romains. 1858. 26 février. Vendredi de la 1re semaine de Carême. Evangile de la Messe.

nombre, de l'émotion universelle, il était difficile de discerner le vrai du faux parmi les faits que l'on affirmait de toutes parts, chacun les racontant de diverses sortes, tantôt en estropiant les noms, tantôt en confondant les personnes, tantôt en mêlant les circonstances d'épisodes différents.

Avez-vous jamais, en vous promenant dans la campagne, jeté brusquement une poignée de blé dans une fourmilière ? Les fourmis courent de côté et d'autre dans une agitation effarée : elles vont, elles viennent, elles se croisent, elles se heurtent, elles s'arrêtent, elles reprennent leur marche, retournent sur leurs pas, s'éloignent sans motif apparent du point où elles semblaient se précipiter, ramassent un grain de blé, puis le laissent là, errant de toutes parts dans un fiévreux désordre, en proie à une confusion inexprimable.

Telles étaient à Lourdes les multitudes d'habitants et d'étrangers, dans leur stupeur de ces merveilles qui se produisaient. Tel est toujours d'ailleurs le monde naturel, quand il est visité tout à coup par quelque fait du monde surnaturel.

Peu à peu, cependant, l'ordre se rétablit dans la fourmilière, un moment troublée.

Il y avait dans la ville un malheureux ouvrier connu de tous, qui traînait depuis de longues années la plus misérable des existences. Il se nommait Louis Bourriette. Quelque vingt ans auparavant un grand malheur l'avait frappé. Comme il travaillait dans les environs de Lourdes à extraire de la pierre avec son frère Joseph, carrier comme lui, une mine mal dirigée avait fait explosion à côté d'eux. Joseph était tombé roide mort. Louis, celui dont nous parlons, avait eu le visage labouré par les éclats du rocher et l'œil droit à moitié écrasé. On eut les plus grandes peines du monde à le sauver. Les souffrances horribles qui suivirent cet accident furent telles qu'une fièvre ardente se déclara et qu'il fallut, pendant les premiers temps, le retenir dans son lit au moyen d'un appareil de force. Il recouvra cependant peu à peu sa santé générale, grâce à des soins intelligents et dévoués. Toutefois, la Médecine avait été impuissante, malgré les opérations les plus délicates et les traitements les plus habiles, à guérir son œil droit, qui avait été atteint dans sa constitution intime. Il reprit son état de carrier, mais il ne pouvait plus faire que des besognes grossières, l'œil blessé lui refusant tout service et ne percevant les objets qu'à travers une brume invincible. Quant il avait besoin d'exécuter un travail demandant un peu de soin, le pauvre ouvrier était obligé d'avoir recours à l'aide d'autrui.

Le temps n'amena aucune amélioration : tout au contraire. La vue de Bourriette diminuait d'année en année. Cet affaiblissement progressif était devenu plus sensible encore dans les derniers temps ; le mal avait fait de tels progrès que l'œil droit était presque entièrement perdu. Quand il fermait l'œil gauche, Bourriette ne distinguait plus un homme d'un arbre ; l'arbre et l'homme n'étaient pour lui qu'une masse noire et confuse se détachant vaguement dans une nuit sombre.

La plupart des habitants de Lourdes avaient employé Bourriette une fois ou l'autre. Sa situation faisait pitié : il était fort aimé parmi la confrérie des carriers et des tailleurs de pierre, très nombreux en ce pays.

Cet infortuné, entendant parler de la Source miraculeusement jaillie à la Grotte, appela sa fille :

— Va me chercher de cette eau, dit-il. La sainte Vierge, si c'est elle, n'a qu'à le vouloir pour me guérir.

Une demi-heure après, l'enfant apportait dans un vase un peu de cette eau encore bourbeuse, ainsi que nous l'avons expliqué.

— Père, dit l'enfant, ce n'est que de l'eau sale et terreuse.

— N'importe ! dit le père, qui se mit à prier.

Il frotta avec cette eau son œil malade. Presque aussitôt, il poussa comme un cri d'effroi et fut saisi d'un subit tremblement, tant son émotion était grande. Un miracle s'accomplissait en sa vue. Déjà, autour de lui, l'air était redevenu clair et baigné de lumière.

Les objets lui semblaient encore environnés d'une gaze légère, qui l'empêchait d'en percevoir parfaitement les détails ; mais ces brumes n'étaient plus noires comme depuis vingt ans ; le soleil les pénétrait, et, au lieu de la nuit épaisse, c'était, devant l'œil du malade, la vapeur transparente du matin.

Bourriette continua de prier et de laver son œil droit de cette eau bienfaisante. Le jour grandissait pour lui graduellement, et il distinguait nettement les objets.

Le lendemain ou le surlendemain, il rencontre sur la place publique de Lourdes M. le docteur Dozous, qui n'avait cessé de lui donner des soins depuis l'origine de sa maladie. Il court à lui :

— Je suis guéri, lui dit-il.

— Pas possible ! s'écrie le médecin. Vous avez une lésion organique, qui rend votre cas absolument désespéré. Le traitement que je vous fais suivre a pour but de calmer vos douleurs, mais ne peut reconstituer ce qui est détruit.

— Aussi, n'est-ce pas vous qui m'avez guéri, répond le carrier ; c'est la Vierge de la Grotte.

L'homme de la science fit une moue d'incrédulité :

— Que Bernadette ait des extases inexplicables, cela est sûr : car je l'ai vérifié avec une infatigable attention. Mais, que l'eau, surgie à la Grotte, par je ne sais quelle cause, guérisse subitement des maux inguérissables, ce n'est pas possible.

Cela disant, il tire un agenda de sa poche et écrit quelques mots au crayon.

Puis, d'une main, il ferme l'œil gauche de Bourriette, c'est-à-dire l'œil valide, et présente à l'œil droit, qu'il savait entièrement privé de la vue, la petite phrase qu'il venait d'écrire.

— Si vous pouvez lire ceci, je vous croirai, dit d'un air triomphant l'éminent docteur, qui se sentait fort de son grand savoir et de sa longue expérience médicale.

Les gens qui se promenaient sur la place s'étaient groupés autour d'eux.

Bourriette, de son œil naguère mort, regarde ce papier, et il lit aussitôt, à haute voix et sans la moindre hésitation :

« Bourriette a une amaurose incurable dont il ne « guérira jamais. »

La foudre, tombant aux pieds du vieux médecin, l'eût moins stupéfait que la voix de Bourriette lisant ainsi, paisiblement et sans effort, l'unique ligne d'une écriture fine, tracée légèrement au crayon, sur une page de l'agenda.

M. le docteur Dozous était plus qu'un homme de science, c'était un homme de conscience. Il reconnut franchement et proclama sans hésiter, dans cette guérison soudaine d'un mal irrémédiable, l'action d'une puissance supérieure. Bien qu'il n'eût malheureusement pas la foi, ayant formé sa philosophie dans l'atmosphère, souvent délétère, des Écoles de médecine, il était homme de bonne foi, et avait pour principe la démonstration par les faits.

Il se rendit auprès du curé de Lourdes et le mit au courant de ce qu'il venait de constater.

— Je ne puis le nier, dit-il à l'abbé Peyramale, c'est un Miracle, un vrai Miracle, n'en déplaise à moi-même et à mes confrères de la Faculté. Cela me renverse ; mais il faut bien se soumettre à la conséquence impérieuse qu'entraîne pour l'esprit un fait si évident, et si en dehors de tout ce que peut la pauvre science humaine.

M. le docteur Vergez, de Tarbes, professeur agrégé de la Faculté de Montpellier, médecin des eaux de Barèges, appelé plus tard à se prononcer sur cet événement, ne put s'empêcher d'y voir également, de la façon la plus indéniable, le caractère surnaturel (1).

Nous l'avons dit, l'état de Bourriette était notoire depuis vingt ans, et ce pauvre homme était connu de presque tout le monde. La guérison merveilleuse

(1) Les conclusions de ces médecins furent consignées par eux dans deux rapports détaillés et isolés l'un de l'autre, qui leur furent demandés par la Commission épiscopale, chargée d'examiner les événements de Lourdes.

n'avait d'ailleurs fait disparaître ni les traces profondes, ni les cicatrices du terrible accident, de
sorte que chacun pouvait vérifier le Miracle qui
venait de s'accomplir. Le carrier, presque fou de
joie, en racontait les détails à qui voulait l'entendre.

Il n'était pas le seul à faire éclater ainsi le témoignage d'un bonheur inespéré et l'expression de la
reconnaissance. Des faits de même nature s'étaient
produits dans d'autres maisons de la ville. Plusieurs
personnes de Lourdes, Marie Daube, Bernarde
Soubie, Fabien Baron, avaient tout à coup quitté le
lit de douleur où les retenaient, depuis des années,
diverses maladies chroniques et invétérées, et ils
proclamaient hautement leur guérison par l'eau de
la Grotte. La main de Jeanne Crassus, paralysée
pendant dix ans, s'était redressée et avait retrouvé
la plénitude de la vie dans l'eau miraculeuse (1).

L'abbé Peyramale se tenait au courant de tout,
interrogeant les témoins, voyant les malades guéris,
adressant maintes et maintes questions aux médecins les plus autorisés de la contrée, qu'il voyait à
Lourdes où qu'il allait consulter à Tarbes ou à Pau.

Parmi les récits qui se faisaient, la précision
succédait donc aux vagues murmures du premier
moment. L'exaltation des populations était des
plus grandes : exaltation touchante et bonne,
qui se traduisait dans l'église par des prières fer-
ventes, autour de la Grotte par des cantiques

(1) Le caractère surnaturel de ces diverses guérisons a été
officiellement constaté dans les rapports médicaux adressés à
la Commission épiscopale.

d'actions de grâces, éclatant sur les lèvres joyeuses des pèlerins.

Le jour de la guérison de Bourriette, l'association des carriers, dont ce brave homme faisait partie, se rendit aux Roches Massabielle et commença à tracer, dans le tertre escarpé qui se trouvait contre la Grotte, un sentier pour les visiteurs. Devant l'orifice de la Source, ils placèrent une rigole de bois, au-dessous de laquelle ils creusèrent un petit réservoir ovale, d'un demi-mètre de profondeur environ, ayant à peu près la forme et la longueur d'un berceau d'enfant.

L'enthousiasme croissait d'instant en instant. Le mouvement des multitudes sur le chemin de la Source miraculeuse était incessant. Après le coucher du soleil, quand commencèrent à tomber sur la terre les premières ombres de la nuit, il se trouva que la même pensée était venue à une foule d'âmes croyantes et la Grotte s'illumina de mille feux. Les pauvres, les riches, les enfants, les femmes, les hommes avaient spontanément apporté des bougies ou des cierges. Durant toute la nuit, on put voir de l'autre côté du Gave briller cette lueur claire et douce, ces milliers de petits flambeaux, semés çà et là, et répondant sur la terre au scintillement et à l'éclat des étoiles qui parsemaient le firmament.

Il n'y avait, au sein de ces peuples, ni prêtres, ni pontifes, ni chefs d'aucune sorte : et pourtant, sans que nul eût fait aucun signe, lorsque l'illumination éclaira les rochers et la Grotte, se reflétant, en tremblants rayons, dans le petit réservoir de la Source, toutes les voix s'élevèrent en même temps et se confondirent en un chant unanime. Les Litanies de la sainte Vierge se firent entendre, interrompant le silence de la nature pour célébrer la Mère admirable, devant cette niche rustique dont elle avait fait le Trône de Sagesse, afin de combler de joie tous les cœurs chrétiens. *Mater admirabilis, Sedes Sapientiæ, Causa nostræ lætitiæ, ora pro nobis.*

XXVI

C'était l'heure où les délassements du soir rassemblaient au cercle et autour de la table des cafés les ennemis de la Superstition. Le trouble était considérable dans ce sanhédrin.

— Il n'y a jamais eu de source en cet endroit, s'écriait l'une des plus fortes têtes. C'est une flaque d'eau, formée je ne sais comment, à la suite de quelque infiltration accidentelle, et qui aura été découverte fortuitement, lorsque Bernadette a fouillé le sol. Rien n'est plus naturel.

— Evidemment, répondait-on de toutes parts.

— Cependant, hasardait quelqu'un, il paraît que l'eau coule.

— Pas le moins du monde, s'écriaient plusieurs interlocuteurs très affirmatifs. Nous y sommes allés. Le peuple, avec son exagération, prétend aujourd'hui que l'eau coule. Ce n'est pas vrai : hier, dès les premiers bruits, nous avons vérifié la chose. Ce n'est qu'une mare bourbeuse.

Ces déclarations suffirent et prirent consistance dans le groupe des esprits-forts. Ce fut la version officielle, acceptée, certaine, incontestable. Telle est, chez les incrédules, la crédulité à tout ce qui semble servir leur idée fixe, telle est, en ces matières, l'absence complète d'examen chez ces sectateurs du Libre Examen, telle est l'obstination de leur parti pris contre les faits les plus patents (1). Un mois et demi après cette époque, et malgré l'écrasante évidence d'une Fontaine puissante et fournissant, *comme chacun peut le vérifier,* plus de CENT MILLE LITRES par jour, cette négation *absolue* de toute source, cette version impudente de « la mare » avait encore cours et se répétait audacieusement dans les journaux de la pensée indépendante (2).

Quant aux guérisons, on les niait, de même qu'on niait la Source. Toutes, sans exception, étaient absolument repoussées avec les rires bruyants, dont on accueillait celle de Louis Bourriette.

— Bourriette n'est pas guéri, disait l'un.

— Il n'a jamais été malade, disait l'autre.

— Il croit y voir, il s'imagine être guéri, insinuait un jeune homme de l'école de M. Renan.

— L'imagination a quelquefois sur les nerfs un effet surprenant, répondait un physiologiste.

— Bourriette n'existe pas ! s'écriait brutalement un nouveau venu, plus radical.

Ces quatre ou cinq formules résumaient les propos

---

(1) L'auteur de ce livre a voulu se rendre un compte exact du rendement de cette Source miraculeuse. Elle donne 85 litres par minute, soit, par heure, 5.100 litres, et, par jour, 122.400 litres. Voilà ce qu'on eut l'incroyable impudence d'appeler *un suintement* et *une mare !*

(2) *L'Ère impériale* imprimait ceci, en son numéro du 10 avril, *c'est-à-dire six semaines après le jaillissement de la Source,* dans un article sur la Grotte, à l'occasion de la chapelle qu'il était déjà question d'y construire :

« Pour élever un saint édifice, on pourrait choisir une autre « cause que les déclarations d'une fillette hallucinée, et un autre « lieu que LA MARE où elle fait sa toilette. »

et les thèses des têtes philosophiques, au sujet de
ces guérisons extraordinaires, dont la pauvre multitude faisait tant de bruit.

On s'étonnait que des hommes sérieux et instruits,
comme M. Dufo, à cette époque bâtonnier de l'ordre
des avocats, comme le docteur Dozous, comme
M. Estrade, comme l'intendant militaire en retraite, M. de Laffitte, eussent l'inconcevable faiblesse de se laisser séduire.

Durant cette journée si chargée d'événements, Bernadette avait été appelée, hors des audiences, dans
la Chambre du Tribunal, et la dialectique exercée
du Procureur impérial, du Substitut et des Juges,
avait été aussi impuissante à la faire varier ou se
contredire que l'avait été le génie policier de
M. Jacomet.

Le Procureur impérial, suivi de son Substitut,
s'était déjà prononcé depuis plusieurs jours. Il dé-
plorait l'envahissement du fanatisme, et se montrait
résolu à faire énergiquement son devoir. Mais jusqu'ici aucun désordre ne se produisait, de sorte que
le zèle louable de M. le Procureur impérial était
condamné à une complète inaction et à l'expectative.
Au milieu de ce vaste mouvement d'hommes et
d'idées qui mettait en branle toute la contrée, il
semble qu'une main supérieure et cachée protégeât
ces foules et les empêchât de donner, même innocemment, un prétexte à l'immixtion violente des Autorités civiles. Qu'ils le voulussent ou non, ces personnages redoutables avaient pour un temps les mains
liées, et elles ne devaient être déliées qu'au moment
où la mystérieuse Apparition de la Grotte aurait
achevé son œuvre. Elles pouvaient donc venir en

toute sécurité, ces multitudes, immenses à l'œil du corps qui les voyait accourir de tous les côtés de l'horizon, petites à l'œil de l'esprit, qui les compare aux millions d'hommes que l'avenir devait amener plus tard en pèlerinage. Une égide invisible préservait de tout péril ces premiers témoins appelés par la Vierge : *Nolite timere, pusillus grex.*

Les ennemis de la Superstition se livrèrent aux plus instantes démarches auprès du Maire de Lourdes, pour le décider à interdire par un Arrêté tout accès aux Roches Massabielle, lesquelles faisaient partie d'un terrain appartenant à la commune. Un tel Arrêté, pensaient-ils, serait inévitablement violé par la passion populaire : il y aurait des résistances, on opérerait des arrestations ; on dresserait des procès-verbaux ; et, une fois entrés dans l'affaire, les gens de la Justice, de la Police, ou de l'Administration auraient aisément raison de tout, car, pour soutenir leurs actes, ils s'appuieraient sur les invincibles forces de l'Etat.

M. Lacadé, Maire de Lourdes, était un très honnête et très excellent homme, jouissant de la considération publique et la méritant. Chacun, dans la ville de Lourdes, appréciait ses qualités privées ; et ses adversaires ou ses jaloux ne lui reprochaient, dans leurs griefs les plus excessifs, qu'une certaine timidité à prendre une attitude tranchée, entre les partis extrêmes, et un peu trop d'attachement à ses fonctions de Maire, qu'il remplissait d'ailleurs, au dire de tous, avec une réelle capacité.

Il se refusa à promulguer l'Arrêté qu'on sollicitait de lui.

XXVII

Bernadette n'était point retournée au Presbytère.
Malgré les rumeurs de miracles qui s'élevaient de
la foule, le Clergé continuait de demeurer étranger
à toutes les manifestations qui se produisaient
autour de la Grotte.

— Attendons ! disait le Curé. Dans les choses
humaines, c'est assez d'être une fois prudent : il
faut l'être septante fois dans les choses de Dieu.

En conséquence, pas un prêtre ne paraissait
dans l'incessante procession qui se rendait à la
Source miraculeuse.

Donc, — le Clergé se faisant une loi de rester à
l'écart, et l'Autorité municipale refusant d'agir et
d'opposer son veto, — l'enthousiasme populaire
suivait son libre cours, et grossissait comme les
fleuves de ces contrées à la fonte des neiges. Il débordait de toutes parts, montant, montant toujours
et couvrant les campagnes de ses irrésistibles flots.
Les partisans de la compression commençaient à
sentir leur impuissance contre un si formidable
courant, et à voir clairement que toute résistance
eût été emportée comme une digue de paille par
cette soudaine irruption.

* *

Le 2 mars, Bernadette se rendit de nouveau
auprès de M. le Curé de Lourdes.

— Elle *veut* qu'on construise une chapelle et

qu'on fasse des processions à la Grotte, répéta
l'enfant.

La Source avait jailli, les guérisons avaient eu
lieu, les miracles étaient venus témoigner de la
véracité de Bernadette. Le prêtre n'avait plus de
preuves à exiger. Sa conviction était formée. Le
doute ne pouvait désormais effleurer sa foi.

La « Dame » invisible de la Grotte n'avait point
dit son nom. Mais l'homme de Dieu l'avait reconnue
à ses bienfaits maternels ; et peut-être ajoutait-il
déjà à ses litanies et à ses oraisons : « Notre-Dame
de Lourdes, priez pour nous. »

— Je te crois, dit-il à Bernadette, en cette troisième entrevue. Mais ce dont tu me parles ne
dépend pas de moi. Cela dépend de Mgr l'Évêque,
que j'ai instruit de ce qui se passe. Aujourd'hui
même je vais le voir, c'est à lui seul qu'il appartient d'agir.

M. l'abbé Peyramale rendit compte à Sa Grandeur des faits surprenants dont la Grotte de Massabielle et la Ville de Lourdes étaient le théâtre.
Il raconta les extases et les visions de Bernadette,
les paroles de l'Apparition, le jaillissement de la
Source, les miraculeuses guérisons, l'émotion universelle.

XXVIII

Habitué à voir la vérité descendre hiérarchiquement des hauteurs du Vatican, Mgr Laurence
était peu disposé à recevoir et à accepter un
message céleste apporté tout à coup, en dehors

des règles ordinaires, par une petite paysanne illettrée.

Bien qu'il fût trop versé dans tout ce qui touche à l'histoire de l'Eglise, pour opposer une négation absolue à un fait qui avait, après tout, des analogues dans les annales séculaires du Catholicisme, il était, d'autre part, trop tourné vers la pratique pour ne pas être difficile à convaincre. Les Evêques sont les successeurs des Apôtres. Mgr Laurence était un apôtre, et même un saint apôtre; c'était saint Thomas. Avant de croire, il voulait voir; et cela était d'heureuse conséquence pour son troupeau : car, lorsque l'Evêque avait la foi, tout le monde savait qu'on pouvait le suivre en toute sécurité, et que les preuves avaient dû être produites avec évidence.

« — L'heure n'est point venue pour l'autorité épiscopale de s'occuper de cela. Avant de formuler le jugement qu'on attend de nous. mon cher Curé, il faut prendre le loisir de tout examiner et de tout peser, procéder par conséquent avec une sage lenteur, se défier de l'entraînement des premiers jours, et demander des lumières à une observation attentive et éclairée. »

Tel fut son langage.

Il maintint donc, relativement au clergé, la défense de se rendre à la Grotte. Et, en même temps, il recommanda au Pasteur de Lourdes de continuer à se faire renseigner quotidiennement sur tout ce qui adviendrait aux Roches Massabielle, et sur tout événement ou incident qui pourrait avoir lieu.

XXIX

Durant les mois de mars et d'avril, le Préfet du Département avait employé sa vive intelligence à trouver en dehors du Surnaturel la clef de ces étranges affaires de Lourdes. Les interrogatoires avaient été inutilement renouvelés par le Parquet et par Jacomet. Pas plus qu'auparavant, le Commissaire de Police et M. Dutour n'avaient pu prendre l'enfant en défaut. Cette petite bergère de treize ou quatorze ans, ignorante et ne sachant ni lire ni écrire, ni même parler français, déconcertait par sa simplicité profonde les habiles et les prudents.

Un disciple des Mesmer et des Du Potet, venu on ne sait d'où, s'était efforcé d'endormir Bernadette du sommeil magnétique. Ses passes avaient été impuissantes contre ce tempérament calme et peu nerveux, et il n'avait réussi qu'à donner une migraine à l'enfant. La pauvre petite se prêtait d'ailleurs avec résignation aux expériences et à l'examen de chacun. Dieu voulait qu'elle fût soumise à toutes les épreuves, et que, de toutes, sans exception, elle sortît triomphante.

On avait appris qu'une famille étrangère, immensément riche, avait, comme tout le monde, subi le charme de Bernadette, et avait proposé aux parents de l'adopter en leur offrant une fortune, cent mille francs, avec la faculté de rester auprès de leur enfant. Le désintéressement de ces braves gens n'avait pas même été tenté, et ils avaient préféré rester pauvres,

Tout échouait : les pièges de la ruse, les offres de l'enthousiasme, la dialectique des esprits les plus déliés.

Aux yeux de la loi pénale, Bernadette était inattaquable.

*
* *

M. le Préfet, avec sa très grande lucidité intellectuelle, comprit cela, aussi bien qu'eût pu le faire un jurisconsulte. Il songea alors à arriver au même résultat à l'aide d'un autre moyen, et à rendre possible cet emprisonnement qui lui semblait utile, mais dont la Magistrature. les codes consultés, ne se croyait pas le droit de prendre l'initiative.

XXX

Il y a dans l'immense arsenal de nos lois et règlements une arme redoutable, imprudemment créée, à notre avis, dans la pensée louable de protéger l'individu contre lui-même, mais qui peut, entre les mains de la malveillance ou de l'aveuglement, donner lieu à la plus épouvantable des tyrannies, c'est-à-dire à la séquestration, arbitraire et sans appel, d'un innocent : nous voulons parler de la loi sur les Aliénés. Sans autre pièce contre lui que le certificat d'un ou deux médecins, le déclarant atteint de trouble mental, un malheureux peut inopinément être saisi, par simple mesure administrative, et jeté dans la plus terrible des prisons, dans le cabanon d'une maison de fous.

Que, presque toujours, par suite de l'honorabilité et de la capacité du corps médical, cette loi s'applique suivant l'équité, nous le croyons, et nous avons besoin de le croire. Mais que cette honorabilité et ce savoir autorisent à supprimer toute défense, toute publicité et tout appel ; que la décision, à huis clos, de deux médecins soit dispensée de cette triple garantie dont la Loi a voulu entourer les jugements de la Magistrature, c'est ce que nous avons quelque peine à comprendre. Les médecins sont compétents, sans doute, et nous reconnaissons qu'en trouver deux en parfait accord rend assez probable la vérité de leur thèse commune ; mais y a-t-il là une certitude assez grave, assez évidente, assez certaine, si on nous permet ce pléonasme, pour qu'elle donne le droit d'enlever, sans autre forme de procès, la liberté à un citoyen ? Les médecins sont honorables, cela est également hors de doute, et, plus que personne, nous vénérons les hommes de cette noble profession ; mais, surtout en matière de folie, leurs idées préconçues et leurs doctrines philosophiques ne peuvent-elles pas, malgré eux, incliner parfois leur esprit vers de regrettables erreurs ?

Dans un livre qui a eu un certain retentissement, l'un d'eux, M. Lélut, a rangé parmi les aliénés Socrate, Newton, sainte Thérèse, Pascal et un grand nombre d'autres personnages qui furent, comme ceux-là, la gloire de l'Humanité. Un semblable maître et ses élèves mériteraient-ils, par exemple, qu'on les investît du pouvoir de faire incarcérer comme fous, sans défense contradictoire, sans publicité et sans appel, sur une simple consultation, tous ceux qu'ils jugeraient tels? Et cependant M. Lélut est un des membres marquants de la Faculté. Il fait partie de l'Institut. Que dire de la garantie offerte par les individus de la plèbe scientifique, par quelques-uns de ces pauvres petits docteurs de village, qui succèdent au barbier chirurgien dont se contentaient nos aïeux?

Convaincu comme il l'était de l'impossibilité actuelle du Surnaturel, ce fut dans cette loi administrative que M. le Préfet chercha une solution à la question extraordinaire qui venait de surgir tout à coup dans son département.

XXXI

M. le Préfet envoya chez les Soubirous une Commission composée de deux Docteurs. Ces deux Médecins, qui étaient de Lourdes, s'épuisaient depuis trois semaines à soutenir toutes sortes de théories sur la catalepsie, le somnambulisme, l'hallucination, et se débattaient, exaspérés, contre l'inexplicable rayonnement de l'extase, contre le jaillissement de la Source, contre les guérisons soudaines qui venaient à chaque instant battre en brèche les doctrines qu'ils avaient rapportées de l'Ecole matérialiste de Paris.

Ce fut à ces hommes, et dans ces circonstances, que M. le Préfet jugea bon de confier l'examen de Bernadette.

Ces messieurs palpèrent la tête de l'enfant. Le système de Gall consulté n'indiquait nulle part la protubérance ou la dépression de la folie. Les réponses de l'enfant étaient sensées, sans incohérence, sans bizarrerie. Rien d'exagéré dans le système nerveux; tout au contraire, un plein équilibre et je ne sais quoi de profondément tranquille et limpide. Un asthme fatiguait souvent la poitrine de la petite fille ; mais cette infirmité n'avait aucune connexion avec un dérangement de l'esprit.

Les deux Médecins, fort consciencieux d'ailleurs, malgré leurs préventions, consignèrent toutes ces choses dans leur rapport, et ne purent que constater l'absence de toute lésion cérébrale.

Toutefois, comme, sur la question des Apparitions, Bernadette persistait invariablement dans son récit, ces messieurs, qui ne croyaient point à la possibilité de pareilles visions, s'appuyèrent là-dessus pour dire qu'elle *pourrait bien être hallucinée* (1).

Ils n'osèrent, devant l'état si bien équilibré et si intellectuellement normal de l'enfant, prendre une formule plus affirmative. Instinctivement, ils sentaient que c'était, non la science positive avec ses certitudes, mais leurs opinions préconçues qui concluaient de la sorte et répondaient à la question par la question.

(1) *Archives de la Mairie de Lourdes.* Lettre d'envoi à M. le Préfet du rapport de MM. les docteurs *** et **, en date du 26 avril. Nous ne nommerons pas ces deux docteurs, qui ne sortirent qu'un instant de la vie privée pour faire ce rapport officiel, et qui se trompèrent, croyons-nous, sans y mettre de méchanceté. — S'ils avaient quelques réclamations à faire au sujet de notre récit, nous sommes prêts, sur une lettre d'eux, à en tenir compte. (Note de la 1re édition de *Notre-Dame de Lourdes.*)

M. le Préfet n'y regardait pas de si près, et ce rapport lui parut suffisant. Muni de cette pièce, et en vertu de la loi du 30 juin 1838, il résolut de faire arrêter Bernadette et de la faire conduire à Tarbes, pour être internée tout d'abord à l'hospice, et ensuite, probablement, dans une maison de fous.

Ce premier point une fois résolu, M. Massy comprit que frapper cette enfant n'était pas tout : il fallait opposer enfin une digue au mouvement populaire et parer, coûte que coûte, à l'invasion croissante de la Superstition. Il suffisait pour cela de considérer la Grotte comme un oratoire, et de la faire dépouiller des ex-voto et des offrandes des croyants.

Si ceux-ci opposaient de la résistance, un escadron de cavalerie se tiendrait à Tarbes, prêt à tout événement. Une émeute eût comblé bien des vœux secrets.

XXXII

Le Maire et le Commissaire de Police furent chargés, chacun selon ce qui le concernait, d'exécuter les volontés préfectorales : le premier eut ordre de faire arrêter Bernadette ; le second, de se rendre aux Roches Massabielle et de dépouiller la Grotte de tout ce que la piété ou la reconnaissance des fidèles y avait déposé.

On le voit, les mesures de M. le Préfet se complétaient admirablement l'une l'autre. Par l'arrestation de Bernadette, il atteignait la cause ; par l'enlèvement des objets à la Grotte, il atteignait l'effet. Si, comme cela était probable, ces ardentes populations, blessées dans la liberté de leurs croyances, dans leur droit de prier, essayaient quelque opposition ou se livraient à quelque désordre, l'escadron de cavalerie, mandé par dépêche, accourait à bride abattue, et, mettant toutes choses au régime de l'état de siège, réfutait la Superstition par le tout-puissant argument du sabre. De même qu'il venait de transformer une question religieuse en question administrative, M. Massy était prêt à transformer la question administrative en question militaire.

Quoique le Maire de Lourdes évitât autant que possible de formuler un avis sur les événements extraordinaires qui se passaient, il en était très impressionné ; et ce ne fut point sans une certaine terreur qu'il vit l'Administration s'engager dans la guerre ouverte et la persécution. Il ignorait comment les habitants de la cité et les foules accourant chaque jour, allaient accueillir ces actes arbitraires, et il était fort perplexe. Il est vrai que M. le Préfet annonçait l'envoi possible des troupes pour maintenir la tranquillité dans la ville de Lourdes ; mais cela même ne laissait pas que de l'inquiéter gravement. Le côté surnaturel et les Miracles l'alarmaient aussi : il ne savait que faire entre l'autorité du Préfet, la force du peuple et les puissances d'En-Haut. Il aurait voulu ménager la terre et le ciel. Pour soutenir son courage, il s'adressa au Procureur impérial, et tous deux ensemble se rendirent chez M. le Curé de Lourdes afin de lui communiquer les instructions émanées de la Préfecture. Ils expliquèrent à l'abbé Peyramale comme quoi, en vertu de la loi du 30 juin 1838 sur les aliénés, le Préfet agissait dans la plénitude de son droit légal.

Le Prêtre ne put contenir l'explosion de son indignation devant la cruelle iniquité d'un tel acte, fût-il à la rigueur possible d'après quelqu'une des innombrables lois, enfantées, un jour ou l'autre, par les Lycurgues d'occasion que le flux et le reflux de nos douze à quinze révolutions politiques ont jetés sur la grève du Palais-Bourbon.

— Cette petite fille est innocente ! s'écria-t-il ; et la preuve, monsieur le Procureur impérial, c'est que, comme magistrat, vous n'avez pu, malgré vos interrogatoires de toutes sortes, trouver un prétexte à la moindre poursuite. Vous savez qu'il n'y a pas un tribunal en France qui ne reconnût cette innocence, éclatante comme le soleil ; qu'il n'y a pas un Procureur général qui, en de telles circonstances, ne fît cesser, et ne déclarât monstrueuse, non seulement une détention préventive, mais une simple action judiciaire.

— Aussi la Magistrature s'abstient-elle, répondait l'homme du ministère public. Sur le rapport des médecins, M. le Préfet fait enfermer Bernadette comme atteinte de démence ; et cela, dans l'intérêt de l'enfant, pour la guérir. C'est une mesure administrative, qui ne touche en rien à la Religion, puisque ni l'Evêque ni le Clergé ne se sont encore prononcés.

— Une telle mesure, reprit le Prêtre en s'animant, serait la plus odieuse des persécutions ; d'autant plus odieuse, qu'elle prend un masque hypocrite, qu'elle se cache sous le manteau de la légalité, qu'elle affecte de vouloir protéger, alors qu'elle n'a pour objet que de frapper un pauvre être sans défense. Si l'Evêque, si le Clergé, si moi-même, nous attendons qu'une lumière de plus en plus grande se fasse sur ces événements avant de statuer sur leur caractère, nous en savons assez, pour reconnaître, en toute évidence, la sincérité de Bernadette et l'intégrité de ses facultés. En quoi, vos deux médecins, dès qu'ils ne constatent aucune lésion cérébrale, seraient-ils plus aptes à juger de la folie ou du bon sens que l'un quelconque des mille visiteurs qui ont interrogé cette enfant, et ont admiré la pleine lucidité de son intelligence ? Ces médecins eux-mêmes n'osent affirmer et ne concluent que par une hypothèse. M. le Préfet ne peut, à aucun titre, faire arrêter Bernadette.

— C'est légal.

— C'est illégitime. Prêtre, Curé-Doyen de la ville de Lourdes, je me dois à tous, et en particulier aux plus faibles. Si je voyais un homme armé attaquer un enfant, je défendrais l'enfant au péril de ma vie, car je connais le devoir de protection qui incombe au Pasteur. Et alors même que cet homme serait le premier fonctionnaire de la contrée, et que son arme serait le mauvais article d'une mauvaise loi, je ne saurais agir autrement. Prévenez donc M. le Préfet que ses Gendarmes me trouveront sur le seuil de la porte de cette humble famille, et que, avant de toucher à un cheveu de la tête de Bernadette, ils auront à me renverser, à me fouler aux pieds.

— Cependant...

— Il n'y a pas de cependant. Examinez, faites des enquêtes : vous êtes libres, et tout le monde vous y convie. Mais si, au lieu de cela, vous voulez persécuter, si vous tentez de frapper des innocents, je vous déclare que le dernier et le plus petit de mon troupeau m'aura pour défenseur, et que c'est par moi qu'il faudra commencer.

Le Prêtre s'était levé. La plénitude de force qui éclatait en lui, son geste résolu, son visage ardent d'émotion, sa haute taille, sa tête aux traits puissants, commentaient ses paroles et leur donnaient toute leur portée.

Le Procureur et le Maire se turent un instant. Puis, ils amenèrent l'entretien sur les ordres relatifs à la Grotte.

— Si, au nom des lois de la Nation et au nom de sa piété particulière, M. le Préfet juge à propos de la dépouiller des objets que d'innombrables fidèles y ont déposés en l'honneur de la sainte Vierge, qu'il le fasse. Les croyants seront attristés, et même indignés. Mais qu'il se rassure : ils savent respecter l'Autorité, même quand elle s'égare. On dit qu'à Tarbes un escadron est en selle, attendant pour accourir à Lourdes un signal de la Préfecture. Que l'escadron mette pied à terre. Quelque bouillonnantes que soient les têtes, quelque ulcérés que soient les cœurs, ma voix est écoutée, et je réponds, seul et sans la force armée, de la tranquillité de mon peuple. Avec la force armée, je n'en répondrais plus.

XXXIII

L'attitude énergique prise par M. le Curé de Lourdes, que l'on savait incapable de plier et de reculer dans ce qu'il considérait comme son devoir, introduisait dans la question un élément imprévu, quoique très aisé à prévoir.

Le Procureur impérial, puisqu'il s'agissait d'un acte administratif, n'avait point à intervenir ; et ce n'était qu'officieusement qu'il avait accompagné le Maire à la maison curiale. Tout le poids de la décision à prendre portait donc sur ce dernier.

M. Lacadé se tenait pour certain que le Curé de Lourdes ferait infailliblement ce qu'il avait annoncé. Quant à opérer par surprise et à arrêter brusquement Bernadette à l'insu du Pasteur, il n'y fallait point songer, maintenant que l'abbé Peyramale était averti et qu'il avait l'œil ouvert.

Nous avons dit tout à l'heure les inquiétudes que ressentait le Maire en présence du Surnaturel, surgissant tout à coup sous ses yeux. L'apparente impassibilité du magistrat municipal cachait un homme très anxieux et très agité. Il fit part au Préfet de la conversation que le Procureur impérial et lui venaient d'avoir avec le Curé-Doyen et de la nature de résistance que l'on était certain de rencontrer chez lui.

« L'arrestation de Bernadette, ajoutait-il, pourrait, en outre, dans l'état des esprits, soulever la ville et provoquer une révolte contre les autorités constituées. Pour lui, devant la détermination si formellement exprimée par M. le Curé et en présence de si redoutables éventualités, il se voyait, à regret, obligé de se refuser, — fallût-il résigner les honneurs de la Mairie, — à faire exécuter personnellement une pareille mesure. C'était au Préfet, s'il le trouvait nécessaire, de faire procéder à l'arrestation par un ordre direct à la Gendarmerie. »

XXXIV

D'autre part, le Curé de Lourdes savait s'opposer aux excès d'enthousiasme que pouvait produire parfois envers la Voyante un zèle, toujours concevable dans son principe, mais parfois excessif dans son expression.

Des hommes considérables dans le monde chrétien, tels que Mgr de Salinis, archevêque d'Auch ; Mgr Thibaud, évêque de Montpellier ; Mgr de Garsignies, évêque de Soissons ; M. Louis Veuillot, rédacteur en chef du journal l'*Univers ;* des personnages moins connus, mais d'une haute notabilité, M. de Rességuier, ancien député ; M. Vène, ingénieur en chef des Mines, Inspecteur général des eaux thermales de la chaîne des Pyrénées, et un grand nombre de catholiques éminents se trouvaient alors dans ces contrées. Tous étaient au courant des faits extraordinaires de Lourdes ; tous avaient vu et interrogé Bernadette ; tous croyaient ou inclinaient à croire ; et plusieurs avaient pour la fille des Soubirous, favorisée de telles communications célestes, une sorte de culte.

On citait un Evêque, des plus vénérés, qui n'avait pu contenir son émotion au récit si vivant, si naïf et si éclatant de vérité, de la jeune Voyante. En contemplant cette petite enfant sur le front de laquelle l'ineffable Vierge, Mère de Dieu, avait reposé ses regards, le Prélat ne résista point au premier mouvement de son cœur attendri : lui, prince de l'Eglise,

il se prosterna devant la majesté de cette humble
paysanne.

— Priez pour moi, bénissez-moi, bénissez mon
troupeau, lui dit-il d'une voix étouffée, se troublant
au point de plier les genoux.

— Relevez-vous, Monseigneur ! C'est à vous de
bénir cette enfant, s'écria le Curé de Lourdes,
prenant vivement l'Evêque par la main pour l'aider
à se mettre debout.

Quelque brusques et rapides qu'eussent été le
geste et l'intervention du Prêtre, Bernadette l'avait
déjà devancé ; et, toute confuse et rougissante, elle
courbait la tête sous la main de Sa Grandeur.
L'Evêque la bénit, non sans verser des larmes.

* *

La puissance des ténèbres s'efforça, à son tour,
d'entraver le cours de l'œuvre divine. Et là, également, nous rencontrons le même défenseur que
nous venons de voir lutter avec tant d'énergie
contre les tentatives d'oppression des pouvoirs
humains.

A trois ou quatre reprises, quelques enfants et
quelques femmes prétendirent avoir des visions
comme Bernadette.

Ces visions étaient-elles vraies ? La Mystique
diabolique essayait-elle de s'immiscer dans la
Mystique divine ? Y avait-il simplement, au fond
de ces singuliers phénomènes, l'exaltation ou la
perverse espièglerie de méchants enfants ? Ou bien
fallait-il chercher, se dissimulant dans une ombre
perfide, certaines influences hostiles qui poussaient ces visionnaires en avant, pour discréditer

les événements miraculeux de la Grotte ? Nous ne savons.

Quoi qu'il en fût de la valeur de ces suppositions diverses, de telles anomalies pouvaient égarer les esprits. M. le Curé de Lourdes vit ce danger, et se hâta de chasser du catéchisme les enfants visionnaires, en déclarant que, si de semblables scandales se renouvelaient, il saurait faire, lui-même, une enquête sévère et en découvrir les véritables instigateurs.

La menace du Prêtre eut un effet subit et radical. Les prétendues extases cessèrent net. Elles n'avaient duré que quatre ou cinq jours.

. . . .

. . . .

La quinzaine des Apparitions se termina le jeudi, 4 mars.

Durant les semaines suivantes, se produisirent à Lourdes et aux environs de Lourdes des guérisons analogues à celle de Bourriette, ce qui mit le comble à l'exaltation religieuse des foules. Dans le cours de cette même période, Bernadette eut encore à la Grotte deux nouvelles Apparitions. La première eut lieu le 25 mars, en la fête de l'Annonciation. La Vierge, en ce jour-là, donna elle-même son nom : « Je suis, dit-elle, l'Immaculée Conception. »

Si l'énergique attitude du Curé Peyramale avait préservé d'une arrestation arbitraire la personne de Bernadette, l'autorité administrative n'en avait pas moins, en tout le reste, poursuivi ses plans de persécution.

Le Maire, pressé par le Préfet et avec le contreseing de ce dernier, avait promulgué un arrêté interdisant l'accès de la Grotte ; Jacomet en opéra le dépouillement, et en ferma l'entrée par une barrière de planches.

Les instructions du Curé de Lourdes furent religieusement observées : l'administration étant folle, la multitude fut sage. Nul désordre ne se produisit, autre que celui que commettait l'Autorité. La parole de l'abbé Peyramale avait été redite et maîtrisait toutes les effervescences : « Sans la force armée, je réponds de la tranquillité de mon peuple. Avec la force armée, je n'en réponds plus. »

XXXV

Tout se réunissait pour montrer au chef du Diocèse que le moment de sortir du rôle purement expectant était arrivé. Une commission d'enquête fut nommée par l'Evêque, le 28 juillet 1858. M. le Curé de Lourdes, par suite de cette humilité dont il ne se départit jamais, ne voulut en être ni le président, ni le vice-président, ni le secrétaire. Néanmoins, il fut l'âme de cette Commission, qui constata l'entière authenticité des événements surnaturels de Lourdes, prépara ainsi la décision épiscopale, et, dans un avenir plus lointain, la sanction du Saint-Siège, et l'inscription, dans la liturgie catholique, d'un office spécial « de Notre-Dame de Lourdes (1). »

(1) Un Décret de la Sacrée Congrégation des Rites, en date du 11 juillet 1890, a autorisé dans le Diocèse de Tarbes, et tous les Diocèses du monde qui en feraient la demande, la célébra-

Rappeler les travaux de cette Commission n'est point sortir de notre sujet : c'est suivre les pas du Curé Peyramale.

Le 17 novembre, la Commission se transporta à Lourdes. « Bernadette », dit le procès-verbal du secrétaire, « se présenta à nous avec une grande « modestie, et cependant avec une assurance remar- « quable. Elle se montra calme, sans embarras, au « milieu de cette nombreuse assemblée, en pré- « sence d'ecclésiastiques respectables qu'elle n'a- « vait jamais vus, mais dont on lui avait dit la « mission. »

La jeune fille raconta les Apparitions, les ordres de la Vierge, le commandement formel d'élever en ce lieu une chapelle à son culte, le jaillissement de la fontaine ; elle répéta la parole « Je suis l'Imma- culée Conception » que la Vision avait prononcée. Elle répondit à toutes les questions, et ne laissa aucune obscurité dans l'esprit de ceux qui l'inter- rogeaient, non plus au nom des hommes comme Jacomet, le Procureur ou tant d'autres, mais au nom de l'Eglise catholique, l'Immortelle Epouse de Dieu.

La Commission visita les Roches Massabielle, et vit de ses yeux la Source divine. Elle cons- tata, par d'unanimes déclarations, que la Source n'existait pas, avant d'avoir surgi en présence

tion d'un Office spécial pour le 11 février, anniversaire de la pre- mière Apparition de la Très Sainte Vierge Marie à Bernadette Soubirous. — Cet Office fut établi sous le pontificat de Mgr Bil- lière, Evêque de Tarbes, Mgr Gouzot, de pieuse et charitable mémoire, étant alors Archevêque d'Auch, et métropolitain de Tarbes et de Lourdes.

de la multitude, sous la main de la Voyante en extase.

A Lourdes et hors de Lourdes, une enquête approfondie fut faite sur les guérisons accomplies par l'eau de la Grotte.

On comptait par centaines les cures miraculeuses. La Commission épiscopale, ne pouvant évidemment entreprendre de tout vérifier, en soumit trente à son examen spécial. Elle apporta une extrême sévérité dans cette étude, et elle n'admit le Surnaturel que lorsqu'il était absolument impossible de le nier, et de recourir à une autre explication des faits.

XXXVI

Quand la conviction de la vérité eut pleinement pénétré en lui, Mgr Laurence, avant de la proclamer par un acte officiel, eut la pensée d'assurer à l'autorité ecclésiastique la propriété de la Grotte et de ses abords, — c'est-à-dire de l'espace occupé aujourd'hui par la Basilique, par les lacets Peyramale, par l'Église du Rosaire et par la promenade qui longe le Gave au-dessous de la Grotte. Cet emplacement, comprenant environ deux hectares, était une appartenance de la ville de Lourdes.

L'acquisition de ce terrain serait-elle faite par la Paroisse, représentée par la Fabrique, ou par le Diocèse, représenté par l'Evêque? Question grave.

En demandant, *non une Eglise*, mais *une Chapelle*, c'est-à-dire un sanctuaire dépendant; en envoyant Bernadette au Curé de Lourdes pour lui transmettre son ordre souverain ; en permettant ensuite que son culte se répandît universellement, non pas sous le vocable de Notre-Dame de la Grotte, mais sous celui de Notre-Dame de Lourdes, la Vierge semblait avoir voulu affirmer l'idée paroissiale.

Et cette Reine de la paix paraissait établir les choses de la sorte, pour qu'aucun antagonisme ne pût jamais se produire entre la Paroisse, institution de l'Eglise, et la Chapelle, institution de Marie elle-même.

Ces considérations échappèrent-elles au Prélat, ou bien eut-il, pour le déterminer, des raisons contraires et plus puissantes ?

Quoi qu'il en soit, Mgr Laurence préféra acheter directement le terrain des Apparitions. La Paroisse de Lourdes devint donc par là officiellement étrangère au Pèlerinage fondé par la Vierge sur le territoire de Lourdes, par le moyen d'une enfant de Lourdes, et par l'intermédiaire et le zèle du Curé de Lourdes.

Que Mgr Laurence ait adopté ce parti plutôt que l'autre, il n'est pas difficile de le concevoir.

Même en devenant acquéreur du lieu sacré, l'Evêque pouvait, comme dans le premier cas, constituer religieusement le Pèlerinage sous l'autorité et la direction du Curé de Lourdes, en adjoignant à ce dernier des *prêtres auxiliaires, vicaires ou chapelains,* et nous croyons que ce fut là sa pensée et son projet...

Il « *le pouvait* », disons-nous ; mais il cessait d'y être contraint. Le maintien ou le changement des conditions de l'œuvre allaient dépendre désormais de la volonté mobile des hommes.

En substituant à la Cure, à la Fabrique, à la Paroisse, la Mense épiscopale, l'Evêque prenait par devers lui, et transmettait à ses successeurs, la faculté de toucher, une fois ou l'autre, au plan primitif, la possibilité de rompre un jour l'unité même de l'œuvre : faculté redoutable ! possibilité inquiétante !

Le 5 septembre 1861, par acte passé devant Me Lacadé, notaire, Mgr Laurence, au nom de l'Evêché, acheta donc ou plutôt reçut, à titre gracieux, de la Ville de Lourdes les Roches et Rives Massabielle pour le prix, non seulement modique, mais entièrement fictif, de 971 francs.

Nous venons d'écrire « entièrement fictif. » Aucune commune ne pouvant, d'après la loi, se dessaisir par donation d'un de ses immeubles, l'acte de vente était nécessaire. Mais, aussitôt après le contrat, le prix touché fut remis à l'Evêque de la main à la main, pour être employé à rendre viable le chemin qui conduisait à la Grotte sainte.

De sorte que, en toute réalité, et malgré la forme d'acte de vente et d'achat, du contrat notarié, le terrain central du Pèlerinage fut un simple *don gratuit* fait à l'Œuvre par « la Commune de Lourdes », si l'on prend la dénomination civile ; — par « la Paroisse de Lourdes », si on prend la dénomination religieuse.

La cité « dont Marie avait daigné adopter le nom » se montra dans cette circonstance totalement désintéressée et noblement généreuse.

Un petit incident de cet acte nous a été plus d'une

fois redit par un contemporain des événements. Pendant que Me Lacadé tenait la plume, l'un des assistants rappela qu'il avait été convenu que la future Chapelle du Pèlerinage contiendrait un tronc pour les Pauvres de Lourdes.

— Certes, rien n'est plus juste, répondit Monseigneur ; cela va sans dire...

— Et *sans écrire !* s'exclama vivement Maître Lacadé. La parole d'un Evêque vaut plus qu'un contrat, et elle nous suffit.

Tout le monde fut de cet avis, et au cas où nous eussions été présent, nous l'aurions assurément partagé.

XXXVII

Quelques mois après cette acquisition des Roches de Massabielle, le 18 janvier 1862, fut publié le Mandement de l'Evêque, portant jugement sur les Apparitions surnaturelles de Lourdes. Sa Grandeur en proclamait la réalité, en traçait l'historique, et terminait son Mandement par un appel au monde chrétien, afin d'obtenir de la piété des fidèles les fonds nécessaires pour l'érection de la Chapelle, demandée par la Vierge Marie.

En même temps que le Mandement, on imprima, avec l'approbation épiscopale, une petite brochure intitulée *Les Apparitions de la Très Sainte Vierge à la Grotte de Lourdes, en* 1858. Elle avait pour auteur M. l'abbé Fourcade, secrétaire de l'Evêché, et contenait le récit sommaire des événements. Consciencieusement composée avec les procès-verbaux de la Commission d'enquête, elle était

généralement exacte, bien que quelques minus-
cules erreurs de date dans la chronologie des faits
s'y fussent glissées, et aient dû être plus tard
rectifiées dans l'histoire complète.

L'Evêque plaça toutes choses ou plutôt les laissa
sous la direction du prêtre qui, dès l'origine et par
l'intermédiaire de Bernadette, avait reçu de la
Reine du ciel sa suprême et personnelle mission.

L'œuvre commença aussitôt à s'organiser matériellement. Déjà l'abbé Peyramale, curé de Lourdes,
avait reçu les dons de nombreux croyants.

Il se mit au travail.

Les abords de la Grotte où la Vierge était
apparue furent disposés par lui en vue de l'avenir,
dans lequel il avait une foi enthousiaste et prophétique. Sans rien perdre de sa grandeur, ce lieu
sauvage et abrupt ne tarda pas à prendre une physionomie gracieuse, douce et vivante.

Au-dessus du rocher qui surplombe la Grotte,
un vaste chantier d'ouvriers aplanissait l'espace et
préparait les fondations de la Chapelle.

Le grand tertre inculte et escarpé, par où jadis
les hardis montagnards avaient peine à descendre,
fut revêtu de gazon vert, planté d'arbustes, semé
de fleurs. Parmi les dahlias et les roses, parmi les
marguerites et les violettes, à l'ombre des acacias
et des cytises naissants, un sentier, large comme
un chemin, serpenta en lacets sinueux, allant de la
Grotte à l'Eglise, et traçant sur le sol la forme d'un
M, initiale du nom de Marie. On se plaît aujour-
d'hui à appeler ce sentier « les lacets Peyramale. »

La Grotte fut fermée d'une grille, à la façon d'un

sanctuaire. A la voûte fut suspendue une lampe d'or. Sous ces roches agrestes, que la Vierge avait foulées de son pied divin, des faisceaux de cierges brûlèrent nuit et jour.

Une belle route conduisait à ces Roches Massabielle, naguère si complètement inconnues. En aval, sur les rives du fleuve, le sol inégal avait été nivelé, et devait former, sur toute l'étendue d'une longue pelouse, une magnifique promenade, bordée d'ormes et de peupliers.

Tous ces changements s'étaient accomplis et s'accomplissaient au milieu de l'incessante affluence des croyants. Les gros sous jetés dans la Grotte par la foi populaire faisaient les frais de ces labeurs, dont le devis général approchait de deux millions de francs.

En appropriant le terrain pour ces grandes fêtes chrétiennes, qu'il annonçait aux incrédules et aux tièdes pour un délai prochain, le Curé Peyramale avait résolu de n'altérer en rien (ou en tous cas le moins possible) l'incomparable paysage que la Vierge avait honoré de son regard. Inspiré de la sorte par un religieux respect et par les exquises délicatesses de sa piété filiale envers la Mère du Ciel, il était également confirmé dans cette pensée par une profonde connaissance de certains besoins de l'esprit humain. Il savait combien chaque pèlerin aimerait à voir le *comment* des choses, à mieux connaître, afin de mieux adorer. Il avait le sentiment de l'histoire non moins que celui de la nature.

Et, à ce sujet, rappelons une de ses plus vives

contrariétés durant cette première période de fondation.

Il fut malade. Tandis qu'il était ainsi dans l'impossibilité de rien surveiller, quelques détails des travaux furent exécutés en dehors de lui. Lorsqu'on lui permit de se hasarder à quitter sa chambre, il voulut faire sa première visite à la Grotte. Parvenu au lieu vénéré, il poussa un cri de douloureuse stupeur !

— Quel désastre ! quel désastre !

Il avait laissé la Source surnaturelle visible à l'œil, et courant sous le regard émerveillé du Pèlerin. Il la retrouvait, cachée à la pieuse curiosité des fidèles, canalisée sous le sol à partir de son jaillissement du rocher, et aboutissant par trois robinets de fonte, enchâssés dans une sorte de tumulus vulgaire.

Il avait laissé les Roches Massabielle telles que Dieu les avait faites, et telles que Notre-Dame de Lourdes les avait à jamais consacrées par sa présence. Il les retrouvait, déshonorées par la grossière maçonnerie d'une construction massive, d'une petite cabane de pierre, destinée, d'un côté, à une piscine étroite et des moins commodes, et, de l'autre, à la demeure d'un gardien.

Il avait laissé, roulant ses flots sur le devant de la Grotte, ce ruisseau historique que traversa Bernadette, de façon que tout le monde pouvait aisément comprendre, et, par la pensée, reconstituer les événements. Il retrouvait ce ruisseau détourné de son cours : le paysage contredisait désormais la tradition verbale et les récits imprimés.

Il est difficile d'exprimer son chagrin.

D'abord il crut à une fâcheuse initiative de l'ar-

chitecte et réclama aussitôt auprès de l'Evêque,
pour que les choses fussent remises et conservées dans le premier état. Mais, tout en ayant un
grand mérite individuel et une haute intelligence,
Mgr Laurence, personnage méthodique, régulier,
administratif, naturellement froid, était peu accessible à ces raisons de pur sentiment, qui émou-
vaient si profondément l'âme vibrante du Curé
Peyramale.

C'était Sa Grandeur elle-même qui avait fait
construire la loge du gardien et emprisonner la
Source dans des conduits souterrains. Le prélat
ne crut point pouvoir se déjuger. Quant à la déviation du ruisseau, lequel d'ailleurs se voyait
encore à cette époque, c'était le résultat de la
chute fortuite d'un mur de soutènement et désormais un fait accompli.

Le Curé de Lourdes eut de la peine à accepter
cette défiguration du cadre premier, dans lequel la
mémoire des hommes allait venir évoquer le souvenir des Apparitions.

XXXVIII

Avant même que fût achevée la convales-
cence de l'abbé Peyramale, et alors que les médecins mal écoutés lui défendaient encore de
sortir, les travaux reprirent sous sa direction avec
une nouvelle activité. Nombre d'habitants de la
Ville et de voyageurs venaient en constater les
progrès.

Encourageant les travailleurs, veillant à l'en-

semble et au détail, suscitant des idées, mettant
même la main à l'œuvre pour redresser une pierre
posée à faux ou un arbre mal planté, rappelant
par son ardeur infatigable, par son enthousiasme
sacré, les grandes figures d'Esdras ou de Néhémias,
occupés, d'après l'ordre de Dieu, à construire les
murs de Jérusalem, un homme semblait être
partout à la fois. Sa puissante stature, sa longue
robe noire le signalaient de loin aux regards. On
devine son nom. C'était le pasteur de la ville de
Lourdes, c'était le Curé Peyramale.

A toute heure, il songeait au message que la très
sainte Vierge lui avait adressé ; à toute heure, il
songeait à ces guérisons prodigieuses qui avaient
accompagné et suivi la divine Apparition, à ces miracles dont il était le témoin quotidien. Il vouait sa
vie à exécuter la volonté de la Reine de l'univers et à
dresser à sa gloire un monument magnifique. Toute
lenteur, tout retard, tout instant perdu, lui semblaient témoigner de l'ingratitude des hommes : et
son cœur, dévoré du zèle de la Maison du Seigneur,
s'indignait souvent et éclatait en de sévères admo-
nitions. Sa foi était absolue. Il avait horreur des
misérables étroitesses de la prudence humaine;
et il les foudroyait avec le religieux et superbe
dédain de quelqu'un qui a coutume de contempler
les choses suivant l'horizon de cette montagne sacrée, du haut de laquelle le Christ-Jésus prêcha le
néant de la terre et la réalité du ciel.

Un jour, à l'origine, en face même de la Fontaine miraculeuse, au milieu d'un groupe d'ecclésiastiques et de laïques, l'architecte lui avait
présenté le projet, assez gracieux d'ailleurs, d'une

petite chapelle à construire au-dessus de la Grotte.
Le curé Peyramale y jette les yeux, et une teinte
pourpre lui monte au visage. D'un geste brusque,
il froisse et déchire le plan et en lance les mor-
ceaux dans le Gave.

— Que faites-vous ? s'écria l'architecte stupéfait.

— Vous le voyez, répondit le prêtre : je rougis
de ce que notre mesquinerie ose offrir à la Mère de
mon Dieu, et j'en détruis l'expression misérable. Ce
qu'il nous faut, en mémoire des événements qui se
sont accomplis ici, c'est un temple de marbre, aussi
vaste que pourra le contenir le sommet des Roches
Massabielle, aussi magnifique que le pourra concevoir votre imagination. Allez, monsieur l'Architecte,
que votre génie ose tout, que rien ne l'arrête et
qu'il enfante un chef-d'œuvre. Et sachez bien que,
fussiez-vous Michel-Ange, ce sera encore étran-
gement indigne de la Vierge apparue ici.

— Mais, monsieur le Curé, observa-t-on de toutes
parts, où trouver les millions nécessaires pour
exécuter ce que vous souhaitez !

— Celle qui de ce roc stérile a fait jaillir la
Source vive, saura bien rendre généreux les cœurs
des croyants, répliqua le Prêtre. *Sursum corda !*
Ne craignez point. Pourquoi tremblez-vous, chrétiens de peu de foi ?

Le temple se construisit donc dans les proportions marquées par le Curé Peyramale.

Souvent, considérant ces divers travaux :

— Quand donc me sera-t-il donné, disait-il, d'assister à la première procession qui inaugurera,
en ces lieux bénis, le culte public de l'Eglise catho-

lique ? Ne devrai-je pas chanter en cé moment mon *Nunc dimittis* et n'expirerai-je point de joie à cette fête ?

Jamais désir ne fut plus vif et plus caressé que ce vœu innocent d'une âme sacerdotale, tout éprise de l'amour de Dieu.

Parfois, aux heures où il y avait le moins de monde aux Roches Massabielle, une petite fille venait s'agenouiller humblement devant la Grotte et boire à la Source. C'était une enfant du peuple, pauvrement vêtue. Rien ne la distinguait du vulgaire. Elle priait inaperçue ; et nul ne devinait que ce fût là Bernadette. La privilégiée du Seigneur était rentrée dans l'ombre et le silence. Elle allait toujours à l'école des Sœurs, où elle était la plus simple et aurait voulu être la plus ignorée. Les visites, si nombreuses, qu'elle y recevait ne troublaient point cette nature paisible, au fond de laquelle vivaient pour toujours le souvenir du Paradis entr'ouvert et l'image de la Vierge incomparable. L'enfant conservait ces choses en son cœur..... Cependant les peuples accouraient de toutes parts, les miracles s'accomplissaient, le religieux édifice sortait du sol. Et Bernadette, de même que le saint Curé de Lourdes, attendait comme le plus fortuné des jours, après ceux de la visite divine, celui où elle verrait de ses yeux les Prêtres du vrai Dieu conduire eux-mêmes les Fidèles, la croix en tête et les bannières déployées, à la Roche de l'Apparition.

XXXIX

Bien que le mandement de l'Evêque eût reconnu la vérité des divins événements de la Grotte, l'Autorité religieuse, en effet, n'avait encore pris possession, par aucune cérémonie ecclésiastique, de ce sol à jamais sacré.

Tandis que les hommes se livraient aux travaux dont nous venons de parler, Celui qui dispose les cœurs préparait cette prise de possession impatiemment attendue.

Quittons Lourdes un instant et transportons-nous aux environs de Lyon, à Montluzin.

Montluzin est un petit château construit à mi-côte du mont d'Or, sur le versant qui fait face aux montagnes du Beaujolais, à la cité de Villefranche et au bassin de la Saône.

Dans une intéressante étude publiée sous le titre « Chronique du passé » par Mgr Crosnier, prélat distingué du diocèse de Nevers, nous lisons ce qui suit :

« Cette propriété était occupée par trois sœurs, les demoiselles de Lacour, qui consacraient en bonnes œuvres leur fortune et leur existence.

Elles avaient établi une pharmacie, pour venir en aide aux pauvres malades des environs, et se trouvaient heureuses d'aller elles-mêmes leur porter les remèdes dont ils avaient besoin, et soigner leurs plaies. Elles firent construire, dans la cour du château, un oratoire assez vaste pour recevoir les colons, chargés de la culture des vignobles qui environnent la propriété, et y attachèrent un aumônier.

Leur pensée était de prendre les moyens nécessaires pour perpétuer leurs bonnes œuvres et continuer, dans les mêmes conditions, ce qu'elles avaient commencé ; mais n'ayant encore à cet égard aucune idée bien arrêtée, elles comptaient sur les inspirations de la Providence et sur des circonstances imprévues.

Depuis quelque temps, les trois sœurs avaient conçu le projet de faire, avec leur aumônier, le pèlerinage de Lourdes...

Elles ne tardèrent pas à s'occuper de leurs préparatifs de voyage et elles se mirent en route. Cependant ce pèlerinage devait avoir ses épreuves. Un peu avant d'arriver à Lourdes, une de ces dames tomba sérieusement malade, au point qu'on se vit forcé de la déposer dans la première hôtellerie que l'on rencontra en entrant en ville, quoiqu'elle ne fût pas des plus confortables. L'aumônier et les deux autres sœurs passèrent la nuit auprès de la chère malade.

Les Religieuses de Nevers sont chargées du service de l'Hôpital de Lourdes, et une d'elles voit les malades à domicile. Aussi, le lendemain matin, une personne voisine de l'auberge, prévint-elle cette bonne Sœur de l'état inquiétant de la nouvelle arrivée, lui faisant observer que les secours allaient lui manquer. La Sœur, n'écoutant que sa charité, proposa à cette intéressante famille de recueillir à l'hospice la malade dans une chambre réservée, ajoutant que les deux sœurs et M. l'Aumônier pourraient venir passer auprès d'elle une partie de la journée et lui rendre, de concert avec les Religieuses, les services qui lui étaient nécessaires. La proposition fut acceptée, et, au bout d'un mois, les bons soins prodigués avec intelligence et dévouement rendirent la santé à la malade (1) ! »

---

(1) Mgr Crosnier, vicaire général de Nevers. *Chronique du passé.*
L'auteur du présent livre étant devenu très souffrant à Lourdes, pendant qu'il faisait les enquêtes qui ont précédé et préparé ses œuvres historiques, reçut, lui aussi, les soins de ces admirables

Ce fut ainsi que mesdemoiselles de Lacour connurent les Sœurs de Nevers et apprécièrent le mérite et les vertus de cet Ordre religieux. Ce fut ainsi qu'elles connurent leur élève, la petite Bernadette, dont elles se plaisaient à suivre les jeux dans la cour de l'Ecole, attenante à l'hospice, et qu'elles furent captivées par le charme incomparable de l'innocente enfant que la Vierge avait aimée. C'est ainsi qu'elles connurent le Curé Peyramale et ressentirent bientôt pour le serviteur de Dieu une ardente vénération. Elles admiraient la façon dont il comprenait la direction du Pèlerinage. Elles sollicitèrent de lui l'honneur insigne de s'associer à son labeur.

— Au lieu même où s'est manifestée la Vierge Marie, ne serait-il pas bon, dirent-elles, que tous pussent admirer son image dans la forme où la Voyante l'a contemplée, et que l'on y plaçât, exécutée sur les indications de Bernadette, une statue devant laquelle les prières monteraient vers le Ciel...

— Et d'où les miracles descendraient sur la terre, ajouta le Curé de Lourdes.

Heureuses de cette approbation, mesdemoiselles de Lacour confièrent l'exécution de l'œuvre d'art qu'elles projetaient à l'éminent sculpteur de Lyon, Fabisch. Il vint à Lourdes, se fit renseigner par Bernadette, lui soumit plusieurs dessins et maquettes, jusqu'à ce qu'il se fut assuré d'être matériellement aussi exact que possible. Quant à l'expression idéale, nul ciseau d'artiste ne pouvait la rendre. Elle était divine et insaisissable.

infirmières. Puisqu'il les rencontre sur son chemin, il se fait un devoir de leur exprimer ici le fidèle souvenir de son respect et de sa gratitude profonde.

— C'est bien la robe, la ceinture, le voile, les pieds nus, la pose du corps, les bras élevés, les mains jointes, le chapelet pendant... Mais ce n'est pas cela ; je n'en puis, hélas ! donner une idée. Pourtant tout ce que j'en ai su dire est là.

Ainsi parlait Bernadette, à la fois découragée et satisfaite, quand elle comparait « la Dame » de ses Visions et ce qu'avait de religieusement fidèle l'œuvre de l'artiste chrétien.

Ce fut par la bénédiction de cette statue en marbre blanc que l'Evêque et le clergé, c'est-à-dire l'Eglise, prirent officiellement possession de la Grotte de Lourdes, à la date du 4 août 1864. Avec toute la pompe usitée en pareil cas, cette statue fut placée au-dessus de la Grotte, dans cette niche rustique, bordée de plantes sauvages, où la Mère de Dieu s'était manifestée à la fille des hommes.

Le temps était magnifique. Le jeune soleil du printemps s'était levé et s'avançait dans un dôme d'azur, que ne ternissait aucun nuage.

La ville de Lourdes était pavoisée d'oriflammes, de guirlandes, d'arcs de verdure. A la tour de la paroisse, à toutes les chapelles de la cité, à toutes les églises des environs, les bourdons, les cloches et les campaniles sonnaient à toute volée. Des multitudes étaient accourues à cette fête de la Terre et du Ciel.

Une procession, sans précédents en ce temps-là, se mit en marche pour aller, de l'Eglise de Lourdes, à la Grotte de l'Apparition. Des troupes, avec toutes les richesses et tout l'éclat de l'appareil militaire, tenaient la tête. A leur suite, les Confréries de Lourdes, les Sociétés de secours mutuels, toutes les Corporations de ces contrées, portant leurs bannières et leurs croix ; la Congrégation des Enfants de Marie, dont les traînantes robes avaient l'éclat de la neige ; les Sœurs de Nevers, avec leur long voile noir ; les Filles de la Charité, aux grandes coiffes blanches ; les Ordres religieux de Tarbes, les Carmes de Bagnères, les Frères de l'Instruction et des Ecoles chrétiennes ; des multitudes de pèlerins, hommes, femmes, enfants, vieillards, rangés en deux interminables files, serpentaient le long du chemin fleuri qui conduisait aux Roches de Massabielle. D'espace en espace, des chœurs de voix puissantes et d'instruments faisaient entendre des fanfares, des cantiques, toutes les explosions de l'enthousiasme populaire. Ensuite, fermant ce cortège inouï, s'avançait solennellement, entouré de quatre cents prêtres en habit de chœur, de ses vicaires généraux, du chapitre et des dignitaires de son église cathédrale, très haut et très éminent Prélat, Sa Grandeur Monseigneur Bertrand-Sévère Laurence, évêque de Tarbes, la mitre au front, revêtu de son costume pontifical, d'une main bénissant les peuples, de l'autre s'appuyant sur son grand bâton d'or.

Une ivresse comme en connaissent seules les foules chrétiennes, assemblées sous le regard du Seigneur, remplissait toutes les âmes. Il était enfin venu, après tant de peines, tant de luttes, tant de traverses, le jour lumineux de la justice et de la glorification. Des larmes de bonheur, de sainte exaltation et d'amour coulaient sur les visages émus de ces peuples.

Quel transport indicible, au milieu de cet entraînement universel, devait éprouver la Voyante des

Apparitions, marchant sans doute en tête de la Congrégation des Enfants de Marie ! Quels sentiments d'écrasante félicité devaient inonder l'âme du Curé de Lourdes, chantant sans doute, à côté de l'Evêque, l'*Hosanna* et le *Te Deum !* Ayant été tous deux à la peine, le moment pour eux était arrivé d'être tous deux à la gloire.

Hélas ! parmi les Enfants de Marie, on cherchait en vain Bernadette ; parmi le Clergé qui entourait l'Evêque, on cherchait en vain le Curé Peyramale. Il est des joies trop vives pour la terre. Ici-bas, Dieu les refuse à ses élus les plus chers.

A cette heure où tout était en liesse, et où le soleil heureux éclairait le triomphe des croyants, le Curé de Lourdes était étendu sur son lit de douleur, au chevet duquel veillaient, nuit et jour, deux religieuses hospitalières. Atteint d'une maladie que l'on jugeait mortelle, il était en proie à d'atroces souffrances physiques. Il voulut se faire lever pour voir passer le sublime cortège ; mais les forces lui manquèrent, et il n'eut même pas la vision fugitive de toutes ces splendeurs. A travers les rideaux fermés de sa chambre, le son joyeux des cloches argentines ne lui arrivait que comme un glas funèbre.

Quant à Bernadette, Dieu lui marquait aussi sa prédilection en la faisant passer par l'épreuve de la douleur. La maternelle Providence, redoutant peut-être pour son enfant la tentation de quelque vaine gloire, lui dérobait le spectacle de ces défilés de peuples accourus à sa voix, et de ces cérémonies où elle eût entendu son nom acclamé par des milliers de bouches et célébré, du haut de la chaire chrétienne, par l'ardente parole des pré-

que nous l'aurons quitté ; des œuvres qui prient en quelque sorte et fassent prier pour nous, quand nous ne serons plus là. Aussi avons-nous conçu le projet de fonder en ce lieu béni « la Maison des Evêques. » Nous désirons la bâtir, exclusivement à nos frais, sur les rives du Gave, dans cette île de Savy que vient d'acheter Mgr Laurence. Séparée de la Grotte par le ruisseau que traversa Bernadette, assez à l'écart pour être solitaire, elle sera en même temps assez rapprochée pour que, en franchissant seulement un petit pont rustique (que nous construirons aussi), l'Evêque, les prélats, les prêtres qui feront une retraite sous ce toit, puissent aller se mêler aux multitudes priantes et s'agenouiller auprès de la Source sacrée. Que Monseigneur nous désigne du reste lui-même, sur son terrain, la place qu'il jugera préférable à cette « Maison des Evêques. » Tandis que s'élèvera l'édifice, nous planterons des arbres et ferons jaillir un filet d'eau sous leurs ombrages. Là, au milieu des pèlerins, et tout à côté du Rocher de Marie, l'esprit s'élèvera plus haut, et la méditation sera plus féconde. Et peut-être les Prélats et les Prêtres qui viendront en cette maison, auront-ils parfois la bonne pensée de demander au Seigneur de recevoir en sa grâce, là-haut, celles qui mirent leur joie à préparer ici-bas cet abri pour les successeurs de ses Apôtres.

L'excellent Curé Peyramale était touché de ce dévouement, de cette générosité, de ces aspirations charitables. Et son expansive nature ne put retenir un cri d'admiration :

— Vous êtes de nobles et saintes filles !

— Que dites-vous ? Nous sommes encore tellement égoïstes que, si Monseigneur consent à nous

y autoriser, nous nous réserverions le droit, notre vie durant, de venir quelquefois, avec notre bon aumônier, prendre logement en cette maison, qui nous sera chère et où il nous semble que nous prierons si bien. Et, par conséquent, après la première permission, de lui bâtir une maison sur son terrain, nous solliciterons de Sa Grandeur une seconde faveur : celle de garnir de meubles sa maison, comme pour nous-mêmes.

Le vieil Evêque fut plein de joie. Il marqua l'emplacement au bas de l'île de Savy ; il traça le pourtour du jardin, au centre duquel l'habitation devait être assise. Cet espace comprenait environ un demi-hectare. Et, pour que toutes choses fussent parfaitement régulières, un acte sous seing privé fut rédigé, écrit et signé, à la date du 11 juillet 1865 (1).

Telle fut à Lourdes, après le don de la statue, la première fondation qu'inspira la Vierge Immaculée. Semblables à ces chrétiennes des temps primitifs, dont parlent les Actes des Apôtres et les Epîtres, mesdemoiselles de Lacour aidaient de leurs deniers l'Œuvre naissante. Elles consacrèrent à « la Maison des Evêques » environ quarante mille francs, et chargèrent le Curé de Lourdes de faire construire l'édifice et le pont, de planter les arbres et de tracer les allées du jardin épiscopal. Et c'est ainsi qu'au bas de l'île du Châlet, entre le Gave et le ruisseau, au milieu des ombrages, ne tarda pas à s'élever, bâtie en pierre du pays et recouverte d'ardoise, cette simple et charmante maison que l'on nomma dès le premier jour : « *Le Chalet des Evêques* », et

---

(1) Etude de Mᵉ Lacadé. Acte de donation, avec réserve de jouissance viagère.

qui, pendant quinze années, a eu l'honneur d'abriter dans ses murs tous les évêques de Tarbes et d'innombrables évêques du monde entier.

Quand l'habitation fut construite, quand les meubles y furent placés, un dernier acte intervint. Mesdemoiselles de Lacour, voulant que le but qu'elles s'étaient proposé par leur fondation ne subît aucun retard, renoncèrent, par un acte suprême de générosité, au droit de séjourner désormais elles-mêmes sous ce toit, érigé par leur charité (1).

Elles retournèrent chez elles, à Lyon, leur pays natal, déjà enrichi par leurs libéralités et où elles avaient résolu d'exercer encore leur inépuisable bienfaisance, conformément à l'esprit évangélique (2).

Ayant vu Bernadette à l'Ecole des Sœurs de Nevers : ayant connu, aimé, admiré ces saintes Religieuses consacrées au soin des malades et à l'instruction des enfants, mesdemoiselles de Lacour quittèrent la Grotte avec l'intention de faire de leur château de Montluzin un don magnifique aux Sœurs de Nevers (3).

---

(1) Cette renonciation, sous seing privé, fut enregistrée. Et nous en avons nous-même pris la copie au bureau de l'enregistrement. Elle est datée du 29 mars 1868 et fut enregistrée le 20 juin de la même année.

(2) Elles avaient donné aux Sœurs de l'Enfant-Jésus à Claverolles un immeuble considérable. Leur fortune devait s'employer à établir à Chasselay un asile pour les Enfants des Ecoles chrétiennes et à doter le Grand Séminaire de Lyon et celui des Missions Etrangères, à Paris.

(3) « Elles léguèrent, dit Mgr Crosnier, la terre de Montluzin et ses dépendances à la Congrégation des Sœurs de la Charité et Instruction chrétienne de Nevers, qui devaient jouir du château tout meublé et des récoltes faites et à faire. Les conditions

XL

Le Prêtre de Marie avait fondé l'œuvre morale ; il avait fondé l'œuvre matérielle. Souvent aussi, il pensait à l'œuvre historique.

Nous avons dit qu'une Notice succincte avait été publiée par le Secrétaire général de l'Evêché. Nous avons dit que cette petite Notice se contentait d'enregistrer les dates, les faits principaux et de citer à l'appui les procès-verbaux de la Commission.

C'était le fond et la forme habituelle des Rapports Officiels, donnant des renseignements, et les corroborant par des documents concluants et des

stipulées étaient de maintenir, comme par le passé, un aumônier pour desservir la Chapelle, de visiter les malades pauvres à domicile et de fournir gratuitement les remèdes nécessaires aux indigents du voisinage, autant que les ressources provenant de ce legs le permettraient, les Sœurs devant, aux termes du testament, demeurer seules juges de ces circonstances.

Non seulement les bonnes Sœurs remplirent les conditions de ce legs, mais elles fondèrent, en outre, à Montluzin un Orphelinat et ajoutèrent ainsi, de leur propre spontanéité, aux charges qui leur avaient été imposées.

Quant au « Chalet des Evêques », les intentions des demoiselles de Lacour ne furent point aussi religieusement respectées. Après la mort du Curé de Lourdes, il fut démoli comme gênant les travaux d'embellissement que l'on exécuta. Un Palais épiscopal fut bâti sur la hauteur. Les pierres du « Chalet des Evêques », portées ailleurs, servirent à la construction d'un édifice où fut logé un employé de l'Œuvre.

Ces destructions, qui n'ont laissé aucune trace, ont fait à l'historien le devoir de rendre justice, avec quelques développements, à ces premières bienfaitrices de l'Œuvre de Notre-Dame de Lourdes. Il nous a été doux de leur payer un juste tribut de reconnaissance.

pièces justificatives. Mais, à cause de la loi que
l'auteur s'était faite d'être bref, à cause aussi de
certaines réserves de situation, ce laconique exposé n'avait pu pénétrer, ni dans l'intime substance
des faits, ni dans maints détails qui constituent la
vie et sont de nature à produire les convictions de
l'esprit et à entraîner irrésistiblement les cœurs.

Se rendant compte de l'insuffisance de ce premier
et sommaire travail, qui avait les qualités, mais
aussi les imperfections de son genre, M. Peyramale
eût voulu un livre qui ressuscitât pour ainsi dire
les événements et transformât le lecteur en spectateur des scènes extraordinaires, humaines et
surhumaines, dont se composait le drame à la
fois surnaturel et naturel qui s'était accompli à
Lourdes.

Il disait à l'abbé Pomian, le bon et pieux confesseur de Bernadette :

— « Il est temps et grand temps d'écrire cette histoire, dont l'Évêché a en main toutes les pièces ; il
importe que l'authenticité en soit fixée, avant que les
légendes orales et apocryphes gagnent un crédit
menteur et usurpent la place de la vérité. Aujourd'hui
tous les témoins sont vivants : on peut les interroger,
contrôler, quelquefois compléter leurs récits les uns
par les autres, élaguer ce qui est faux, n'admettre
que ce qui est prouvé et indubitable. Dans ce sol historique tout contemporain, la légende, si elle venait
à être introduite et semée çà et là par quelque imagination surexcitée, ne pourrait actuellement rencontrer créance et prendre racine ; car la vérité
est entourée de ses garants. Mais, à mesure que
les années s'écouleront, que les témoins oculaires
mourront, il en sera autrement. Tout incident singu-

lier, se présentant comme inédit, offrira, par cela seul, un attrait extrême aux esprits sans critique, et les trouvera disposés à l'agréer, à le prôner, à le répandre. Tout racontage sera considéré par eux comme un témoignage des plus graves, comme une nouvelle révélation d'une importance exceptionnelle. On verra surgir de prétendues amies de Bernadette, qui voudront, un peu consciemment d'abord, inconsciemment ensuite, se donner de l'importance, en exagérant leurs relations d'enfance avec la célèbre Voyante. Les unes l'auront secourue dans ses besoins, les autres soignée dans ses maladies : celles-ci lui auront donné ou prêté des vêtements, celles-là lui auront appris à écrire ; toutes auront été sa confidente préférée, sachant ce que les autres ne savaient pas, ce qu'ignorait la Commission d'enquête, ce à quoi personne n'a fait attention.....

Les mensonges, les enjolivements, les ajoutés fantaisistes sont impossibles actuellement en face de la mémoire nette et vive de Bernadette, des personnes qui ont assisté à ses extases, de celles qui l'ont interrogée, de vous, cher abbé Pomian, de moi-même, qui avons présents les moindres détails et qui nous élèverions contre toute invention. Toutefois, ce qui est impossible maintenant sera inévitable dans vingt ou trente ans, lorsque la plupart des hommes de notre génération seront morts, et que ceux qui survivront ne verront plus qu'à travers les brumes leurs souvenirs lointains, aux contours fuyants et effacés, aux lignes confuses, aux dates incertaines, à la physionomie indécise. Le témoignage le plus sincère et le plus véridique sera alors troublé par l'affirmation contraire, effrontément soutenue.

En ce moment-ci, la vérité, entourée de ses preuves, possède toute son assurance ; et dans un semblable milieu, la légende n'oserait se hasarder ou tomberait d'elle-même ; mais plus les événements s'éloigneront cependant, plus la légende deviendra affirmative et la vérité hésitante. Dieu me préserve de vivre assez longtemps pour assister à ce malheur : la niaiserie et la fable prenant la place de l'histoire ! »

Il demandait à Notre-Dame de Lourdes de lui envoyer l'historien.

Il eût peut-être redouté un récit discret et disert, craintif de choquer à gauche ou à droite, au-dessus ou à côté, un récit trop fidèlement asservi à certaines formes traditionnelles et qui aurait risqué de ne point passionner les multitudes et de rencontrer des auditeurs ou des lecteurs parfois un peu somnolents. Il redoutait plus encore un littérateur de métier, faisant une besogne et arrivant par suite, malgré son habileté ou son talent, à un résultat négatif.

Pour m'arracher des pleurs, il faut que vous pleuriez !

. .

Tandis qu'il était dans ces dispositions anxieuses, il advint qu'un jour un homme du monde, menacé de perdre la vue, et déjà réduit depuis plusieurs mois à l'impossibilité absolue de lire et d'écrire, dicta pour le Curé de Lourdes, dont il ignorait le nom, une lettre dans laquelle il le priait de lui envoyer à Paris quelques gouttes de l'eau miraculeuse.

M. l'abbé Peyramale lui en envoya une bouteille.

Cet homme guérit subitement, et adressa au Serviteur de la Vierge le récit détaillé de la grâce dont
il venait d'être l'objet (1).

Le Prêtre s'étant rendu le lendemain à la maison
des Sœurs de Nevers, établie à Lourdes, leur lut
ces pages.

Après cette lecture, il prononça, de sa voix grave
et ferme, cette parole qui les frappa, — parole
répétée maintes fois par celles qui l'ont entendue,
car elles se plaisent à en témoigner :

— Voilà celui qui sera l'historien de Notre-Dame
de Lourdes ! La Sainte Vierge l'a guéri pour cela.
Elle vient de se le choisir.

La Providence, en effet, devait permettre qu'il en
fût ainsi. Ayant, en son équité souveraine, choisi
Bernadette pour lui apparaître à cause de sa complète innocence, ayant, à cause de son héroïque
vertu, prédestiné le Curé Peyramale à être le fondateur humain de l'œuvre à établir, Elle avait, en
sa miséricorde infinie, jeté son regard sur la rive
opposée de l'Océan des foules, et elle avait désigné
pour écrire son Histoire celui qui n'avait d'autres
titres que ses nombreuses fautes, afin de montrer
que, si elle est la Reine des saints, elle n'est pas
moins la Mère des faibles et des défaillants, appe-
lant également le juste et le pécheur à la partici-
pation de ses grâces.

(1) Ce récit a été publié dans *Notre-Dame de Lourdes*, livr. X,
ch. I, p. 407, et reproduit avec de nouveaux développements dans
les *Episodes miraculeux de Lourdes*, sous le titre : *Les témoins
de ma guérison*.

* *

Cet homme alla en 1863 à Lourdes, sans autre but que de remercier Celle qui l'avait guéri par un acte surnaturel de sa puissance et de sa bonté. Il connut le Curé des Apparitions... Il s'entretint avec Bernadette, recueillant avec un soin pieux les moindres détails de ses récits. Il nota, ne voulant rien oublier, toutes les réponses de la Voyante à ses questions, questions qu'il faisait, le cœur frémissant, avide de découvrir, dès ici-bas, quelque chose des gloires du Ciel et du travail de Dieu.

De son côté, le grand ouvrier de Notre-Dame raconta au visiteur divers épisodes du drame divin qui s'était déroulé à Lourdes. Ces longues causeries, pleines d'abandon, ces conversations incessantes, faisaient pressentir peu à peu, quoique vaguement encore, à l'auditeur ému et charmé, une histoire complète de ces merveilleux événements. La brève Notice qu'il avait lue ne lui en avait présenté que l'ensemble et, pour ainsi dire, l'esquisse générale (1).

A l'ombre de la Grotte, à côté de la Source, en face de cette excavation où la Vierge avait posé son pied, il forma alors (sans pourtant en prononcer le vœu) le projet d'écrire, s'il plaisait à Dieu, l'épopée surhumaine qu'il entrevoyait.

M. le Curé de Lourdes, qui avait depuis près d'un

(1) *L'Apparition à la Grotte de Lourdes en* 1858. Notice rédigée par M. l'abbé Fourcade, secrétaire-général de l'Evêché et secrétaire de la Commission d'Enquête.

an, depuis la miraculeuse guérison de l'inconnu, la conviction que son interlocuteur, venu à Lourdes en actions de grâces et assis en face de lui, était l'homme prédestiné à être l'historien des Apparitions, répondit aussitôt, lorsque ce dernier lui fit part de son dessein :

— C'est la voix de Marie qui vous a parlé !

* *

L'évêque du diocèse, Mgr Laurence, ouvrit au futur historien les Archives de l'Évêché; il lui communiqua les procès-verbaux de la Commission d'enquête, les rapports des Médecins, les correspondances qui avaient été échangées. Il voulut bien s'en dessaisir et les lui confier :

— Toute l'histoire est là-dedans, dit l'Evêque, en lui remettant ces pièces. Nous serons heureux que vous sachiez l'en faire sortir.

Ni le prélat, ni l'auteur, ni personne, sauf M. le Curé de Lourdes, que tous taxaient d'exagération, ne prévoyait le retentissement extraordinaire que la Providence devait donner au livre, encore à écrire...

XLI

A Lourdes l'impression de M. Henri Lasserre (c'était le nom de l'écrivain) avait été vive... Rentré à Paris et dans le monde, il doit avouer en rougissant que cette impression s'atténua peu à peu. La grâce de Dieu se perd aisément chez certaines âmes faibles, et il était, hélas ! de ces âmes : il en est encore. La Sainte Vierge, qui avait guéri ses yeux, qui avait touché son cœur, n'avait point changé le fond de sa fragile nature. Il ne sut point résister à l'envahissement d'autres travaux, accessoires et secondaires en la circonstance, et il laissa en arrière ce travail nécessaire et principal. Il voyagea, il alla à Rome : il fut ingrat. Il oublia presque le bienfait, et par suite la reconnaissance (1).

Ayant eu le tort de ne point prendre la plume dès le premier jour, il différait de semaine en semaine, puis de mois en mois, et enfin d'année en année l'exécution de son projet.

Très fréquemment une lettre, attristée, de M. le Curé de Lourdes venait éveiller ses remords, qui se rendormaient aussitôt ; et sa négligence s'enracinait en lui.

* *

Le temps marchait cependant. Si l'écrivain dont nous parlons était en retard, l'abbé Peyramale avait utilisé toutes les minutes.

Huit ans s'étaient écoulés depuis les Apparitions. Vingt-cinq mois après la pose de la statue, la Crypte était achevée. Et les plus sceptiques commençaient à présumer, par l'aurore du pèlerinage, quelque chose de ce que serait son plein midi.

L'essentiel de l'œuvre était fait. Il y avait à la Crypte cinq autels et huit confessionnaux. Le monde pouvait s'ébranler et venir.

(1) Ce fut durant cette période que M. Henri Lasserre publia l'*Evangile selon Renan*, l'*Auteur du Maudit*, la *Prusse et les Traités de Vienne*, qu'il se rendit à Rome avec le prince Constantin Czartoryski, s'occupant des affaires de Pologne, qu'il fit paraître *la Pologne et la Catholicité* et fonda, à son retour en France, le journal *le Contemporain*.

Le 21 mai 1866 eut lieu l'inauguration solennelle de la Crypte. Nous reproduisons les traits principaux du récit qui fut imprimé dans les *Annales de Notre-Dame de Lourdes* :

« Cette grande journée, y est-il écrit, tombait le lendemain de la Pentecôte.

Par une matinée splendide, tous les chemins qui aboutissent à Lourdes se couvrirent de pèlerins.

La voie ferrée de Bordeaux arrivait seule encore à Lourdes. L'administration s'était pourvue, mais ses prévisions furent de beaucoup surpassées; à toutes les gares, les wagons se trouvèrent insuffisants, et on laissa dans les stations des milliers de personnes.

En entrant dans la ville, on se sentait déjà en fête. Des arcs de triomphe s'ouvraient aux grandes avenues, les maisons disparaissaient dans les guirlandes et les oriflammes, partout l'œil lisait des louanges à Marie. La ville était tout en fleurs.

Le cortège se forma dans l'église de la Paroisse. A travers les haies épaisses des pèlerins et la magnifique parure des rues, une procession sans fin s'avança vers la Grotte. On monta, en arrivant, la rampe de Massabielle. Pendant la descente du côté de l'ouest, la rive du Gave formait un tableau éclatant.

Une foule énorme se déroulait, précédant ou suivant l'Evêque dans ces chemins fleuris. Autour de la Grotte, au-dessus du rocher, en deçà et au delà de la rivière, partout, l'espace accessible était envahi par d'innombrables fidèles... En dehors de l'heure des cérémonies, les pèlerins inondaient les places et les rues pour contempler la magnificence de la décoration. La nuit, des feux s'allumèrent. Au milieu du feuillage les devises étincelantes célébraient la gloire de la Vierge Immaculée. Lourdes était tout entière un sanctuaire illuminé.

La mémoire de ce jour ne périra pas.

Que l'on rapproche le 21 mai 1866 du 11 février 1858.

La Grotte, il y a huit ans, était sauvage, déserte, et même redoutée. La Grotte, maintenant aimée, est devenue gracieuse et belle : la nature s'est parée à l'entour et sourit. Où poussaient quelques arbustes abandonnés, une Eglise a germé et grandit.

Trois petites filles, venues par hasard, étaient là, seules dans ce lieu désert, ramassant du bois mort. Voici, à la place occupée par l'eau et le sable, une foule immense, une légion de prêtres, un Evêque, un autel, toutes les splendeurs d'une fête catholique...

Le 21 mai, l'œuvre de Lourdes apparaît ce qu'elle est en vérité : un éblouissant miracle.

Les souvenirs du premier jour et les grandeurs de ce jour nouveau disaient ensemble que, dans l'intervalle, il s'était fait un travail surhumain. Et tout homme, sachant ce qu'était la Grotte, avant le 11 février 1858, devait, au 21 mai 1866, plier le genou sur cette terre glorifiée et s'écrier : « Le doigt de Dieu est ici ! »...

L'Evêque donnait la confirmation la plus solennelle à son propre jugement ; le peuple chrétien en faisait une seconde acceptation ; et tous scellaient à jamais les récits de Bernadette et l'histoire divine des Apparitions de l'Immaculée Mère de Dieu (1). »

Au milieu de ces foules, la gloire du Curé de Lourdes était un rayonnement. Pas un regard, parmi ces multitudes, qui ne le cherchât, qui ne le vît et le contemplât. Sur son passage, éclataient les *vivats* et les acclamations, comme jadis, dans les rues et les places de Jérusalem, retentissaient la renommée du jeune David, et les *hosanna* du peuple d'Israël. Bernadette et le Curé Peyramale

---

(1) C'est en ces termes que les *Annales de Notre-Dame de Lourdes* ont raconté cette journée du 21 mai 1866. Tome I, pages 122 et suiv.

étaient les deux grands noms que proclamaient les lèvres reconnaissantes et enthousiastes du peuple fidèle.

Ce lendemain de la Pentecôte, en 1866, fut le dimanche des Rameaux du Curé Peyramale.

XLII

Cet ouvrier si actif et si diligent était en même temps un esprit profond et méditatif.

D'après lui, Lourdes était destinée à devenir la capitale du Bien, à être ici-bas un ciel terrestre ou une terre céleste : une réalité idéale, un prototype, un coin du monde vraiment et totalement bon.

Souvent il s'est plu à développer ses idées devant celui qui trace ces lignes. Et, pour faire connaître les conceptions de cette âme apostolique, nous n'avons qu'à interroger notre mémoire et à évoquer le souvenir de nos entretiens, quand nous nous promenions, le soir, sur les rives du Gave ou dans les sentiers solitaires de la Montagne.

— Ce que j'ai fait jusqu'ici, disait-il, n'est que la forme extérieure de ce que veut établir ici la Mère des hommes. Assurément et premièrement, elle veut que l'on vienne l'y prier, l'y implorer, et que les malades y recouvrent la santé ; mais elle veut aussi, elle veut surtout que chacun, après avoir effectué son pèlerinage, s'en retourne amélioré, plus détaché du luxe et des vanités de la terre, plus tendre envers les miséreux et les souffrants, plus pitoyable aux infortunés ; plus illuminé, en son intelligence, plus ardent, en son cœur, plus énergique pour le bien en sa volonté.

Tout d'abord, pour les besoins des âmes, il se préoccupait de s'entourer d'un clergé d'élite ; sachant faire entendre dans la chaire la parole évangélique ; capable d'éclairer toutes consciences au saint Tribunal et de résoudre les cas les plus difficiles ; pouvant confesser en toutes langues, puisque toutes les nations allaient venir ; répondre à toutes objections des esprits incroyants, travaillés par la grâce, mais hésitant encore ; un clergé ayant à la fois la haute science de Dieu, la délicate connaissance des hommes, l'art de les diriger dans la voie du salut, — un clergé universel pour le pèlerinage universel.

Et, dans ce but, il n'était pas éloigné de la pensée de proposer à l'Evêque de grouper autour de la Grotte des ecclésiastiques de tous pays, des prêtres, choisis entre tous, qui eussent mérité, pour le soir de leur vie, ce repos laborieux, cet apostolat sédentaire, dans lequel eussent été utilisés leur longue expérience et leur trésor de grâces reçues.

En même temps, il songeait à avoir des Frères, des Sœurs, des mains vouées à Dieu, afin de porter les malades à la Piscine, et leur prêter un pieux secours.

Il eût aimé voir s'établir à Lourdes des maisons spéciales dans lesquelles des personnes du monde eussent fait ce que l'on serait tenté d'appeler une « Retraite des vertus actives », sorte d'Ecole pratique de la charité : soin des infirmes et des pauvres, veillées saintes au chevet des souffrants, apprentissage et exercice des bienfaisants offices auxquels se livrent chaque jour les Frères de Saint-Jean de Dieu ou les Sœurs hospitalières. Son grand cœur eût voulu communiquer à tous sa propre grandeur (1).

Il était certain, comme cela a eu lieu en effet, que maintes Œuvres contemplatives viendraient d'elles-mêmes dresser leurs tabernacles aux alentours de la Grotte. Une fois la chapelle bâtie, la modeste résidence des prêtres construite, les chemins tracés, tous les dons apportés par la reconnaissance et la piété des Fidèles devaient être, dans ses plans d'avenir, employés au groupement successif des plus belles institutions de miséricorde que l'Esprit de Dieu a inspirées au zèle maternel de l'Eglise : orphelinats, asiles, écoles, maisons de travail et de relèvement, afin que, dans la circonférence lumineuse de la Grotte sainte, on vit de toutes parts les indigents assistés, les ignorants instruits, les abandonnés recueillis, les coupables ramenés au droit chemin, afin que la terre entière contemplât, en un mot, à l'ombre

_____

(1) Les entretiens du Curé de Lourdes n'ont probablement pas été tout à fait étrangers à l'admirable fondation de M. le comte de Combettes du Luc, de chrétienne et charitable mémoire, lequel créa l'Association connue sous le nom de : « Hospitalité du Salut. » Sans être identique aux projets de l'abbé Peyramale, elle les réalise en partie, suivant des données un peu différentes ; et elle fut, dès l'origine, hautement encouragée par le Prêtre des Apparitions.

A l'Association, due à l'initiative laïque du comte de Combettes, est venue s'adjoindre l' « Hospitalité de Notre-Dame de Lourdes », qui rend les mêmes services. Le Président actuel de l'Hospitalité du Salut est M. de Raymond-Cahuzac. Celui de l'Hospitalité de Notre-Dame de Lourdes est M. le baron de Malet.

et sous le regard de la Mère de Dieu, la charité de
Jésus-Christ, s'épanouissant sous cent aspects différents et fleurissant en quelque sorte au bord de
tous les sentiers.

Et, pour cela faire, il ne pensait nullement à
chercher des ressources dans ces gains mercan-
tiles, que quelques-uns lui montraient faciles à
obtenir parmi ces affluences de pèlerins enthousiastes. A quiconque s'efforçait de le tourner vers
cet horizon, il répondait brusquement par ce texte
de l'Evangile : *Quod gratis accipietis, gratis date.*
Plus que personne il mettait tout entière sa foi
en cette parole de Jésus : « Cherchez d'abord le
Royaume de Dieu et sa justice, et le reste vous
sera octroyé par surcroît. »
Graves doctrines qu'il est utile de méditer, particulièrement en ces temps malheureux où les
peuples, pour être préservés de la corruption qui
menace et envahit, ont besoin, avant tout, que l'esprit évangélique remplisse les ministres de Dieu et
que le sel de la terre ne s'affadisse point.

L'Eglise reçoit, l'Eglise donne, l'Eglise ne trafi-
que pas. Quand l'Eglise reçoit, elle accueille avec
joie les bonnes œuvres de ses fils dévoués et fidèles;
quand elle donne, elle remplit envers eux son rôle
de mère et pourvoit à leurs besoins : c'est le flux et
le reflux de la charité. Est-ce que, vraiment, une
mère fait commerce avec ses enfants, est-ce
qu'elle pourrait aborder l'idée d'acheter à un bas
prix pour revendre à un prix plus haut? Est-ce que
Notre Saint-Père, malgré ses urgentes nécessités,
ne croirait pas méconnaître son caractère auguste,

en tirant des bénéfices de quelque commerce, effectué ou patronné pour soutenir le Saint-Siège ? Comme l'Eglise, le Pape reçoit et il donne. Chaque obole qui tombe dans son trésor, chaque pièce qui sort de ses mains est le témoignage de l'amour...

Quand le Seigneur nous appelle à coopérer directement, de notre travail ou de nos deniers, à quelqu'une de ses œuvres, il n'accepte de sa créature qu'un concours entièrement volontaire et n'emploie ni garnisaires ni gendarmes pour lever ses impôts. Le maître du monde n'admet d'autres tributs que les dons spontanés qui lui sont offerts, d'un cœur heureux et avec une pleine indépendance, par ceux dont il est aimé.

* *

Ainsi, pendant que s'élaboraient ces projets, ainsi s'élevait l'église, ainsi se plantaient les arbres et se traçaient les chemins, autour des Roches célèbres.

L'affluence croissait, les miracles se multipliaient et les conversions augmentaient en nombre. Les confessionnaux regorgeaient de lointains pénitents.

XLIII

Malgré sa merveilleuse activité, vint un moment où le Curé de Lourdes se sentit impuissant à suffire seul à sa tâche grandissante. Il exposa la situation à son évêque, Mgr Laurence, lui demandant d'attacher à la Paroisse quelques vicaires de plus pour le seconder.

Sa requête fut-elle mal comprise? Nous devons le supposer. La haute dignité de directeur de cette œuvre tenta-t-elle quelques zèles désireux de se produire, et Sa Grandeur fut-elle l'objet de pressantes sollicitations? Nous devons ne pas le croire.

Certaines différences profondes dans le concept du Pèlerinage naissant contrarièrent-elles Mgr Laurence? La libre parole du Curé de Lourdes déplut-elle à Sa Grandeur? Les oppositions de principe et de tempérament de leurs deux natures s'accentuèrent-elles par d'autres divergences? Il serait difficile de le dire en son exacte nuance.

Toujours est-il que, lorsque ce qui était labeur et peine fut terminé, lorsque les cinq autels de la crypte furent consacrés et que l'on put y célébrer l'office divin; lorsqu'il n'y eut plus qu'à continuer et à récolter, des Missionnaires diocésains, appréciés de l'Evèque, furent investis du privilège d'administrer le Pèlerinage. Un ancien secrétaire de Mgr Laurence, M. l'abbé Pierre-Remy Sempé, fut nommé Supérieur. L'œuvre constituée par la toute-sagesse de Marie dans l'unité de la hiérarchie paroissiale, et, par suite, dans une parfaite harmonie, fut scindée à partir de ce jour.

Selon nous, ce fut une faute.

Dans le champ pacifique et homogène qu'avait disposé la droite divine, la main faillible de l'homme venait, hélas! inconsciemment, de jeter l'ivraie, c'est-à-dire la possibilité et la probabilité des divisions. *Inimicus homo hoc fecit.*

Que l'on nous pardonne, au nom de. la sainte liberté de l'Histoire, d'émettre cette appréciation, trop justifiée par les faits.

Donc, le bon Curé de Lourdes avait demandé des aides : il vit arriver des successeurs.

Pendant que se construisait et s'aménageait, près de la Grotte, la maison destinée à recevoir les missionnaires, — pendant un an ou dix-huit mois environ, — il abrita sous son toit, nourrit à sa table et réchauffa à son foyer ceux qui lui étaient ainsi substitués.

L'humble et grand cœur du Curé Peyramale souffrit-il de cette mise à l'écart ? Il ne s'en plaignit jamais; et nous aimons même à croire que son abnégation était telle qu'il n'eut pas à réprimer ce mouvement de la nature, que chacun comprend, et dont, très probablement, il ne ressentit point les atteintes.

Toutefois, le sentiment des peuples se refusa à le séparer de la religieuse fondation à laquelle la Providence l'avait si puissamment associé. Il resta toujours et pour tous « le Curé de Notre-Dame de Lourdes. »

Les conséquences de l'acte épiscopal ne devaient pas être soudaines; le mal, comme le bien, a une lente germination. Telle graine que l'on enfouit aujourd'hui en terre ne sera un arbre et ne portera des fruits, bons ou mauvais, que dans dix ou quinze ans.

LIVRE TROISIÈME

L'OUVRIER HORS DE L'ŒUVRE

LIVRE TROISIÈME

L'OUVRIER HORS DE L'ŒUVRE

I

Les pèlerins qui se rendaient à la Grotte de Lourdes s'étonnaient cependant de n'y point rencontrer le Curé Peyramale. Ils s'informaient de sa demeure, désireux de connaître, après les lieux muets où la Vierge était apparue, le personnage vivant, le Prêtre, illustre entre tous, qui avait reçu d'Elle un message direct. Et c'est ainsi que, durant tout le temps qu'il vécut, et à toute heure du jour, on vit constamment sa demeure envahie par les pieux visiteurs de l'univers entier.

Tous, sans exception, étaient captivés par le charme irrésistible du Serviteur de Dieu et emportaient de lui un ineffaçable souvenir. On nous communique, d'après un livre allemand, quelques fragments qui peuvent donner une idée de l'impression que laissait le Curé de Lourdes à ceux qui l'approchaient. Cet ouvrage est intitulé *En*

France (1), et a pour auteur un éminent écrivain
catholique d'outre-Rhin, M. le Docteur Heinrich
Hansjacob.

« Rentré en ville, dit-il, j'ai voulu faire ma visite
à M. le Curé Peyramale. Un ecclésiastique s'offrit à
me conduire chez lui et à être mon introducteur.
Nous nous annonçâmes, et une femme d'un certain
âge nous fit asseoir dans un grand salon, très simple
et pauvrement meublé. Quelques instants après,
des pas pesants retentirent dans l'escalier. Bientôt
la porte s'ouvrit, et nous vîmes devant nous une
figure imposante, commandant le respect. Le Curé
de Lourdes jeta sur ma physionomie étrangère un
coup d'œil brusque et scrutateur ; mais, dès les premières paroles échangées, ses traits s'éclaircirent,
et, quand je lui présentai ma carte, il me tendit
cordialement la main et me souhaita la bienvenue.

« Très étonné qu'il parût connaître mon nom, je
lui demandai comment cela se faisait. Il me répondit que le célèbre converti de l'Allemagne, le
comte de Stolberg, m'avait nommé, dans une lettre
qu'il venait de lui écrire, et lui avait annoncé mon
pèlerinage à Lourdes.

« Le Curé de Lourdes est un homme grand et
fort, aux larges épaules, aux traits accentués et
fermes. Sa tête noble et digne est toute couronnée
de cheveux blancs. Au premier abord, une expression un peu rude. Son regard est des plus péné-
trants. J'eus le temps de l'examiner à loisir et de
le connaître ; car notre conversation, qui fut longue
et ne tarda pas à être pleine d'abandon, devait se

(1) *In Frankreich.*

continuer et être plus intime encore le lendemain, ainsi que je le raconterai tout à l'heure.

« Voici l'impression que j'ai ressentie de cet homme apostolique. Quand même Henri Lasserre n'eût pas écrit son livre convaincant, chacun de ceux qui ont causé avec le Curé Peyramale serait vraiment contraint de croire. Jamais de ma vie, il ne m'a été donné de rencontrer quelqu'un de plus vrai, de plus sérieux, de plus sensé, de plus droit que le Curé de Lourdes. Un tel homme ne peut pas et n'a jamais pu mentir : un tel homme n'eût jamais prêté la main à une superstition.

« M. Peyramale parle peu ; mais tout ce qu'il dit avec sa grave voix de basse-taille dénote un esprit de premier ordre, extrêmement instruit, réfléchi et profond.

« Il est facile de comprendre, en le voyant, avec quelle autorité irrésistible il a dû s'adresser à la conscience de Bernadette, avec quelle sévérité il a dû traiter la jeune fille au début, alors que le doute était encore en lui ; et on peut aussi se représenter la crainte et le tremblement de la pauvre enfant, lorsque ce prêtre, d'un aspect si vénérable, lui fit entendre des reproches sur le trouble que ses Visions jetaient au sein de sa paroisse.

« Sa loyauté, sa sincérité sont tellement éclatantes que je suis absolument certain que, si M. Peyramale n'était arrivé à l'inébranlable certitude des Apparitions et des Miracles de Notre-Dame de Lourdes, il n'hésiterait pas, aujourd'hui, à aller lui-même arrêter les pèlerins sur le chemin de la Grotte et les conjurer de ne pas se laisser entraîner à une fausse croyance. Devant tous et devant chacun, il

témoignerait qu'il y a là erreur, fraude et mensonge. Oui, je le répète et je l'affirme : si, après la
lecture du livre d'Henri Lasserre, il était possible
de douter encore, tout doute devient impossible dès
qu'on a seulement vu et entendu le Curé de
Lourdes.

« Détail remarquable et qui m'a beaucoup frappé !
Le Curé Peyramale, rempli d'un amour si ardent
et d'une piété si filiale envers Notre-Dame de
Lourdes, ne se rend cependant, d'après ce qu'il m'a
dit lui-même, que très rarement à la Grotte, deux
ou trois fois par an, tout au plus.

« Je ne pus maîtriser ma surprise. A quoi il me
répondit avec calme :

« — Ma mission est terminée. J'ai remis aux Missionnaires le soin des âmes ; et je dois dorénavant
me dévouer de nouveau tout entier à ma Paroisse. »

« Je gardai le silence, quoique cette raison ne
fût point pour moi suffisante ; mais je trouvai qu'il
serait par trop indiscret de vouloir pénétrer davantage dans l'âme de cet homme si réservé.

« Comment se peut-il, pensais-je, que ceux qui ont
eu la plus grande part au Pèlerinage de la Grotte,
tels que Bernadette et M. Peyramale, n'y soient
jamais ou très rarement aperçus ? Bernadette, en
effet, devenue religieuse, demeure à Nevers et n'a
point revu les Roches Massabielle, aujourd'hui sur-
montées de l'Eglise, que l'Apparition l'avait chargée
de demander ; et, d'autre part, M. Peyramale n'y
vient guère que deux fois par an, trois peut-être,
bien qu'il n'habite qu'à quinze minutes de là.

« Je m'explique, en y réfléchissant, ce phénomène, qui étonne au premier aspect.

« Les deux personnes qui occupent la première place dans le grand fait surnaturel de Lourdes ont été des instruments pour la réalisation des vues de Dieu ; mais après cette réalisation, l'un et l'autre cherchent à s'effacer. Si Bernadette et M. Peyramale étaient vus à la Grotte, ils seraient, à un degré dont on ne peut avoir l'idée, l'objet de l'attention des Pèlerins ; et, de leur vivant, on les entourerait d'une espèce de culte et de toutes sortes de démonstrations extrêmes.

« Cette explication est d'autant plus vraisemblable que M. Peyramale est l'humilité même et qu'il n'entend qu'à contre-cœur parler de ses mérites, et de la haute mission qu'il a remplie. Dès que je voulus lui en dire quelque chose, il mit la conversation sur les affaires publiques et me lut, dans l'*Union*, la lettre pastorale contenant les adieux des évêques allemands, à l'attitude desquels il donna les éloges les plus marqués.

« Le lendemain matin, comme je sortais à peine du sommeil, j'entendis au-dessous de moi la voix puissante du Curé Peyramale. Il venait pour m'inviter à partager son repas, et craignant que je ne fusse point encore levé, il chargeait la maîtresse d'hôtel de me transmettre son invitation.

« Si le plus grand prince de la terre m'eût invité à m'asseoir à sa table, ma joie n'eût pas été assurément aussi vive que celle que je ressentis en apprenant qu'il m'était permis de dîner chez le Curé de Lourdes.

« Ce n'était bien évidemment ni le boire ni le manger qui faisait le fond de mon contentement, mais la pensée que j'allais m'entretenir encore familièrement avec ce prêtre, qui m'imposait comme jamais homme au monde ne l'a fait. C'est pourquoi cette invitation fut pour moi la plus douce, la plus agréable de toutes celles que j'aie jamais reçues.

« Quelques heures après, j'étais assis seul en face de lui, dans sa petite et simple salle à manger, pavée en brique.

« Sur ma demande s'il avait souvent des hôtes, M. Peyramale m'a répondu négativement ; mais il a ajouté que, par contre, il était envahi par d'innombrables et incessantes visites. Ses vicaires, son entourage et lui-même n'estiment à guère moins de vingt mille le total des personnes de tout âge, de tout sexe, de toutes conditions, de tout pays qui, dans le courant d'une année, viennent le visiter. Son salon est souvent tellement plein de monde, surtout durant la saison d'été, qu'il est parfois presque impossible de s'y asseoir. Outre que, vu sa modestie, ces visites ne sont pas pour lui un plaisir, elles lui sont une occasion d'extrêmes fatigues.

« En fait de lettres, il lui en arrive, de divers côtés de l'univers, une moyenne de vingt-cinq par jour, ce qui fait environ neuf mille par an. Il répond à un grand nombre. La plupart contiennent des demandes d'eau, des sommes plus ou moins considérables pour le Sanctuaire de Lourdes, qu'il transmet aux Missionnaires. »

Les Missionnaires et leur Supérieur étant inconnus hors des limites du petit diocèse de Tarbes, c'était en effet au célèbre Curé Peyramale que l'on s'adressait; et c'est ainsi que presque toutes les sommes, qui ont payé la Basilique et les travaux de la Grotte, sont passées par ses mains.

« Après le dîner, continue l'auteur allemand, nous nous installâmes au jardin, dans un petit cabinet de verdure, et je le priai de me raconter quelques détails de sa vie passée, Henri Lasserre n'en parlant aucunement, et tous ceux qui ont lu son ouvrage s'intéressant à cette question.

« Il me répondit que souvent déjà pareille demande lui avait été faite, mais qu'il n'avait jamais trouvé opportun d'entretenir qui que ce soit de sa personne, parce qu'il ne se souciait pas de figurer dans les livres et descriptions de voyages, et que M. Lasserre, d'ailleurs, n'en avait déjà dit que trop sur son compte.

« Je lui témoignai le désir d'avoir sa photographie, mais il ne put me la remettre, s'étant constamment refusé, jusqu'ici, à poser devant un photographe, malgré les nombreuses tentatives qui avaient déjà été faites dans ce but. En revanche, il me donna une photographie de la Grotte et de l'Eglise, et y inscrivit quelques mots de bon souvenir, qu'il signa de son nom. Je pris alors affectueusement congé de cet homme admirable, que, très probablement, hélas! je ne reverrai plus en ce monde (1). »

Même sentiment dans les populations catholiques d'Angleterre :

(1) Extrait de l'intéressant ouvrage allemand ayant pour titre : *In Frankreich, von Heinrich Hansjacob.*

« Après la personne sacrée de notre Saint Père le Pape, vicaire sur la terre de Notre-Seigneur Jésus-Christ, disait, le *Weekly Register and catholic Standard,* il n'y a probablement aucun nom vivant, qui soit plus chéri et plus vénéré par les Fidèles de toutes contrées et de tous climats que celui du bon et illustre Curé de Lourdes..... »

*
* *

« Quel catholique, écrivait un jour l'*Univers,* ne connaît les principaux traits de cette vie si pleine de vertus et si féconde en bonnes œuvres ? Quel pèlerin est revenu de Lourdes sans avoir entendu sa parole ou admiré les merveilles enfantées par sa foi ?..... »

Nous arrêtons nos citations. Elles n'apprendraient à nos lecteurs que ce qu'ils savent déjà.

II

Après avoir été transmise à une direction étrangère, l'œuvre de Notre-Dame de Lourdes continua, tout d'abord, à se développer d'elle-même d'une façon normale. Mais l'absence de celui à qui Notre-Dame de Lourdes avait envoyé Bernadette ne tarda pas indéfiniment à se faire sentir. Les offrandes diminuèrent. Les recettes de 1868 ne dépassèrent pas 12.000 francs.

En 1869, après la publication du livre intitulé

« *Notre-Dame de Lourdes* », les pèlerinages reçurent
une impulsion nouvelle et prirent un considérable
développement. Les dons se multiplièrent dans de
semblables proportions. Il n'y avait plus à craindre
le manque de ressources. Le trop-plein des richesses,
périlleux pour les œuvres comme pour les individus,
était seul à redouter.

La chapelle fut promptement achevée, et bientôt
honorée, par le Pape Pie IX, du titre de Basilique
mineure. Une splendide résidence, remplaçant,
pour les Missionnaires, leur première habitation,
un palais épiscopal, divers monuments, des grandes routes, des squares, des quais furent érigés et
créés, avec les millions qui affluaient, comme un
fleuve d'or.

Pendant ce temps le Curé Peyramale, comme il
l'avait dit au visiteur étranger que nous citions
tout à l'heure, s'était renfermé dans le soin et le
souci de sa chère Paroisse. A plusieurs reprises,
on voulut le faire asseoir sur le trône des Evêques.
Et l'insistance sur ce point lui venait, paraît-il, des
côtés les plus divers : tantôt de la part de ceux qui
pensaient uniquement aux intérêts de l'Eglise et à
la sagesse d'un tel choix, tantôt de la part de ceux
qui, trouvant importun le voisinage de cette renommée, eussent voulu en exiler l'éclat en quelque
Episcopat lointain, dans tel ou tel diocèse de Bre-
tagne ou de Normandie.

Son détachement des grandeurs humaines et son
attachement pour son peuple le rendaient inac-
cessible à toute tentation, et inébranlable à toute
tentative.

— Je ne suis pas même bon pour être un curé,

disait-il ; et chaque jour je m'aperçois de ce qui me manque. Et l'on s'aviserait de faire de moi un Evêque ? Allons donc ! J'entends rester au milieu de mes ouailles, puisque mes ouailles me supportent, malgré mon insuffisance. La mort seule me séparera de mon troupeau. Que dis-je ! pas même la mort !...

Et pourtant, en cette Ville de Lourdes où la Providence l'avait appelé au moment précis (1) de la proclamation du dogme de l'Immaculée Conception, par la voix du Pape infaillible ; et pourtant, en cette Ville de Lourdes qu'il ne voulait point quitter, le Curé Peyramale avait, au milieu de puissantes consolations, de vives et profondes souffrances.

Les douleurs dont nous voulons parler étaient d'autant plus amères que, par une mystérieuse permission de Dieu, et en vertu d'une lente, irrésistible et funeste germination, elles provenaient toutes, pour ainsi dire, du sol béni où la main de la Très Sainte Vierge avait semé grâces sur grâces, et où d'autres, hélas ! avaient sursemé les graines fatales et substitué les instruments de leur choix à l'ouvrier de la Vocation...

Les deux semences sortaient de terre, grandissaient peu à peu et produisaient leurs fruits d'essence si opposée.

D'un côté, les bienfaits de Notre-Dame de Lourdes se répandaient par toute la terre. La gloire de Marie Immaculée resplendissait et ses louanges retentis-

(1) Voir plus haut, p. 46.

saient dans ces incessantes processions qui se déroulaient, en rangs de plus en plus pressés, de l'Eglise paroissiale de Lourdes à la Basilique des Apparitions. Donc, les consolations du Serviteur de Dieu étaient grandes ; et, devant cet épanouissement de l'œuvre divine, il ressentait en son âme une félicité surabondante.

Et d'autre part, à l'encontre de cette œuvre divine, il croyait voir l'éternel ennemi opérer graduellement, d'une façon ténébreuse et redoutable, son occulte travail. Comme toujours, l'adversaire de tout bien se servait des hommes, même les mieux intentionnés, aveuglant leur intelligence, jetant leur bon vouloir sur la fausse voie, égarant habilement leur zèle, par de spécieuses apparences de beauté ou de splendeur.

Les déviations, les détails fâcheux et les abus auxquels nous faisons allusion ont eu, et ont encore, parmi les Pèlerins et les visiteurs d'hier et d'aujourd'hui, une notoriété sourde. On voit ces choses, on les constate, mais on essaie d'en détourner les yeux. On en parle, mais à demi-voix. Chacun raconte, interroge, répond, apprécie, atténue, exagère, affirme, doute, s'étonne, s'afflige, gémit..... Inquiétude de toutes les âmes, chuchotement de toutes les bouches, rumeur générale, murmure universel.

Peut-être, quand un mal est caché, vaut-il mieux parfois ne le point divulguer sans nécessité et le déférer seulement à quiconque a pouvoir et mission de le réprimer ?... C'est ce qui fut fait...

Mais lorsque le mal est public, quand les adversaires de l'Eglise s'en sont forgé une arme contre elle, vient le jour, vient l'heure inéluctable où l'historien chrétien doit être, coûte que coûte, l'homme de la vérité sans réticence. Se taire par amour de son propre repos, et afin de s'éviter des ennemis, serait devenir un complice ou un complaisant de ces choses, à la façon de ces sentinelles endormies ou séduites et de ces chiens muets que maudissent les Livres saints ; ce serait aimer ou craindre les hommes plus que Dieu ; ce serait préférer les ténèbres au plein soleil et trahir, pour des considérations personnelles, la souveraine Justice (1).

« Prenez, dit l'Apôtre, les armes de la lumière. » « La vérité sera la délivrance, *veritas liberabit vos* », est une parole du Maître divin.

Et voilà pourquoi, malgré l'extrême délicatesse d'un tel sujet, nous dirons en toute simplicité ce qui, aux Roches de l'Apparition, causait la douleur du Curé Peyramale.

Ceci demande quelques explications préalables.

.·.

Le Curé de Lourdes avait accepté avec une paix sereine la mesure épiscopale qui l'avait éliminé du Pèlerinage mondial, dont il avait été, par la mission de la Vierge, le fondateur humain ; *sic vos non vobis*. Mais il y avait laissé tout son cœur. Cette

---

(1) Certaines récentes attaques directes ou obliques, à la fois hardies et timides, tendant à déshonorer et discréditer par de basses invectives, par des citations mensongères, par d'odieuses calomnies l'historien qui oserait parler, rendent d'autant plus nécessaire en ce moment le franc exposé de toutes choses.

grande institution de la Mère de Dieu était l'objet constant de ses intimes sollicitudes et de ses préoccupations.

J'ai encore dans la mémoire l'écho des causeries dans lesquelles s'échangeaient, en une harmonie parfaite dont j'étais fier, nos pensées et nos sentiments.

Qu'il me soit permis de les résumer ici.

Un Pèlerinage est une chose magnifique et féconde. Quel inappréciable bienfait que ce rendez-vous de prières, donné aux hommes par la puissance invisible qui dirige le monde! que cet appel, en dehors de toute limite de Paroisse, de Diocèse, ou même de Nations, à toutes les bonnes volontés éparses sur la terre, à toutes les espérances qui sentent le besoin de se vivifier et réconforter par la foi des autres et la prière commune! En vérité, rien n'est meilleur, plus salutaire et plus beau!... La Vierge et le Seigneur se sont manifestés; ils ont convoqué quiconque a besoin d'implorer : entre là-Haut et ici-bas, ils ont ouvert une communication, une nouvelle « Porte du Ciel », *Janua cœli.*

Comment se fait-il, cependant, que tant de Pèlerinages soient tombés en désuétude, dont l'origine était absolument sainte? Tous les historiens de l'Eglise nous attestent combien les miracles y étaient fréquents et presque innombrables. Aujourd'hui, il ne s'y en produit à peu près aucun. Pourquoi? Dieu serait-il donc changeant comme le caprice humain? De même qu'un propriétaire inconstant, qui finit par se dégoûter de sa maison de campagne et qui la quitte pour aller résider en une autre contrée, le Seigneur se fatiguerait-il de maintenir sa grâce, au lieu où elle a déjà fait un séjour prolongé ?

Non certes : car les dons du Seigneur sont sans repentance. Mais les hommes chassent Dieu. Dieu leur a commandé de bâtir sur le Roc, sur Lui-même, en un mot. Ils bâtissent sur le sable mouvant, sur les trafics humains, sur eux-mêmes. Ce n'est plus alors l'Œuvre pure et forte que le Très-Haut avait décrétée : elle est altérée par l'homme, altérée par nous-mêmes.

Au sein de tout ce qui doit élever vers le ciel, nous nous sommes, hélas! laissés entraîner vers la terre. Au sein de la visible action du Surnaturel, nous nous sommes défiés de la Providence. Au sein de l'abondance des dons spontanés, nous avons redouté de manquer un jour de ressources : nous avons voulu nous assurer en quelque sorte contre Dieu même, ne plus dépendre de sa main et nous constituer des revenus certains et des capitaux que nous estimions indestructibles. Et, dans cette visée, nous avons peu à peu fait spéculation et bénéfice de tout ce qui, sans tomber directement sous la rigueur des lois ecclésiastiques, pouvait s'acheter et se vendre, autour du sanctuaire. De sorte que, par gradation ou plutôt par dégradation successive, le négoce s'est adossé au Temple, et une Maison de commerce s'est insensiblement annexée à la Maison de prière ; le lieu de fête, de « férie » (*feria*), est devenu un lieu de foire et, pour parler à la façon de l'Evangile, une « spélonque » de trafiquants.

Que fait alors le Seigneur? Lorsque, en sa vie

mortelle, il était présent parmi nous, voici qu'il prenait un fouet de lanières et expulsait les vendeurs de l'enceinte sacrée. Depuis qu'il est remonté aux cieux, il agit autrement. Il tolère d'abord, supporte, parfois durant une longue période : car sa patience et sa miséricorde laissent toujours le temps de la résipiscence et ne ferment point brusquement, à qui s'égare, le bienheureux chemin du retour. Mais arrive un moment où les miracles diminuent, et cessent enfin tout à fait. On a une église opulente, un royal trésor de vases d'argent et d'or, d'ostensoirs ornés de pierreries, de vêtements sacerdotaux ; on possède des monuments superbes, de vastes propriétés, des titres de rente : mais on n'a plus de miracles. Celui qui ne veut point être servi avec Mammon n'accorde plus le surnaturel privilège ; et le coin de la terre où les malades guérissaient est devenu un endroit comme un autre, n'ayant d'autres richesses que celles qu'on a cherchées : *Receperunt mercedem suam, vani, vanam.* Le Seigneur s'est retiré.

Telle est, ce semble, en étudiant les voies de Dieu et s'inspirant des enseignements évangéliques, la cause principale de la ruine spirituelle, et finalement temporelle, des Pèlerinages.

— Hélas ! s'écria un jour le Curé de Lourdes, mêlant un sourire à la grave expression que prenait habituellement sa physionomie, quand la conversation se dirigeait vers ces horizons ; hélas ! si Jésus-Christ revenait pour chasser les vendeurs du Temple, il serait obligé de renouveler la mèche tous les quarts d'heure !

*
* *

Ces pensées et ces sentiments, profondément ancrés dans l'âme apostolique du Curé Peyramale, expliquent la véritable terreur et douleur dont il fut saisi, lorsqu'il vit le R. P. Sempé pencher du côté du négoce et, pour employer les propres paroles du Supérieur, songer « *à exploiter la pro-* « *priété de l'Œuvre au profit de l'Œuvre elle-même,* « *par un vrai et légitime Commerce de tout ce qui* « *était la propriété du Pèlerinage* (1)... »

— Ne vous inquiétez pas, dîmes-nous au Rév. P. Sempé : *Nolite solliciti esse in crastinum. Quid timidi estis, modicæ fidei* (2)? La grâce de Dieu suffira à tout. La Sainte Vierge opère des Miracles : elle enverra des dons.

Le Supérieur des Missionnaires secouait la tête avec un air peu convaincu.

— Vous en doutez? N'en doutez point. Ne tremblez pas surtout de n'avoir pas assez. Redoutez au contraire d'avoir trop. Ce serait là le danger.

N'est-il pas à craindre, si l'on agit autrement, que l'on ne travaille à détruire ce qu'a fait et ce

_____

(1) Extrait d'un Mémoire adressé par le R. P. Sempé à Mgr Pichenot, sur le Commerce, au sujet duquel Sa Grandeur avait demandé des explications :

« Le Prélat (Mgr Laurence) pressait d'ailleurs le Supérieur des Missionnaires d'user enfin de son droit ou plutôt *d'accomplir son devoir* D'EXPLOITER LA PROPRIÉTÉ DE L'ŒUVRE AU PROFIT DE L'ŒUVRE ELLE-MÊME... »

« Monseigneur voudra bien examiner s'il est bon de renoncer AU VRAI ET LÉGITIME Commerce *de tout ce qui est la propriété du Pèlerinage,* COMMERCE QUI PEUT DONNER UN TRÈS GRAND REVENU et suffire presque seul à l'entretien de l'Œuvre, etc.

(2) Matth., VI, 34 ; VIII, 26.

que fera encore la Sainte Vierge ? Elle cherche à
gagner des âmes. Le négoce cherchera à gagner de
l'or. Les peuples accourus à Lourdes seront à la
fois édifiés et scandalisés : édifiés par les bienfaits
de Dieu, scandalisés par les trafics de l'homme.
On sera les obstacles de Marie, au lieu d'être ses
auxiliaires et ses coopérateurs. On sèmera l'envie
et les fureurs autour du sanctuaire : car, une fois
dans cette voie, on ne peut s'arrêter et on s'efforce
d'anéantir toute concurrence... Cet engrenage est
fatal ; au lieu de se faire aimer, on soulève la colère
du pauvre. On perd toute autorité, pour combattre
les abus du dehors que l'on aurait le devoir de
réprimer.

Le cher Père se rejetait sur les nécessités. L'achat
pour le diocèse de la propriété de Savy (île du
Chalet) avait absorbé 80.000 francs des dons anté-
rieurs. L'érection de la chapelle représentait de
grandes sommes. Il y avait à construire maintes
dépendances.

— Du reste, ajoutait-il, cette pensée du négoce
est celle de l'Evêque. Et, après tout, ce n'est pas
défendu. Il ne s'agit de violer aucun précepte. Or
personne, vous le savez, n'a *l'obligation* de pra-
tiquer ce qui n'est que de conseil. Les choses
que vous condamnez sont tolérées en maints endroits.

Parfois je mêlais ma voix à celle du Curé de
Lourdes, et à cette observation je répondis :

« — Et c'est pour cela que tant de Pèlerinages
ont péri.

« Dieu, mon Révérend Père, ne nous doit point
les Miracles : la Nature est la loi commune.

« L'homme n'est pas, non plus, contraint à suivre le Conseil : le Précepte est la loi commune.

« Mais il semble qu'à l'accomplissement du Miracle, acte de surérogation de Dieu vis-à-vis de l'homme, doive correspondre l'accomplissement du Conseil, acte de surérogation, — s'il en pouvait exister, — de l'homme vis-à-vis de Dieu.

« De sorte que, lorsque le Seigneur fonde ici-bas une œuvre de sa droite, en l'appuyant, du côté divin, sur la réalisation du Miracle, il est logique de présumer qu'il entend qu'elle soit appuyée, du côté humain, sur la pratique du Conseil. C'est un de ces cas où, pour employer l'expression de quelques théologiens, le Conseil devient de précepte. Au lieu de dire : « Je puis aller sans péché jusqu'à ceci, *qui est toléré* », on doit dire alors : « Je dois m'élever jusqu'à cela, *qui est conseillé*. » Et vous serez ainsi, mon cher et Révérend Père, véritablement le Gardien de la Grotte. Car vous aurez, justement et glorieusement, évité le péril dont il la faut préserver. »

Le Père Sempé paraissait souvent ébranlé par ces raisons que nous lui exposions avec conviction et chaleur. Il essayait de nous tranquilliser. Mais il y avait toujours dans ses paroles quelque chose d'évasif et de vague qui nous laissait soucieux. On pourrait donner comme type de toutes ses réponses à ce sujet cette phrase d'une de ses lettres, en date du 16 mai 1868. Le commencement rassure, la fin inquiète :

« .... Merci de vos bons conseils à l'endroit du « commerce. *Je partage à peu près toutes vos idées* « *sur ce point*, et, Dieu aidant avec sa sainte Mère,

« nous arriverons, *je l'espère,* à une solution *qui*
« *conciliera tous les intérêts.* »

Cette façon de dire « je l'espère » nous alarmait,
au lieu de nous rassurer.

Le dissentiment tout théorique dont je viens de
parler n'altérait en rien, du reste, nos bonnes relations. Pour nous, le R. P. Sempé voulait le bien : il
le voyait mal. Mais cette erreur intellectuelle paraissait réformable. C'est ce que me répétait le bon
Curé de Lourdes, c'est ce que je m'efforçais de penser moi-même. La catastrophe que nous redoutions
ne s'était point produite. De fait, le commerce
n'existait pas encore.

III

A cette première préoccupation pénible du Curé
Peyramale, vint bientôt s'en ajouter une seconde.

Ce fut vers cette époque, que les Pères Missionnaires eurent l'idée de faire paraître un recueil
mensuel intitulé : les *Annales de Notre-Dame de
Lourdes.* Ces *Annales* devaient avoir pour objet
de raconter les Miracles qui s'accomplissaient et
s'accompliraient à la Grotte, de les suivre en
quelque sorte la plume à la main et de rendre
compte des Pèlerinages.

Une telle diffusion des faits surnaturels par les
Missionnaires était la propagande même de la
Vérité particulière qu'ils avaient charge de répan-
dre. Et si, dans le prix de ces imprimés, vendus

au même taux que partout ailleurs, il venait à se
rencontrer un gain quelconque au profit de l'œuvre,
ce petit surplus ne serait que le fruit d'un travail
personnel, études, déplacements, enquêtes, rédac-
tion, et non le résultat d'un trafic. Il n'y avait là
aucun commerce.

Nous fûmes donc heureux d'approuver le P. Sempé,
quand il nous fit part de son projet.

— Ces *Annales* peuvent être une chose excellente,
dit le Curé de Lourdes au P. Sempé. Faites un
sérieux examen des guérisons miraculeuses qui se
produiront devant vous ; rendez-les évidentes pour
tous. Soyez sévère et rigoureux. Ne relatez que le
certain, et après l'avoir contrôlé avec plus de soin
que n'en met le juge instructeur à relever les
minutieuses circonstances d'un crime. Ecartez
toute exagération, toutes choses douteuses.

— Si jamais il était possible, ajoutai-je, d'avoir à
la Grotte un médecin de haute valeur et autorité,
voyant les malades à leur arrivée, les assistant,
analysant, religieusement et scientifiquement, ce
qui se passe en eux et constatant le mode d'action
du Surnaturel, guérisons soudaines, guérisons pro-
gressives, etc., etc., vous constitueriez un registre
d'observations qui serait un des plus précieux à
consulter pour l'apologétique chrétienne et la défense de la religion contre les attaques de certaines
Facultés incroyantes..... Ne reculez point devant
les voyages longs et coûteux, pour interroger les
témoins, les voisins, pour recueillir les impressions
de l'entourage, afin de pouvoir, non seulement dire
la vérité, rien que la vérité, mais encore toute la
Vérité. C'est, semble-t-il, ce que Dieu et la Sainte

Vierge attendent de vous : car vous établirez sur une base inébranlable la croyance aux manifestations surnaturelles. Vous convaincrez les intelligences, vous gagnerez des âmes...

— Et des abonnés ! s'écria en souriant, non sans quelque malice, l'abbé Peyramale, qui connaissait la pente vers laquelle inclinait le Révérend Père.

IV

Je quittai Lourdes vers la mi-juin 1868. Un événement capital dans ma vie, et tout intime, devait me retenir en Normandie durant quelques mois.

Dans le courant de septembre, j'appris, par la correspondance du Curé de Lourdes, d'un côté l'introduction du commerce à la Grotte, de l'autre la publication, par les *Annales,* d'un récit intitulé : *Petite histoire de Notre-Dame de Lourdes.*

M. le Curé de Lourdes savait que le rédacteur de ce travail l'avait entrepris et allait le continuer sans posséder aucun document authentique, puisque toutes les pièces, renfermées dans les archives de l'Evêché, m'avaient été remises.

D'autre part, les Missionnaires, n'étant venus à Lourdes que huit ou neuf ans après les Apparitions, ignoraient jusqu'aux plus simples notions élémentaires et chronologiques de ces événements extraordinaires. Peu de mois auparavant, à la date du 26 janvier 1868, le R. P. Sempé, Supérieur, avait, en effet, recours à moi pour se renseigner.

« Nous voudrions, m'écrivait-il, célébrer les Anniver-
« saires des principales Apparitions de la Vierge Imma-

« culée à la Grotte de Lourdes. Auriez-vous la bonté de
« nous envoyer le plus tôt possible les dates exactes :
« 1° du jour où la Vierge Immaculée a demandé qu'on
« bâtit une Chapelle ; 2° du jour où elle a engagé
« Bernadette à boire et se laver à la Fontaine, etc.? »

Composée en de telles conditions, la *Petite Histoire de Notre-Dame de Lourdes* ne pouvait être et
n'était malheureusement que ce que l'on appelle une
Légende, c'est-à-dire un mélange de vrai et de
faux, où le vrai risquait, hélas! d'accréditer le
faux, et où le faux risquait de discréditer le vrai.

La lecture des premiers chapitres de cette création littéraire ne justifiait que trop les appréhensions
du Curé Peyramale.

V

Les protestations s'élevèrent.

L'Evêque reçut d'abord celle de M. Estrade, ce
témoin attentif qui, dès le début, avait assisté à
tout et noté tout.

Le vieux prélat reçut aussi la protestation de
M. l'abbé Peyramale, plus ému encore.

Sa Grandeur entendit en même temps ma voix
attristée. La foi et l'amour de la vérité avaient
rempli ma vie, et j'avais devant moi la vérité
outragée tendant à mettre en péril la foi de
plusieurs.....

Enfin, ayant été informée de ce récit apocryphe,
la Voyante Bernadette, la sœur Marie-Bernard,
que j'allai consulter à Nevers, en la Maison-Mère
de Saint-Gildard, formula par écrit un démenti de

l'ensemble et du détail de cette Légende, contre-signé par l'Evêque du diocèse, et qui fut communiqué à Mgr Laurence.

Toutefois, la Légende ne fut point désavouée.

La suite de nos respectueuses doléances, également vaines, hélas! sur le double sujet de la Légende et du négoce, sortirait du cadre de la Vie de Mgr Peyramale... Nous n'avons dû en parler ici sommairement que pour bien faire comprendre la nature des amertumes qui abreuvaient goutte à goutte le cœur épris de pureté et épris de vérité du grand serviteur de Marie (1).

VI

Si chaque jour apportait au Curé de Lourdes une souffrance nouvelle, il essayait de s'en abstraire au milieu des indicibles allégresses que faisait naître en lui la vue de ce fleuve des pèleri-

(1) Voir à l'Appendice et pièces justificatives, note II, p. 437. Nous venons de dire que la Légende ne fut pas désavouée. Mais, en présence de nos réclamations, elle n'a point été non plus publiée en volume ou brochure. Afin que, après notre mort, la Vérité ne demeure pas sans défenseur, nous conservons dans nos archives les Déclarations écrites du Curé Peyramale et de l'abbé Pomian, attestant la rigoureuse exactitude d'ensemble et de détail de ce que nous avons écrit. Nous gardons par devers nous une Déclaration de Bernadette, signalant les erreurs et les imaginations de la Légende.

Ce serait peut-être alors le moment de publier aussi les quatre-vingts lettres d'Evêques que nous reçûmes après la mise au jour de notre première édition et qui forment comme une couronne autour du Bref solennel que nous adressa le Pape Pie IX et dans lequel, pour la première fois, il reconnut la réalité des Apparitions de la Vierge Marie à Bernadette Soubirous. Ces documents suffiraient à confondre les imposteurs s'il venait à s'en produire encore.

nages qui allait grossissant d'année en année.
Ces admirables multitudes, arrivant de la gare,
passaient sous sa terrasse, se dispersaient un
instant en ville, afin de s'y loger dans les hôtels
et chez les habitants : après quoi, on les voyait
se réunir à la petite et vieille Eglise paroissiale,
déborder au dehors en flots pressés et s'y ranger
processionnellement pour se rendre à la Grotte,
musique en tête et bannières déployées, faisant
entendre, sur tout le parcours, les cantiques de
leur enthousiaste piété.

A ce spectacle, des larmes délicieuses inondaient
le noble visage du grand Curé. Pour un moment il
n'apercevait à l'horizon qu'un ciel sans nuage et
un paysage sans ombre.

Ce n'était pas une ombre en effet, c'était au contraire une joie que la perspective qui s'imposait de
plus en plus à lui d'avoir à construire bientôt une
Eglise nouvelle de proportions assez vastes pour
pouvoir recevoir les pèlerinages, à l'aller et au
retour, et pour répondre à la mission inattendue
que la force des choses et la divine Volonté donnaient
à la ville de Lourdes.

Avant de s'occuper de la mise à exécution de ce
projet, conçu dès l'origine, il attendait que la magnifique chapelle demandée par la Sainte Vierge fût
achevée, et que les premiers et indispensables amé-
nagements autour de la Grotte fussent entièrement
terminés. Cette considération le rendit longtemps
sourd aux instances que faisaient, à ce sujet, entendre les Pèlerins.

— Ajournons, disait-il, ce n'est pas encore l'heure.

.·.

Mgr Laurence était mort en 1869, à Rome, où, malgré son grand âge, Sa Grandeur avait voulu se rendre pour le Concile du Vatican.

Mgr Pichenot, vicaire général et curé de Sens, lui avait succédé.

C'était un prêtre pieux et zélé, auteur estimé de quelques ouvrages de direction spirituelle. Il avait une nature avenante et douce, et son aménité pour tous le faisait aimer; mais sa crainte d'être dur l'empêchait d'être ferme; et, faute d'énergie, il se laissait parfois entraîner à tolérer des choses qu'il réprouvait dans son for intérieur. Après trois années, presque inaperçues, passées à Tarbes et à Lourdes, il accepta l'archevêché de Chambéry.

.·.

Il eut pour successeur, sur son siège épiscopal, un ecclésiastique distingué, vicaire général et théologal à l'Archevêché de Paris, M. l'abbé Langénieux, lequel ne devait que traverser ce diocèse et être, après une courte station d'un an, nommé Archevêque de Reims et enfin devenir Cardinal.

Le nouvel Evêque avait la réputation d'un homme de capacité considérable. On lui attribuait surtout un caractère très arrêté et la volonté de rester le maître chez lui. Placé désormais à un poste d'autorité et de commandement, l'accomplissement de son devoir paraissait se trouver ainsi dans la pente même de sa nature,

M. l'abbé Langénieux cependant était aussi très pénétré du sentiment de la prudence, vertu cardinale, comme chacun sait. Il trouvait préférable de tourner les difficultés que de les renverser. Avant l'action, la diplomatie ; pendant l'action, la stratégie : rarement le combat abordé de front. Du reste, la méthode était bonne, paraît-il, car il était accoutumé au succès, et ceux qui l'avaient suivi dès le commencement, l'avaient vu avancer toujours. Sa vie avait été une réussite constante.

Précepteur dans une maison princière, premier vicaire et directeur de catéchismes, successivement curé de deux paroisses parisiennes, il avait, quoique jeune encore, conquis, en chacune de ces stations, des amitiés utiles et puissantes, qu'il savait rendre aumônières. Il avait de la grâce, du charme, et, si nous osions employer ce mot, de la séduction. Ecclésiastique en mission chez les grands et chez les riches, il leur inspirait un légitime respect par la pureté de sa vie, par l'onction de ses discours, par une dignité très réelle, par les œuvres d'édification qu'il accomplissait ; et, en même temps, il ne les effrayait point trop par le spectacle, à leurs yeux importun, d'une austérité excessive.

On appréciait son habileté à conduire heureusement, à travers tous écueils, une affaire difficultueuse, à obtenir des subventions, à négocier avec les pouvoirs de l'Etat. Ses admirateurs disaient de lui : « Il fait divinement les choses humaines. » — « Et humainement les choses divines », répondaient certains paysans du Danube, sans doute trop rigides.

Lorsqu'il fut présenté pour l'Evêché de Tarbes,

par le Gouvernement, j'eus l'honneur d'aller le voir deux ou trois fois chez lui.

L'élégance de son appartement, de ses meubles d'ébène, quelques tableaux de prix appendus aux murs, divers objets d'art, tout un certain ensemble me frappa, et, faut-il le dire, me troubla. Je venais prier ce nouveau successeur des apôtres de protéger, à la Grotte de Lourdes, les choses et les hommes de Dieu contre toute invasion de l'esprit du monde. Et voilà que cet esprit du monde me semblait installé dans ce somptueux salon, être assis dans ces riches fauteuils, reposer ses pieds sur ces moelleux tapis et avoir élu domicile dans la pièce où j'attendais le prélat.

« — Ce n'est point là, pensais-je, la cellule d'un réformateur. »

Mais je réprimai ce jugement téméraire. Je savais, en effet, ne fût-ce que par les contradictions que je rencontre chaque jour en moi-même, combien notre fragile nature peut allier de choses diverses, et souvent opposées, combien, par conséquent, sont souvent injustes ces appréciations en bloc dont on est trop prodigue et qui, du détail isolé, concluent à l'ensemble général. Je savais aussi combien les plus droites intelligences se laissent souvent égarer par des idées qui règnent dans le milieu ambiant où l'on a vécu, combien les meilleures âmes, fortes par un côté, défaillent par d'autres endroits. L'homme est rarement tout d'une pièce ; et une défectuosité sur un point, bien qu'elle soit toujours regrettable, ne l'empêche pas, Dieu merci ! d'avoir, dans un ordre d'idées différent, une vertu sublime. Telles femmes, à l'époque de la Révolution, impuissantes jadis à dominer leur frivolité dans quelque ajustement de toilette, ont su cependant exercer envers les proscrits la charité la plus héroïque ou mourir courageusement sur l'échafaud, martyres de leur foi et de leur dévouement.

.*.

M. l'abbé Langénieux s'était plusieurs fois arrêté à Lourdes dans ses voyages aux eaux thermales : il y avait fait, me dit-il, les mêmes remarques que moi. Sans attendre que je prisse l'initiative, il fut le premier à aborder ce sujet et à me parler des réformes. Il se montra déterminé à réagir et à agir.

— Toutefois, ajouta-t-il, il ne serait point sage de tout brusquer et de tout rompre en arrivant. Quelle que soit ma conviction, plus ou moins arrêtée, je dois, pour les autres comme pour moi-même, prendre le temps de me bien rendre compte et d'examiner par mes propres yeux ce qu'il peut y avoir à faire. Tout n'en aura que plus de poids, étant accompli avec cette maturité.

— Cela est fort juste, Monseigneur. Oserai-je pourtant hasarder une réflexion ? Ce que j'affirme se peut vérifier en quelques jours, en quelques heures et provoquer une solution immédiate et fort simple : — le désaveu de la légende, si légende il y a ; l'interdiction du commerce, si commerce il y a. En tardant longtemps, les questions de personnes (qui ne sont rien, maintenant que les relations ne sont point établies) finiront par compliquer extrêmement la solution des questions de choses.

— Monsieur Lasserre, il est bon que je ne me fasse pas d'ennemis. Voici mon plan. Nous sommes en juillet : j'ai le projet d'aller à Rome au mois de février. D'ici là, je déciderai, à part moi, les mesures que j'aurai jugées nécessaires. Puis, je me ferai ordonner par Rome ces mêmes réformes et changements. De sorte qu'à toute réclamation, je pourrai répondre : « Rome l'exige. » Et ainsi, tout ce que vous désirez se fera sans tiraillement, sans discussion, et je n'exciterai point, entre une partie de mon clergé et moi, une désunion toujours fâcheuse.

Je n'avais rien à objecter et je n'objectai rien. Cela était fort habilement conçu et très prudemment combiné... L'avouerai-je pourtant ? j'eusse préféré que le nouvel Evêque ne craignît point d'assumer la responsabilité de ses actes. Cette précaution de se couvrir du manteau de Rome paraissait assurément ingénieuse à mon esprit, mais mon caractère la comprenait moins. Peut-être avais-je tort. Et, du reste, l'essentiel n'était-il point que ce qu'il y avait à faire se fît ? C'était à l'Evêque de choisir les moyens qui lui semblaient les meilleurs, pour concilier la réforme des choses et la paix des personnes.

* *

Lorsqu'il avait traversé la cité de Marie en se rendant à Cauterets, aux Eaux-Bonnes ou à Luchon, l'abbé Langénieux n'avait jamais manqué de rendre visite au Curé de Lourdes. Et il avait, comme tout le monde, apprécié les rares mérites de ce prêtre, devenu, depuis quelques années, si populaire dans le monde entier.

L'abbé Peyramale, de son côté, reconnaissait les remarquables qualités du nouvel Evêque ; et il lui écrivit pour lui exprimer l'espérance que faisait naître sa promotion à l'Episcopat. Il s'engageait à lui faire entendre toujours, avec une franchise respectueuse et toute chrétienne, ce que les grands sont souvent exposés à ne pas savoir : la vérité.

Mgr Langénieux lui répondit dans les termes suivants :

ARCHEVÊCHÉ   Paris, le 29 août 1873.

de

PARIS   CHER MONSIEUR LE CURÉ,

Votre lettre m'a touché au cœur. Elle est si bien l'expression de mes propres pensées et elle traduit si fidèlement les sentiments d'une grande âme sacerdotale que je veux vous en remercier d'abord. Votre confiance et votre affection sont pour moi les premières bénédictions de Notre-Dame de Lourdes. J'accepte votre promesse de me juger toujours digne *d'entendre franchement la vérité*...

J'admire et je bénis la Providence, cher Monsieur le Curé, dans les soins qu'elle a pris d'établir depuis longtemps une sympathie profonde et bien spontanée entre le futur Evêque de Lourdes et le vénérable prêtre *que Notre-Dame s'est choisi pour Confident, pour Témoin et pour Apôtre des merveilles de son Apparition.*

Ces liens étroits assurent à mon ministère de grandes ressources. Oui, ensemble, d'un cœur préoccupé uniquement de la gloire de Dieu, nous poursuivrons cette grande œuvre à laquelle semblent attachés le triomphe de l'Eglise et le salut de la France...

Croyez, cher Monsieur le Curé, à mon affectueux et fraternel dévouement :

B. LANGÉNIEUX.

. .

Mgr Langénieux avait pris, de son commerce avec les opulents industriels et les édiles du second empire, le goût des travaux fastueux et gigantesques. Doué d'un exceptionnel talent à se procurer des ressources, il avait mené déjà plusieurs considérables entreprises à bonne fin, car c'est à son zèle que l'on doit, pour beaucoup, les églises de Saint-Ambroise et de Saint-Augustin, l'école des Sœurs de cette dernière Paroisse, œuvres excellentes. Il s'était également employé à faire construire le presbytère de Saint-Augustin qui avait, sous sa direction, coûté un demi-million et pris l'aspect de la demeure aux lignes froides d'un haut baron de la Finance.

A Paris cependant, l'exiguïté forcée de l'espace et les limites de son budget avaient empêché M. l'abbé Langénieux de réaliser tous ses *desiderata*.

A Lourdes, il se trouvait tout à coup avoir à sa disposition un espace immense, des montagnes, une rivière, des prairies de plusieurs hectares, et en même temps, dans les aumônes des Pèlerins, un capital sans cesse renouvelé, un fonds en quelque sorte inépuisable.

Décapiter la montagne et hausser la vallée, déplacer la rivière, jeter sur le plateau un palais épiscopal, dessiner des parcs, utiliser les inégalités puissantes de la nature pyrénéenne, inventer quelqu'escalier monumental, assez vaste pour que l'on pût creuser sous les marches une Crypte deux ou trois fois plus spacieuse que la Basilique actuelle du Pèlerinage : telles furent les conceptions qui hantèrent bientôt le cerveau hardi du Prélat.

A notre humble avis, ces projets babyloniens étaient regrettables et venaient s'ajouter à ce qui paraissait à plusieurs une altération de l'œuvre première.

Nous avons parlé de la Légende. Elle tendait à l'altérer dans sa Vérité.

Nous avons parlé du Commerce. Il tendait à l'altérer dans sa pureté.

Nous avons parlé du Faste. Il tendait à l'altérer dans sa simplicité.

Sur l'arbre primitif menaçaient de se greffer les trois branches de l'Esprit du Monde.

La Légende, c'était l'imagination populaire essayant de se substituer à l'histoire.

Le Commerce, c'était le mercantilisme bourgeois, se substituant à la pure puissance du Bien.

Le Faste, c'était le luxe mondain, la profusion ostentatoire des patriciens opulents, se substituant à l'austérité évangélique.

Peu à peu, on risquait de la dénaturer dans son intégrité par les faiblesses humaines afférentes à chacune des trois grandes couches sociales : le peuple, la classe moyenne, l'aristocratie.

Au fond de tout cela, un zèle louable dans son principe et un réel amour pour la Sainte Vierge. Par la Légende, le rédacteur de la *Petite Histoire* et des *Annales* croyait pouvoir l'embellir; par le Commerce, le P. Sempé voulait l'enrichir; par le Faste, Mgr Langénieux se faisait l'illusion de la grandir.

On prêtait au Prélat un mot, qu'il n'avait peut-être point prononcé.

— Il annonce, disait-on un jour devant nous, qu'il fera ici « une huitième merveille du monde. »

— Oui, *du monde !* répondit une voix grave, dont l'accent nous impressionna.

Ne se trompait-on pas sur ce qui constitue la vraie beauté, la vraie richesse et la vraie grandeur selon Dieu ?

Mais l'œuvre divine fondée par la Très Sainte Vierge était assise sur des bases si évidentes, la foi des croyants était si vive et inébranlable, la miséricorde de Notre-Dame de Lourdes si accessible à la supplication des souffrants, que, malgré la Légende, malgré le Commerce, malgré le Faste, les peuples non seulement continuèrent d'accourir, mais de ressentir à Lourdes les sentiments qu'ils n'éprouvaient en aucun sanctuaire de la terre et d'obtenir des miracles que, en vain, ils imploraient ailleurs.

La Légende, quoique n'ayant pas été désavouée, passa inaperçue et enfouie, sans écho, dans quelques numéros des *Annales*. Le Commerce et le Faste troublèrent un peu, sans l'interrompre, la prière de divers pèlerins; mais ils cessaient d'y penser en présence des grâces qu'ils sentaient descendre dans leur cœur, à l'ombre de la Grotte, en présence des éclatantes merveilles qu'ils voyaient s'accomplir sous leurs yeux.

Sans doute, ces défectuosités humaines faisaient tache sur le fond immaculé de l'œuvre divine. Sans doute, elles blessaient justement certaines natures ardentes et religieuses, éprises de l'idéal. Toutefois, devait-on s'étonner que la Grotte de Lourdes, comme la sainte Eglise de Dieu, n'eût pas été laissée à la garde des Anges, mais à celle des hommes, et que, par conséquent, on vit çà et là se produire quelque chose d'humain ? *Terra dedit fructum suum :* La terre avait donné son fruit.

Ainsi nous parlait une pieuse pèlerine de Bavière, guérie miraculeusement dans son pays et venue à pied de Munich, en visitant Paray-le-Monial, Fourvières, etc., tous les sanctuaires de Marie qu'elle rencontrait sur sa route.

— Et quelle fut votre impression en voyant celui-ci ? lui demandâmes-nous.

— J'ai ressenti à la fois ce que j'avais éprouvé isolément dans tous les autres sanctuaires. J'ai compris que j'étais arrivée à la capitale des Pèlerinages.

Et cependant Sophie Hœrsll souffrait de ce dont nous-même nous souffrions et regrettait ce que nous-même trouvions regrettable.

Nul, plus que ceux qui se rendaient compte de ces choses et qui les déploraient, ne portait plus profondément en son cœur le culte fervent de Notre-Dame de Lourdes, de ses miracles incessants, de ses bienfaits visibles ; nul plus qu'eux ne se livrait à l'apostolat d'appeler les multitudes à la Grotte sainte ; nul plus qu'eux n'était frappé par tant de grâces extraordinaires dont tous étaient les heureux témoins, dont quelques-uns étaient l'objet ; mais ils ne pouvaient s'empêcher de penser que ces grâces seraient peut-être cent fois plus grandes et ces miracles cent fois plus nombreux si, au lieu de conduire l'œuvre selon les voies tolérées ou permises, on était entré franchement, chrétiennement, héroïquement, s'il le fallait, dans le plan divin, cherchant à suivre la ligne du conseil évangélique, comme l'avaient pensé Mgr Peyramale et tant d'autres.

Reprenons.

. .

Le sentiment que nous exprimons au sujet des prétendus « embellissements à la Grotte » ne tarda pas à trouver des interprètes éloquents. Un homme de rare compétence et autorité en matière d'art et de goût chrétien, le Comte Dubosc de Pesquidoux (1), communiqua à un journal ses pensées à ce sujet. Et ce journal, ne voulant rien ajouter à la valeur des raisons elles-mêmes, jugea opportun de les accompagner de cette haute signature. Il ne voulut être que l'écho des Pèlerins, lesquels étaient unanimes à déplorer les terribles bouleversements infligés en ce moment aux lieux témoins de l'Apparition de la Vierge, et commençant déjà à changer le caractère et l'aspect des lieux. Donnons-lui la parole :

« Sur ce point, ignorants et savants sont d'accord, écrivit M. de Pesquidoux. Le goût des esprits lettrés et délicats, le sentiment des âmes simples et pieuses parlent le même langage, tout en employant des mots différents.

« — Y pensez-vous, mes maîtres ? s'écrie la voix affligée et scandalisée des multitudes chrétiennes qui viennent à la Grotte en pèlerinage : y pensez-vous, mes maîtres ?

« Vous êtes en train de transformer la cité de Marie

(1) M. de Pesquidoux est l'auteur de nombreux travaux d'histoire et d'esthétique, et notamment des deux beaux volumes intitulés : *L'Art dans les Deux-Mondes.*

et de confectionner un Lourdes de plaisance, qui n'aura rien à envier aux stations coquettes de Bigorre ou de Biarritz.

« A Saardam, ville néerlandaise et protestante, on a mis sous verre la case et le terrain qui ont vu et abrité une Majesté moscovite d'une perfection contestable ; on les montre respectueusement aux voyageurs dans toute leur laideur et leurs scories primitives : et vous renversez sans pitié, sinon l'endroit où les pieds de la Reine du Ciel ont reposé, du moins les sites éclairés par son regard, parfumés de sa présence, vivifiés par son sourire !... Gardant le point central de la scène divine, vous en brisez l'encadrement. Vous rognez, vous arrondissez, vous affadissez le plus pittoresque et le plus sublime décor, le plus poétique et le plus gai, et vous le mettez au goût du jour ! Vous rasez les ombrages, vous aplatissez les saillies, vous abattez les rocs, vous détournez le torrent !

« Vous canalisez le Gave et vous haussmanisez Lourdes !

« Vous faites des rampes gazonnées à la mode du Trocadéro, et préparez des courbes serpentines à la mode du parc Monceaux ou du bois de Boulogne !

« Et quand les rampes du Trocadéro et les courbes du parc Monceaux ou du bois de Boulogne seront devenues aussi ridicules que les ifs de Versailles et les chalets de Trianon, aussi rococo qu'une tour en porcelaine ou un magot chinois, que vaudront, je le demande, vos embellissements à l'instar de Paris et la nature factice que vous aurez créée ? Ne craignez-vous pas que leurs grâces fanées ne nuisent à la grandeur des souvenirs, et par suite à la grandeur des émotions sacrées que l'on vient chercher chez vous ? Ne craignez-vous pas que le culte de la Vierge ne souffre de la chute de la décoration, et que les pèlerinages ne participent à cette déchéance ?

« Vous donnez une date à un poème éternel ! Vous substituez votre œuvre à celle de Dieu, vos traces à celles de la Vierge, et, pour tout dire, l'art de M. Alphand à l'art du Créateur ! Vous refaites à votre guise les paysages trouvés beaux et dignes d'elle par la Reine du Ciel. Que diront les pèlerins de l'avenir ? Que disent déjà les pèlerins du présent ?

« Sans compter qu'en détruisant les lieux, vous détruisez les preuves extérieures de l'Apparition et les documents de l'histoire. Anéantissant les moyens de confrontation entre les sites et le fait, vous anéantissez du même coup un des témoignages les plus précieux du fait. Mettant le sol en contradiction avec la narration écrite, vous entamez la narration et donnez les moyens de l'attaquer. Vous sapez jusqu'à un certain point l'Apparition, en sapant les terrains qui lui servent de base et de démonstration visible. Et quelque Renan de l'avenir pourra nier le miracle, se fondant sur les dissemblances que vous établissez entre le miracle et ses récits, et traiter de légende la mystique épopée dont vous ruinez la mise en scène.

« On va en Grèce, on va en Égypte, en Assyrie, dans l'Inde, pour retrouver les lieux ou reconstituer, sur des éléments épars et des débris informes, les points illustrés par de grands mouvements historiques et religieux. On relève pierre par pierre, pouce par pouce, l'Acropole et ses abords ; on creuse les fondements, on fouille les traces de Ninive et de Babel, de Memphis et de Troie ; on dépense sans regret, le temps, l'argent, la peine, pour recueillir et représenter la poussière des civilisations éteintes à l'attention avide de la postérité.

« Le Saint-Père employait jadis ses dernières économies à restaurer non seulement les fragments célèbres de l'antiquité chrétienne, mais ceux même de l'antiquité païenne ; lui et les siens gardaient pieusement jusqu'aux brins d'herbe ; tout ce qui avait vu ou touché les Saints et les Héros leur devenait sacré : croyants ou incroyants font leurs efforts pour remettre les vestiges et le sol des vieux mondes en rapport exact avec l'histoire écrite.

« Et vous n'hésitez pas à bouleverser la terre qui a vu
un des plus rares événements de l'humanité, une des plus
touchantes manifestations de l'amour de Dieu pour nous,
un des plus ineffables spectacles proposés aux hommages
des peuples !

« Faire de la place, ouvrir des voies de communication,
c'est bien ! mais il y a toujours moyen de respecter la
nature en la pliant à nos besoins ; il y a toujours moyen
de conserver les aspects les plus éclatants de la zone pyrénéenne, consacrés désormais par un fait sans pareil, en
les appropriant aux nécessités nouvelles que le fait déter-
mine. Et toucher à tout, sans obligation majeure, altérer
et détruire la face vive et charmante du tableau où la
physionomie de la Reine du Ciel a daigné s'encadrer dans
une heure à jamais bénie, détruire la haute et piquante
beauté d'un paysage unique au monde, tout moderniser
et mondaniser, au risque de faire évanouir par l'attrait
de faux appâts et de grâces d'emprunt toute pensée austère et religieuse, en vérité, c'est trop !

« Depuis quand a-t-on l'habitude de trouver le chemin
du Ciel par des sentiers fleuris et des pentes amollissantes ?

« Les vieux pèlerins qui ont connu le Lourdes du passé
et de la Sainte Vierge ne se consolent pas de trouver à la
place une réduction parisienne qui échappe à leurs souvenirs comme à leur contemplation, et ne fait pas plus
l'affaire de leur âme et de leur imagination qu'elle ne
servira aux recherches des historiens et des apologistes
de l'avenir. »

VII

La sainte popularité du Curé des Apparitions
continuait de s'étendre au loin.

Et elle ne fut point inaperçue des hauteurs du
Vatican.

Au commencement de 1874, le Pape Pie IX, de vénérée mémoire, décerna à l'abbé Peyramale, Curé de Lourdes, le titre de Protonotaire apostolique.

Sa Sainteté lui adressa ce Bref :

A notre cher fils Marie-Dominique Peyramale, Curé de la Ville de Lourdes, au diocèse de Tarbes :

« PIE IX, PAPE,

« Cher Fils, salut et bénédiction apostolique.

« Lorsque, parmi les ouvriers du champ évangélique, il en est qui se distinguent par l'éclat de leur piété, de leur droiture, de leur courage autant que par leur sagesse, leur prudence et leur savoir, nous nous plaisons, suivant les circonstances et le temps, à les honorer de témoignages particuliers et personnels de notre munificence pontificale. Et nous en agissons ainsi, afin qu'ils ne soient point des lampes cachées sous le boisseau, mais que, tout au contraire, en ces jours surtout où l'impiété a déclaré une guerre criminelle à Dieu et à ses saints, ils brillent avec plus de splendeur *pour servir d'exemple à tous les autres.*

« Vous êtes de ce nombre, bien-aimé Fils, et nous en avons la preuve dans une attestation motivée de l'Evêque de Tarbes, votre pasteur (1). Ce document établit comment à tous vos autres mérites éclatants vous avez encore ajouté ceci : Vous vous êtes en effet dévoué tout entier à édifier en ces lieux le temple de la sainte Mère de Dieu ; vous avez excité et entretenu son culte dans l'âme des Fidèles ; et

(1) Cet évêque, à cette époque, était Mgr Langénieux.

tout cela vous l'avez fait avec une constance admirable, avec habileté, avec prudence.

« Voilà pourquoi, voulant, en vertu de Notre Autorité apostolique, vous donner une juste récompense due à vos éminentes actions et en même temps un témoignage assuré de notre affection, nous vous nommons, instituons et proclamons Protonotaire apostolique *ad instar participantium :* et, en vertu de la même Autorité, Nous vous accordons tous et chacun des droits, privilèges, indults, honneurs et prérogatives appartenant aux autres dignitaires de cette charge, etc.

« Donné à Rome, près S.-Pierre, sous l'anneau du Pêcheur, le 3e jour de mars MDCCCLXXIV, de notre Pontificat l'an vingt-huitième.

(Sceau)
F. Card. Asquini. »

« Vu et reconnu véritable, le 7e jour d'avril 1874 :

† Benoît-Marie Langénieux,
Évêque de Tarbes. »

Dès qu'il eut connaissance de la décision du Souverain Pontife, l'abbé Peyramale conjura Sa Grandeur de tenir ce Bref secret, afin qu'il pût écrire à Rome et supplier le Pape de ne point lui conférer un tel honneur.

En dépit de la résistance de l'humble prêtre, l'Evêque ne crut pas avoir le droit de mettre le sceau du silence sur la parole et la volonté formelle du Chef suprême de tous les Fidèles.

La promulgation du Bref eut donc lieu, publiquement, dans la chaire de Lourdes, à l'office de Vêpres, par la voix de Mgr Langénieux, en la présence du nouveau et infortuné Dignitaire, assis dans son fauteuil curial et qui, prisonnier de ses fonctions, ne savait où se cacher, où fuir les regards, où échapper à la parole de l'Evêque et à la rumeur applaudissante qui remplissait l'église.

Pour la première fois peut-être, depuis vingt ans que M. Peyramale était à Lourdes, ce qui faisait le chagrin du Pasteur fit la joie du troupeau. Allégresse universelle, fête publique : on illumina la cité. La population entière se porta à la demeure de l'homme de Dieu. Et le père, profondément ému, pleura d'attendrissement, en voyant l'amour dont il était l'objet.

Entièrement malgré lui et à son corps défendant, le bon Curé dut revêtir la soutane violette et accepter la CAPPA MAGNA.

VIII

Les jours qui avaient suivi l'installation de Mgr Langénieux s'étaient passés à examiner la situation, mais aussi à se laisser insensiblement envelopper par les mille liens imperceptibles que créent des contacts fréquents avec les personnes dont la position acquise est en jeu. Au bout de quelques mois, le Supérieur des Missionnaires avait peu à peu consolidé un état de choses auquel l'Evêque n'eût pu toucher, sans se susciter à lui-même d'incessants embarras, et sans avoir à lutter contre les oppositions, invincibles et quotidiennes, de son entourage immédiat.

Du reste, le P. Sempé, bien qu'il ne pût faire sur sa valeur personnelle une illusion totale à un homme aussi compétent et sagace que Mgr Langénieux, avait capté celui-ci par une docilité complète aux plans et projets vers lesquels il avait vu tout d'abord incliner le nouvel Evêque.

Entrant pleinement dans les idées du Prélat, il s'employait avec une activité extrême à le seconder, à s'entremettre avec les architectes, à discuter avec les entrepreneurs et à conclure les traités, à se mêler si intimement à toutes choses qu'il s'y incrustât en quelque sorte, de façon à être, dans tout cet ensemble, comme la cheville ouvrière et la pièce nécessaire.

Il comprenait que, en se rendant ou paraissant indispensable sur ce point, il devenait par là même inexpugnable sur tout le reste. Comment toucher au Supérieur des Missionnaires, si on croyait avoir besoin de l'intendant et du directeur des travaux ?

. .

Le Curé Peyramale assistait, non sans grande tristesse, à toutes ces pompes et à toutes ces œuvres. Que cela était loin de ce qu'il avait rêvé de faire comme propagande du bien par l'exemple, en entourant la Grotte des diverses fondations de charité et de travail que le génie chrétien a pu inventer pour le soin des malades, pour l'instruction des ignorants, le relèvement des pécheurs, pour la guérison de nos sociétés si profondément gangrenées, pour le salut de notre pays et de tous les pays ! Le gouffre des dépenses inutiles et du luxe dévorait

tout. En tant que prêtre, originairement délégué
par la Très Sainte Vierge, il souffrait.

En tant que Curé de la Paroisse, en tant que Père
de son peuple, il souffrait aussi. Par leurs acquisitions, par leurs constructions, par l'appui qu'ils
donnaient à certaines entreprises, les Missionnaires
semblaient tendre à la création d'une cité nouvelle,
qui attirerait tout le mouvement à elle, au détri-
ment du vieux Lourdes abandonné. Il m'écrivit un
jour :

> « Il y a une *tolle* général contre le Commerce qui
> produit les plus graves désordres, je dirais des scan-
> dales. On a surexcité les convoitises de la ville ; on fait à
> ces Messieurs une concurrence acharnée. Je n'aurai
> bientôt qu'un peuple de marchands ! »

. .

Dans le Commerce de cette Ville de Lourdes, in-
cessamment traversée par les étrangers, il y avait
à considérer l'usage et l'abus.

Naturel et légitime était l'usage. Les hôtels de
la cité, presque toutes les maisons particulières,
logeaient et nourrissaient les Pèlerins. Les magasins de la ville leur fournissaient les objets de piété
et les souvenirs qu'ils pouvaient vouloir acheter : il
n'y avait, là-dedans, rien qui ne fût licite et normal.

L'abus consistait dans les prix excessifs dont
parfois quelques-uns faisaient payer leurs services.
Le Curé de Lourdes, quand il apprenait ces exac-
tions, n'hésitait pas à intervenir de sa personne ; et
telle était son autorité, que, au commencement, ces
faits étaient extrêmement rares.

IX

Le développement constant du Pèlerinage, à partir de 1869 et après la guerre, la surabondance des foules qu'amena le Pèlerinage des bannières en 1872 (1), ne tardèrent pas à imposer à tous les esprits la sérieuse préoccupation d'améliorer les voies de communication.

L'idée qui se présenta tout d'abord fut d'élargir la rue de la Grotte, où se produisaient chaque jour de dangereux encombrements, et de lui donner les dimensions d'une route. Cette solution était en elle-même excellente. Malheureusement, les exigences individuelles de plusieurs propriétaires, demandant. à tort ou à raison, des indemnités très élevées, opposèrent à ce projet des difficultés d'exécution qu'il parut impossible de surmonter.

Il arriva alors, par la logique même des choses, que l'on se tourna vers la pensée d'une seconde voie, reliant, par un autre côté, la Ville à la Grotte. Cette pensée, bonne aussi, eût été même, croyons-nous, préférable en soi, si elle n'avait eu, dans une certaine mesure, le fâcheux, mais inévitable inconvénient de diminuer quelque peu l'importance de la circulation devant les industries déjà établies.

---

(1) Ce Pèlerinage extraordinaire fut organisé, sous le nom de *Manifestation de foi et d'espérance de la France envers Notre-Dame de Lourdes*, par l'initiative de Mme Gravier de Blic. Il apporta en presque totalité les innombrables bannières, qui sont aujourd'hui suspendues aux voûtes de la Basilique et présentent un ensemble unique dans l'univers.

Puisque, en pratique, l'élargissement de la rue de la Grotte ne se pouvait réaliser, on se rallia donc à ce dernier tracé. Il partait de l'Eglise paroissiale, suivait la rue du Tribunal qui fait face au portail, descendait à droite la rue du Bourg, longeait, à partir du Pourtet, le glacis du Fort et allait passer au Cap du Rocher, sur un pont de pierre, pour rejoindre ensuite, par une voie rectiligne, la bifurcation qui conduit actuellement, d'un côté, à la Grotte, et de l'autre, à la Basilique.

Cette route, qui desservait les Pèlerins et la Grotte, ne troublait et ne déplaçait que le moins possible les intérêts privés, n'apportant aucune perturbation fondamentale dans l'intérêt général de la cité. Si elle agitait çà et là quelques flots et faisait quelques remous, elle ne détournait point le fleuve. Le glacis du Fort appartenant à l'Etat, nulle maison, nulle boutique ne pouvait s'élever sur son parcours et faire concurrence aux industries existantes, aux droits acquis. Lourdes demeurait la grande hôtellerie et le grand magasin des Pèlerinages.

* * *

L'Administration de la Grotte eut cependant d'autres conceptions et d'autres plans.

Loin de songer à relier la Basilique et la Grotte à la Paroisse, elle avait pour objectif d'unir directement, par une voie *en dehors de la Ville,* le Sanctuaire à la Gare.

La topographie des lieux se prêtait merveilleusement à ce projet Lourdicide.

La cité est bâtie sur un plateau irrégulier qui s'étend au pied d'un roc à pic, sur lequel est construit le château-fort. Le chemin de fer passe sur un autre plateau, dont la Ville est séparée par une gorge resserrée et profonde qu'on appelle « le Vallon de la Paca », du nom de l'humble ruisseau qui y promène ses flots.

Une route, se dirigeant de la Gare à la Grotte par cette gorge isolerait totalement Lourdes de tout mouvement et la réduirait à l'état de cité morte. Ce n'est, en effet, que par une de ses extrémités, et en descendant une pente rapide, que la Ville aurait pu se rattacher fort imparfaitement à cette nouvelle artère.

La gorge est trop étroite pour qu'il soit possible de s'étendre de ce côté et de s'y développer en un quartier neuf; mais cette gorge était assez large pour permettre d'y construire vingt ou trente maisons spéciales et hôtels, avec magasins au rez-de-chaussée, de façon à absorber toutes les parcelles de métal monnayé que peut rouler le fleuve aurifère des Pèlerinages.

Une telle route était infailliblement appelée à faire la fortune de quelques-uns dans ce quartier à créer ; mais elle devait, non moins infailliblement, entraîner la ruine de la population actuellement existante, de la cité haute, c'est-à-dire de la Ville même de Lourdes.

Comment l'Administration de la Grotte ne vit-elle pas ces conséquences ?

Notez que nous disons « l'Administration de la Grotte » et non « l'Administration diocésaine. » Nous allons constater bientôt avec quelle énergie de parole Mgr Langénieux protesta, à l'origine,

contre ce projet qui tendait à déposséder la ville
où était née Bernadette, et sur le territoire de
laquelle avaient eu lieu les Apparitions.

.*.

Telle était la situation, lorsqu'un honorable député de la région, témoin des affluences qui se
pressaient à Lourdes, proposa au ministre des Travaux publics, qui était alors M. Caillaux, de faire
aboutir à la Grotte un embranchement de la route
nationale, n° 21, de Paris à Barèges, qui traverse
Lourdes.

C'est ainsi que l'Etat se trouva appelé à intervenir.

Remarquons, avant d'aller plus loin, qu'à partir
de ce moment, la question se trouva portée sur son
véritable terrain. Elle pouvait être bien ou mal résolue, mais elle se présentait du moins avec son réel
caractère. La grande voie du Sanctuaire, où se rendent en nombre si immense les Pèlerins de toute la
terre, ne représentait ni un intérêt simplement communal, ni même départemental : elle représentait
un intérêt général. La route devait être nationale ;
et le ministre le reconnut immédiatement :

« — Toutefois, écrivit-il, le budget de l'Etat est grevé
de charges considérables, qui lui imposent la nécessité
de n'admettre de nouvelles dépenses qu'avec une extrême réserve, et, en tous cas, de renfermer dans
d'étroites limites celles qui sont reconnues indispensables. » (Lettre du Ministre au Préfet, en date du
9 septembre 1874.)

Il faisait donc appel au concours des parties en cause. Après quelques pourparlers, il fut arrêté qu'un embranchement de la route nationale, n° 21, de Paris à Barèges, serait dirigé sur la Grotte de Lourdes, que l'Etat contribuerait à cette dépense par une allocation de 50.000 francs, et que le surplus de la dépense devrait être fourni par l'Administration diocésaine ou par la Ville, de gré à gré.

Le Ministre des Travaux publics était personnellement peu au courant des délicates questions et des considérations multiples dont il y avait à tenir compte en cette affaire.

L'Œuvre de la Grotte, qui avait, comme l'on dit, l'oreille de l'Administration centrale, appela toute l'attention du Ministre sur les points extrêmes : la Gare d'où partent les Pèlerins, et la Grotte où ils se rendent. Et alors, celui-ci marqua au crayon bleu, sur le plan géométral, la ligne la plus courte, par le Vallon de la Paca, et prescrivit de mettre uniquement à l'étude ce parcours *extrà muros*.

La clameur de la conscience publique s'éleva contre ce projet. La population, le Conseil municipal, le Conseil général, même les ingénieurs de l'Etat, Mgr Peyramale se prononcèrent tour à tour.

Et, avant tous, l'Evêque du diocèse, Mgr Langénieux. Il protesta verbalement : il protesta par écrit. Ce fut là son cri spontané et son premier mouvement... C'est le bon, disait Talleyrand.

Transcrivons la lettre qu'il adressa au Préfet des Hautes-Pyrénées, à la date de Luchon, 4 octobre 1874, dès qu'il eut connaissance des idées vers lesquelles paraissait incliner le Ministre :

Depuis le jour où notre premier projet, l'élargissement de la rue de la Grotte, a rencontré des obstacles qui pourraient être insurmontables pour notre bonne volonté, de nouvelles études sont devenues nécessaires ; et, en attendant, elles ne peuvent que profiter au bien général, puisqu'elles mettront la question en lumière sous toutes ses faces.

Mais je tiens à vous le redire, Monsieur le Préfet, *dans aucun cas, en ce qui me regarde, je ne consentirai à priver la Ville de Lourdes du bénéfice d'être le centre du mouvement des Pèlerinages. La route nouvelle, quelle qu'elle soit, ne doit pas s'éloigner de la Ville ; cette clause est la condition de mon concours.* Aussi, après avoir lu la lettre ministérielle, me suis-je hâté d'écrire à Paris, afin d'obtenir que la voie directe de la Gare à la Basilique, tracée sur la carte par M. le Ministre lui-même, ne fût pas seule étudiée...

Ne pourrait-on pas recourir au projet dont j'ai eu l'honneur de vous entretenir, *le seul que j'accepterais volontiers, parce que tous les intérêts légitimes y sont sauvegardés, et, en particulier, ceux de ma chère cité de Lourdes ?*

PRENANT L'ÉGLISE PAROISSIALE POUR CENTRE, on pourrait gagner la Basilique par deux voies : l'une, la rue de la Grotte, qui ne serait pas abandonnée ; l'autre, à travers la Ville basse, qui retrouverait son ancienne activité. De cette façon, le va-et-vient des processions et des voitures serait toujours facile, le service des champs, des carrières et de la forêt ne serait jamais interrompu ; et ni les marchands, ni les propriétaires ne pourraient se plaindre d'une modification qui, sans rien enlever à la Ville haute, donnerait une juste satisfaction aux vœux de la Ville basse...

Bien que je sois personnellement préoccupé d'intérêts

supérieurs, je ne dois pas négliger ce qui regarde le
bien-être de mes concitoyens. Etant leur évêque, je suis
leur père et leur meilleur ami ; sans cesse, je bénis
leurs travaux et je leur souhaite d'abondantes moissons ;
rien de ce qui touche à leurs intérêts temporels ne peut
m'être indifférent, et, dans cette circonstance en particulier, je crois les servir mieux que personne...

> BENOÎT-MARIE, *Evêque de Tarbes.*

Telle fut la parole officielle du Diocèse. Ce langage de Mgr Langénieux honore l'Evêque et l'évêché.

On supposa avec raison que la population de
Lourdes en serait touchée et reconnaissante ; et
la lettre fut communiquée au Conseil municipal de
la Ville, qui l'accueillit par des applaudissements.

Trois mois après, le 20 janvier 1875, un double
avant-projet, rouge et bleu, fut présenté dans ces
conditions, par les Ponts et Chaussées, aux diverses
parties intéressées.

Se trouvèrent réunis pour cette conférence : Mgr
Langénieux, Evêque de Tarbes ; Mgr Peyramale,
Curé de Lourdes ; le R. P. Sempé, accompagné de
M. St-Guily, architecte de la Grotte ; M. Larrieu,
maire de Lourdes, et une délégation municipale,
composée de MM. Claverie, Lapeyre, Sajoux, Lacadé
et Camus ; M. Muller, ingénieur en chef du département ; M. Castillon, conducteur des Ponts et
Chaussées.

Tout l'élément municipal et laïque conclut à
l'adoption du tracé par les glacis du Fort.

Or, tandis que Mgr l'Evêque avait écrit contre le

tracé bleu, par la Paca, la lettre que nous venons de citer, il advint que l'Œuvre de la Grotte, personnifiée dans le R. P. Sempé, insista en faveur de ce même tracé, qui devait laisser la Ville à l'écart. En vain le pont à construire coûterait-il presque le double du pont aboutissant aux glacis du Fort ; en vain le devis complet des travaux dépassait-il de plus de cent mille francs le devis du tracé qui traversait la Ville : ces considérations semblaient échapper au R. P. Sempé. Il n'admettait pas que le pont pût être placé autrement que dans l'axe de la Basilique. Partisan et avocat inflexible de la ligne droite en ces matières, il alléguait les lois artistiques et l'embellissement du paysage. Son architecte, M. St-Guily, auteur de ces plans, l'appuyait chaleureusement.

Nous venons de dire que cette réunion avait lieu le 20 janvier 1875. L'impression qui, trois mois auparavant, avait dicté à Mgr Langénieux sa lettre si explicite, si formelle, si nette et concluante du 4 octobre précédent s'était-elle affaiblie ou effacée ? Son jugement avait-il été modifié depuis cette époque ? Déjà archevêque de Reims, et n'attendant plus pour quitter le diocèse que l'expédition de quelques affaires, se sentait-il moins solidaire de ce peuple, qui cessait d'être le sien ?

Toujours est-il que, non seulement il se montrait hésitant, mais que, loin de repousser les considérations du P. Sempé et de M. St-Guily, il semblait incliner au contraire vers l'adoption de ce même tracé, qu'il avait si vivement condamné.

*
* *

Le Curé de Lourdes se leva alors, le visage ému et la voix frémissante. Il se leva, pour protéger et défendre son peuple, comme il s'était levé jadis pour défendre et protéger Bernadette.

— Monseigneur, dit-il, voilà vingt ans et plus que je suis le Curé et le Père de ces paroissiens dont vous êtes l'Evêque. Je ne puis consentir à ce qu'on les condamne à mort. J'invoque personnellement Votre Grandeur : je la supplie, je la conjure de ne point me faire à moi ce chagrin, ni à eux cette iniquité, de les sacrifier, de les ruiner, de les perdre pour l'amour d'une prétendue ligne droite et pour des considérations, — dont un coup d'œil fait justice, — de douteux embellissements et de paysage...

L'accent du prêtre était irrésistible. C'était le cri de la vraie mère dont parle l'histoire de Salomon : c'était le cri du Bon Pasteur... Le Bon Pasteur pense à ses brebis et ne veut pas qu'elles périssent.

Sur cette vulgaire question d'un tracé de route venaient de se rencontrer, — d'un côté, la fausse notion d'un certain zèle égaré, — de l'autre, le véritable esprit de l'Eglise. Le zèle égaré rêvera une grandeur mondaine, recherchera des pompes puériles, voudra des boulevards rectilignes, des monuments de marbre. Le vrai sentiment évangélique pense à l'intérêt de l'indigent, au pain sacré des malheureux, au travail de l'ouvrier, à l'aisance de l'humble famille, vivant de son industrie et de ses sueurs, et, en un mot, à Jésus-Christ, éternellement présent dans la personne des pauvres et des petits.

Des deux côtés, pourtant, on prononce la même parole : « Je veux le droit chemin. » Mais celui-ci parle selon la Lettre, et celui-là parle selon l'Esprit. L'un dit : « Le droit chemin, c'est la ligne que, d'un point à un autre, marque un cordeau tendu. » Et l'autre dit : « Le droit chemin, c'est la ligne qui ne fait de tort à personne, et qui se dirige de façon à faire du bien à tous. C'est la ligne qui ne laissera point fouler sous les pieds le roseau, à demi brisé, et qui ne se détourne point de la porte du nécessiteux. C'est la ligne qui fait bénir ceux qui la suivent, et bénir ceux qui l'ont tracée. »

Reprenons.

Il est, dans la nuit de la vie, des éclairs de lumière — trop souvent, hélas ! fugitifs et rapides. Le verbe enflammé du Curé de Lourdes produisit un de ces instants de clarté fulgurante, où la vérité et la justice apparaissent en leur invincible évidence.

Mgr Langénieux prit avec effusion les mains du vénérable Serviteur de la Vierge, de celui qu'il avait appelé, en entrant dans son diocèse : « le Prêtre choisi par Marie pour être le Témoin, le Confident et l'Apôtre de ses Apparitions. »

— A Dieu ne plaise, mon cher Seigneur, lui dit-il, que je vous contriste en quoi que ce soit ! Je ne suis point venu ici pour vous affliger, ni pour porter dommage à cette ville de Lourdes, qui m'a accueilli comme son citoyen.

— Messieurs, ajouta l'Evêque, la discussion est close. Au nom du Diocèse, je me rallie au tracé passant par la Ville.

Mgr Peyramale et la Commission municipale remercièrent chaleureusement Sa Grandeur. Le

P. Sempé et M. St-Guily ne firent plus d'objection, et le projet qu'ils avaient proposé ne fut pas même défendu.

Comment, après cela, advint-il que ce plan déclaré néfaste, ce plan répudié par l'Evêque, par le Conseil municipal, par le Conseil général, unanimement abandonné de tous, fut néanmoins exécuté ? C'est ce que nous ne saurions raconter, sans faire un livre dans un livre, sans excéder outre mesure les limites de notre récit et en entraver la marche, déjà trop ralentie par ces détails que l'on vient de lire.

A peine est-il besoin de dire que cette immolation de sa Ville fut pour le Curé de Lourdes une douleur des plus poignantes.

Il la laissa s'épancher devant son Evêque, dont la faiblesse avait fini par céder à des insistances réitérées.

Le Prélat essayait d'atténuer sa faute, aux yeux clairvoyants de l'abbé Peyramale :

— Ce boulevard *extrà muros*, répondait Sa Grandeur, ne sera suivi que par les voitures et les pèlerins isolés. Les Pèlerinages ne peuvent évidemment se former ailleurs qu'à la Paroisse. Soyez sans inquiétude.

— Je n'en veux pas avoir, Monseigneur. Aussi, je crois que l'heure décisive est venue de procéder enfin à l'érection de cette nouvelle Eglise paroissiale, pour la construction de laquelle, sur votre appel et le mien, j'ai déjà reçu des dons considérables, qui permettent d'en édifier les premières assises.

— Oui, certes, mon cher Seigneur. De près comme de loin, à Reims comme à Tarbes, comptez sur mon énergique concours. Dès maintenant, mettez-vous à l'œuvre.

X

Remontons un peu en arrière pour donner quelques explications éclairant les derniers mots de ce dialogue.

Dès son arrivée dans le diocèse, Mgr Langénieux avait compris l'indispensabilité d'une Eglise paroissiale à Lourdes, — l'ancien édifice, d'une vétusté menaçante, ne pouvait plus contenir ni la population habituelle, ni les Pèlerinages.

Après son retour de Rome, Sa Grandeur avait pressé Mgr Peyramale d'ouvrir une souscription, de faire dessiner un plan et établir un devis.

Le Curé proposa un architecte de grand mérite, devenu prêtre, M. l'abbé Douillard, avec lequel il avait eu déjà quelques pourparlers. L'Evêque insista pour faire accepter un autre architecte qu'il connaissait, M. Delebarre de Bay, dont, justement du reste, il appréciait le religieux talent. Ce fut l'homme de l'Evêque qui fut choisi.

En même temps, c'est-à-dire, vers la fin de juin 1874, fut adressée aux principaux ecclésiastiques de France une lettre-circulaire. Elle était revêtue de l'approbation épiscopale et du Sceau de l'Evêché, pour témoigner du parfait accord de point de vue existant, sur cette question, entre Mgr Marie-Dominique Peyramale, Curé de Lourdes, et Sa Grandeur Mgr Benoît-Marie Langénieux, Evêque de Tarbes.

Citons les termes dignes et nobles de cette lettre :

« Monsieur le Curé, c'est sous les auspices d'un nom bien cher à votre cœur de prêtre, de NOTRE-DAME DE LOURDES, que je viens frapper à votre porte, et faire appel à votre bienfaisance. Ma pauvre et vieille Eglise, bâtie vers l'an 950, c'est-à-dire à l'époque où la ville comptait à peine un millier d'habitants, est devenue absolument insuffisante pour une population qui s'est accrue de siècle en siècle, et qui dépasse aujourd'hui cinq mille âmes.

« Depuis bientôt vingt ans que je suis Curé de Lourdes, j'ai été constamment préoccupé de cette situation qui est un grand obstacle au bien ; et déjà, dès la première année de mon installation, j'avais songé à construire une nouvelle Eglise et fait quelques efforts dans ce but.

« Ce fut alors que se produisirent, dans ma Paroisse, aux Roches de Massabielle, les événements qui devaient plus tard attirer ici les peuples *de toutes langues, de toutes nations*. La Reine du Ciel apparut à une petite fille, Bernadette Soubirous ; la Source jaillit : les Miracles commencèrent.

« Devant la demande, faite par la Vierge, d'un temple à ériger aux Roches Massabielle, j'ajournai immédiatement mes projets, pour me consacrer à réaliser, autant qu'il était en moi, la volonté exprimée par la Mère de Dieu.

« Maintenant que la piété du monde chrétien a répondu à l'appel de Marie, et que la royale Basilique est à peu près terminée, je reviens, comme c'est mon devoir, aux besoins spéciaux et aux nécessités de ma chère Paroisse.

« Je retrouve ces besoins plus grands et ces nécessités plus pressantes.

« Les étrangers affluent dans nos murs de toutes les parties du monde, et, en remplissant mon Eglise, la rendent de plus en plus étroite pour mes paroissiens.

« En outre, quand les Pèlerinages arrivent au nombre de mille, de quinze cents, de deux mille personnes, il advient très souvent qu'ils se réunissent, tout d'abord, dans notre Eglise pour se diriger de là, en procession, vers la Basilique de la Grotte : témoin les pèlerinages de Poitiers, de Nantes, d'Angers, de Toulouse, de Marseille, de Cette, d'Avignon, etc., etc., témoin l'imposante Manifestation du 6 octobre 1872.

« Souvent aussi, en rentrant de la Grotte, c'est à l'Eglise de Lourdes que les Pèlerinages disent leur dernier adieu à la Vierge apparue ici.

« *L'Eglise de la ville est devenue*, par la nature et la force des choses, *l'annexe, le complément de l'Eglise de la Grotte*, et, pour parler plus exactement, LA PRE-MIÈRE ET LA DERNIÈRE STATION DES PÈLERINAGES.

« C'est l'universelle pensée des pèlerins, prêtres et laïques, qui viennent visiter le Sanctuaire de Marie.

« C'est la pensée qu'ont exprimée hautement Nos Seigneurs les Evêques ; et je me rappellerai toujours la parole de l'un d'eux, récemment nommé à un diocèse des colonies : « — En prenant le nom, non pas de Notre-Dame de la Grotte, mais bien de Notre-Dame *de Lourdes*, la Vierge divine a marqué sa volonté d'avoir aussi, à Lourdes même, un temple digne d'Elle. »

« Pour exécuter cette volonté, je vais donc mettre encore une fois la main à l'œuvre. La Ville ne peut me venir en aide que dans des proportions minimes. Je vais commencer cette Eglise comme fut commencée celle de la Grotte : par un acte de foi en la Vierge puissante, par un acte d'espérance dans le concours du peuple fidèle, et particulièrement de la France chrétienne. *C'est la Catholicité tout entière* qui, *par ses Pèlerinages, rend mon Eglise trop étroite; c'est la Catholicité tout entière, par l'obole de tous et de chacun, qui en élargira l'enceinte.*

« Quiconque a une grâce à demander à Notre-Dame de Lourdes voudra apporter une pierre à ce monument;

quiconque espère visiter un jour la Ville de Marie voudra être un des fondateurs de ce Temple, destiné à le recevoir sous ses voûtes. Quiconque, pour des raisons diverses, ne peut se rendre à Lourdes, voudra au moins y être présent par une offrande venue de son cœur, et par un témoignage de sa piété.

« Les offrandes qu'Elle recevra, Marie les rendra au centuple.

« Pour nous, Pasteur et Fidèles, nous lui demanderons d'acquitter notre dette de reconnaissance envers nos bienfaiteurs. Chaque dimanche, à la fin de la Grand'Messe, on chante, de temps immémorial, la touchante invocation à la Mère de Dieu : *Sub tuum præsidium*. Dès ce jour, et à perpétuité, elle sera dite à l'intention des bienfaiteurs de la Nouvelle Église.

« Recevez, Monsieur le Curé, l'expression de mes sentiments respectueux.

MARIE-DOMINIQUE PEYRAMALE,
Protonotaire Apostolique, Curé de Lourdes. »

Approbation de Mgr l'Evêque de Tarbes.

« *J'approuve de grand cœur l'œuvre entreprise par le vénérable Curé de Lourdes, Mgr PEYRAMALE, et je bénis à l'avance tous ceux qui lui viendront en aide.*

BENOÎT-MARIE,
Evêque de Tarbes. »

XI

A l'appel du Curé des Apparitions il fut répondu presqu'aussitôt par de premiers envois, qui atteignirent un total d'une centaine de mille francs. Ces heureux commencements permettaient d'augurer que le prix du devis serait bientôt couvert et dépassé.

Ce fut Mgr Langénieux, avant son départ pour Reims, qui intervint lui-même auprès du propriétaire du terrain, M. Cénac, pour le déterminer à la vente.

Auparavant, sur l'attentif examen des plans de M. Delebarre de Bay, architecte de Mgr Langénieux, plans comportant une église de 58 mètres de long, et dont la dépense était évaluée à huit cent mille francs, le Conseil municipal avait voté une subvention de cent mille francs, qui venaient s'ajouter aux dons déjà encaissés par Mgr Peyramale.

Le Conseil de Fabrique intervint à son tour (1). Et, dans une délibération, approuvée et contresignée par Mgr Jourdan, devenu Evêque de Tarbes, il « donna à Mgr Peyramale tout mandat nécessaire, « soit pour accepter tous dons, legs qui seront faits « à la Fabrique pour la construction de ladite « Eglise, soit pour acquérir, au nom de la Fa- « brique, les terrains nécessaires à ladite construc- « tion, à ses dépendances et dégagements, le tout « aux prix, charges, clauses et conditions qu'il « plaira à Mgr Peyramale, déclarant qu'il s'en rap- « porte entièrement à lui.

« *Le Conseil l'autorise aussi à passer tous actes* « *d'acquisitions, tous traités avec tous entrepreneurs,* « *fournisseurs, ouvriers, architectes, et à faire exé-* « *cuter tout ou partie des travaux en régie ou par* « *adjudication.* »

(1) Délibération de la Fabrique de Lourdes en date du 18 juillet 1875, vue et approuvée par Mgr Jourdan, Evêque de Tarbes, le 20 juillet.

* *

Peu de jours après, — le 28 juillet de cette même année 1875, — entouré du Clergé du diocèse, des Missionnaires de Lourdes, du Préfet des Hautes-Pyrénées, du Sous-Préfet d'Argelès, des notabilités du pays, Sa Grandeur Mgr César-Victor Jourdan tint à honneur de venir, en personne, poser solennellement la première pierre de l'édifice, consacrant ainsi de nouveau, par sa présence et par cet acte, l'érection de la Nouvelle Église.

« Grâce à une disposition ingénieuse, est-il dit dans le compte rendu de cette pose de la première pierre, que publièrent les Pères de la Grotte, grâce à une disposition ingénieuse, les spectateurs purent prendre une idée générale de la future Église. La bannière de chaque Confrérie était plantée à l'emplacement de la Chapelle particulière dont cette Confrérie portait le nom. Ces bannières aidaient à suivre les lignes de l'édifice et *en faisaient d'avance admirer l'étendue* (1). »

Dans la grande salle de l'école des Frères, un banquet fut donné à cette occasion, présidé par Mgr Jourdan, et auquel assistèrent le Préfet du département, le Sous-Préfet d'Argelès, le Maire de la Ville, les diverses autorités, le clergé du diocèse, nombre d'éminents ecclésiastiques de tous les côtés de la France. Autour des murs étaient appendus les plans du temple à élever.

Voici quelques extraits du discours que prononça l'évêque du diocèse, Mgr Jourdan :

(1) *Annales de N.-D. de Lourdes.* Année 1875, n° d'août, p. 100.

« Mes Frères, s'écria Sa Grandeur, votre église actuelle est *tout à fait insuffisante*. Je ne dirai pas qu'à cette insuffisance, elle joint un état de vétusté qui en pourrait compromettre l'équilibre dans un avenir facile à prévoir. Personne ne l'ignore.

« Il vous faut donc, Nos très chers Frères, une Nouvelle Eglise, plus digne que l'ancienne de la majesté de Dieu, plus conforme aux sentiments de foi et de piété qui vous distinguent, *mieux proportionnée à l'avenir probable qui vous attend.*

« Oui, la ville de Lourdes a de l'avenir ; elle est loin d'avoir dit son dernier mot sous ce rapport. A côté d'elle, *et dans sa circonscription communale*, s'est passé un fait unique dans les annales de la Religion ; je veux parler du mystère de la Grotte. L'auguste Mère de N.-S. J.-C. a daigné se montrer en ce lieu, y affirmer sa Conception Immaculée, y faire jaillir des eaux, au contact desquelles se sont multipliés et se multiplient encore tous les jours les plus étonnants prodiges.....

« *Mais alors, cette cité pourrait-elle ne pas se ressentir du voisinage de la Grotte ?* N'a-t-elle pas déjà beaucoup gagné, nos très chers Frères, et sous tous les rapports, au mouvement religieux qui se produit à côté d'elle ? N'est-ce pas à Notre-Dame de Lourdes qu'elle doit et l'accroissement de sa population et la prospérité relative dont elle jouit ? *Il vous faut donc une Nouvelle Eglise !...* PEUT-ÊTRE MÊME, DANS UN AVENIR QUE NOUS NE SAURIONS PRÉCISER, Y AURA-T-IL LIEU DE CRÉER ENCORE D'AUTRES SANCTUAIRES.

« Quoi qu'il en soit, *nous remercions Dieu d'avoir inspiré à votre vénérable Pasteur le projet de bâtir la Nouvelle Eglise*. Il lui appartenait de concevoir un tel dessein et nous espérons que Dieu lui fera la grâce de le réaliser. Nous n'avons pas ici à louer Mgr Peyramale : *ses œuvres parlent pour lui*. Et le temps qu'il a vécu au milieu de vous vous permet de l'apprécier beaucoup mieux que nous ne pourrions le faire nous-même. *Son passé sacerdotal, le privilège insigne qu'il a eu de toucher de si près au mystère de la Grotte, la prélature dont l'a honoré le Chef suprême de l'Eglise, tout cela le désignait* PROVIDENTIELLEMENT *à la conception et à la réalisation de l'œuvre qui nous occupe.* Son souvenir vous restera ainsi, non seulement dans le cœur mais encore sous les yeux, et perpétuera au milieu de vous ses exemples et ses leçons (1). »

De leur côté, les Missionnaires de Lourdes, en leur propre nom, s'exprimaient ainsi dans les *Annales* officielles du Pèlerinage :

« Celle qui est venue là pour être appelée « NOTRE-DAME DE LOURDES » bénissait cette fête, et elle en était encore l'objet et l'espérance.

« L'église paroissiale de Lourdes est depuis longtemps insuffisante pour sa population agrandie. Sa vétusté sans caractère ne convient plus à une ville devenue si célèbre et *visitée par les catholiques du monde entier*. Le projet de la remplacer par un édifice plus digne vivait dans le cœur du Curé de Lourdes, depuis son entrée dans la Paroisse. Mgr Peyramale a senti que l'heure était enfin venue. En confiant son dessein à la Providence, il l'a poursuivi dans ces derniers temps avec une infatigable ardeur, il a résolu les difficultés, tout est prêt. Dans sa pensée, l'église paroissiale se lie intimement à l'œuvre dont la Basilique de Notre-Dame de Lourdes est le centre. Il a voulu un édifice répondant *par sa grandeur* et sa beauté à cette destinée, comme à la renommée nouvelle de la Ville.

« Le plan promet un Temple tel que son âme l'a conçu, *tel aussi, disons-le, qu'il le fallait pour porter le nom de Mgr Peyramale.*

« *Mais l'église sera visitée par les pèlerins de toute*

(1) *Annales de N.-D. de Lourdes*, T. I, p. 110.

la terre qui voudront la voir après la Basilique; ELLE EST DONC PLUS QU'UNE ŒUVRE LOCALE.

« Mgr Peyramale attend, pour la construction de son église, les dons des amis de Notre-Dame de Lourdes. Ils ne lui manqueront pas, personne n'en veut douter. Son nom est cher à tous ceux qui aiment la sainte Grotte. ET LA VIERGE IMMACULÉE FERA SON ŒUVRE PROPRE, DE L'ENTREPRISE DU PRÉLAT QUI L'A SI GLORIEUSEMENT SERVIE (1). »

Quant au précédent Évêque du diocèse, Mgr Langénieux, *qui avait eu une part si décisive dans la première conception du projet,* il accueillit en ces termes l'annonce de la pose de la première pierre :

Saint-Gervais, 30 juillet 1875.

« Mon cher Seigneur, après vous, personne, je puis le dire sans témérité, n'a été plus heureux que moi de la bonne nouvelle dont votre lettre m'apporte la confirmation. ENFIN, VOUS ALLEZ COMMENCER CETTE GRANDE ŒUVRE que vous avez préparée par votre désintéressement, par votre patience et par votre foi ardente envers la Vierge Immaculée ! Les ressources vous permettront d'en voir bientôt le couronnement, *car elles sont dans les mains de Celui qui est le maître des cœurs, qui ne se laisse pas vaincre en générosité et qui rend au centuple ce qui est fait pour la gloire de sa Mère. Courage donc, et confiance.*

« Inscrivez-moi pour MILLE FRANCS.....

« Que vous avez bien fait d'inviter tout le clergé de Tarbes ! Personne n'aura manqué à l'appel, et, en regardant avec les yeux du cœur, vous aurez découvert l'ombre de l'ancien Évêque, toujours votre ami, bénissant, au nom des souvenirs sacrés du passé, l'œuvre qui va rece-

(1) *Annales de N.-D. de Lourdes*, T. 1, p. 112.

voir la consécration de votre savant et bon Evêque, *dans lequel vous aurez un ferme appui...* (1). »

« *Signé :* B.-M., Arch. de Reims. »

Encouragé et, pour ainsi dire, poussé de la sorte, se confiant en l'appui efficace de ceux qui avaient ainsi parlé et écrit, le Curé de Lourdes se mit à l'œuvre, espérant que toutes choses marcheraient rapidement avec le triple secours du nouvel Evêque du diocèse, de son prédécesseur, l'Archevêque de Reims, et des Missionnaires de la Grotte.

L'entrepreneur, M. Henri Bourgeois, de Chartres, avec lequel la Fabrique avait traité par l'intermédiaire de Mgr Peyramale, son mandataire officiel, l'entrepreneur, merveilleusement outillé, mena les travaux avec une très grande activité, et, en dix-huit mois, conduisit l'édifice jusques à la naissance des voûtes.

XII

Pourquoi y a-t-il si souvent en ce monde un écart extrême entre la parole et l'acte ? Pourquoi advient-il que l'exécution ne suit pas toujours les promesses ? Hélas ! comme dit l'Ecriture, « quiconque met sa foi dans les hommes risque de se percer la main sur un roseau qui se brise, dès qu'il veut s'y appuyer. »

Tandis que les murs montaient de la sorte, l'en-

(1) Lettre autographe de Mgr Langénieux à Mgr Peyramale, en date du 30 juillet 1875.

thousiasme même que rencontrait le projet du Curé de Lourdes avait excité les inquiétudes de divers intérêts, trop prompts à s'alarmer.

Craignit-on que les aumônes, jusque-là exclusivement destinées à la Grotte, ne prissent une autre direction, et que, manquant des trésors de la terre, la Grotte n'eût désormais que les prières qui vont au Ciel?... La rumeur publique, injuste peut-être, osa le prétendre et prétendit également qu'une guerre occulte, des entraves sourdes, s'efforçaient d'arrêter l'élan des souscripteurs, au lieu de seconder le dessein de Mgr Peyramale.

Quelle était en cela la part de l'erreur ou de la vérité? Il est malaisé de le déterminer.

Beaucoup, en s'associant à la pieuse entreprise du grand Curé, avaient envoyé leur offrande, dont, en ce moment, le premier total oscillait entre cent et deux cent mille francs, ce qui avait permis de commencer les travaux.

De plus nombreux se bornèrent à souscrire, ajournant le versement. Liste d'engagements précieux que le bon Mgr Peyramale et le loyal entrepreneur considéraient comme la riche ressource de l'avenir.

En nous montrant cette longue série de noms honorés, ces signatures de personnages revêtus de titres vénérables, en nous lisant ces lettres, en supputant ces chiffres élevés, le Curé de Lourdes faisait éclater sa joie devant nous :

— Voilà, disait-il, des paroles et des promesses qui valent mieux que de l'argent dans des coffres ! C'est de l'or en barre.

— Mon cher Pasteur, lui répondis-je un jour, en

manière de plaisanterie, je l'aimerais mieux monnayé, et dans votre caisse.

— Et moi, non ! s'écria-t-il avec une assurance superbe. Ceci est la caisse de l'honneur ! Elle est féconde et porte de royaux intérêts. En versant leur souscription, combien de cœurs généreux auront un second élan qui leur fera arrondir ou doubler la somme ! Le bien, grâce à Dieu, a son entraînement. *Vires acquirit eundo.*

Hélas ! en jugeant les autres d'après lui, mon pauvre ami flattait le genre humain !

.
. .

Des défections étonnantes se produisirent. Un très haut dignitaire, devenu plus haut encore depuis cette époque, un archevêque en voie de cardinalat, que nous nous faisons un devoir de ne pas nommer, allégua des nécessités urgentes qui s'imposaient à sa volonté, dans la contrée où il était allé exercer son zèle et sa charité. Il ne versa point ce qu'il avait promis.....

Combien en fut-il qui se montrèrent ainsi oublieux ou sourds ? Nous ne pourrions le dire ou le préciser. Mais ce que nous savons nous jette en grande inquiétude sur ce que nous ne pouvons que présumer. Quand les généraux se dérobent, il est rare que les simples soldats et les volontaires hors cadre tiennent pied.

Les plus petits cependant restèrent les plus fidèles. Les sous du pauvre furent généreusement donnés. Mais, pour compenser une seule souscription de mille francs qui s'évanouit, il faut vingt mille sous !.....

Ce ne fut point tout.

Peu de mois après que le Curé des Apparitions eut fait son retentissant appel pour la Nouvelle Eglise, « première et dernière station des Pèlerinages », le R. P. Sempé, Supérieur des missionnaires, annonça, par la voie du *Journal de Lourdes* et des *Annales,* le projet de construire, aux pieds de la Basilique, une église qu'il vouerait au saint Rosaire. Et, dans ce but, il fit apposer, dans les appartenances du sanctuaire, des troncs portant, comme ceux qui se voyaient dans la Ville, ces mots en grosses lettres : « Tronc pour la Nouvelle église. »

Cette identité d'inscription fut-elle l'occasion de fâcheuses méprises ? Les Pèlerins, qui versaient leur aumône dans ces troncs, ne croyaient-ils pas contribuer à l'érection de cette Nouvelle église de Lourdes, dont ils apercevaient déjà les murs sortir de terre et grandir ? On signala inutilement ce péril au R. P. Sempé.

Est-ce pour ces motifs, est-ce pour d'autres causes, que les offrandes, si nombreuses et si considérables, qui arrivaient jadis au Curé de Lourdes, cessèrent de lui parvenir ? L'entrepreneur, après avoir exécuté pour 477.000 francs de travaux, et n'ayant encore reçu que 209.000 francs, se trouva alors contraint, le 1er janvier 1877, de suspendre la construction, jusqu'au paiement des avances importantes qu'il avait faites.

Mgr Peyramale en éprouva une peine des plus vives. Toutefois, son courage n'en fut point abattu. Il se remit énergiquement au travail pour faire face aux nécessités urgentes de cette situation ; et, ne conservant plus d'illusion sur les secours et la coopération qu'il devait attendre de certaines influences, il plaça son espérance tout entière en la protection de Dieu, l'assistance de Notre-Dame de Lourdes, le sentiment universel du monde chrétien. Mais, là aussi, il semblait que le ciel fût fermé à sa prière. Ses reconnaissants admirateurs, dispersés sur la terre, et dont lui-même ignorait les noms, ne pouvaient entendre à cette heure le cri de sa détresse. Sa vie ne fut plus qu'une agonie sur la croix. *Deus, Deus meus, quare me dereliquisti?*

Depuis que la Vierge était apparue et que son œuvre était fondée, des fautes, des fautes diverses, avaient peut-être été commises autour de son sanctuaire. Et, comme au drame du Calvaire, c'était l'Innocence qui les devait expier.

Ce fut alors qu'il prononça un jour ces mots mélancoliques : « Il faut que je meure ! mon corps sera le levain. »

Et, dès ce moment, l'ange de la mort, caché dans l'ombre, se prépara à conduire le Serviteur de Marie au lieu qui lui était préparé de toute éternité.

Divers dons nouveaux arrivèrent cependant. Des Pèlerinages, des miraculés, quelques amitiés dévouées, s'empressèrent de prendre à leur compte une colonne de marbre du Temple inachevé (1).

(1) Voici les noms des Donateurs tels que nous les trouvons inscrits sur les plaques d'albâtre encastrées à la base des piliers et colonnes de marbre de la Nouvelle Eglise et dont chacune porte ces mots :

A MONSEIGNEUR PEYRAMALE
CURÉ DE LOURDES
OFFRANDE DE CETTE COLONNE
POUR LA CONSTRUCTION DE
SON ÉGLISE.

La Belgique ; — Mgr Capell, au nom de l'Université catho-

D'autres firent de même pour des vitraux. Mais tout ceci ne suffisait, ni à pourvoir aux besoins pressants, ni à cicatriser la plaie que ce prêtre héroïque portait au cœur.

Les difficultés allaient croissant. Les obstacles latents et invisibles produisaient leur effet.

Le pauvre prêtre employa les premiers mois de 1877 à frapper à toutes les portes, afin de ramasser sou à sou quelques fonds pour son créancier. Au mois de juillet, en dehors des 209.000 déjà soldés, il n'avait encore pu lui verser que 30.000 francs. Nous en avons sous les yeux le relevé navrant, par petites sommes de 3.000, de 2.000, de 1.000, de 500 francs...

Son énergie s'épuisait, son âme était envahie par d'inénarrables tristesses. Les oppositions qu'il sentait paralyser ses efforts minaient sa robuste constitution...

XIII

Arrêtons-nous ici un instant à côté du Serviteur de Marie dans la peine, et asseyons-nous à son foyer douloureux.

Il comptait à Lourdes et hors de Lourdes bien des amis, prêtres et laïques. Mais, parmi le Clergé

lique de Londres ; — Les catholiques de l'Amérique du Nord ; — Pèlerinage national de Paris ; — Diocèse de Rouen ; — Diocèse de Nantes ; — Diocèse de Beauvais ; — Diocèse de Perpignan ; — Diocèse de Limoges ; — Au nom de l'armée française ; — Mgr Vital, Evêque d'Olinda ; — M. et Mᵐᵉ Munster, Angleterre ; — M. et Mᵐᵉ Henri Lasserre ; — Mᵐᵉ de Blavette ; — M. Alphonse Lebas, de Paris.

de son entourage immédiat, il en était particulièrement deux qui avaient eu part à son intimité. Et c'est sur ceux-là que nous voulons reporter un moment notre souvenir, quoique d'autres assurément, dans le nombre de ceux qui nous ont quittés ou qui survivent, eussent également droit à être mentionnés.

Le premier, uni à lui depuis les jours de l'enfance, se nommait l'abbé Lafont et était aumônier de l'hospice de Tarbes.

Sa vie s'écoulait humble et simple. Il s'était consacré à Jésus-Christ dans la personne des malades et des pauvres : *Christo in pauperibus.*

C'était un soldat de Dieu plein de courage, d'ardeur et de foi, prêt à tous les dévouements, inébranlablement fidèle.

On avait voulu un jour le détacher du Curé de Lourdes : «Vous vous ferez des ennemis puissants », lui avait-on dit. « — Moi! abandonner Peyramale ? Jamais! Moi, le trahir, quand on l'abandonne et qu'on le persécute ? Jamais ! »

Le second et plus récent ami de Mgr Peyramale, M. l'abbé Martignon, ancien curé archiprêtre d'Alger, alors âgé d'environ quarante ans, doit particulièrement arrêter notre attention, car nous aurons à le rencontrer à côté de Mgr Peyramale dans la suite de cette histoire.

Atteint, sur le sol africain, d'une extinction de voix et d'une affection de la poitrine dont la méde-

cine avait désespéré, il avait franchi la Méditerranée
et était venu dans la cité de Marie, attiré par le bruit
des miracles qui s'accomplissaient à la Grotte, et
espérant, lui aussi, obtenir une part dans ces grâces
extraordinaires.

Aux Roches de Massabielle, il s'était agenouillé,
avait prié, s'était plongé dans la Piscine, avait bu
à la Source miraculeuse ; mais la guérison demandée n'était point descendue du Ciel.

— Allons ! s'était-il dit, ne nous décourageons
pas. Une si courte insistance est loin de suffire : il
faut frapper plusieurs coups à la porte, pour qu'elle
s'ouvre à qui veut entrer. Faisons une neuvaine.

La neuvaine s'achève. Nulle amélioration.

La foi du Chanoine ne défaille point, ni son
espérance non plus.

— Je vais continuer par une neuvaine de semaines.

Le voilà donc à Lourdes pour soixante-trois jours.

Au soixante-quatrième, se trouvant absolument
dans le même état, il alla passer un certain temps
à Pau, cherchant dans la douceur du climat quelque
allégement momentané.

Mais il se reprochait en lui-même cette fuite de
Lourdes, comme une faiblesse et un manque de
confiance. Il n'avait donc point tardé à revenir
à la Grotte bénie, et à s'installer en ville, dans un
domicile moins provisoire. Il commença dès lors à y
prendre racine.

Lui malade, il se constitua garde-malade. Et les
pèlerins qui ont fait à Lourdes, à cette époque, un
séjour un peu prolongé se souviennent d'y avoir re-

marqué, durant les années 1875, 1876, 1877, un prêtre
encore jeune, à longue barbe blonde, au regard vif
et doux, au visage distingué, à la taille haute et
grêle, au corps amaigri, aux épaules étroites et
quelque peu voûtées par la souffrance. Ce prêtre
conduisait les aveugles, donnait le bras à des
infirmes, amenait à la Piscine des estropiés, employait à consoler les affligés le souffle de sa voix
éteinte. C'était l'abbé Martignon.

— Si cette fois-ci la sainte Vierge ne m'exauce
pas, disait-il en souriant, je suis résolu à faire une
neuvaine d'années, et puis encore une neuvaine de
siècles ; mais après cela, je m'arrête...

Il eut la joie de voir guérir miraculeusement plusieurs des malades dont il s'était fait le guide et le
soutien ; mais lui-même, bien qu'il éprouvât parfois
quelque léger soulagement, n'avait point reçu le don
surnaturel de la guérison qu'il implorait.

Finit-il par avoir le sentiment de quelque résistance secrète de la Vierge à accorder la grâce
qu'il sollicitait ? C'est son intime secret ; mais il
nous avait semblé alors que, si sa foi était toujours
la même et si sa charité allait s'accroissant, la
vertu d'espérance tournait peu à peu, chez lui, à la
vertu de résignation, ou, pour parler plus exactement, qu'il ajournait son espérance. Heureux de
demeurer en ce coin de la terre où la Reine du Ciel
avait posé ses pieds, se contentant de respirer cette
atmosphère sacrée et d'aller, chaque jour, prier devant la Grotte sainte, il n'entreprit point cette neuvaine d'années et de siècles qu'il avait annoncée
avec un sourire. Il nous répétait fréquemment :

— Je reste là, à la disposition de Notre-Dame de

Lourdes. Elle m'exaucera quand elle voudra. Je
suis comme quelqu'un qui est assis dans une anti-
chambre et qui attend son audience. Mon tour viendra. J'aurai mon heure ou ma minute, et je ne la
laisserai pas échapper.

Ainsi vivait à Tarbes l'abbé Lafont, ainsi vivait à
Lourdes le chanoine Martignon, ces deux disciples
du grand Curé Peyramale. « Qui se ressemble se
rassemble », est un vieux proverbe. Similitude de
charité, union des cœurs. L'abbé Lafont et le chanoine Martignon aimaient Notre-Dame de Lourdes :
comment n'auraient-ils pas aimé l'apôtre que Notre-
Dame avait choisi ? La Très Sainte Vierge, de
même que son divin Fils, a dit à ses Apôtres : « Qui
vous honore m'honore. »

XIV

L'abbé Martignon, habitant à quelques pas du
presbytère, en franchissait le seuil à chaque instant. Il était souvent l'hôte de Mgr Peyramale, et
ne se lassait pas de se réchauffer au contact de cette
âme ardente. Il admirait la bonté incomparable du
Serviteur de Marie : bonté envers les pauvres, et
bonté envers les ennemis. En un mot laconique,
il faisait la synthèse de la vie quotidienne dont il
était le témoin :
— Il donne et il pardonne.

Voici une anecdote qu'il nous a racontée :

Mgr Peyramale était un jour assez souffrant : sa tête était lourde, ses membres appesantis.

— Il faut vous secouer ! lui dit l'abbé Martignon. Allons faire une promenade.

Et voilà qu'il le conduit sur la route de Barèges, accompagné d'un autre ami (c'était, je crois, l'abbé Lafont) qui se trouvait alors en visite chez lui.

Ils étaient déjà à une certaine distance de la ville, lorsque Mgr Peyramale s'arrête, pâlit et chancelle. On le soutient, on l'assied sur un tas de pierre. Un instant après, ses yeux se ferment et il tombe en défaillance. Vite, on puise de l'eau au ruisseau voisin, pour lui en baigner le visage.

En ce moment, un indigent vient à passer et demande l'aumône.

Tout préoccupés des soins qu'ils prodiguaient au bon curé, les deux prêtres ne font nullement attention au mendiant et ne répondent pas à sa requête. Mais Mgr Peyramale, qui semblait ne plus avoir perception et conscience du monde extérieur, entendit pourtant la voix qui criait vers lui. Et fouillant d'instinct dans sa poche, les yeux encore fermés, il en tire, péniblement et vivement à la fois, son porte-monnaie : « Donnez-lui vite ! donnez-lui vite ! »

Ce fut sa première parole en reprenant ses sens.

— Lorsque M. le curé de Lourdes aura cessé de vivre, disait à cette occasion l'abbé Martignon, si l'on veut s'assurer qu'il a réellement rendu le dernier soupir, il ne faudra point, comme pour le commun des mortels, recourir à une glace et regarder si le souffle d'une respiration ne la ternit pas, il suffira de faire entrer dans sa chambre un malheureux murmurant ces paroles : « — J'ai faim, donnez-moi du pain. »... Et alors, si Mgr Peyramale reste immobile et sans voix, on pourra affirmer que c'est bien fini. Car s'il n'était mort que depuis un quart d'heure, je crois vraiment que cet appel à sa charité le ferait ressusciter.

Il nous narra encore le trait suivant.

Pendant que s'élevaient les murs de la Nouvelle Eglise, un curé de Suisse, expulsé de son pays, adressa un jour à l'abbé Peyramale un mandat de cinq francs, humble obole qu'il avait, non sans peine, économisée pour apporter sa modeste pierre au religieux édifice. L'offrande était accompagnée d'une lettre pleine de délicatesse. Le Curé de Lourdes y répondit en ces termes : « — Monsieur l'abbé, c'est « avec la plus vive reconnaissance que nous avons « reçu votre don pour mon Eglise ; il m'est plus « précieux que de riches trésors. Permettez-moi, à « mon tour, de vous offrir, cher et vénéré prêtre « banni et exilé, une très faible et très légère marque « de ma sympathie, et de prendre, moi aussi, part « à vos œuvres. Je ne puis que décupler : le Ciel « rendra au centuple. »

La lettre renfermait un billet de cinquante francs.

. .

Quelque temps après, un ecclésiastique du Diocèse de Tarbes, qui avait pour le Curé de Lourdes un filial respect, vint le consulter.

— J'ai une souffrance au cœur, lui dit-il, et j'ai besoin de vous la confier. Quand arrivent les Pèlerinages, amenant des malades et des pauvres, je suis navré que ces infortunés ne sachent où s'abriter. Dans les travaux qui s'exécutent et même dans ceux que l'on projette, les Missionnaires n'ont pas pourvu à cette nécessité. Partout, les Pèlerins indigents ont à payer cher, et, comme ils n'ont pas d'argent, il advient que, brisés de fatigue, ils sont souvent contraints, faute d'asile, à se réfugier et à passer la nuit dans la Basilique. D'autre part, nous avons, dans nos montagneuses régions, nombre de vieillards abandonnés, privés de soins, mourant dans la détresse. Mon âme est troublée à ce double spectacle, et je voudrais m'employer à porter secours à ces deux misères.

— De quelle façon ?

— En construisant un asile, qui, d'une part, recevrait gratuitement, à demeure, les vieillards infirmes et nécessiteux du pays ; et qui serait, de l'autre, assez vaste pour héberger, au prix de revient, les Pèlerins pauvres qui se rendent à Lourdes pour demander leur guérison. Les bonnes Sœurs hospitalières, fondées, à Tarbes, par Mademoiselle Saint-Frai, desserviraient cet asile. Et de la sorte, à côté de la Grotte, à côté de la prière, sera exercée la charité, qui est une prière aussi.

— Ce serait parfait, mon cher abbé Ribbes, et je reconnais là votre cœur. Pour accomplir cela, que possédez-vous ?

— Rien.

— Et sur quoi comptez-vous ?

— Sur Dieu.

— Partez avec confiance, mon cher fils. Celui en

qui vous vous reposez vous aidera à surmonter les
obstacles... « Je n'ai, comme dit saint Pierre, ni or
ni argent, mais ce que j'ai je vous le donne (1). »
Je veux habiller votre premier pauvre.

Et le Curé conduit l'abbé Ribbes dans sa chambre,
dont il ouvre les armoires, placards et garde-robe.
Ce n'était, hélas ! guère somptueux. L'abbé Peyramale fit main basse sur ce qu'il rencontra. Chemise,
chaussure, bas, pantalon, tricot de laine et tricot de
coton, tout y passa...

— Il n'y a point de veste ! s'écria-t-il attristé,
quand il eut dépouillé les étagères.

Mais, voilà que brusquement sa physionomie
s'illumine. Ses yeux inquisiteurs ont avisé une
soutane qui pendait innocemment à un porte-
manteau. Il la jette sur le bras de l'abbé Ribbes
et s'écrie joyeusement :

— *Eurêka !* Ce n'est plus maintenant qu'une question de ciseaux, d'aiguille et de couture. Suivant que
votre pensionnaire sera un paysan ou quelque riche
ruiné, vous en ferez une veste ou une redingote. Et je
me trompe fort, si vous n'y trouvez en plus un gilet
et une casquette. Il ne faut pas que le pauvre, qui
peut-être sera chauve, aille nu-tête. Et maintenant,
partez d'un pied ferme : et que Dieu vous bénisse et
vous conduise !

Nous venons, en racontant cette entrevue des deux
prêtres, de dire l'origine et le point de départ de
l'Asile des Sept-Douleurs, à la tête duquel se trouve
toujours son fondateur, l'excellent chanoine Ribbes.
Tout le monde sait les immenses services que rend

(1) Act., iii, 6.

cette Fondation à l'époque du Pèlerinage national et des grandes affluences d'août et de septembre.

*
* *

Et, puisque nous parlons de la charité du Curé de Lourdes, rappelons une circonstance où il en manqua, du moins pendant quelque temps.

Il y avait, il y a encore à Lourdes un digne artiste photographe de talent, un laborieux père de famille. Il se nomme Viron. Que de fois il avait sollicité de Mgr Peyramale l'autorisation de faire son portrait ! Le Curé de Lourdes résista constamment aux instances réitérées dont il était l'objet. Son humilité éprouvait une répugnance invincible à laisser prendre et exposer son image à la devanture des étalagistes.

— Ce serait un souvenir pour bien du monde, lui faisait-on observer.

— Un souvenir ? Je ne demande qu'à être oublié, répondait-il brusquement.

Des années se passèrent ainsi. Quelqu'un que nous connaissons, crut un jour devoir, à cette occasion, lui tenir un grave langage :

— Cette modestie n'est pas bonne, car elle est contraire à la charité. Vous avez reçu et conservez avec plaisir les portraits de vos parents, de ceux que vous aimez. Pourquoi ne pas vouloir accorder le même contentement à ceux qui vous aiment ?

— Je ne veux pas qu'on me vende !

— De quel droit ? De quel droit refuser votre visage à cet homme excellent, alors que ce serait une source de revenus et un petit capital pour ses enfants

et pour lui ? N'y a-t-il pas là un motif suffisant pour
vaincre votre répugnance ? S'il vous en coûte, tant
mieux ! Ce n'en sera que plus méritoire... Vous
vous faites une douce joie de distribuer de l'argent,
des vêtements, des denrées. Sous une certaine forme,
il s'agit ici de vous donner vous-même. N'aurez-vous
pas le courage de vous surmonter? Et préférez-vous
la satisfaction de suivre votre goût à celle de rendre
un service ?...

Le Curé de Lourdes regarda de travers celui qui
mettait ainsi sa charité aux prises avec son horreur
de toute évidence, et ne répondit rien. Il quitta son
interlocuteur et alla se promener, pensif et agité,
dans une allée de son jardin.

Le lendemain, il frappait de bonne heure à la
porte du photographe Viron :

— Me voici ! dit-il. Prenez ma tête.

L'artiste se hâte, remerciant Dieu, au fond de son
cœur, de cette aubaine inespérée.

— Combien vous dois-je ? dit Mgr Peyramale,
quand tout fut fini.

— Rien, Monsieur le Curé. Je suis trop heureux...

— Je n'entends pas vous déranger pour rien...
Que faites-vous payer un portrait ?

Il fallut répondre : — C'est tant.

— Fort bien. Voilà le prix.

— Quand devrai-je vous apporter l'épreuve ?

— Jamais ! s'écria le Curé de Lourdes. Et je vous
défends de la vendre. Si, une seule fois, je la vois
quelque part, je viens ici briser le cliché !...

— Mais...

— Pas un mot de plus.

Et en effet, du vivant du Curé de Lourdes, jamais
ne fut tiré un seul exemplaire de ce portrait.

L'humble et charitable prêtre avait trouvé le moyen de tout concilier. Sa photographie ne pourrait être publiée qu'après sa mort. Ayant ainsi été bienfaisant durant toute sa vie, il voulut l'être encore au delà du trépas.

Hélas ! le délai ne devait pas être long !

Et, pour ne rien omettre dans cette anecdote, dirai-je ce que plus tard devait faire Viron ? Il devait vendre cette photographie au profit de la Nouvelle Eglise (1).

XV

L'abbé Peyramale ne se plaignait ni des choses ni des personnes. Sa nature faite pour l'action s'épanchait peu sur ses impressions intimes.

Mais une pieuse chrétienne dont il dirigeait la conscience, et qui prenait soin de noter ses conseils, a bien voulu nous en communiquer le recueil ; et dans ce qu'il faisait ainsi entendre aux autres, il nous a été aisé de reconnaître ce qu'il se répétait en ce même temps à lui-même. Or, voici ses exhortations :

« Souffrons avec force et courage, et même avec « joie, afin d'assurer notre élection, comme dit « saint Paul... Oui ! quand l'âme a été fidèle et « qu'il voit alors, ce grand Dieu qui sonde les reins « et les cœurs, qu'il peut compter sur cette âme

(1) C'est d'après cette photographie qu'a été fait le portrait qui est en tête du présent volume.

« et qu'elle ne l'abandonnera pas, voici qu'après
« l'avoir visitée par des grâces exceptionnelles qui
« sont l'avant-coureur des plus rudes épreuves, il
« se retire et l'abandonne à sa propre faiblesse, à
« sa propre misère, aux ennuis, aux désolations,
« quelquefois aux opprobres, aux mépris, aux
« calomnies.

« Que cette âme sache souffrir, se taire : Dieu
« est là ! Il ne la perd point de vue, et elle lui est
« bien chère.

« Vainement cependant, elle l'appelle et crie vers
« Lui, vainement elle soupire vers cet unique
« Epoux qui est seul son amour et sa joie. Il paraît
« sourd et muet. Il veut qu'on soit en quête de Lui
« et qu'on le poursuive ; et au moment où vous
« semblez le tenir, Il fuit !... C'est ainsi qu'Il agit
« avec vous, n'est-ce pas ? Mais un jour, comme un
« enfant caché derrière une porte et se faisant cher-
« cher par ceux qu'il aime, Il vous ouvrira le Ciel
« en riant, tout heureux de vous avoir contraint à
« acquérir des mérites, que vous auriez laissé per-
« dre s'ils eussent été à votre choix.

« Quand Dieu a vu qu'une âme est ainsi cons-
« tante et généreuse, il a toujours les yeux sur elle ;
« car il la réserve pour le Ciel, et il entend qu'elle
« devienne une des plus belles pierres de cette
« éternelle Cité. Aussi, pour la tailler, emploie-t-il
« le ciseau et le marteau. Et, malgré ses cris, il la
« soumet aux plus cruels brisements. Si elle reste
« ferme au milieu de toutes ces afflictions, pour la
« récompenser il les redouble ; et si elle se montre
« toujours inébranlable, il fait peser sur elle d'au-
« tres peines, plus grandes encore. Si enfin elle ne

« l'abandonne pas, si elle est prête à tout accepter,
« que fera-t-il pour lui témoigner qu'il est content
« et satisfait ? — Il lui enverra de ces tortures,
« qu'il n'inflige qu'aux cœurs héroïques ; et c'est
« là sa meilleure récompense. Il traite cette âme
« comme son fils Jésus, car il la regarde comme
« son véritable enfant ; et il la chérit trop pour ne
« pas la combler de tout ce qu'il a de plus précieux
« sur la terre : les souffrances, les humiliations,
« les afflictions. *Mais dans ce chaos de peines, cette*
« *âme s'unit à Dieu pour l'éternité.* Que doit faire
« cette pauvre créature affligée, désolée, torturée ?
« — Se souvenir que Dieu l'aime, et ne pas en
« douter un instant, volontairement. »

.·.

Une autre de ses pénitentes, mère au désespoir
qui avait perdu son fils unique et qui, de même
que Rachel, ne voulait pas être consolée, alla en
ce temps-là s'agenouiller à son confessionnal.

Elle nous confia, peu après, quelques mots de ce
secret entretien :

— Les paroles qu'il me fit entendre au saint Tribunal,
nous dit-elle, eurent un tel accent que j'en fus toute
frappée, comme je ne l'ai été aucune autre fois en ma
vie.

Ses exhortations sont vivantes. Son grand cœur m'a
fait du bien. S'efforçant de me donner des consolations
sur le cruel chagrin qui torture mes jours et mes nuits
et qui amène souvent la défaillance, il m'a parlé ainsi :
« — Il ne faut pas tant pleurer nos morts qui sont
« dans le ciel ; car, là, il n'y a plus d'épreuve, de tris-
« tesse, plus de souffrance ; on n'y voit plus les lai-

« deurs, les misères humaines. Le Ciel, c'est la joie, la
« paix, le repos en Dieu..... »

« Oh ! comme il est saint ce bon Curé de Lourdes !
mais comme on sent qu'il souffre !

« Son accent était si pénétré qu'il m'a semblé que
sa belle âme s'ouvrait devant moi. Je lui ai dit,
faisant allusion au reproche qu'il m'avait adressé de
trop désirer la mort :

« — Mais, mon Père, vous aussi vous désirez vivement quitter cette misérable vie !

« Il a eu un silence recueilli ; puis doucement et d'une
voix très basse :

« — Je tâche de dire du fond de mon cœur : « Mon
« Dieu, que votre volonté soit faite !... Oh ! oui, mon
« Dieu, c'est bien cela qu'il faudrait dire et que je ne
« dis pas assez !... »

« J'ai senti alors *comme une puissance qui passait
sur moi :* j'ai courbé aussitôt la tête dans un profond
recueillement, et, avec un frémissement religieux *que je
n'avais jamais éprouvé,* j'ai reçu la sainte absolution.
Nul, hélas ! ne l'a reçue après moi. Plein de vie, il touchait à la mort. »

Tel était l'homme, tel était le prêtre dont
M. l'abbé Martignon s'était fait le consolateur, le
compagnon de toutes les heures et pour ainsi dire
le fils.

Souvent tous deux dirigeaient leurs pas vers
l'Eglise inachevée, arrêtée à la hauteur des voûtes...

— Je ne pénétrerai point dans la terre promise,
et je ne la verrai que de loin, disait alors le Curé
de Lourdes. Quand je ne serai plus ici, toutes les
difficultés finiront, à la longue, par s'aplanir, toutes
les hostilités par s'apaiser. Ma mort payera tout.

Paroles mélancoliques qui faisaient monter des larmes à ses propres yeux, et aux yeux de ceux qui l'aimaient.

XVI

De temps immémorial, le jour de l'Assomption est la fête patronale de Lourdes. Depuis l'époque des Apparitions, c'est la date de la procession de la Paroisse à la Grotte sainte et à la Fontaine des Miracles.

Donc, le 15 août de cette année 1877, eut lieu, ainsi que de coutume, la procession solennelle. La pression énergique des amis du Curé de Lourdes, celle de l'abbé Martignon, de l'abbé Lafont, de l'abbé Pomian, de nous-même, avait obtenu de Mgr Peyramale qu'il surmontât sa répugnance et revêtît, pour la joie et l'honneur de sa paroisse, la *Cappa Magna* et la mitre de protonotaire apostolique. Comme toujours, son peuple l'accompagnait avec enthousiasme. Il célébra à la Grotte l'office du soir, il but l'eau miraculeuse. Et il y puisa force et courage pour supporter la lourde croix dont le poids s'aggravait de plus en plus sur son épaule.

* *

Le lundi 20 août, le pèlerinage national de Notre-Dame-du-Salut était à Lourdes. Son admirable Directeur, le R. P. d'Alzon, supérieur général de l'Assomption, avait pris domicile chez Mgr Peyramale, pour lequel il avait une affection particulière.

Le pèlerinage amenait avec lui deux cents pauvres malades... Trente-cinq ou quarante furent miraculeusement guéris.

Jamais, à Lourdes, on n'avait vu se produire, avec une pareille simultanéité, un tel ensemble de guérisons surnaturelles. L'allégresse était à son comble. Ce fut l'aurore et le pressentiment de ce que devait être le Pèlerinage national.

Le mardi, 21, ce vaillant Pèlerinage se réunit dans la Nouvelle Eglise pour porter son offrande à Mgr Peyramale : le prix d'une des superbes colonnes de marbre du Temple.

Ce fut une scène grande et touchante.

La multitude des pèlerins auxquels s'étaient joints nombre d'habitants de la ville, remplissait la nef à ciel ouvert. Dans le chœur, le Clergé entourait Mgr Peyramale, qui avait, ce jour-là, un rayonnement exceptionnel qui impressionna tous les assistants.

Le R. P. d'Alzon lui remit un long rouleau d'or.

— « Cette mince colonne que je tiens en mes mains est bien petite, Monseigneur, lui dit-il. Mais toute petite qu'elle est, vous l'aurez à peine touchée qu'elle se transformera en l'une de ces colonnes énormes et magnifiques, du Temple que vous érigez à Dieu. Hâtez-vous de la recevoir ! et que ce pilier de marbre vous rappelle, comme tous les autres, les cœurs religieusement respectueux et dévoués qui vénèrent en vous le fidèle Serviteur et l'instrument de Notre-Dame de Lourdes. »

Mgr Peyramale exprima toute sa gratitude. Et bien vite, sa pensée s'élevant plus haut, il parla des miracles extraordinaires dont venait d'être favorisée, les jours précédents, cette noble phalange de Chrétiens.

« — Nous ne saurions nous étonner, dit-il, de ces grâces incomparables. Vous avez trouvé le secret de triompher du cœur de Dieu !

« Dans les luttes de la terre, les robustes de l'armée font, de leurs poitrines, un rempart aux femmes, aux vieillards, aux blessés.

« Dans les luttes magnifiques de la foi et de la charité, dans les luttes avec le ciel, il n'en saurait être ainsi; vous l'avez compris. Vous avez mis en avant vos malades, vos infirmes, tout ce qui souffre, tout ce qui pleure, tout ce qui est faible, et vous avez eu raison de la force même de Dieu.

« Et c'est de la sorte que vous avez remporté, en quelques heures, une victoire dont nous n'avons pas eu d'exemple jusqu'ici. »

— Oui, sans doute, nous dit à l'oreille le P. d'Alzon. Mais rien ne m'ôtera de l'esprit que les consolations que nous apportons à ce saint ne soient pas pour quelque chose dans les faveurs que nous accorde la Sainte Vierge.

Le Curé accompagna à la gare les pèlerins de Notre-Dame du Salut. Et nous lisons les lignes suivantes dans une note publiée quelques jours après, par le comité central des Pèlerinages :

« Cette belle manifestation avait inondé d'une profonde joie l'âme de l'homme de Dieu ; et comme il nous la témoignait avec effusion à la gare, au moment de l'embarquement, son ami, M. l'abbé Martignon, chanoine d'Alger, s'écria :

— Le Pèlerinage national donne dix ans de vie à Mgr Peyramale !

— Dix ans ! répondit gravement le prélat. Non : pas même dix mois !

Et, chacun se récriant :

— Avant dix mois, je sens que je ne serai plus de ce monde, — à moins que la Sainte Vierge ne veuille faire un miracle, pour me faire continuer *son Eglise...*

« Mais, ajouta-t-il avec son enjouement ordinaire, la Sainte Vierge n'a pas besoin de moi pour continuer *son Eglise :* le miracle est donc inutile, et avant dix mois je ne serai plus ici. »

XVII

Les nombreuses guérisons qui avaient récompensé la foi du Pèlerinage national ravivèrent-elles l'espérance de l'abbé Martignon qui, après ses neuvaines de jours, de semaines et de mois, aurait pu être déjà parvenu au milieu de sa neuvaine d'années ?

Comme ils redescendaient de la gare, il dit au Curé de Lourdes :

— Voici septembre. Le 16 de ce mois l'Eglise célèbre la fête de Notre-Dame des Sept-Douleurs ; il me vient la pensée d'intercaler au point central de ma neuvaine d'années une neuvaine particulière à Notre-Dame des Sept-Douleurs. Depuis quelque temps, mon cher Pasteur, n'est-elle pas notre patronne spéciale ? J'ai quelque vague espérance que je serai, cette fois, exaucé.

Les jours suivants, M. le Curé de Lourdes reçut la visite des pèlerinages d'Avignon et de Nantes, celui du diocèse d'Aix, Arles et Tarascon.

« Ce dernier pèlerinage, raconte l'*Echo des pèlerins* du 1er septembre 1877, fit ses adieux à la Vierge Marie dans la Nouvelle Église en construction. Nul ne saurait exprimer l'émotion extraordinaire de ces ardentes foules de la Provence, si excellentes et si démonstratives, à la vue du prêtre vénéré que l'histoire de Notre-Dame de Lourdes a rendu si populaire.

« M. l'abbé Marbot, vicaire-général de l'archevêché d'Aix, prit la parole ; et il rappela le rôle providentiel rempli par M. le Curé de Lourdes à l'époque des Apparitions. Puis il ajouta :

« En nous prescrivant la charité, l'Évangile nous a donné un double précepte. D'un côté, il nous dit : « Que votre main gauche ignore ce que votre droite a donné. » Et il nous dit, d'autre part : « Que les hommes voient vos bonnes œuvres. »

« A la Basilique, nous avons déposé notre aumône secrète, connue de Dieu et de chacun de nous. C'est ici le lieu de faire l'aumône publique, qu'il faut que les hommes voient *et qui doit être un exemple.* »

Et se tournant vers le Prélat :

« Monseigneur, la Provence a été éprouvée et elle ne peut effectuer tout ce qu'elle voudrait ; car elle désirerait qu'il lui fût permis, à elle seule, de prendre à sa charge tout ce qui manque encore pour l'achèvement de votre œuvre ; mais elle vous offre ce qu'elle a de plus précieux. Ce que les Provençaux aiment le plus, après Dieu et la Sainte Vierge, c'est le Soleil. La Provence vous offre un vitrail, afin que le Soleil en se levant ne puisse entrer dans votre Église qu'en passant à travers le souvenir de notre pays, c'est-à-dire à travers les armes des villes d'Aix, d'Arles et de Tarascon. »

Hélas ! les rayons du Soleil, s'ils avaient un jour à traverser les vitraux donnés par la Provence, ne devaient pas éclairer la face auguste de cet homme privilégié,

Et voilà pourquoi nous nous attardons en ces dernières pages, comme l'on s'attarde avec un ami, avec un père qui va nous quitter. On recueille toutes les paroles, on s'arrête à tous les détails, on ne veut rien perdre de la douceur d'une compagnie si chère, qui est à la veille de s'interrompre par un départ, sans retour ici-bas.

. .

Le mardi 4 septembre, Mgr Peyramale reçut le pèlerinage vendéen, ayant à sa tête Sa Grandeur Mgr Lecoq, évêque de Luçon.

Les pèlerins de Bourges arrivèrent le lendemain soir. Un des directeurs du Pèlerinage, M. l'abbé Béguinot, alors curé-doyen des Aix d'Aiguillon, et aujourd'hui Evêque de Nîmes, a raconté ainsi ses souvenirs dans une lettre privée publiée jadis :

« Nous étions déjà à Lourdes depuis la veille, harassés de fatigue, mais le cœur joyeux et plein d'espérance.

A peine avions-nous offert à la Vierge Immaculée nos premiers vœux, que cette Mère si bonne nous avait consolés et reposés par un de ses plus doux sourires. Elle avait obtenu la guérison de l'une des compagnes de notre pèlerinage.

Notre cœur se fondait en larmes de reconnaissance et d'amour; nous cherchions à qui exprimer nos joies, nous voulions parler et entendre parler de Notre-Dame de Lourdes, et notre pensée inclinait par une pente naturelle *vers celui qui avait été le pionnier de l'œuvre de Marie.*

Pour ma part, tout en présidant les solennels exercices du Pèlerinage, en évangélisant notre petit troupeau, si fervent, si enthousiaste, que chaque parole le faisait fondre en larmes ; en contemplant les merveilles de la Basilique, je me surprenais à chercher *celui que je ne voyais nulle part et dont l'action était partout présente*. Après avoir admiré l'Œuvre, il me manquait de contempler l'Ouvrier.

Les impressions de ma première visite au vénérable Curé de Lourdes avec notre jeune miraculée, le mercredi 5 septembre, ne furent pas au-dessous de mon attente impatiente ; elles la dépassèrent.

Une émotion profonde, dont je n'eus garde de me défendre, s'empara de mon âme, à la vue de celui qui avait été jugé digne de recevoir le message de l'Immaculée Conception. Cette émotion, à l'heure qu'il est, ne s'est pas affaiblie ; elle sera durable.

J'ai senti trembler dans ma main la main de cet homme vénéré, lorsque son humilité se refusait à nous bénir. J'ai senti sur ma joue la larme brûlante qui jaillit de ses yeux, lorsque, après nous avoir bénis, il m'honora de ce fraternel baiser de l'adieu, que saint Paul ne refusait pas aux fidèles chrétiens qu'il ne devait plus revoir. *Magnus fletus factus est omnium, et procumbentes super collum Pauli, osculabantur eum.*

Dans mon trouble, j'avais oublié, en me retirant, de lui remettre une aumône pour son Église. Lorsqu'il me vit rentrer un peu confus : — Je vous attendais, dit Mgr Peyramale, avec sa bonhomie charmante. Et il accompagna cette apostrophe des plus obligeantes paroles.

A voir la reconnaissance empressée avec laquelle le vieillard reçut ma modeste offrande, *je compris que ce noble cœur souffrait et que l'aumône déposée dans cette main, non seulement alimenterait une bonne œuvre, mais probablement consolerait une grande douleur.* J'ignorais et j'ignore encore la cause des douleurs de Mgr Peyramale, douleurs amères, paraît-il ; —

mais j'ai compris, en le voyant, *que cet homme,* qui fut un puissant consolateur, *avait besoin d'être consolé.....*

Tous nos pèlerins, avec cette exquise délicatesse de sentiment qui est l'arôme béni du sens chrétien, désirèrent être présentés au Curé de Lourdes, lequel eut la bonté d'en témoigner sa vive satisfaction et me donna rendez-vous pour le jour suivant.

Le jeudi, 6 septembre, vers cinq heures, Mgr Peyramale nous attendait dans l'enceinte de la Nouvelle Eglise. Je lui remis, avec la même émotion respectueuse que la veille, l'aumône de tous nos pèlerins. Il se fit alors notre cicerone, nous expliquant les dispositions de son église future. Sa figure était radieuse, nous l'entourions comme un aïeul. Quelque chose de notre amour pour Notre-Dame de Lourdes, la Vierge si belle de la Grotte, irradiait sur la personne de son Mandataire. Nos témoignages d'affection lui étaient doux : nous le sentions, et nous les lui prodiguions à l'envi.

Le Curé de Lourdes nous conduisit alors à la crypte de la Nouvelle Eglise.

Au courant du discours, il nous développa son idée poétique de Notre-Dame de l'Eglantier, dont l'autel devait immortaliser son incrédulité d'un jour par un monument de foi et de perpétuel amour..... »

L'auteur de ce livre était présent, et écoutait, avec les pèlerins du Berry, les paroles chaudes et éloquentes qui toujours débordaient de cette âme apostolique. Il avait, en parlant aux enfants de l'Eglise, une familiarité paternelle et royale, je ne sais quoi des anciens patriarches : la majesté simple du père, du vieillard et du chef.

Au centre de la Crypte, immédiatement au-dessous du futur Autel, il s'arrêta un instant, continuant à s'entretenir des grandeurs de Notre-Dame de Lourdes. Les pieds de Mgr Peyramale portaient sur quelques planches posées à terre et auxquelles nul ne faisait attention... Elles recouvraient le caveau funèbre où il devait être déposé moins de cinq jours après, et où son corps, au milieu des hommages de ceux qui se souviennent, attendra jusqu'à la fin des temps la résurrection de la chair.

XVIII

Le soir, il se mit à table comme d'habitude et insista pour garder avec lui l'ancien curé d'Alger, M. le chanoine Martignon.

Le dîner fut plein de cordialité. A la fin du repas, Mgr Peyramale eut un mot qui resta dans la mémoire de son très aimé commensal.

— Adieu, lui dit-il, la nuit sera mauvaise.

Elle fut mauvaise, en effet. Vers deux heures après minuit, ont supposé les médecins, se produisit dans la vessie une hémorrhagie interne. Il commença à ressentir d'épouvantables douleurs. Mais la douleur, quelque violente qu'elle fût, ne pouvait abattre du premier coup cet homme de granit.

Le matin, il se leva et, sans vouloir être accompagné, alla prendre un bain.

Il revint plus malade. Les médecins furent mandés en toute hâte et constatèrent la gravité du péril.

Lui-même il comprit sa situation. Son âme était

préparée. Il voulut régler certains détails matériels, faire reporter sur les comptes une somme d'argent reçue la veille, inscrire une ou deux messes qu'il devait célébrer.

— Maintenant, dit-il, tout est en ordre. Il ne me reste plus qu'à entrer dans l'éternité.

Puissamment constitué, il souffrait puissamment. De temps en temps son corps athlétique se tordait avec violence, sous quelque étreinte d'une acuïté inouïe : il poussait comme un rugissement étouffé. Puis il disait :

« — Allons ! allons ! C'est la mort la plus cruelle : mais elle expie bien le péché. »

Et son mobile visage exprimait le sentiment que ces souffrances de la fin étaient le purgatoire terrestre qui le conduisait aux portes du Ciel.

Nous voulions lui persuader et nous persuader à nous-mêmes que son terme ici-bas n'était point si proche, et qu'il resterait encore longtemps au milieu de nous.

— La Très Sainte Vierge ne vous envoie qu'une épreuve passagère. Demain sera le jour de sa fête, et tout ira mieux... Écoutez les cloches ! On sonne les premières vêpres de la Nativité.

— Ce sont, pour moi, les dernières, répondit-il gravement. Je n'en ai pas pour vingt-quatre heures.

Sa présence d'esprit, et ce qu'on pourrait appeler sa présence d'âme, étaient dans toute leur plénitude. Au milieu de ses tortures physiques, il avait encore des paroles enjouées.

— Je suis brûlé par la soif ! venait-il de s'écrier.

On lui présenta un verre d'orgeat, que le Docteur avait dit de tenir à côté de lui.

Le malade en prit une gorgée pour rafraîchir son palais desséché.

— J'ai peur que ce ne soit point là une bonne boisson, lui dit son frère.

— Qu'importe? répartit-il, c'est le précepte de la Faculté. Et vous savez qu'il vaut toujours mieux mourir suivant l'ordonnance, que de vivre contre les règles.

— Voilà que vous retrouvez le rire, lui dimes-nous. C'est bon signe.

— Il faut bien que je sourie un peu et que je fasse autre chose que de toujours gémir, afin de ne vous point trop affliger.

Il ne songeait qu'à relever notre courage abattu.

D'autres fois sa parole était sublime.

Il était en proie à une forte fièvre : sa bouche ardente lui semblait pleine de feu. Une demi-heure s'était écoulée depuis le verre d'orgeat, et l'on craignit que, dans l'état de ses organes, l'eau, péné-trant trop abondamment dans le corps, n'aggravât encore le péril.

— J'ai soif! dit-il.

— Le médecin, lui répondit-on, vient de vous défendre de boire davantage.

— Oui! oui! Ne buvons point.

Puis il regarda le crucifix. Et, unissant les souf-frances de sa soif intolérable à celles de son Dieu, il prononça, en contemplant l'image de Jésus, ce simple mot dans la langue de l'Église :

— *Sitio.*

L'accent de cette parole remua jusqu'au fond de l'âme ceux qui l'entendirent.

Ainsi s'écoula l'après-midi du vendredi ; ainsi le soir, ainsi la nuit.

.   .   .

Le samedi 8 septembre, vers cinq heures du matin, certains signes trop manifestes firent comprendre que l'agonie était proche.

M. l'abbé Pomian, celui-là même qui avait jadis préparé Bernadette à la première communion, prépara le grand Serviteur de la Vierge, le glorieux abbé Peyramale, Curé de Lourdes, à son départ de ce monde. Il le confessa et lui donna l'Extrême-Onction, que le malade reçut en complète possession de lui-même.

A six heures, il cessa de parler : sa tête s'empourpra de sang. Sa respiration commença à devenir, à la fois, et plus active et plus pénible ; elle avait le caractère haletant de quelqu'un qui gravit une montagne escarpée et qui est pressé d'arriver au sommet.

Elle n'allait point en s'affaiblissant, ainsi que cela advient souvent. Il y avait, dans ce souffle puissant, comme le sentiment d'une marche ascendante et rapide. Il ne descendait pas vers la Mort ; il s'élevait vers la *Vie*.

Ses vicaires, M. l'abbé Peyret et M. l'abbé Ducasse, suggéraient à son oreille quelques courtes invocations à Dieu (1). Il n'entendait point, ou sem-

---

(1) M. l'abbé Peyret est mort curé de Cauterets. M. l'abbé Ducasse est aumônier des Sœurs de l'Immaculée Conception (Sœurs bleues) qui ont à Lourdes, près de la Grotte, une Maison de retraite pour les Dames.

blait ne pas entendre. Rien ne le détournait de cette marche mystérieuse dont nous étions les témoins étonnés : il montait toujours vers le but suprême... Sa prière, sans paroles extérieures, était en lui-même.

Deux fois ses lèvres se fermèrent, et il parut perdre haleine. On le crut mort. Mais le souffle, j'allais dire la course, reprenait son élan, et on attendait toujours qu'il atteignît aux portes d'or du Paradis.

.　.

Dans les affres suprêmes du trépas, nul mouvement convulsif ne troubla la paix souveraine de son visage. Au-dessus des cruelles douleurs, planait le calme immuable d'une âme absolument maîtresse d'elle-même, parce qu'elle était absolument soumise à Dieu.

Quel spectacle présentait la mort de ce juste !

Autour de son lit, quelques-uns de ceux qui l'aimaient : ses vicaires, les yeux en larmes, lui prodiguant leurs soins filiaux ; les bonnes demoiselles Latapie, dont la maison lui avait, depuis bien des années, servi de presbytère, et qui, malades elles-mêmes, retrouvaient une force infatigable pour veiller à son chevet et préparer tous les remèdes ; son frère Alexandre et sa belle-sœur ; le chanoine Martignon ; Henri Lasserre, atterrés par le mal grandissant... A mesure qu'elles apprenaient au dehors l'état désespéré de leur seigneur et de leur père, les sœurs de Nevers, compagnes de Bernadette, les tourières du Carmel, les sœurs converses des Clarisses et des religieuses bénédictines, les sœurs Saint-Frai, des personnes de tout rang et de tout âge, franchissaient le seuil et s'agenouillaient en pleurant.

Vers huit heures, le Supérieur des Missionnaires de Lourdes, le R. P. Sempé, arriva. Il demeura jusqu'au dernier moment.

Puis de vieux amis de celui qui allait entrer dans la Vie éternelle : le R. P. Dulac, le R. P. Peydessus.

Le souffle haletant continuait. Il manquait au fils soumis de l'Eglise comme la permission de l'Evêque. Il lui fallait la main consacrée d'un successeur des Apôtres, étendue sur lui, pour lui donner congé de la terre.

Et alors, l'Evêque entra, grave et ému, portant au cœur la tristesse de tous.

Si la Providence avait permis que Mgr Jourdan, Evêque de Tarbes, fût en ce moment loin de son diocèse, elle avait pris par la main Mgr Foulon, Evêque de Nancy, et lui avait fait la grâce de le désigner, pour donner au Serviteur de Notre-Dame de Lourdes l'ultime bénédiction. Onze heures sonnaient.

Quelques instants après, et comme l'Evêque de Nancy avait à peine quitté la chambre, à onze heure un quart environ, la respiration s'arrêta tout à coup. L'âme de Mgr Peyramale, épurée par les épreuves, venait d'ouvrir ses invisibles ailes, et d'entrer au lieu de sa récompense. Il était passé de la conversation des hommes à celle des élus, du regard attristé des choses d'ici-bas à la bienheureuse vision de Dieu.

Il y eut dans l'assistance un frémissement. Et, d'un instinct unanime, tous les yeux, baignés de pleurs, se tournèrent vers le firmament.

XIX

Parmi le groupe éploré qui remplissait la chambre mortuaire, l'intime ami des dernières années, le bon chanoine de la métropole africaine, l'abbé Martignon, demeurait à genoux, appuyé sur le bord du lit et brisé de douleur.

Il contemplait ce corps inanimé. Il eût voulu deviner le secret du trépas, interroger le mystère insondable, ouïr encore la voix du Serviteur de Marie, disparu de ce monde. Où était son ami ? Comment le savoir, comment pénétrer dans cet au delà ? comment entendre, à travers l'épaisse muraille de la mort ?

Tenant en ses mains les mains glacées de celui qu'il aimait et dont il avait été aimé, il resta un instant prosterné et silencieux. Il se sentait seul désormais ici-bas.

En cette heure de tristesse et d'abandonnement, il porta le regard de son esprit vers les invisibles régions dans lesquelles désormais, pensait-il, vivait le Serviteur de Marie. Et, en tournant son cœur vers la Consolatrice des affligés, il se rappela la Neuvaine projetée et promise, et il se souvint que ce jour-là, 8 septembre, fête de la Nativité, en était précisément le premier jour.

Puis il se releva et dit à plusieurs de ceux qui

étaient là, aux vicaires de la Paroisse orpheline, à celui qui écrit ces lignes, à quelques autres :

— Je viens de faire la première prière de ma *Neuvaine* à Notre-Dame des Sept-Douleurs et ma demande de guérison, auprès de cette sainte dépouille. Et je conjure Notre-Dame de Lourdes de permettre que, *en son nom à Elle, et le neuvième jour, notre ami me transmette* lui-même *la réponse.*

Puis il ajouta :

— Puisque la Vierge a voulu choisir le jour de sa Nativité à Elle sur la terre, pour être celui de sa nativité à lui dans le Ciel, je me crois suffisamment autorisé à associer à mon humble supplique leurs deux Noms réunis.

.·.

Inattendue comme un coup de foudre dans un horizon serein, la terrible nouvelle ne tarda pas à se répandre et jeta dans la stupeur les habitants de ces contrées. La consternation y fut indescriptible. A cette mort si soudaine, nul n'était préparé, excepté lui.

Tout le peuple, dont il était le père, tout le pays, dont il était le gloire, se couvrit d'un voile de deuil.

On s'efforçait de n'y pas croire; on s'interrogeait; on était avide de connaître les moindres circonstances qui avaient précédé la catastrophe.

L'impression était la même parmi les pèlerins qui se trouvaient en ce moment dans la ville de Marie. De son vivant, le Curé de Lourdes était devenu comme un but de pèlerinage au sein du pèlerinage. La Vierge lui avait envoyé Bernadette; et la terre chrétienne accourait à cet homme, qui

avait eu la gloire unique de recevoir une ambas-
sade du Ciel.

Durant la journée du samedi et celle du dimanche, la foule se pressa autour de sa maison. On
entrait par groupes recueillis. Tous voulaient faire
toucher des croix, des chapelets, des médailles, des
objets bénis à la dépouille mortelle.

Ayant été impassible dans la maladie, il était
magnifique dans la mort. Son visage, si noble et si
beau par lui-même, était empreint, après le trépas,
de la souveraine majesté des choses éternelles.

Nous avons vu notre ami étendu sur sa couche,
la mitre au front, revêtu de ses ornements sacrés.
Devant cette tête sublime, dont l'auréole était visible aux yeux de l'âme, chacun fléchissait invinciblement le genou ; et, au lieu de prier pour lui,
se sentait porté à le prier pour soi.

Ceux qui avaient délaissé l'homme de Dieu, ceux
dont l'abandon ou l'hostilité avaient été pour son
cœur l'amertume des amertumes, commirent la
faute envers Dieu, la faute aussi aux yeux des
hommes, de le délaisser encore après sa mort.
Auprès de la dépouille de celui que le Pape avait
désigné à la Chrétienté *pour être l'exemple de tous*,
on remarqua les plus étonnantes absences. Alors
que les habitants et les étrangers, les croyants et
les incroyants venaient se prosterner au pied de ce
lit funèbre et rendre hommage aux grands souvenirs mêlés à cette mémoire, eux seuls n'y parurent point.

XX

Les obsèques de Mgr Peyramale eurent lieu le lundi 10 septembre.

Bien que, dans le cours de notre vie, nous avons, hélas ! assisté à de trop nombreuses cérémonies funèbres, nous n'avons vu, en aucun temps ni dans aucun lieu, de telles funérailles ; et nous n'en reverrons sans doute jamais.

Nous ne dirons point ces pompes matérielles, simples et graves, quoique pourtant le caractère grandiose de certains usages particuliers aux pays pyrénéens nous ait singulièrement frappé. L'Eglise, l'Autorité civile, la Magistrature, et ensuite les multiples Corporations et Confréries de ces contrées, possédant chacune une grande Croix spéciale et un drap mortuaire, une forêt de hauts Crucifix, voilés d'un crêpe, ouvraient l'immense et solennel défilé, et le cercueil était précédé par ces innombrables tentures noires et blanches, horizontalement étendues, sous lesquelles disparaissaient le sol de la route et le pavé des rues.

Non seulement sur le passage du cortège, mais dans toute l'étendue de cette vaste Paroisse, les magasins, les boutiques, les ateliers, les chantiers, étaient fermés. En cette ville, habituellement si mouvementée, nulle voiture sur une place, nul passant dans une rue. En dehors du peuple atterré qui suivait le cercueil, Lourdes était devenu tout à coup une morne nécropole, silencieuse et déserte comme Pompéi ou Herculanum.

Le spectacle de ces maisons universellement

closes était saisissant. Dans les vastes habitations,
dans les plus pauvres demeures, il semblait qu'il
y eût une mort, et que ce deuil général fût le deuil
privé de chacun. Il le semblait, et c'était en effet la
réalité : chaque famille avait perdu son Père.

Sur les trottoirs, une foule, les uns debout et
les mains jointes, les autres prosternés à genoux.
Ces masses d'hommes et de femmes, encore immobiles, faisaient elles-mêmes partie du cortège et
n'étaient ainsi arrêtées que pour attendre le moment
de suivre les rangs, et de se fondre dans l'escorte
désolée. De sorte que la fin de l'immense procession
n'était plus environnée par aucun spectateur et
laissait le vide derrière elle.

Toute la vie avait pour centre le mort et se mou-
vait à sa suite. Le reste de la cité était comme
abandonné au trépas.

Souvent, en ces tristes cérémonies, on échange
quelques paroles avec son voisin, tantôt sur le
souvenir du défunt, tantôt sur l'aspect de la cérémonie qu'on a sous les yeux ; tantôt, hélas ! sur
des sujets indifférents. Ici rien de pareil. On était
sans parole, et absorbé en sa muette affliction.
Un grand nombre, parmi les jeunes gens comme
parmi les vieillards, versaient d'abondantes larmes.
La physionomie de chacun était celle qu'ont habituellement, aux funérailles d'un être cher, ravi à
leur tendresse, les fils, les frères, les parents intimes qui le conduisent à sa dernière demeure.

Une minime partie des assistants put pénétrer
dans la vieille église, où, après l'office des Morts,
on célébra la messe de *Requiem.*

Mgr Langénieux, archevêque de Reims, était depuis deux jours à Lourdes, où il était arrivé, par une circonstance fortuite, environ une heure et demie après la mort de Mgr Peyramale. On ne le vit point auprès du lit funèbre : mais ce fut lui (au défaut de Mgr Jourdan, absent de son diocèse) qui eut l'honneur de donner l'absoute. Son Excellence (tel est le titre des archevêques de Reims), Son Excellence comprit que cette multitude en pleurs parlait un langage, à l'unisson duquel ne pourraient atteindre les ressources de l'art oratoire. Aussi, s'étendant en son discours sur diverses généralités, sur le caractère sacré du sacerdoce et de l'épiscopat, n'aborda-t-Elle que d'une façon incidente l'éloge posthume de celui dont les funérailles étaient une apothéose.

On sortit de l'église, et l'interminable cortège, reprenant sa marche, voulut la prolonger, en faisant des circuits et des détours, afin que passât solennellement, par toutes les grandes voies de la ville, la sainte dépouille qui paraissait répandre autour d'elle comme une féconde bénédiction pour cette cité de Lourdes, que le Curé Peyramale avait tant aimée.

A l'annonce de cette mort inopinée, il y avait eu dans la Ville, et dans le diocèse, un cri unanime :

« — Nous ne voulons pas qu'il nous quitte, nous ne voulons pas que son corps sorte de nos murs. Nous voulons qu'il repose au milieu de nous, dans la crypte qu'il a édifiée, pour que l'on puisse aller prier sur son Tombeau. »

Nul n'avait pu résister et nul ne résista à cette clameur, à cette voix du peuple, *vox populi, vox*

Dei. Objections, formalités, lenteurs, administratives et autres, tout avait dû céder comme devant l'irruption des flots.

Aussi, ne fut-ce point vers le cimetière, mais vers la Nouvelle Église paroissiale que le Clergé et les rangs funèbres de la procession se dirigèrent.

Le Clergé, les porteurs, la tête du cortège en franchirent le seuil.

Les colonnes de marbre et le pourtour du sanctuaire étaient ornés de branches vertes, symbole d'immortelle espérance. Cet édifice interrompu, que les sages du monde avaient déclaré trop vaste, fut trop étroit et ne contint que la moitié ou le tiers de ces foules.

Les échafaudages, les hautes fenêtres, les fûts de colonne, les chapiteaux se couvrirent de grappes d'hommes qui n'avaient pu trouver place sur le sol.

Quand le cercueil, entouré d'innombrables prêtres, eut été placé au milieu du chœur et ainsi exposé à la vue de tous, un silence solennel succéda au vague tumulte de cette multitude, pénétrant dans la nef et les bas côtés : et l'Église fit entendre les dernières prières sur le corps inanimé du grand serviteur de la sainte Vierge.

Au nom de la cité éplorée, le Maire prononça quelques paroles très émues, qui répondaient au sentiment de tous.

Le Clergé dut alors se retirer, la croix en tête : car, parmi cette affluence et vu la disposition des lieux, il était matériellement impossible, pour le moment, de transporter au caveau de la Crypte la dépouille de Mgr Peyramale.

Au centre d'une couronne de cierges étincelants

la bière demeura au milieu du chœur, afin que l'inhumation pût se terminer, après l'évacuation de l'enceinte, en présence de quatre ou cinq personnes intimes.

Mais il arriva que, sourd à toute injonction de s'éloigner, le peuple ne suivit point le clergé qui sortait. Le peuple, innombrable et immobile, resta tout entier dans ce vaste chantier de travail à ciel découvert.

Et l'on vit s'accomplir une scène sans précédents.

Un mouvement ne tarda pas à se produire dans la foule compacte. A la ligne médiane de cette sorte de lac humain un courant se forma, et se dirigea lentement, de la nef et des bas côtés, vers le chœur, afin qu'il fût possible à chacun de déposer sur le cercueil, sur l'anneau et la croix pastorale, sur les vêtements sacerdotaux du défunt, un baiser d'adieu suprême. C'est là que les sanglots, les cris désolés, les lamentations éclatèrent. Plusieurs s'attachaient au cercueil ; et les agents de l'autorité, pleurant eux-mêmes, étaient obligés de les en arracher de force...

O Seigneur, Dieu tout-puissant, qui avez voulu porter le doux nom de Père, combien vous devez aimer là-haut ceux qui se sont fait tant aimer ici-bas !

Ces adieux déchirants durèrent quatre heures. La plupart, après avoir goûté l'amère douceur du baiser de la séparation, allaient se remettre à la suite, afin de pouvoir revenir et poser encore une fois leurs lèvres sur ce grand reliquaire, de sorte que la multitude ne diminuait point sensiblement, même après ce long espace de temps. Il fallut agir d'autorité (avec quel respect attendri, avec quelle sympathie, on le comprend !) pour faire évacuer l'enceinte.

On ne vit plus alors, entre ces hautes murailles et cette sévère colonnade, que le cercueil, entouré de quelques prêtres et d'un ou deux amis.

Il fut descendu dans la Crypte, et enseveli dans le caveau qui est au-dessous du maître-autel. Le petit groupe dont nous venons de parler s'était augmenté d'un certain nombre de fidèles recueillis, qui avaient violé la consigne, et étaient entrés peu à peu par des issues qu'il avait été difficile de défendre contre les envahissements de la piété filiale.

Dans le trouble, l'aspersoir de l'eau bénite avait été égaré. On détacha, des décorations de l'Église, une branche d'arbuste. C'était une branche de laurier : le signe du Triomphateur.

. .

M. l'abbé Martignon donna l'inscription du tombeau : « *Domine, dilexi decorem domus tuæ. — Zelus domus tuæ comedit me.* Seigneur, j'ai aimé la beauté de votre maison. Le zèle de votre maison m'a dévoré. »

En ce double texte de l'Écriture, il condensait une histoire complète. La première partie résumait la vie : la seconde racontait la mort.

. .

Nous avons nommé l'abbé Martignon, nous avons nommé l'abbé Lafont.

Le Maître avait quitté la terre. Les deux disciples, les deux amis, les deux prêtres, exilés encore ici-bas dans la vallée de misère, regardaient le ciel : *Quid statis aspicientes in cœlum, viri Galilæi?*

Le soir même, après les obsèques de Mgr Peyramale, M. l'abbé Lafont vint nous voir et nous dit :
— Il n'y est plus, qu'allons-nous devenir ?
Or, le lendemain, M. l'abbé Lafont, rentré à Tarbes où il était aumônier de l'hospice, se trouva présent à un vaste incendie, celui de la maison dite du *Petit Couvent*, rue Saint-Louis. Il s'élança pour mettre à l'abri le Saint Sacrement et sauver des enfants en péril.

Ecrasé par la chute d'un pan de mur en flamme, il tomba mort. Il était allé rejoindre dans le sein de Dieu celui qu'il pleurait la veille.

Ainsi, ouvrant les portes de la vie éternelle par un acte sublime de dévouement, le premier ami de Mgr Peyramale, l'ami des anciens jours, partit de ce monde, immédiatement après le Serviteur de Marie.

L'ami plus récent, l'abbé Martignon, devait attendre encore.

Réservons le récit de ce qui lui advint pour être l'épilogue de cette Vie de Mgr Peyramale ; et demeurons quelque temps encore à considérer sur cette terre, après le départ du Curé de Lourdes, les grandeurs et les petitesses, les sublimités et les misères que présentent tour à tour les actes des humains.

LIVRE QUATRIÈME

APRÈS LA MORT

LIVRE QUATRIÈME

APRÈS LA MORT

———✧·:✦·✧———

1

La dépouille mortelle du Curé des Apparitions reposait dans la Crypte.

Au-dessus de la dalle, surmontée d'un catafalque provisoire en manière de tombeau, étaient placées la croix du Sauveur et la statue de Notre-Dame de Lourdes. Devant le signe du Rédempteur et l'image de Marie, brûlait une lampe, et, tout autour, de grands cierges dans des candélabres.

— C'est là, disait-on, que passeront désormais les pèlerinages de l'avenir. Inaugurant leurs processions aux Roches de Massabielle par un acte de justice et de gratitude, ils demanderont au grand Curé de Lourdes de s'associer à leurs pieuses phalanges et de les accompagner à la Grotte sainte et à la Fontaine des miracles. Et il fera, après sa mort, ce qu'il ne pouvait faire durant sa vie. Invisible et présent, il marchera à leur tête, enveloppé dans son manteau de gloire, et unira à leurs supplications ses prières ardentes, ses prières, irrésistibles sans doute au cœur de Celle dont il fut l'apôtre ici-bas.

La mort de Mgr Peyramale eut dans le monde chrétien un immense retentissement.

Des lettres désolées arrivèrent à Lourdes de toutes parts. Il en fut publié un certain nombre dans l'*Echo des Pèlerins*.

Pour ne point attarder le récit, nous résistons à la tentation de reproduire intégralement cette multiple expression de la douleur publique. Glanons seulement çà et là quelques paroles dans cette correspondance, et citons, tout d'abord, ces simples mots d'une lettre que Bernadette adressa alors à M. l'abbé Pomian, son catéchiste d'autrefois :

« La mort si prompte de notre cher et vénérable
« Monsieur le Curé *m'a atterrée*. Quelle cruelle
« perte pour les habitants de Lourdes ! Ils seraient
« bien ingrats, s'ils ne reconnaissaient dans la mort
« de notre cher et bon Pasteur, un excès de zèle
« pour la gloire de Dieu et le salut de leurs âmes.

« Il paraît que le chagrin qu'il aurait éprouvé
« au sujet de la Nouvelle Eglise aurait contribué
« beaucoup à sa mort. Je n'en serais point étonnée :
« il avait tant à cœur l'œuvre qu'il avait si bien
« commencée !

« Il faut adorer les desseins du bon Dieu, puisque
« rien n'arrive sans sa permission. . . . . . .

« C'est le jour de la Nativité de la Très Sainte
« Vierge que j'ai appris cette foudroyante nouvelle.

« A neuf heures, ma chère sœur Nathalie vient

« me trouver à la tribune et me dit qu'*on venait de*
« *recevoir une dépêche, datée de la veille, qui an-*
« *nonçait que M. le Curé était au plus mal.* Puis
« est arrivée la seconde, du jour même, qui an-
« nonçait sa mort.

    « *Vous dire ce que j'ai souffert serait chose*
« *impossible.*

    « La Très Sainte Vierge est venue chercher notre
« bon père le jour de sa Nativité, pour récompenser
« *les sacrifices et les rudes épreuves qu'il a acceptées*
« *et souffertes pour son amour...*

    « *La pensée que nous avons un protecteur de plus*
« *au Ciel peut seule adoucir notre peine.*

        « Sœur Marie-Bernard SOUBIROUS. »

Ce sentiment de Bernadette était le sentiment
de tous.

L'Evêque de Beauvais, Mgr Gignoux, écrivait :

  « C'est une grande âme de moins sur la terre et de
plus auprès de Dieu. L'Eglise *doit beaucoup à ce*
vénérable défunt, elle perd UN APOTRE. C'était le
Curé de la Sainte Vierge. J'ai la ferme espérance que
l'œuvre de Dieu ne souffrira pas, *après les mille sacri-*
fices qu'il a exigés de son Serviteur... »

  « Le martyre de ses dernières années était à son
terme, disait Mlle de Fontenay, l'une des grandes
miraculées de Lourdes. Je m'en veux de ne pouvoir
retenir mes larmes. Je devrais chanter le *Te Deum* de
la délivrance. Mais, sans lui, Lourdes ne sera plus
Lourdes : *Il était le dépositaire des vraies traditions.*
Près de lui on se sentait chez soi, sa bénédiction portait bonheur, ses conseils étaient suivis avec joie. »

« Je ne plains pas celui qui a quitté ce monde ! écrivait l'abbé Sire, directeur au séminaire de Saint-Sulpice, que tout le monde connaît comme un privilégié de Notre-Dame de Lourdes (1). Il est mort le samedi, jour consacré à la Sainte Vierge ; il est mort le 8 septembre, fête de la Nativité de Marie. *Il est né à la vie éternelle ; il est avec la Mère de Dieu et les Elus. Son sort est digne d'envie.* »

« Dieu a voulu éprouver son serviteur, comme il éprouve toujours ses vrais amis ; il le récompensera au centuple de tout ce qu'il a fait... »

« Quel vide lorsque nous retournerons à Lourdes ! s'écriait le R. P. Picard, Supérieur des Religieux Augustins de l'Assomption, Directeur du Pèlerinage national. *Il semblait que cette loyale et sympathique figure devait être toujours là et durer autant que la Grotte...* »

Dans nombre de lettres d'ecclésiastiques et de laïques distingués, nous trouvons, sous les formes les plus diverses, la même impression.

« Il était le vrai prêtre, *choisi par Marie pour recevoir ses ordres, les faire connaître et exécuter.* Oui, c'était bien le Curé de Marie Immaculée. Le voilà parvenu au pied de son trône, parmi les plus grands serviteurs de la Reine des Saints... »

« Prions pour lui de toute l'ardeur de notre cœur et de notre âme. *Mais je ne pourrai le faire qu'avec la pensée que le résultat de cette prière sera d'obtenir qu'il prie pour nous...* »

« Quel beau jour a choisi Notre-Dame de Lourdes, pour glorifier son Serviteur !... Je me figure Marie,

(1) Voir dans les *Épisodes miraculés* les deux récits intitulés le *Miracle de l'Assomption*, et *Mademoiselle de Fontenay*.

ouvrant les portes éternelles, et conviant toute la Cour céleste à venir à la rencontre de cet Elu, choisi entre mille, pour l'exécution des desseins du Très-Haut !... Séchons donc nos larmes ! ne pleurons plus le bonheur du bon et fidèle Serviteur qui est entré dans la joie de son Maître, qui a pris part à l'héritage des Enfants de Dieu, de ceux qui livrent ici-bas les bons combats... »

« *Le monde entier*, lisons-nous dans une autre lettre, *sait la foi, le dévouement, la charité de cet homme de la droite de Dieu...* »

« Son souvenir me suit partout, je le vois, je le sens, il est au Ciel : et, *dans différentes circonstances j'ai déjà ressenti les effets de sa protection !* Je me nourris l'âme de tout ce qu'il m'a dit, des conseils qu'il m'a donnés, j'en approfondis de plus en plus la sublimité et l'élévation... »

« Je ne puis vous dire la confiance, la force d'âme que je ressens par l'intercession de ce saint, que la Mère Immaculée est venue chercher pour le mettre en possession du bonheur qu'il s'était acquis *par sa sainteté et ses souffrances...* »

« Dorénavant, la fête de la Nativité sera un de nos jours les plus solennels de l'année, car il viendra s'y ajouter d'être l'anniversaire de l'entrée au Ciel de Mgr Peyramale. Je ne la fêterai pas en deuil, car c'est la Vie et non la Mort... »

« *L'une des plus grandes grâces que Dieu m'ait faites, c'est de m'avoir fait connaître cet homme incomparable...* »

« *C'est un saint de moins dans les rangs du Clergé*, et la France a tant besoin de saints !... *Mais elle a*

aussi besoin de patrons et d'intercesseurs au Ciel.
L'Église de Lourdes en particulier en a un de plus,
j'en ai la ferme confiance... »

« *L'univers chrétien va dire* LE CURÉ DE LOURDES,
comme il dit LE CURÉ D'ARS...

Les manifestations collectives eurent un semblable caractère.

Ce furent d'abord les habitants de Lourdes et des régions pyrénéennes qui vinrent s'agenouiller et prier autour de ce tombeau, jetant, sur le sol, leur offrande filiale, pour l'achèvement du Temple.

Celui qui règle toutes choses voulut qu'une semaine entière s'écoulât après la mort du Curé de Lourdes, sans qu'un seul Pèlerinage arrivât à la Grotte, afin que cette famille, afin que cette contrée dans les larmes pût, durant sept jours et sept nuits, demeurer tout entière en sa tristesse et sa douleur.

Depuis le samedi 8 septembre, fête de la Nativité et jour de la mort de Mgr Peyramale, jusques au samedi 15 septembre, pas une Procession n'entra dans la ville.

La Providence arrêta un instant le fleuve humain des Pèlerinages, pour laisser passer le grand deuil.

II

Donc, ce fut seulement le samedi 15 septembre, en la double octave de la Nativité de la Vierge et de la mort de son prêtre, que l'on vit reparaître dans Lourdes les têtes de colonne des Pèlerinages, descendant, au lever du Soleil, des hauteurs de la gare.

Quel fut le drapeau qui signala la reprise de cette pacifique invasion ? Ce fut le vôtre, ô Marie ! ce fut la bannière de *Notre-Dame de la Garde*, et Marseille qui marchait à la suite.

Vous voulûtes nous dire, sans doute, en traversant les rues de Lourdes, sous ce vocable de *Notre-Dame de la Garde,* que c'était vous qui, en ce moment, preniez la garde du troupeau.

Ce pèlerinage avait à sa tête M. le curé de la paroisse de *Saint-Défendant ;* et ce nom, par la signification de sa consonnance, rappelait le rôle rempli jadis par le Curé Peyramale, protégeant, de toute son énergie pastorale, la personne de Bernadette et l'œuvre de la Sainte Vierge.

Religieux ambassadeur de la cité phocéenne, le curé de Saint-Défendant déposa sur le sépulcre de la crypte une couronne d'immortelles, portant cette inscription : « Marseille, 16 septembre 1877. »

Les pèlerins italiens, arrivés en même temps, remirent à Notre-Dame de Lourdes la Rose d'or, offerte par Sa Sainteté le Pape Pie IX. Ils étaient environ quatre-vingts. Ils allèrent s'agenouiller sur la tombe du Serviteur de Dieu.

Le lundi matin, ce fut le tour du pèlerinage de Villefranche-de-Lauraguais. Tous communièrent à la Basilique ; ils passèrent leur journée à la Grotte, et le soir, en procession aux flambeaux, ils se rendirent à la Nouvelle Eglise pour prier sur le tombeau vénéré.

Au milieu de ce vaste édifice interrompu, auquel les ombres de la nuit donnaient des proportions colossales ; parmi cette colonnade sévère, ces arceaux commencés et arrêtés, ces murailles sans toitures et sans voûte ; à la lueur vacillante de ces innombrables cierges, qui projetaient sur toutes choses un reflet fantastique ; environné par des ténèbres épaisses que perçait, sans les éclairer, le regard immobile des étoiles, ce peuple ému et recueilli, chantant le *De Profundis* et le *Memorare*, avait une grandeur mystique que nulle parole ne peut exprimer.

. .

Le mardi, le pèlerinage de la Touraine, ayant à sa tête Mgr Colet, Archevêque de Tours, se réunit comme d'habitude, à deux heures, pour se rendre en procession à la Grotte et à la Basilique.

« En sortant de l'Eglise paroissiale, raconte la *Semaine religieuse du Diocèse de Tours,* Mgr l'Archevêque veut que la Procession fasse d'abord visite au grand Serviteur de Marie, maintenant défunt. On descend dans la crypte... On entre dans cette salle souterraine qui renferme un mort, avec des hymnes d'allégresse : *Laudate, laudate Mariam...* *Ave, ave, ave, Maria.* La tombe est entourée de fleurs. »

La tête de la procession s'engagea, en effet, dans la crypte, formant autour du tombeau un cercle épais, compacte et grandissant. Et quand la crypte fut remplie, les pèlerins firent entendre au-dessus de ce sépulcre, à peine fermé depuis quelques jours, le cantique triomphal des Apparitions. C'était le chant de l'Epopée sur le sépulcre du Héros.

La crypte ne contient guère que six à sept cents personnes. De sorte que l'arrière-garde du pèlerinage, ne pouvant y pénétrer, dut se grouper dans l'église supérieure et y attendre un instant, pour être bientôt rejointe par son avant-garde et par le corps d'armée. Ce fut alors que, conformément aux prescriptions de l'Eglise, le *De profundis* fut chanté par le Clergé et par les Fidèles.

Sa Grandeur Mgr Colet, Archevêque de Tours, se tint debout sur le devant du chœur. C'était un beau vieillard, d'un aspect auguste et bon, un patriarche des anciens jours. Il rappela, en quelques mots expressifs, ce qu'avait été l'abbé Peyramale, et il remit au premier vicaire de Lourdes, M. l'abbé Peyret, l'offrande de la Touraine.

Puis la procession Tourangelle continua sa marche vers la Basilique et la Grotte.

Et le pèlerinage n'avait point parcouru la moitié du chemin, qu'il eut à faire entendre le *Deo gratias* et l'*Alleluia*.

Entre sa mère et sa sœur, une jeune fille, toute rayonnante de bonheur, accourait à sa rencontre, pour prendre sa place dans les rangs. C'était une paralytique que le pèlerinage de Tours avait amenée avec lui, et que la Sainte Vierge venait de guérir à la Grotte.

L'heureuse miraculée se nommait Gabrielle Loiseleur. Elle demeurait avec sa famille au prieuré de St-Louans, à Chinon, où chacun la voyait, depuis huit ans, se traînant péniblement sur ses béquilles.

Le *Magnificat* répondit à la bonté de Marie, et, dès ce moment, le pèlerinage de Tours resplendit dans la joie.

En quelques jours, le souffle de Dieu, passant sur les multitudes, semblait leur avoir progressivement marqué le chemin :

L'Italie avait prié au tombeau par groupes isolés ;

Marseille s'était réunie à la crypte de la Nouvelle Eglise pour y déposer la couronne ;

Le Lauraguais, flambeaux en main, s'y était arrêté à la procession du départ ;

Tours, ayant l'Archevêque à sa tête, en avait fait la première station du pèlerinage à la Grotte.

III

Le dimanche, 25 septembre, à une heure et demie, le Pèlerinage piémontais se rendit au Tombeau ; et l'évêque de Patna, Mgr Tosi, psalmodia sur la dépouille inanimée les prières accoutumées de la liturgie. Le directeur du Pèlerinage, le chanoine Schiapparelli, prononça une éloquente oraison funèbre du Curé de Lourdes.

« — Ce n'est point nous seuls qui pleurons, s'écria-t-il, c'est l'Eglise militante, c'est l'Eglise universelle qui verse des larmes sur cette tombe !... Et cependant, on peut faire à celui dont le corps est ici déposé l'application de cette parole, que « le jour de « la mort a été plus beau que celui de la naissance, « *Melius est dies mortis quam dies nativitatis.* »

Tel est le texte qui lui servit de point de départ pour célébrer les œuvres admirables et les vertus du Prêtre qui laissait ici-bas un irréparable vide.

L'émotion de tous était vive et profonde autour de ce sépulcre.

Un moulage avait été fait de la tête de Mgr Peyramale, et placé sur le tombeau. Chacun s'approchait et contemplait longtemps les traits du prélat endormi.

* *

Le mardi, les cloches de Lourdes retentirent : les pèlerins de l'Aveyron débarquaient à la gare.

Graves et recueillis, ils défilèrent deux par deux devant le tombeau du Serviteur de Dieu, déposant dans le plat de cuivre leur généreuse obole, l'obole, particulièrement bénie, du pauvre et du travailleur ! Qu'il était magnifique ce clergé du Rouergue, chantant les prières de l'Eglise dans ce temple sans autel ! Tous, en sortant de la Crypte, semblaient emporter quelque grâce mystérieuse.

— Ah ! madame, disait une Aveyronnaise à une personne de Lourdes, quel précieux trésor possède là votre ville !

Les mercredi et jeudi, 26 et 27 septembre, Lourdes vit défiler dans ses murs les gracieuses processions d'Adé et de Pouyferré. On ne décrit point les fleurs : on en respire le parfum. Ces exquises processions des terres pyrénéennes ce sont des fleurs qui passent : elles charment les yeux ; et l'âme en est tout embaumée.

Le vieil et vénérable curé d'Adé, lorsque son

troupeau vint prier pour Mgr Peyramale, commanda d'un geste le silence, et ouvrit les lèvres pour parler de son vieil ami :

— Mes chers frères, dit-il, mes chers frères...

Et puis, il fondit en larmes.

Ce fut tout.

Connaissez-vous beaucoup d'oraisons funèbres qui vaillent celle-là ? Nous n'en ouïmes jamais d'aussi touchante.

Dans l'ordre physique, la tête est au-dessus du cœur ; mais, dans l'ordre moral, c'est tout le contraire : le cœur est supérieur à la tête.

IV

La Ville de Lourdes comprenait de plus en plus la perte qu'elle avait faite. Le temps qui s'écoulait, loin de diminuer ses regrets, en avivait l'acuïté et en accroissait la profondeur.

La cité avait voulu garder tout ce qui pouvait rester de son Pasteur disparu ; et on a vu comment, au jour de sa mort, ce peuple n'avait eu qu'une voix pour s'écrier : « Nous ne voulons point qu'on le porte au cimetière ! Nous voulons que son corps demeure au milieu de nous ! Nous voulons qu'il soit enseveli dans les fondements mêmes du temple qu'il construisait au Seigneur ! » L'explosion du sentiment populaire avait été trop puissante, pour que qui que ce soit eût pu alors hasarder la moindre objection.

Depuis ce moment, on avait prié et pleuré autour de ce tombeau ; et, si les larmes ressuscitaient les morts, le grand ouvrier de Notre-Dame de Lourdes eût assurément soulevé la dalle du sépulcre et reparu parmi les siens, comme Lazare aux accents de Jésus... Hélas ! les cris déchirants des enfants orphelins ne réveillent point le Père endormi.

Le corps pieusement conservé au centre de la ville ne suffisait point cependant à la piété filiale des habitants de Lourdes. Ils voulurent aussi qu'à chaque instant, le nom béni retentît comme autrefois au milieu des vivants ; ils voulurent que toutes les lèvres continuassent à le prononcer et toutes les oreilles à l'entendre. Sur la proposition du Maire, le Conseil municipal décida que la rue de Langèle, où avait vécu et où était mort le Curé de Lourdes, s'appellerait désormais *rue du Curé Peyramale*.

Il y avait encore à perpétuer l'image de cet homme dans ce coin de terre dont il fut l'illustration bienfaisante et pure, et à présenter ses traits au souvenir et au respect des futures générations. Le Conseil décida également que sa statue serait dressée en marbre ou en bronze sur la place de l'Eglise (1).

(1) Séance du Conseil municipal de Lourdes. 29 septembre 1877. Délibération à l'unanimité.

Une lettre imprimée fut adressée à quelques personnes. Elle était conçue en ces termes :

MONSIEUR,

Une souscription vient d'être ouverte par l'initiative de la Ville de Lourdes, pour élever une statue au saint et illustre Curé de Lourdes, que pleure aujourd'hui le monde chrétien.

Un tel honneur décerné à cette mémoire ne peut que toucher profondément le cœur de la Sainte Vierge qui prédestina, entre tous, le Curé Peyramale pour être l'instrument de ses desseins de miséricorde. C'est rendre hommage à Notre-Dame de Lourdes elle-même que de glorifier celui qui fut son Serviteur. Elle aussi, comme son divin Fils, prononce ce mot sur ses

En votant la statue du Pasteur, la ville de Lourdes n'oublia point et la plus humble et la plus lumineuse de toutes les jeunes Vierges, nées jadis dans ses murs, et, depuis quelques années, retirée à l'ombre du cloître dans la Maison-Mère des Sœurs de Nevers, à Saint-Gildard. La rue des Petits-Fossés, habitée par la Voyante, par l'enfant bien-aimée de Notre-Dame de Lourdes, fut désignée pour porter le nom de *rue Bernadette*.

V

Tout cet ensemble de choses était, on le voit, aussi unanime que touchant et formait une harmonie religieuse, faite pour réjouir et édifier le monde, en ces temps malheureux où les actes de l'envie, où les scandales, où les défections de toutes sortes affligent si souvent les regards.

Quel triomphe, quel honneur pour le Sacerdoce,

Apôtres : « Qui vous honore m'honore, qui vous méprise me méprise. »

Debout sur son piédestal, la statue du grand curé Peyramale dominera la cité et rappellera à tous les prêtres, vraiment dignes de ce nom, celui qui employa jadis son invincible énergie à défendre, contre toutes les forces déchaînées, et la faiblesse de l'humble Bernadette, et l'œuvre sacrée de la Reine du ciel.

Nous ne jugeons point convenable, pour cette dépense restreinte et dont les frais seront si vite couverts, de faire un appel à la publicité et d'ouvrir des souscriptions dans les journaux. Celui que nous pleurons était ennemi de tout bruit autour de sa personne ; et nous voulons, jusque dans sa tombe, respecter son humilité. Nous nous bornons donc à envoyer cette lettre, d'une façon intime, à un certain nombre de chrétiens zélés, à qui nous désirons donner la joie de contribuer à cet acte de piété filiale et d'y faire contribuer leurs amis.

que la trace profonde et le prestige laissés par ce
prêtre, ignorant de lui-même et monté à la gloire
par le chemin de l'humilité !

Y avait-il cependant quelque excès dans les
manifestations de respect dont était entourée cette
chère mémoire ? — Assurément non : les plus ar-
dents, pour éviter l'ombre d'une méprise à ce
sujet, avaient imprimé ces paroles qui étaient
l'expression de la pensée de chacun :

« En applaudissant de tout notre cœur aux pro-
« cessions qui passent par le Tombeau du Curé de
« Lourdes, pour aller à la Grotte sacrée qui est le
« but de leur Pèlerinage, ou pour en revenir, nous
« n'entendons nullement provoquer un culte public
« envers lui et le béatifier, avant le jugement du
« Saint-Siège apostolique. Nous nous bornons à
« louer, sans réserve et sans restriction, le senti-
« ment de haute piété, de justice et de gratitude qui
« porte ainsi les foules chrétiennes à aller prier
« pour le grand ouvrier de Notre-Dame de Lourdes,
« et à se souvenir de son œuvre devant son sé-
« pulcre. »

.·.

La nouvelle du grand événement survenu à
Lourdes n'avait point rappelé dans son diocèse
Mgr Jourdan, Evêque de Tarbes. Sa Grandeur,
comme nous avons eu plus haut l'occasion de le
dire, était alors en villégiature, dans une propriété
qu'Elle possédait du côté des Alpes.

Ainsi qu'on l'a vu, c'est de Mgr Foulon, Evêque
de Nancy, que Mgr Peyramale, mourant, avait
reçu la dernière bénédiction. C'était Mgr Langé-

nieux, Archevêque de Reims, qui avait présidé à
la cérémonie des obsèques. Depuis cette époque,
Mgr Colet, Archevêque de Tours, et Mgr Tosi,
Evêque de Patna, étaient allés, à la tête de leur
peuple, rendre un pieux hommage au souvenir du
prêtre des Apparitions et réciter pour lui les prières
des morts.

Mgr Jourdan ne rentra dans les Hautes-Pyrénées
qu'un mois après, pour la période électorale.

Il s'arrêta à Tarbes *et ne vint point à Lourdes.*

Nous notons cette circonstance, pour bien établir
qu'il ne fit personnellement aucune enquête sur
place, afin de se rendre compte par lui-même de
ce qui s'y était passé en son absence. — C'est donc
sous l'impression de rapports étrangers, plus ou
moins exacts, qu'il prit l'initiative d'un acte fort
grave.

A la date du 12 octobre, Mgr Jourdan, arrivé
de la veille, écrivit à M. l'abbé Peyret, premier
vicaire, et, provisoirement administrateur de la
Paroisse de Lourdes, une lettre à laquelle il jugea
opportun de donner une grande publicité. Officiellement imprimée le 27 du même mois dans la
Revue catholique du Diocèse, elle fut adressée à tous
les journaux et Semaines religieuses de France,
avec demande de l'insérer, — à tous les Evêques, —
à un grand nombre d'ecclésiastiques notoires, aux
monastères, couvents, maisons d'éducation...

Cette lettre que Sa Grandeur, en reprenant possession de son palais épiscopal, avait cru nécessaire de répandre partout, était-elle la solennelle
oraison funèbre et le panégyrique suprême de celui

dont Mgr Langénieux avait dit que « la Sainte Vierge se l'était choisi pour Confident, pour Témoin et pour Apôtre des merveilles de ses Apparitions » ; — de celui que lui-même, Mgr Jourdan, au jour de la pose de la première pierre de l'Eglise Nouvelle, avait caractérisé en ces termes : « Son passé sacerdotal, « le privilège insigne qu'il a eu de toucher de si « près au mystère de la Grotte, la prélature dont « l'a honoré le chef suprême de l'Eglise, tout le « désignait providentiellement à la conception et à « la réalisation de l'œuvre qui nous occupe. Son « souvenir vous restera ainsi, non seulement dans « le cœur, mais encore sous les yeux, et perpétuera, « au milieu de vous, ses exemples et ses le- « çons (1) » ; — de celui dont Sa Sainteté le Pape Pie IX avait proclamé l'incomparable mérite par ces paroles d'un Bref solennel : « Nous voulons « mettre en évidence, pour être l'exemple de tous, « cet ouvrier du champ du Seigneur que distinguent « la Religion, l'intégrité, la force, le conseil, la pru- « dence et la doctrine ? »

Inspiré par la douleur d'une si lamentable perte, par la majesté de cette mort qui à Lourdes et hors de Lourdes faisait couler tant de larmes, l'Evêque revendiquait-il pour le Diocèse et pour lui l'honneur de continuer le religieux édifice, encore inachevé ?

Voici ce document officiel :

(1) *Annales de Notre-Dame de Lourdes*, juillet 1876. Bénédiction de la première pierre de l'Eglise paroissiale de Lourdes, p. 112.

LETTRE DE Mgr L'ÉVÊQUE DE TARBES

A M. le Vicaire,
administrateur de la paroisse de Lourdes.

MONSIEUR LE VICAIRE,

La ligne de conduite que vous avez à suivre, comme administrateur de la paroisse de Lourdes pendant la vacance de la cure, vous a déjà été tracée. Néanmoins, *pour aller au-devant de certaines éventualités qui menacent de se produire*, nous croyons devoir préciser davantage les recommandations qui vous ont été faites.

Vous n'avez à vous occuper que de l'administration *spirituelle* de la Paroisse dont vous êtes provisoirement chargé. *Toute affaire relative à la nouvelle église en construction doit vous rester étrangère.....*

Nous n'autorisons, à la crypte de la Nouvelle Église, comme au-dessus de cette construction, ni cérémonies religieuses, ni symboles, ni dispositions locales qui seraient contraires aux prescriptions de l'Église en semblable circonstance.

Nous ne permettons pas non plus, dans les lieux qui viennent d'être indiqués, la célébration des saints mystères.

Nous interdisons encore toute manifestation collective ayant le caractère d'un culte religieux, dont le tombeau de Mgr Peyramale serait l'objet : comme *processions, pèlerinages.*

Il serait à souhaiter qu'à Lourdes on se préoccupât, avant tout, des dettes si considérables que, par un excès de confiance et *pour une œuvre d'un intérêt purement paroissial*, Mgr Peyramale a contractées à *notre insu, et en son nom personnel.*

Nous connaissons assez, monsieur le Vicaire, votre esprit de foi et de soumission pour avoir la certitude que vous mettrez tous vos soins à faire observer les prescriptions que nous venons d'indiquer.

Agréez, monsieur le Vicaire, l'assurance de nos sentiments bien affectueusement dévoués en N.-S.

✝ CÉSAR-VICTOR, *Evêque de Tarbes.*

Nous n'avons point à juger ici cette lettre épiscopale qui semble un acte d'hostilité contre le Curé des Apparitions, un attentat à l'avenir de son œuvre; ni ces reproches et ces blâmes sans preuves proférés sur un cercueil à peine fermé et sur les restes à peine refroidis d'un saint Prêtre; ni cette qualification d' « œuvre d'un intérêt purement paroissial », donnée à la Nouvelle Église par le même prélat qui l'avait à l'origine pompeusement présentée au monde chrétien « comme devant être visitée par les Pèlerins de toute la terre et étant plus qu'une œuvre locale (1). » Nous laissons ces choses à l'appréciation de ceux qui nous lisent.

Mais nous demeurons dans les droits et les devoirs de l'Historien, en relatant un fait considérable qui suivit la publication de ce document.

Les extraits suivants de quelques missives intimes, adressées alors à des amis de l'illustre défunt, et qui furent imprimées, nous feront assister à l'effet que cette lettre produisit sur le cœur saignant des habitants de Lourdes.

Lourdes, le 2 novembre 1877.

« Monsieur,

« Vous avez lu la lettre de Monseigneur de Tarbes à M. le vicaire. A peine a-t-elle été connue à Lourdes, que toute la population en a été... émue. Et, il y a eu dans tous

(1) Discours de Mgr Jourdan à la pose de la première pierre.

les cœurs comme une recrudescence d'amour pour notre bon Père, comme un besoin universel de dire publiquement tout le respect qu'inspire sa mémoire, et tous les regrets qu'il laisse après lui.

« Vous savez qu'à Lourdes les traditions catholiques du Moyen Age se sont religieusement conservées, et qu'il y a un grand nombre de corporations, chacune sous l'invocation particulière d'un Saint. Les bienheureux patrons de ces Corporations les ont inspirées, sans doute. Mardi dernier, elles se sont réunies ; et il a été décidé que, le jour de la Toussaint, on se rendrait au Tombeau de Mgr Peyramale, et qu'on y prierait pour lui.

« Les Présidents se sont alors concertés, et tous les Sociétaires ont été convoqués pour une heure. Or, tous les Sociétaires, c'est à peu près toute la population des hommes valides.

« Donc, hier, mardi, 1er novembre, jour de la fête de tous les Saints, ces douze cents hommes se sont rendus, par pelotons silencieux, graves et recueillis, au Tombeau de celui que pleurent ici-bas les cœurs pieux qui aiment Notre-Dame de Lourdes.

« Rien n'était magnifique et touchant comme ce cortège, comme cette procession du filial souvenir et de la gratitude.

« Pas un seul carrier n'a manqué, pas un seul jeune homme. Et pas un visage qui n'exprimât respect, affection, volonté, c'est-à-dire qu'on sentait qu'ils étaient venus là, d'eux-mêmes.

« Ils avaient un calme, une piété, une grandeur qui me frappaient et me touchaient plus encore que le jour des funérailles...

« Un silence complet régnait dans les rangs ; et, chose singulière, ces divers pelotons, d'une tenue si édifiante, paraissaient n'avoir pas de chef. »

« Comme Dieu est juste et bon ! lisons-nous dans une

autre lettre ; et que j'eusse voulu que vous eussiez vu la ville de Lourdes le jour de la Toussaint ! C'était comme le Paradis en prière, pour celui que la cité pleure encore. Chacun oubliait les siens, pour ne penser qu'au Père de tous, qu'on ne peut oublier et qu'on n'oubliera jamais, quoi que l'on fasse pour cela.

« Du haut du ciel, où il me semble le voir, combien il devait être heureux en regardant se grouper et s'organiser, pour lui rendre hommage, ces divers pèlerinages de ses fils orphelins, partant de tous les points de la Ville, dans un silence impossible à dire, dans un ordre que Dieu seul commandait !...

« Tout ce peuple ne pouvait contenir dans la crypte. Chaque Corporation y descendait isolément, avec le président en tête ; et, y faisant une station de quelques instants, récitait une dizaine de chapelet, et montait ensuite prendre place et attendre les autres dans la nef supérieure.....

« L'ordre, le silence de cette foule, contenue par son respect et par ses pleurs, ne seront jamais égalés... Les sous, que Dieu changera en or, pleuvaient. Enfin, votre cœur vous dira quelle émotion cette imposante cérémonie faisait éprouver...

« Notre Société fut la première à descendre à la crypte, et je m'en trouvai favorisé. Notre président récita une dizaine de chapelet que je répondis en sanglotant, ne pouvant maîtriser mes larmes.

« Une deuxième Société arriva à son tour ; nous défilâmes et attendîmes en plein air, dans le chœur de la Nouvelle Eglise, qu'après avoir fait leur station au Tombeau, la totalité des hommes fût rassemblée. Et, lorsque toutes les corporations se sont trouvées réunies dans la grande nef à découvert, elles ont chanté le *De Profundis*, comme jamais je ne l'ai entendu retentir. La nef et les bas côtés étaient remplis d'ouvriers en habits des dimanches, l'escalier et les abords si pressés de monde, qu'on pouvait à peine s'y mouvoir.

« Ainsi fut chanté le *De Profundis*, en l'honneur de celui que l'on cherche à effacer complètement..... Que Dieu soit loué ! puisqu'il ne peut y avoir de gloire sans combat : — et que justice soit faite à notre Pasteur bien-aimé sur la terre comme au ciel !

« Après cette prière des morts, et toujours guidée par le silence, la multitude se rendit sur la place du Porche, en rang et dans un ordre parfait, comme si la discipline militaire eût présidé à sa marche. La tête de la colonne tourna en spirale autour de la fontaine pour attendre que la foule fût groupée. Cela fait, tous les fronts se découvrirent, comme pour saluer, une fois encore, notre Pasteur dans l'éternité. Que c'était beau ! mais que c'était triste ! Pas un seul prêtre pour un saint prêtre !

« De nouveau, que Dieu soit loué ! un jour il fera justice.

« Je vous le répète, monsieur, vous dire la piété et la tenue de tous ces hommes est impossible. Il faut y avoir assisté ; vous auriez vu ces hommes pleurer comme des enfants.

« Et c'est ainsi qu'ils se sont retirés, laissant un bel exemple, une émotion indéfinissable, un espoir qui est presque de la certitude et le plus bel éloge de Monseigneur. Pour avoir inspiré un tel respect, une telle affection au delà de la tombe, quel homme devait-il être !

« Il y avait, ces jours-ci, beaucoup d'étrangers à Lourdes. Ils se sont rendus à la crypte et ont été témoins de ces regrets incomparables. Qu'ils sont rares ceux qui en laisseront de pareils après eux, et dont la mémoire sera telle, que les autorités iront jusqu'à redouter devant leur tombeau les hommages d'un culte public !

« Tous ces étrangers qui n'avaient jamais assisté à chose semblable avaient tous ce mot sur les lèvres :

« — Quel amour que celui qu'il a inspiré et qui lui

survit ! Exceptionnellement aimé de son peuple, quels peuvent être ses ennemis (1) ? »

Est-ce là un culte public ? Pas plus que la prière fréquente de la famille sur la tombe d'un père bien-aimé ou d'un bienfaiteur insigne et à jamais regretté.

*

Par la lettre de Mgr Jourdan, le mouvement naturel des pèlerinages se trouva arrêté dans la direction qu'il avait prise, sous la conduite d'Evêques et Archevêques et sous l'empire des plus nobles sentiments de l'âme.

La saison d'hiver suspendait, du reste, jusques aux mois de printemps et d'été, le cours de ces saintes pérégrinations au sanctuaire de Marie. Dès qu'il recommença l'année suivante (1878), et que les Pèlerins se virent invités à déployer leurs bannières et oriflammes dans la cour du chemin de fer pour se rendre processionnellement à la Grotte, on entendit murmurer à voix basse leurs plaintes attristées. Le Pèlerinage des Poitevins et des Niortais du 16 juillet passa des murmures à la voix haute. Le compte rendu, publié dans la *Semaine religieuse du diocèse de Poitiers,* s'exprimait ainsi :

En débarquant à Lourdes, les pèlerins, surtout les Niortais, plus habitués que les Poitevins à ce premier exercice, d'ailleurs assez difficile à cause des bagages que chacun porte avec soi, se sont mis immédiatement

___

(1) Les détails de ce récit sont empruntés à des plumes inexpertes et sans art, que l'émotion a rendues éloquentes. Nous avons tenu à les présenter au lecteur dans toute la saveur de l'original.

en procession. C'est à ce moment que l'on apprécie
l'idée qui avait inspiré au si regretté Mgr Peyramale
le projet de construire une église qui pût devenir le
premier lieu de réunion des pèlerins à Lourdes. Si cette
grande église, commencée par les soins du saint prêtre,
confident de Bernadette, était achevée, rien ne serait
plus simple ni plus facile à organiser que l'arrivée en
bon ordre à la Grotte. Une heure serait laissée, à la
descente du train, pour se pourvoir d'un logement, déposer les bagages, et secouer un peu la poussière de la
route ; puis, à un signal donné par la cloche, tous se
réuniraient à la Paroisse, pour, de là, se diriger processionnellement vers le vrai sanctuaire de Lourdes.

En parlant de la sorte, la *Semaine de Poitiers* se
faisait l'interprète de tous les pèlerins qui accouraient à Lourdes.

Ils souffraient d'avoir à s'organiser en procession
dans un lieu profane, parmi le brouhaha des voitures, des cochers, des voyageurs d'eaux thermales,
des touristes ; au milieu des cris, des jurons, parfois des blasphèmes, qui se font entendre, du sein
de ces éléments divers ;

Ils souffraient de se trouver obligés, en se rendant
à la Grotte, de se charger de bagages qu'il leur
fallait ensuite retransporter en ville ;

Ils souffraient, en traversant la cité, dans cet
encombrement et cette fatigue qui nuisent au
calme de l'âme, de ne pouvoir faire une halte de
quelques instants pour recueillir en quelque sorte
l'esprit et le corps ; pour essuyer et baigner leur
visage, enfiévré par une ou deux nuits passées en
chemin de fer ; pour secouer la poussière de leurs
vêtements ; pour déposer leurs sacs ou valises dans
leur logis d'un jour, afin de se sentir entièrement

libres de toutes préoccupations matérielles, et de
n'être ensuite distraits par rien dans leur prière
à la Vierge ;

Ils souffraient enfin de ne point faire cette procession, en partant d'un lieu consacré pour aller à
un lieu consacré.

Et voilà pourquoi, s'unissant aux vœux et aux
regrets des Poitevins, tous déploraient que le point
de départ des Processions ne continuât point d'être
fixé en son lieu normal : l'Eglise paroissiale de
Lourdes.

Cet usage avait été suivi depuis l'origine des
pèlerinages et durant plusieurs épiscopats, y compris celui de Mgr Jourdan.

— Si cet usage, disait-on, était mauvais, comment l'Autorité religieuse l'aurait-elle approuvé et
pratiqué pendant vingt ans, sous quatre évêques
successifs? Et si cet usage était bon, pourquoi le
cesser aujourd'hui ?

Existe-t-il une raison qui change le bien en le
mal, le bon en le mauvais, le convenable en l'incon-
venant, selon la date du calendrier ou le millésime
des années ?

Ce n'est point sans motif et sans sagesse que
l'Eglise, si constante en ses coutumes, si conser-
vatrice, si respectueuse de la tradition, a toujours
proclamé cet aphorisme, applicable en mainte
matière : *Quod semper, quod ubique, quod omnibus.*

VI

Quelques semaines après, le 20 août 1878, arrivèrent à Lourdes les foules du Pèlerinage national, conduites par le R. P. Picard.

Entrant dans la crypte, — sans se ranger en procession, pour obéir à l'ukase épiscopal, — les Pèlerins furent étonnés d'y apercevoir encore, — mal dissimulée sous le catafalque des funérailles, aux ornements flétris, — une grossière et informe pierre, non taillée et sans inscription, recouvrant les restes de Mgr Peyramale.

— Eh quoi ! s'écrièrent-ils, le tombeau n'est pas terminé ?

— Il n'est ni commencé ni commandé, leur fut-il répondu. Mgr Jourdan est l'Evêque du Diocèse, et on ne peut agir que par ses ordres. Sa Grandeur n'a rien fait et paraît résolue à ne rien faire. Donc, le tombeau est resté en cet état.

Ces innombrables chrétiens du Pèlerinage demeurèrent songeurs ; à leur joie de voir s'accomplir dans leurs rangs d'insignes miracles se mêlait une mélancolique pensée.

Le soir, ils couronnèrent leur visite à la Grotte par cette extraordinaire procession aux flambeaux, que n'ont jamais oubliée ceux qui l'ont vue une fois. A l'heure des adieux, la voix de tous se fit entendre par les lèvres du R. P. Picard, Directeur du Pèlerinage national.

« Au moment où nous avons coutume, dit-il, de « terminer notre pèlerinage à la Grotte par des

« acclamations, voici que je viens en premier lieu
« vous demander un *De Profundis*.

« Jusqu'ici, nous avions rencontré à Lourdes le
« prêtre vénérable, plein d'ardeur et de zèle, qui
« avait veillé sur Bernadette, qui avait reçu par
« elle les ordres de Notre-Dame de Lourdes et qui
« sut remplir comme chacun sait la mission qu'il
« avait reçue. Il avait bien voulu nous honorer de
« son amitié. L'an dernier, il était là, nous soute-
« nant de son grand cœur et de son grand courage ;
« mais, à l'instant où nous le quittions, il nous
« prophétisa que nous ne le verrions plus.

« Il disait vrai, et nous ne le verrons plus ici-
« bas ; il est descendu dans le tombeau. ou plutôt,
« nous pouvons penser, selon toute probabilité,
« qu'il est allé recueillir la récompense qui lui
« avait été préparée.

« C'est pour tous un devoir de cœur et de gratitude,
« c'est pour nous un devoir d'amitié de prier pour lui.

« Et voilà pourquoi nous réciterons un *De Pro-
« fundis* pour Mgr Peyramale.

« Un tombeau est toujours un signe de paix.
« Nous demanderons que ce tombeau de Mgr Pey-
« ramale soit véritablement le signe de la paix, et
« que tous ses amis s'unissent pour soutenir sa
« grande œuvre de Lourdes.

« En demandant à la Très Sainte Vierge d'ac-
« cueillir son Serviteur dans son sein, et en faisant
« resplendir ici, autour de sa Grotte, cette gloire
« qu'Elle tient à y conserver, qu'il nous soit permis
« d'exprimer un vœu :

« *Oui, s'il nous est permis aujourd'hui d'implorer
« une grâce au nom du Pèlerinage national, nous*

« *nous adressons humblement à Mgr l'Evêque de*
« *Tarbes ; et nous le prions de vouloir agréer que le*
« *tombeau de l'Ouvrier, choisi par Notre-Dame de*
« *Lourdes, soit élevé par le Pèlerinage national. Nous*
« *voudrions y graver cette simple inscription :* PAX.

« Que toujours la paix se fasse et que toujours
« la paix demeure sous le doux empire de Notre·
« Dame de Lourdes, c'est-à-dire de Celle qui, en
« établissant la pureté sur la terre, veut appeler
« autour de sa Grotte bénie toutes les douleurs
« pour les soulager ou les guérir, toutes les tris-
« tesses pour les consoler ; et, en même temps,
« tous les cœurs pour les rapprocher et les unir,
« afin qu'ils marchent ensemble, avec amour et
« docilité, sous la houlette du Pasteur à qui est
« confié sur la terre la garde de tout le troupeau.

« Nous allons donc dire un *De Profundis.* »

Une voix dans l'assistance commença la récitation de ce *De Profundis*. Mais tout aussitôt, par un
instinct unanime, tout ce clergé et tout ce peuple,
reprenant les premières paroles du psaume funèbre, l'entonnèrent en la forme du chant le plus
solennel ; et la grande prière des tombeaux retentit
sous les voûtes fleuries de la Grotte de Lourdes.

Le R. P. Picard, reprenant la parole, rappela,
après le grand vide qui s'était fait dans l'œuvre de
Notre-Dame de Lourdes par la mort du Curé Peyramale, le grand vide qui s'était fait aussi dans l'Eglise
par la mort de Pie IX. — Depuis un an, le Prêtre de
l'Immaculée Conception et le Pape de l'Immaculée
Conception avaient également disparu de ce monde.
Et il exprima, relativement à Notre Très Saint Père,
de sainte mémoire, cette thèse toute chrétienne et

tout orthodoxe dont chacun dans l'auditoire fit une double application : « Que si quelques-uns, le « croyant parmi les élus, l'invoquent déjà dans le « secret de leur conscience, il n'appartient à per- « sonne de les blâmer ; mais il est très sagement in- « terdit à une assemblée quelconque de chrétiens de « devancer ou de présumer le jugement de l'Eglise « et de faire entendre, — avant que Rome ait pro- « noncé, — aucune invocation de cette nature. »

Les idées de tristesse et l'idée de tombeau sem- blent au premier abord indissolublement liées ; et cependant, dans la circonstance que nous racontons, il en fut autrement.

Tout ce vaste pèlerinage omni-diocésain com- prenait que, surtout en cette occurrence, il repré- sentait la France chrétienne. Et il se réjouissait de penser que le Tombeau de Mgr Peyramale serait une œuvre nationale, et que toute province fran- çaise aurait sa part dans les pierres du monument.

A une telle mémoire d'un caractère universel, il fallait un tombeau d'un caractère universel.

Quel fut l'obstacle invincible auquel se heurta le touchant désir du grand Pèlerinage ?... Le projet n'eut point de suite, car sa respectueuse requête ne fut pas accueillie. Ni le successeur de Mgr Pey- ramale, ni les administrateurs de la Grotte, ni l'Evêque du Diocèse ne firent rien ; et le cercueil du Curé de Lourdes demeura dans sa Paroisse sans même avoir, comme celui du plus humble des fidèles, une dalle tumulaire. Le Pèlerinage national fut placé dans l'impuissance d'édifier le Tombeau qu'il avait sollicité l'honneur d'élever au nom de tous.

C'est alors qu'un simple particulier, l'auteur du présent livre, ne pouvant, en son cœur oppressé, supporter plus longtemps le spectacle d'un tel état de choses, fit appel dans les deux continents à quelques amis de Notre-Dame de Lourdes, à quelques miraculés, et que, s'associant les âmes de bon vouloir, il éleva, en se passant d'autorisation, le modeste monument que l'on y voit aujourd'hui.

Ce monument est en marbre blanc.

Il est adossé au mur, qui fait face au futur maître-autel, de la Crypte.

La pierre tombale repose sur douze petites colonnes, formant douze arceaux cintrés : cinq à gauche, cinq à droite, et deux aux pieds.

Au-dessus du Mausolée et formant corps avec lui, une plaque cintrée est scellée dans la muraille et porte, en lettres d'or, ces inscriptions, dont le texte, dès l'origine, avait été donné par l'abbé Martignon :

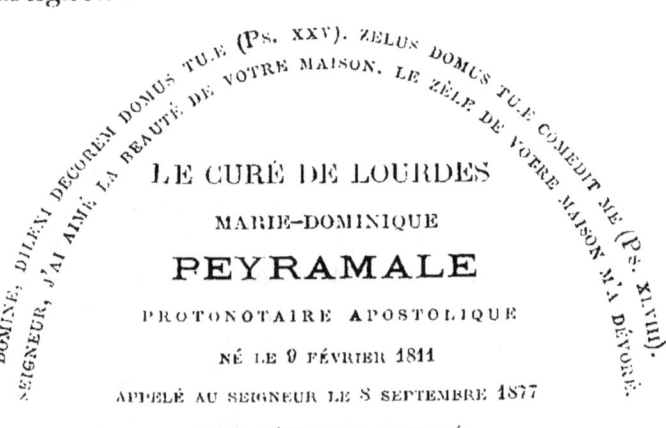

DOMINE, DILEXI DECOREM DOMUS TUÆ (Ps. XXV). ZELUS DOMUS TUÆ COMEDIT ME (Ps. XLVIII).

SEIGNEUR, J'AI AIMÉ LA BEAUTÉ DE VOTRE MAISON. LE ZÈLE DE VOTRE MAISON M'A DÉVORÉ.

LE CURÉ DE LOURDES

MARIE-DOMINIQUE

PEYRAMALE

PROTONOTAIRE APOSTOLIQUE

NÉ LE 9 FÉVRIER 1811

APPELÉ AU SEIGNEUR LE 8 SEPTEMBRE 1877

EN LA FÊTE DE LA NATIVITÉ

DE LA TRÈS SAINTE VIERGE MARIE

MÈRE DE DIEU

Sur la pierre tombale est sculptée en relief une grande Croix. Elle porte, en lettres d'or, les deux mots évangéliques qui résument le fond de l'âme du défunt et la pensée de son Tombeau :

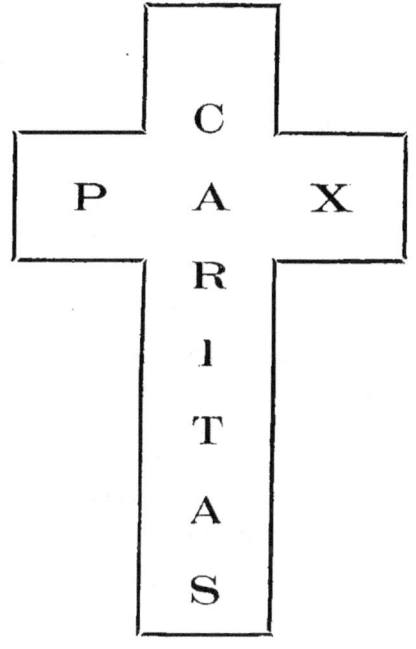

Sur les plats du marbre, encadrées par les divers arceaux et séparées par les colonnettes, sont gravées alternativement : d'une part, des inscriptions ; et, de l'autre, la branche commémorative de cet Eglantier que la Vierge foulait de son pied, et dont le Curé de Lourdes avait demandé la floraison. Voici ces inscriptions :

JE VEUX QU'ON ME CONSTRUISE ICI UNE CHAPELLE.

Message de la très sainte Vierge
au Curé Peyramale.

VOUS VOUS ÊTES DÉVOUÉ TOUT ENTIER A ÉDIFIER LE TEMPLE DE LA MÈRE DE DIEU.

Bref du Pape Pie IX
au Curé Peyramale.

HEUREUX CEUX QUI SOUFFRENT PERSÉCUTION POUR LA JUSTICE.

Evangile selon S. Matthieu, v, 10.

LA PENSÉE QUE NOUS AVONS UN PROTECTEUR AU CIEL PEUT SEULE ADOUCIR NOTRE PEINE.

Bernadette,
Sœur Marie-Bernard.

Au pied du monument, on lit ces lignes : .

DE PIEUSES OBOLES
VENUES DE TOUT L'UNIVERS
ONT ÉRIGÉ CE TOMBEAU
A LA MÉMOIRE BÉNIE
DU GRAND SERVITEUR
DE NOTRE—DAME DE LOURDES.

LIVRE CINQUIÈME

—

L'ÉGLISE INACHEVÉE

LIVRE CINQUIÈME

L'ÉGLISE INACHEVÉE

———:✧:———

I

Vers combien d'horizons divers nous a successivement dirigés cette histoire de Mgr Peyramale, que nous avons entrepris de raconter ! Elle nous a d'abord transportés au foyer chrétien d'un vieux médecin de campagne, heureux père de plusieurs enfants. Emue et souriante, elle a assisté aux jeux et espiègleries de l'un d'eux, garçon pétulant, généreux, bouillant et primesautier ; elle a aussi regardé en son âme et elle y a aperçu, avec les premiers germes féconds de toutes les vertus naturelles, les signes manifestes de la vocation sacerdotale : l'amour de Dieu et l'amour du prochain. Elle l'a accompagné dans ses études au séminaire, dans ses vicariats ruraux ; puis elle l'a retrouvé dans l'église d'une Ville, dans un hôpital militaire, et enfin dans cette cure de Lourdes, où il devait vivre et mourir.

Nous plaisant à suivre ses pas, nous avons fait

des excursions, ici, chez les misérables que la faim épuise et que sa charité secourt, plus loin, dans quelque presbytère des montagnes neigeuses, où les loups faméliques accompagnent les voyageurs.

Nous avons ensuite visité la pauvre chambre d'une pauvre maison et nous y avons, avec attendrissement, fait connaissance avec une simple bergère, à l'âme pure et limpide comme le cristal sans tache des sources de ces pays. Elle est sortie et nous l'avons accompagnée au désert, où la Reine des Cieux, Marie Immaculée, lui est apparue rayonnante et, faisant d'elle sa messagère et son ambassadrice, l'a députée auprès du prêtre qui devait être l'exécuteur de la volonté virginale et divine.

Nous avons contemplé les traits transfigurés de la Voyante en extase, pénétré avec elle dans la Grotte, alors inconnue et maintenant célèbre, où la fontaine a jailli. Nous nous sommes mêlés, inaperçus, aux multitudes émerveillées. Nous nous sommes assis aux tables des cercles et des cafés, afin d'y écouter les propos du clan incrédule.

Nous avons fouillé les archives poudreuses de l'Evêché, lu par-dessus l'épaule du Préfet, du Ministre de l'Empereur, leur correspondance officielle et confidentielle, dépouillé les dossiers de la Police, interrogé ses agents, prêté l'oreille à toutes les rumeurs, confronté tous les témoignages. En compagnie des médecins, nous nous sommes penchés sur le chevet de maints malades, afin de nous rendre compte de leur état désespéré, et nous avons été témoins, à la Grotte ou par l'eau de la Grotte, de leur guérison éclatante.

Dans le laboratoire du chimiste, nous avons manié l'alambic, employé les réactifs pour demander à la science les proportions d'azote, d'oxygène et d'acide carbonique, de l'eau miraculeuse.

Au cours de notre chemin, nous avons tourné nos pensées vers les régions de l'Invisible, et, élevant plus haut nos enquêtes, interrogé la Providence sur la conduite des événements, tentant, trop audacieusement peut-être, d'entr'ouvrir les portes de l'au delà.

Les personnages de l'Eglise et de la sacristie, les fonctionnaires de l'Administration, ceux de la Magistrature et de l'Etat, les puissances célestes ont tour à tour passé sous notre regard.

La suite du récit nous amène en ce moment à arrêter nos yeux sur d'autres régions, nouvelles pour nous, et à aborder, malgré notre répugnance, ces questions d'affaires, de chiffres, d'obligations contractées, d'engagements à tenir, de responsabilités directes et indirectes qui ne se traitent habituellement que chez les légistes, les experts, les avocats, les juges de première instance, d'appel et de cassation, — qui s'élucident aussi chez les casuistes et dans le mystère des confessionnaux, où le prêtre prononce suivant les lois de la conscience et les règles d'une délicatesse, supérieure aux articles des codes de ce monde.

Etrange mélange des choses divines et des choses humaines, qui fait voyager l'esprit aux extrémités les plus opposées, tantôt dans les hauteurs sublimes où Dieu habite, entouré des Anges et des Elus, tantôt sur le sol vulgaire d'ici-bas, où piétinent les mortels et où se débattent les passions et les intérêts de la terre ; hier, dans les parvis du Paradis, et aujourd'hui, dans le prétoire des Tribunaux !

II.

A la mort de Mgr Peyramale, curé de Lourdes, la situation était celle-ci :

Travaux exécutés par l'entrepreneur, église montée jusqu'à la hauteur des voûtes, matériaux accumulés, grands échafaudages ; intérêts de la somme due, depuis l'interruption des travaux................................ Fr. 528.000

Solde de terrains....................... 25.000

Ensemble 553.000
sur lesquels Mgr Peyramale avait versé...... 240.000

Le passif brut dont la Fabrique restait débitrice était donc de......................... 313.000

Pour faire face à ce passif, il y avait comme ressources :

1º Une somme en numéraire, déposée dans la caisse de l'œuvre........................ 20.000

2º La créance sur la ville de Lourdes, c'est-à-dire sa souscription, non encore payée.... 100.000

3º Le Curé de Lourdes, ayant été institué légataire universel de feu son frère aîné, le Dʳ Peyramale, de Momères ; — ayant hérité, pour moitié, de M. Claverie, ancien notaire à Pauzac, — le Curé de Lourdes, par une clause testamentaire, chargeait M. A. Peyramale, son frère survivant, de remettre ces legs et part d'héritage à la caisse de la Nouvelle église paroissiale. Ce legs Claverie, en cours de liquidation, était de 103.000 fr., et la propriété du Dʳ Peyramale, de 40.000 fr. Ensemble 143.000

Total de l'actif...................... 263.000

Différence nette avec le passif............ 50.000

Il ne s'agissait donc alors que d'une somme de 50.000 fr. pour équilibrer l'actif avec le passif, et entrer en possession d'une église aux trois quarts construite.

* *

Bien que, légalement, la dette à acquitter incombât à la seule Fabrique de Lourdes et à la succession du vénéré défunt, qui avait abandonné tous ses biens pour la solder, nul ne doutait que le Diocèse et les Pères de la Grotte ne s'empressassent d'éteindre le passif laissé par l'Ouvrier de Marie, comme mandataire de la Fabrique. A celui qui venait de mourir à la peine, la Ville de Lourdes devait tout, le Diocèse devait tout, l'œuvre de la Grotte devait tout.

On s'attendait à une lutte de générosité entre l'Evêque et les Missionnaires, revendiquant à l'envi le privilège de cet acte de solidarité ecclésiastique.

La Basilique du Sanctuaire était ornée de toutes les splendeurs de l'univers. Le reste était secondaire et d'un intérêt qu'il serait sacrilège de comparer à l'édification de la maison de Dieu.

C'était la pensée de tous les esprits, le jugement de toutes les consciences.

Au lieu d'une Cité, au lieu d'un Diocèse, au lieu d'une Œuvre, imaginez, pour un instant, une famille obscure et pauvre, ayant vu, par le travail d'un père, d'un frère, de l'un des siens, son obscurité changée en gloire, et sa misère en opulence, — est-il possible, si ce bienfaiteur venait à être arrêté par le trépas, avant d'avoir terminé

tel ou tel labeur, entrepris dans l'intérêt de tous,
— est-il possible de supposer les héritiers se refusant d'acquitter les quelques obligations restées
en souffrance et contractées par ce Chef du foyer,
par ce fondateur d'illustration et de richesse ?

En dehors des tristes familles et des races dé-
chues pour lesquelles, l'argent étant tout, l'honneur
n'est rien, qui donc en de semblables circonstances
permettrait que l'on protestât la signature de son
père, de son chef, de son créateur après Dieu ?

. .

Un successeur, choisi par Mgr Jourdan, suivant
l'esprit de sa lettre à M. l'abbé Peyret, vicaire
administrateur de la Paroisse, fut désigné pour
occuper la cure de Lourdes. Cet ecclésiastique,
M. l'abbé Barrère, accepta les conditions posées à
sa nomination. Un de ses premiers actes fut de
faire enlever du tombeau de Mgr Peyramale le
plâtre, moulé sur lui après sa mort, et reproduisant
les nobles traits du patriarche endormi (1).

(1) Ce fragile moulage en plâtre servit de point de départ à la
pensée d'un buste en bronze de grandeur naturelle. Il fut exécuté
par une artiste de grand talent, la R. M. Franck, Supérieure
des Oblates de l'Assomption, à La Tresne, près Bordeaux, dont
on avait déjà pu apprécier la sculpture, ressemblante et puissante, dans les beaux bustes du R. P. d'Alzon et de Mgr de la
Bouillerie. Du consentement des souscripteurs, quelques fonds
furent prélevés sur les premiers versements de la souscription
pour l'érection de la statue (entravée aussi par les causes que
l'on connaît). L'un des exemplaires de ce buste fut offert pour
prendre place dans le grand Salon des Missionnaires de la
Grotte, alors que le R. P. Sempé vivait encore et en était Supé-

Ce pauvre prêtre paraissait comme écrasé par la grandeur de celui dont il occupait la place, devenue vide. Il était gêné à la façon d'un petit homme qui aurait hérité et qui serait tout à coup revêtu des habits d'un géant.

La mémoire lumineuse du mort mettait dans l'ombre le vivant. De là, pour certains caractères et en certaines circonstances, une irrésistible tendance à voiler, à diminuer, à éteindre s'il est possible cet éclat importun, qui leur semble presque agressif.

Or, on sait la puissance des esprits tenaces occupant un poste d'autorité religieuse.

Aussi, sous la présidence de M. l'abbé Barrère et peut-être sous sa pression, le Conseil de Fabrique, d'abord résistant, puis hésitant, puis faible, surmonta-t-il enfin ses derniers scrupules et essaya-t-il, en recourant à la force d'inertie, de se dégager

rieur. Il fut refusé. Nous envoyâmes l'autre à Sa Sainteté le Pape Léon XIII. Il fut accepté dans les termes suivants :

A Monsieur Henri LASSERRE.

Rome, du Vatican, le 14 janvier 1887.

Monsieur,

J'ai l'honneur de vous apprendre que Notre Très Saint Père Léon XIII a reçu l'image du Serviteur de Dieu, Mgr Peyramale. Il a daigné l'accueillir avec une bienveillance particulière, comme une nouvelle marque de votre dévouement filial ; et il me charge de vous dire que, suivant votre désir, ce portrait sera placé dans le Jardin du Vatican.

Recevez enfin, Monsieur, la Bénédiction apostolique que Sa Sainteté vous envoie de tout son cœur.

Je saisis l'occasion pour vous exprimer les sentiments distingués de mon profond respect, avec lequel je suis

Votre serviteur,

RINALDO ANGELI, Chap de S. S.

de ce qu'il avait voulu, commandé, fait exécuter, par son mandataire défunt, le Curé des Apparitions.

Entraîné par cet exemple venu de haut, nous n'osons dire d'En Haut, le Conseil municipal de Lourdes se laissa dominer, lui aussi, par des influences puissantes et s'efforça alors d'éluder son engagement de 100.000 francs, vis-à-vis de l'entrepreneur.

Quiconque a étudié l'histoire des corps délibérants connaît jusqu'à quel degré de défaillance et d'oubli de toute équité peuvent tomber les assemblées et les conseils, même composés d'individualités honorables. Hélas ! en ces jours-là, on en vit une preuve nouvelle.

Telle fut la reconnaissance, telle fut la justice du Conseil paroissial et de la Municipalité, envers l'homme qui avait été l'initiateur puissant et providentiel de l'élan universel de foi qui a fait accourir aux Roches Massabielle, à la Source miraculeuse, et par conséquent vers la Ville et la Paroisse de Lourdes, les peuples de toutes régions et de tous pays, arrivant, comme les Rois Mages, pour prier et pour donner : *aurum et thus afferentes*.

Moins accessible que ses édiles aux influences extérieures et aux préoccupations d'ordre financier, la population de Lourdes resta fidèle au souvenir de son Pasteur. Se montrèrent également fidèles à cette grande mémoire les Pèlerins français et étrangers. Ne pouvant se rendre processionnellement au Tombeau, ils ne voulurent point pour cela le laisser solitaire ; ils y vinrent s'agenouiller, les uns individuellement, les autres par petits groupes, comme les Bretons et les Vendéens.

*
* *

Le monde officiel ayant abandonné l'œuvre et
l'ouvrier, l'entrepreneur, M. Bourgeois, pour parvenir au paiement des travaux et au rembourse-
ment de ses avances, se vit dans la nécessité d'appeler ses débiteurs légaux, d'abord devant le Conseil
de Préfecture, ensuite devant le Conseil d'Etat,
d'épuiser toutes les juridictions, et d'user sa vie à
avoir raison des chicanes et atermoiements qui lui
étaient opposés.

Les mauvais vouloirs qu'il rencontra, les délais
sortant des délais, firent durer la procédure autant
que dura la guerre de Troie. Ce ne fut que dix ans
après la mort du Curé Peyramale que le Conseil
d'Etat rendit, le 10 octobre 1887, sa décision définitive.

Durant le procès, le jeu des intérêts capitalisés
avait naturellement grossi le passif. Par contre,
l'actif, composé du legs Claverie, de la succession
du Dr Peyramale, des dons survenus depuis pour
la Nouvelle église, n'avait pas été employé à solder
la somme due à l'entrepreneur. La pénurie s'était
aggravée.

La Fabrique de Lourdes fut condamnée à payer
la somme de 531.000 francs, et la Ville de Lourdes
celle de 100.000 francs, souscrite par elle : ces deux
sommes, avec intérêts capitalisés jusqu'au jour du
versement effectif.

La Ville dut s'exécuter et paya.

A la condamnation du Conseil d'Etat et aux réclamations de M. Bourgeois, la Paroisse, toujours

administrée par M. l'abbé Barrère et s'appuyant sur ce que les biens des Fabriques sont insaisissables, opposa, comme précédemment, la force d'inertie.

L'Evêque, qui avait approuvé la délibération du Conseil de Fabrique du 18 juillet 1875, donnant mandat à Mgr Peyramale, l'Evêque, Mgr Jourdan, eut recours au silence devant les lettres pressantes et réitérées de l'entrepreneur M. Bourgeois. Quand ce dernier se présenta à l'Evêché, Sa Grandeur se trouva absente.

III

Or il advint, dans cet état de choses, qu'un prêtre belge, ancien Jésuite, nommé M. l'abbé Grenier, était venu s'établir à Lourdes.

Un très riche Hollandais, protestant converti au catholicisme, et que connaissait cet abbé Grenier, voulut, dans son zèle de néophyte, faire la bonne action de consacrer un million de francs à doter la Ville de Lourdes de son église paroissiale. Le bruit s'en répandit promptement, en s'exagérant dans les journaux jusqu'au chiffre de trois millions, et fit tressaillir d'aise les amis de Notre-Dame de Lourdes, qui crurent comprendre que, par ce don magnifique, toutes les difficultés allaient se résoudre, et les obstacles s'aplanir.

Plusieurs y voyaient un coup de la Providence.

Mais on raconte que l'action ennemie intervint auprès du riche Hollandais, et auprès de l'abbé Grenier, son intermédiaire.

« — Vous avez une excellente pensée, leur dit-on. Pourquoi, toutefois, compromettre le résultat de cette libéralité royale, en vous épuisant à faire revivre ce qui est mort ? Hélas ! votre million servirait à peine à payer les dettes. Laissez périr l'entrepreneur et l'entreprise, et faites vous-même votre œuvre personnelle : — sur un emplacement *nouveau*, — avec des matériaux *différents*, — et sur un plan *tout autre*. »

C'était, sous trois formes, provoquer à la répudiation formelle de Mgr Peyramale et de son œuvre.

En conséquence, le dimanche 6 mars 1893, dans la chaire où jadis le saint Curé de Lourdes enseignait l'Evangile à ses ouailles, M. l'abbé Barrère, successeur de ce grand homme, fit entendre sa prédication à son peuple :

« Mes frères, s'écria-t-il, un généreux bienfaiteur
« a donné un million pour la construction d'une
« église paroissiale à Lourdes. *Le don est déjà fait,*
« *et le million déposé.*

« La volonté irrévocable du donateur est que
« l'église soit bâtie : — sur l'emplacement agrandi
« de notre vieille église, (premier reniement) ; —
« avec la pierre de Lourdes, (deuxième reniement);
« — et en style ogival, (troisième reniement) (1). »

C'est à quelques pas de l'emplacement calme et central où le temple en construction s'élève à ciel

---

(1) Nous ne faisons ces citations que sur des documents officiels.

A la date du samedi, 12 mars 1893, le *Journal de Lourdes*, rédigé par les Pères de la Grotte, enregistra et promulgua cette déclaration de l'abbé Barrère. Nous la reproduisons d'après cette feuille, *ut revelentur ex multis cordibus cogitationes.*

ouvert, sans toiture et sans clocher, dans son sévère et majestueux style roman, avec ses colonnes de marbre pyrénéen, offertes en ex-voto par des Diocèses venus en Pèlerinage, par des Universités, par quelques-uns de ceux que Notre-Dame de Lourdes a miraculeusement guéris, par un martyr de la foi, Mgr d'Olinda, évêque du Brésil, — c'est à côté de ce temple et du glorieux Tombeau contenu dans sa crypte — que M. l'abbé Barrère conviait les populations, non seulement à oublier son glorieux prédécesseur, mais à prononcer une réprobation publique de ce qu'il avait fait, uniquement parce qu'il l'avait fait ; à en acclamer le contre-pied ; à se montrer moralement parricide ; — à repousser l'emplacement qu'il avait choisi ; — à repousser la nature de pierre qu'il avait choisie ; — à repousser le style qu'il avait choisi ; — à répéter ainsi par trois fois : *non novi hominem.*

Et comme le peuple frémissait et protestait en entendant ce langage ; comme ses sentiments naturels d'honneur se révoltaient ; comme la reconnaissance filiale envers le Père disparu se réveillait en lui ; comme les yeux se remplissaient de larmes et les cœurs de regrets, celui que l'on nomme « le curé de la Paroisse » fit miroiter le Million, qu'il considérait comme étant de nature à apaiser les scrupules :

« Nous sommes autorisés à déclarer que, si quel-
« qu'une de ces conditions, relativement *à l'em-*
« *placement, à la pierre ou au style* n'était pas
« acceptée de qui de droit, le Million nous échappe-
« rait pour aller à une autre pieuse destination (1). »

(1) *Journal de Lourdes,* du 12 mars 1893.

Par de telles paroles, qui rappellent celles que l'on murmurait à l'oreille de nos députés, afin de leur arracher relativement au Panama un vote contraire à leur conscience : « C'est à prendre ou à laisser, ou bien le chèque que j'ai dans mon portefeuille ira ailleurs », par de telles paroles, M. l'abbé Barrère ne craignait-il pas d'apporter la démonstration irrécusable, que, — en dehors d'un désaveu et d'un outrage posthume à infliger à celui dont l'auréole pouvait offusquer certains regards, — le mystérieux étranger n'avait aucunement le souci de gratifier d'une église paroissiale la ville dont Notre-Dame a pris le nom ?

La Municipalité de Lourdes ne céda point cette fois à la voix du tentateur, et se refusa à adhérer à un tel projet.

Mais, tandis qu'on essayait de séduire ou de réduire les volontés, il survint un événement qui jeta les esprits dans la stupéfaction. Au moment où M. l'abbé Barrère sollicitait des prières et inaugurait des neuvaines pour « l'église du Million », le million s'évanouit brusquement en fumée. Le « généreux donateur » fut frappé de démence et mourut. L'abbé Grenier, lui aussi, ne tarda pas à trépasser de mort subite. Du million — « déjà déposé », avait-on dit, — nul n'ouït plus parler désormais. Toute cette fantasmagorie se dissipa.

Cette grave leçon de choses fut-elle comprise par ceux auxquels elle semblait s'adresser ? Il ne le parut point.

Trois ans plus tard, dans la nuit du 31 décembre au 1er janvier 1896, vers quatre heures du matin, quarante-unième anniversaire de la première messe célébrée par le Curé Peyramale dans sa paroisse de Lourdes (1), dix-neuvième anniversaire de la cessation des travaux de la Nouvelle église (2), un incendie violent, dont les causes sont restées inconnues, dévora la sacristie et une partie de l'église ancienne, que son état de délabrement et les ravages des siècles empêchaient absolument d'être réparée.

La voix publique s'écria :

— C'est le second avertissement. Sera-t-il mieux entendu que le premier ? Puisse la flamme de l'incendie éclairer maintenant tous les yeux !

IV

De nouveau, la grande question se posa et s'imposa.

En promenant leurs pas attristés dans les jeunes ruines de la Nouvelle église, les chrétiens oppressés se laissèrent aller à l'espérance qu'il allait être mis une heureuse fin à la fausse et lamentable situation qui, dans les journaux et dans les livres, servait d'argument aux ennemis de Notre-Dame de Lourdes.

(1) Voir ci-dessus.
(2) Voir ci-dessus.

On se demandait et on se demande :

— Que fera la Fabrique ? Que fera la Ville de Lourdes ? Que feront les Missionnaires de la Grotte ? Que fera l'Evêque, qui n'est plus Mgr Jourdan et qui se nomme aujourd'hui Mgr Billière ? Que feront les Pèlerins ?...

Le temps et la rigueur des saisons rongent et détruisent insensiblement les quatre murailles de l'Eglise Nouvelle. Déjà, la base du clocher s'est écroulée ; et la pluie, tombant dans le chœur sans toiture, désagrège peu à peu la voûte de la Crypte, jusqu'à ce qu'elle s'effondre, elle aussi, et recouvre d'un amas informe de décombres le tombeau du Fondateur du pèlerinage de Notre-Dame de Lourdes.

Si nous contions un roman, peut-être laisserions-nous se clore notre récit par ce spectacle d'une amère philosophie et d'une mélancolique grandeur.

Mais nous écrivons une histoire chrétienne, et en présence de cette ruine et de cette désolation, nous devons étudier ce fait douloureux qui semble une anomalie, nous n'osons dire une iniquité, commise ou continuée par ceux qui représentent l'Eglise, au sujet de la construction d'une église, commandée et entreprise par un prêtre qui fut notoirement une gloire de l'Eglise.

Nous devons examiner ce qui a été fait et ce qui pourrait être fait encore pour réparer ce qui est réparable.

.　.

Quelles sont les responsabilités directes et légales ? Toutes les juridictions superposées de la justice humaine, interrogées l'une après l'autre, pendant dix ans, ont répondu : — Est responsable légalement « la Fabrique de Lourdes », laquelle a agi, a contracté, s'est engagée régulièrement par son mandataire *ad hoc,* régulièrement institué pour cela.

Quelles sont maintenant les responsabilités morales, non moins évidentes ?

En premier lieu, sont moralement responsables : les Evêques de Tarbes (ou l'Evêché), qui ont autorisé les plans, contresigné les appels de fonds, promis des souscriptions, bénit en personne et solennellement la première pierre du Temple nouveau, assuré leur efficace concours, et qui, par la lettre de Mgr Jourdan, Evêque du Diocèse, au vicaire administrateur de la Paroisse, citée plus haut, ont opposé un veto absolu, arrêtant les dons et coupant court à toutes les ressources.

En second lieu, sont moralement responsables : les Missionnaires de la Grotte, lesquels, ayant également encouragé à l'origine le Curé de Lourdes, ont ensuite, au lieu de le servir, porté obstacle, de son vivant, à la réussite de son œuvre, par l'interdiction de quêter aux offices du Sanctuaire qu'il avait fondé, et par les inscriptions amphibologiques : « Tronc pour la Nouvelle Eglise », placées dans la Basilique et aux alentours de la Grotte, qui ont, avant et après sa mort, arrêté ou détourné le courant d'aumônes et de dons spontanés, qui arrivaient de partout.

Est responsable enfin : l'Eglise universelle, qui souffre de ce scandale, et qui ne demanderait pas mieux que de se voir faire un sérieux appel pour

parer aux difficultés de la situation, pour libérer
les engagements et achever l'œuvre de Celui que la
très sainte Vierge avait *élu* entre mille, et à qui l'on
doit le plus considérable mouvement religieux que
la terre ait encore vu depuis les Croisades.

. .

Nous avons voulu connaître l'entrepreneur de
l'église inachevée, savoir s'il était vraiment un
industriel avide et intraitable, rigoureux et dur,
comme certains esprits s'efforçaient de le présenter.

Nous avons trouvé un homme loyal, droit et facile. Il nous a tenu ce langage :

« — Mes comptes ont été, à diverses reprises,
soumis au long et minutieux examen d'hommes de
l'art et du métier, nommés par les parties intéressées, ou délégués par la justice. Or, voici le chiffre
auquel ils s'élèvent; il a force de chose jugée, en
dernier ressort, par le Conseil d'Etat :

Au 1er janvier 1897, il m'est dû : (car les intérêts
ont couru de jour en jour et grossi peu à peu le
chiffre de ma créance); au 1er janvier 1897, il m'est
dû en chiffre rond 600.000 fr.

Ni la Fabrique de Lourdes, ni l'Evêque du Diocèse, n'ont répondu à mes réclamations, sauf une
fois, pour m'offrir le quart de la dette contractée
envers moi, me demandant en échange quittance
générale du tout, proposition dérisoire que je n'eusse
pu accepter que pour deux motifs :

Ou bien, parce que je confesserais avoir majoré
mes prix dans une aussi formidable proportion;

Ou bien, parce que mon débiteur, mis en faillite,
serait judiciairement reconnu hors d'état de tenir

ses engagements et que je me verrais contraint à subir un concordat désastreux, me faisant perdre 75 0/0, les trois quarts de ma créance.

Dans le premier cas, je foulerais moi-même aux pieds mon renom d'honnête homme, et signerais ma propre condamnation.

Dans le second cas, c'est l'œuvre elle-même qui chercherait à spéculer sur son propre déshonneur, et qui mettrait la banqueroute dans les fondements de l'église de Dieu.

Je ne *puis,* ni personne ne *pourrait,* vouloir ni l'un ni l'autre. Je ne saurais donc faire, en principe, aucune réduction sur mon droit légitime.

Mais, d'autre part, je conçois les difficultés de la situation ; et en souvenir de Mgr Peyramale, que je vénère et que j'aime, dans lequel je n'ai cessé de voir un prêtre de rare vertu, abusé par des promesses qu'il devait croire vraies ; délaissé et persécuté, voici quelles seraient mes dispositions :

La Fabrique de Lourdes reconnaîtrait sa dette intégrale envers moi, et s'engagerait à me la payer avec la garantie de la Ville, du Diocèse ou des Missionnaires. Et, au fur et à mesure des paiements effectués, j'en verserais le tiers à la caisse de la reprise des travaux, ce qui représente de ma part, — sous une forme honorable pour tous, pour celui qui donne et pour ceux qui reçoivent, pour le glorieux défunt et pour les vivants, — une souscription personnelle de 200.000 fr., pour l'achèvement de l'Eglise nouvelle, que ces travaux fussent exécutés par moi, par mon successeur, ou par tout autre entrepreneur. »

Ainsi nous parla M. Bourgeois.

* *

A l'heure où nous publions ce livre, toutes choses sont encore en suspens, et la conscience catholique est en souffrance. Elle le sera jusqu'à ce que ceux qui ont puissance comprennent, comme comprend assurément le lecteur qui a bien voulu suivre avec nous les diverses phases de ce récit (1).

En sera-t-il ainsi ? Nous avons des raisons de l'espérer.

Une Municipalité plus populaire a succédé à l'ancienne.

Le Maire actuel de la ville de Lourdes, M. Cazeaux-Mouton, est un esprit intelligent et un caractère droit.

L'Evêque, S. G. Mgr Billière, jadis curé de Bagnères-de-Bigorre, a succédé à Mgr Jourdan. Il était attaché par des liens d'affection et de sympathie à la personne et à l'œuvre de Mgr Peyramale.

Le R. P. Fournou, Supérieur des missionnaires de la Grotte, a succédé au R. P. Sempé, que Dieu a rappelé à lui. Toujours il s'est montré respectueusement dévoué au grand Serviteur de Marie, lequel avait pour lui beaucoup d'amitié.

Il y a donc des motifs de croire que la solution est proche.

(1) Nous avons fait imprimer, dans le courant de l'année dernière, une brochure traitant cette question spéciale, avec pièces et documents. Elle est intitulée : *L'Eglise inachevée de Mgr Peyramale*, curé de Lourdes. Paris, Librairie Dentu, 1896. — Nous lui avons emprunté quelques pages, et nous y renvoyons le lecteur qui voudrait faire une étude un peu plus approfondie sur ce sujet.

Des hommes nouveaux dans une situation nouvelle peuvent tout réparer. Ils ne sont gênés par aucun acte antérieur et ont une liberté entière de juger et d'agir, suivant le réel intérêt moral et matériel du Pèlerinage et de la cité.

Déjà cette municipalité, peu après son arrivée au pouvoir, a voulu manifester ses tendances, en renouvelant, dans sa session d'août 1896, le vote de l'érection d'une statue à Mgr Peyramale sur une place de la ville de Lourdes.

Elle s'est, en outre, mise en rapport avec M. Henri Bourgeois, lequel a tenu le même langage qu'il nous tint à nous-même, et dont on vient de lire l'expression fidèle.

. .

Dernièrement, nous parlions à un homme considérable des difficultés multiples, des volontés hostiles contre lesquelles s'étaient brisés les efforts de Mgr Peyramale. et qui avaient créé la situation présente.

— Qu'est-ce que cela fait ? s'écria-t-il. Aujourd'hui, tout cela n'est plus rien.

Quand même celui qui n'a commis aucune faute les aurait toutes commises, quand même qui que ce soit n'eût encouru aucune responsabilité, un temple tombant en ruines dans ces conditions et s'écroulant dans la faillite, à côté des millions que la piété du monde apporte à Lourdes, constitue, pour les croyants et les incroyants, un scandale dont souffre aux yeux de tous le prestige de l'Eglise. Le reste est secondaire; ce ne sont que de petites questions d'intérieur et de famille. La grande question est là pour ceux qui savent tout, comme pour ceux qui ignorent tout : *Lapides clamant.*

Eteindre la dette, achever l'édifice, voilà ce que souhaitent, voilà ce que pensent et répètent les catholiques de tous pays, uniquement jaloux de l'honneur sans tache de leur Mère, la sainte Eglise de Dieu.

Ainsi prendraient fin les débats et dissentiments. Ainsi, aux applaudissements de toute la Chrétienté, serait répudié pour jamais le fatal héritage des tristes malentendus. Ainsi commencerait une nouvelle ère de paix et de justice : *Justitia et pax osculatæ sunt.*

Gloire aux hommes de bon vouloir, qui rendront possible la solution dont nous venons de tracer les grandes lignes ! Par les coûteux sacrifices : par l'amour de ce qui est réellement suivant la droiture, de ce qui est équitable et salutaire, *quod vere dignum et justum est, æquum et salutare;* par la générosité d'âme, ils seront arrivés au bien accompli, au bien lumineux et triomphant : *Per angusta ad augusta.*

De la dernière partie de cette longue histoire, si différente, à l'heure où nous sommes, de l'aube vermeille de ses gracieux commencements et de la radieuse période des Apparitions, se dégage un sentiment pénible...

Faudra-t-il donc laisser sous cette impression de tristesse qui nous navre le cœur, ceux qui viennent avec nous de suivre la Vie de Mgr Peyramale, depuis sa naissance jusques après sa mort? ceux qui, ainsi que nous, ont appris à le vénérer et à l'aimer : comme tout jeune enfant, charmant et généreux ; — comme séminariste, se plongeant dans l'étude des Pères de l'Eglise, se formant par la fréquentation de ces génies et de ces saints, à l'éloquence de la parole et à l'éloquence plus sublime des actes, haussant à la fois son esprit et son âme, à mesure qu'il avançait davantage dans la pratique et l'expérience du sacerdoce ; — comme vicaire de Vic-en-Bigorre et de Saint-Jean de Tarbes ; — comme desservant d'Aubarède ; — comme aumônier des soldats ; — comme curé de Lourdes ; — comme prêtre incomparable, ayant mérité par ses vertus la grâce insigne d'être appelé à devenir ici-bas l'instrument de la Très Sainte Vierge.

Nous l'avons vu, après avoir rempli sa tâche, ne recevoir d'autre récompense en ce monde qu'une vieillesse empoisonnée par la douleur. Il fut moins épargné que Job : car, pour lui, en aucun instant, l'adverse fortune ne se changea en prospérité. Il souffrit jusqu'à la fin, et mourut noyé dans un océan d'amertume.

Que cela est dur, ô mon Dieu ! Où donc ceux qui ont faim et soif de la justice trouveront-ils à apaiser ce besoin de leur âme et seront-ils rassasiés ?

— Ce sera en vous, Seigneur !

Cherchons plus haut. *Sursum corda !*

LIVRE SIXIÈME

———

IN EXCELSIS

LIVRE SIXIÈME

IN EXCELSIS

I

Revenons aux deux amis du Curé Peyramale.

On se souvient de la visite désolée que nous reçûmes de l'abbé Lafont au soir des obsèques et du mot anxieux qu'il nous dit : — « Il n'y est plus ! qu'allons-nous devenir ? »

Et l'on n'a pas oublié que, le lendemain, Dieu accorda à ce vieil ami du Curé de Lourdes la grâce d'aller rejoindre celui qu'il pleurait et d'entrer, à sa suite, dans le lieu de la Béatitude, par la porte sublime de l'héroïsme et du dévouement. Il périt victime de son zèle à vouloir, dans un incendie, sauver de petits enfants en péril, et préserver les hosties d'une chapelle en flammes.

*
* *

Nos lecteurs ont également présents à la mémoire M. l'abbé Martignon et sa neuvaine à Notre-Dame des Sept-Douleurs, commencée, à la date du 8 septembre 1877, au pied de la couche funèbre du Serviteur de Marie. Assurément, la pensée de guérir n'allégeait en rien son affliction. Mais, au sein de sa grande peine et de ses inconsolables regrets, il se complaisait à songer que son protecteur était au Ciel.

Il lui semblait que, avec un tel intercesseur, la sainte Vierge, *au neuvième jour,* allait se mettre en quelque sorte à la disposition de sa prière. Il écrivit même à Paris au R. P. Picard, de l'Assomption, pour lui faire part de son espoir, qu'il appelait sa certitude.

Déjà il s'entretenait de ce qu'il ferait une fois redevenu valide, et comment il s'emploierait encore à l'œuvre inachevée du Curé Peyramale. Il goûtait par avance les douceurs de sa santé rétablie, de ses forces revenues et de sa voix recouvrée.

Sa ferveur et sa foi allaient croissant. Des amis s'unissaient à lui. Et ainsi l'on arriva au samedi 15 septembre. C'était la veille de Notre-Dame des Sept-Douleurs ; c'était la veille du *neuvième jour.*

Ce samedi-là, dans la matinée, il reçut un télégramme lui annonçant le départ de M. et Mme Guerrier pour Lourdes, et lui demandant le service de vouloir bien les attendre à la gare avec une voiture, au passage de l'express de Bordeaux.

M. et Mme Guerrier lui étaient entièrement inconnus. Une lettre de M. le curé de Saint-Gobain, que la poste avait apportée vingt-quatre heures avant la dépêche, lui avait appris seulement que, depuis plusieurs années, Mme Guerrier était atteinte d'une maladie très grave, et qu'elle partait pour aller à

Lourdes, implorer sa guérison. On recommandait instamment à M. l'abbé Martignon cette dame et son mari, lesquels se rendaient pour la première fois dans la cité de la Sainte Vierge.

Le Chanoine n'eut garde de refuser cet office de charité, et s'achemina vers la gare pour s'y trouver au train de trois heures.

Laissons-le, durant quelques instants, penché sur son Bréviaire dans la salle d'attente; et faisons connaître au lecteur par quelle série de circonstances M. et Mme Guerrier arrivaient à Lourdes.

II

M. Edouard Guerrier, juge de paix à Beaune, avait épousé, il y avait environ quinze ans, une femme des plus chrétiennes, Mlle Justine Biver. Mlle Biver appartenait à une honorable famille. Son père était un médecin distingué; ses frères occupaient dans l'industrie des positions considérables. L'un d'eux était directeur-général de la Compagnie de Saint-Gobain; l'autre était directeur des célèbres manufactures de glaces de Saint-Gobain et de Chauny.

Dieu avait béni cette union. Trois enfants étaient successivement venus au monde, tous bien portants, tous heureusement doués. Ces trois enfants grandissaient en âge, en taille, et en sagesse, sous le regard et par les soins maternels. Mme Guerrier les élevait elle-même, leur apprenant les lettres humaines, et, avant tout, l'amour des pauvres et la science de Dieu.

Ainsi s'étaient écoulées onze années de bonheur continu. Onze ans de bonheur sans interruption, c'est bien court et c'est bien long !... C'est bien court ! car les jours de félicité s'enfuient si rapides, qu'ils semblent ne durer qu'un intant. C'est bien long ! car il est rare qu'un tel espace de temps, en cette vallée de larmes, ne soit pas traversé çà et là de douleurs et de catastrophes.

En 1874, cet horizon si pur s'assombrit. La santé de Mme Guerrier s'altéra rapidement. A la suite de violents maux de tête, de syncopes fréquentes et d'un affaiblissement progressif, un état général de paralysie atteignit successivement les organes les plus importants. L'épine dorsale perdit toute force ; les jambes refusèrent leur service ; la vue se troubla et s'obscurcit. Mme Guerrier ne pouvait se tenir assise sur son lit, et était obligée d'être toujours couchée. La partie inférieure du corps finit par tomber dans un état d'insensibilité absolue : non seulement les pieds et les jambes étaient incapables de faire aucun mouvement, mais, si on les piquait ou les pinçait, la malade ne le sentait même point.

Plusieurs fois, pendant ses longs évanouissements, on craignit un trépas soudain. La mort se tenait sur le seuil et projetait déjà sur ce foyer, naguère si rayonnant de joie, son ombre menaçante.

Ayant dû renoncer à continuer l'éducation de ses enfants et à suivre leurs leçons, la pauvre mère n'assistait plus qu'à leurs entretiens avec Dieu.

Réunis autour de son lit, elle les entendait prier chaque soir et chaque matin, et demander sa guérison.

III

La maladie durait depuis environ deux ans : 1876 était arrivé. Alice, la fille aînée, allait faire, le 2 avril, sa première communion. Et ce grand jour, en lequel l'enfant devait recevoir son Dieu, était la constante préoccupation de cette Mère chrétienne. Elle y pensait pour sa fille, et aussi un peu pour elle-même. Il lui semblait impossible qu'en venant prendre possession du cœur de son enfant, le Sauveur miséricordieux n'apportât point quelque soulagement à ses propres maux, et ne laissât en la maison quelque royal témoignage de sa visite et de son séjour. N'avait-il pas jadis, en entrant dans la demeure de Simon Pierre, ordonné à la belle-mère de son disciple, malade et alitée, de se lever et de les servir ?

— J'en suis certaine, disait Mme Guerrier, je me lèverai et je marcherai ce jour-là.

Le 2 avril, Alice reçut pour la première fois le corps de Jésus-Christ ; et le soir un dîner cordial, auquel était convié le prêtre qui avait préparé la jeune fille, réunissait quelques membres de la famille. Mais nul changement ne s'était opéré dans l'état de la mère... Et sa place allait rester vide comme elle l'était depuis si longtemps, lorsque, — au moment même où l'on se mettait à table, — Mme Guerrier, retrouvant tout à coup ses forces, se fit habiller et vint s'asseoir au milieu des convives, stupéfaits de joie et d'étonnement. La vue était claire et nette; l'épine dorsale avait recouvré son jeu naturel; les jambes supportaient le corps comme autrefois.

Le prêtre entonna le cantique d'actions de grâces, auquel chacun répondit : tous comprirent que Celui qui, le matin, s'était donné lui-même au banquet divin, était mystérieusement présent aux agapes du soir.

Durant la nuit, le sommeil fut doux et profond.

Mais le lendemain, hélas ! quand Mme Guerrier voulut quitter son lit, ses jambes étaient retombées dans leur état d'inertie.

IV

Était-ce donc un rêve ou une illusion que cette soirée de la veille où elle avait, en pleine santé, fait elle-même les honneurs du repas et fêté la visite de Dieu dans le cœur de son enfant ? Était-ce un effort d'imagination, un effet nerveux, comme disent parfois les médecins ? — Non, non ! ne le croyez point.

Le Maître de la vie et de la mort, de la santé et de la maladie, avait disposé toutes choses, de manière qu'il fût impossible de méconnaître sa main et d'attribuer à la nature ce que sa grâce avait fait.

Il n'avait point voulu, le jour de la première Communion de la fille, tromper l'espérance et la foi de la Mère ; et, la touchant invisiblement de son doigt, il lui avait commandé de servir les convives, comme il le fit jadis pour la belle-mère de Simon Pierre. Mais, après avoir montré de la sorte, par un acte de sa puissance, qu'il était le Dispensateur Souverain, il voulut faire entendre que, pour un but caché et connu de lui seul, son dessein était qu'elle portât encore le poids de l'épreuve. Et afin de bien marquer que c'était Lui seul qui avait agi, en même temps qu'il ordonna à l'infirmité de reprendre les jambes, il intima à la maladie de quitter pour jamais la partie supérieure du corps. Les intolérables douleurs de tête ne revinrent plus, les syncopes disparurent, et la vue reconquise conserva son intégrité.

Combien il avait raison, le Centenier de l'Evangile, lorsque, essayant d'exprimer la soumission de la Nature à la toute-puissance du Sauveur, il empruntait sa comparaison à la soudaine et ponctuelle obéissance de la discipline militaire! « Je n'ai qu'à dire : « Va-t-en ! » à l'un des soldats qui sont sous mes ordres, pour qu'il s'en aille. Qu'à un autre je dise : « Viens ! » et il vient. De même qu'à mon serviteur : « Fais ceci ! » et il le fait.... »

Ainsi avait commandé Jésus dans une maison de la ville française de Beaune, de même qu'il avait autrefois commandé en la cité juive de Capharnaüm.

Comme un chef qui fait mouvoir ses soldats d'après un plan de bataille que les soldats ignorent, il avait dit à la maladie : « Va-t-en. » Il avait dit : « Viens ! » Il avait dit : « Fais ceci ! » Et tout, à sa parole, s'était aussitôt accompli.

Pourquoi ? Pour quel motif, après cette guérison totale, cette rechute partielle ? Quel était le plan

que Jésus suivait ? Il était seul à le savoir ; et
sans doute, si on lui eût posé au sujet de cette
femme une telle question, il eût répondu, comme
il le fit à l'occasion de l'aveugle-né :

« — S'il en est ainsi, c'est pour que la gloire de
Dieu éclate en sa personne. »

Est-il besoin d'ajouter qu'à partir de ce jour, la
résignation de Mme Guerrier, déjà très grande, devint plus grande encore ? Son âme, de même que
son corps, avait reçu une grâce d'en haut. Les ténèbres qui lui cachaient le visage de ses enfants, de
son mari, de tous ceux qu'elle aimait, avaient disparu sous un souffle du Ciel, et, quoique toujours
étendue sur son lit, elle était dans l'allégresse.

V

Depuis le commencement de sa maladie, elle
n'avait point eu le bonheur d'embrasser ses vieux
parents. Elle demeurait à Beaune, dans la Côte-d'Or.
Son père et sa mère habitaient Saint-Gobain, dans
le département de l'Aisne. Cent quarante lieues sé-
parent les deux villes. Or, le bon docteur Biver était
alors dans sa quatre-vingt-deuxième année, et tout
déplacement lui était difficile. Sa fille désirait ardemment le revoir. Des premiers jours d'avril au commencement de septembre, ce désir grandit dans son
cœur.

Vainement on lui objecta qu'elle était malai-
sément transportable, qu'un trajet si fatigant
pourrait la précipiter dans un pire état ; toutes

ces considérations furent moins fortes que le besoin filial d'aller presser dans ses bras la mère qui l'avait nourrie de son lait, et le vieillard qui l'avait bercée sur ses genoux, quand elle était tout enfant.

On fit donc l'imprudence de se mettre en chemin.

Ainsi que les médecins l'avaient prévu, le voyage amena une sérieuse aggravation dans les souffrances de Mme Guerrier. Le moindre mouvement, comme, par exemple, lorsqu'on essayait de la transporter d'une pièce dans une autre, produisait en elle une sorte de vertige et des crises pénibles. De sorte qu'il fut interdit à la malade de reprendre le chemin de fer pour rentrer chez elle.

Il fallut donc rester, par impuissance absolue de repartir.

La conséquence de cet état de santé, en de telles circonstances, était le brisement même de la famille. Ses fonctions de juge de paix imposaient au mari le séjour de Beaune : les infrangibles liens de l'infirmité et de la maladie retenaient l'épouse à Saint-Gobain. Mme Guerrier avait demandé à avoir ses enfants auprès d'elle. Toutes les huit ou dix semaines, le magistrat faisait, entre deux audiences, une course de cent quarante lieues, afin de passer quelques rapides journées auprès de ceux qui étaient toute sa vie.

Près d'un an s'écoula ainsi.

On était à l'affût d'un instant de mieux pour se hasarder à reconduire la malade chez elle, dans la Côte-d'Or ; mais ce mieux n'arrivait pas, et, tout au contraire, la paralysie commençait à gagner le bras gauche.

L'expérience de l'aller rendait très alarmante la tentative du retour.

VI

Dans le courant du mois d'août 1877, M. Guerrier se trouvait à Saint-Gobain, désolé comme toujours de cette situation sans issue. Sa femme lui dit :

— Mon ami, il faut faire le pèlerinage de Lourdes. Et j'y guérirai.

Cette parole effraya fortement le mari. Les perspectives les plus sombres se présentèrent d'elles-mêmes à son esprit. Avec force et vivacité, il combattit une idée qui lui semblait devoir infailliblement amener de funestes résultats.

— Ma chère femme, lui répondit-il, souviens-toi de ce qu'il nous en a coûté pour avoir, il y a onze mois, cédé à ton désir et nous être risqués à faire le voyage de Beaune à Saint-Gobain. Songe que, depuis lors, tu ne peux même point supporter d'être douce-ment traînée au jardin, dans une chaise longue. Et tu ferais maintenant la folie de t'aventurer à traverser toute la France, pour aller dans un pays où nous ne connaissons personne, avec la belle chance de ne pouvoir en revenir ? Ce serait tenter Dieu et se jeter dans des hasards insensés.

— Je suis certaine que je serai guérie à Lourdes, reprenait Mme Guerrier. Je veux y aller.

— Vouloir n'est pas pouvoir, s'écriait douloureu-sement le mari.

C'était la lutte de la raison ou du raisonnement, contre la foi et l'espérance. Énergique de part et d'autre, cette lutte dura plusieurs jours.

La confiance de Mme Guerrier avait fini par ébranler ses deux frères, les directeurs de Saint-Gobain. Ils conseillèrent à M. Guerrier de céder; et ce dernier, de guerre lasse, en arriva à se laisser arracher son consentement. Muni du certificat de médecin, constatant l'état de sa femme, il demanda au Ministre un congé de quelques semaines pour la conduire dans les Pyrénées.

Le voyage fut résolu en principe, le samedi 8 septembre, en la fête de la Nativité.

Que de prières ils adressèrent tous ensemble ce jour-là à Notre-Dame de Lourdes, en cette même matinée où son grand Serviteur, le curé Peyramale, quittait la terre et entrait dans ce pays de toute justice, où ceux qui furent bons sont couronnés de puissance et de gloire!

M. Guerrier cependant était assez inquiet de se trouver, en cas de fâcheuses éventualités, dans une ville étrangère où il n'aurait ni aide ni soutien, et se verrait sans autre secours que les soins mercenaires et indifférents que l'on rencontre dans les hôtels.

— Que je voudrais, répétait-il souvent, avoir là-bas quelqu'un qui pût nous guider un peu! Je suis effrayé de cet inconnu.

C'était le 10 ou 11 septembre.

A cette date, M. l'abbé Poindron, curé de Saint-Gobain, qui visitait fréquemment cette famille, apprit, par un journal, la mort de Mgr Peyramale;

et, dans le récit de ses derniers instants, il remarqua le nom de M. l'abbé Martignon, l'ancien curé d'Alger. Il se rendit aussitôt auprès de Mme Guerrier.

— Vous aurez quelqu'un à Lourdes pour vous accueillir, dit-il à son mari. Je connais M. l'abbé Martignon : je vais lui écrire et vous recommander à ses bons soins. Télégraphiez-lui en route l'heure de votre arrivée. Il sera prévenu.

VII

Le moment précis du redoutable départ fut dès lors définitivement fixé au jour le plus proche, au mercredi 12 septembre. Il fut décidé qu'on se reposerait vingt-quatre heures à Paris, et que, ensuite, le voyage, si c'était possible, se ferait d'un trait jusqu'à Lourdes. La Compagnie du chemin de fer reçut l'ordre de tenir prêt un wagon-lit.

C'était un grand émoi dans cet intérieur. La malade affirmait sa prochaine guérison. Entraînés par sa foi, ses frères espéraient avec elle. Le mari, tout en cédant à la volonté de sa femme, était plein de crainte. Il voyait les difficultés matérielles, tandis que Mme Guerrier semblait ne pas même y penser. Elle regardait les possibilités divines : il regardait les probabilités humaines.

Rien n'est pénible comme les hésitations, les troubles, les tiraillements divers qui précèdent une décision grave. On en avait épargné les inutiles

angoisses au vieux père de Mme Guerrier, à M. Biver. Ce fut seulement quand tout fut réglé, sauf
son adhésion, que sa fille lui parla du projet d'aller
chercher, en ce sanctuaire lointain, auprès de la
Mère de Dieu, une guérison que la science des
hommes avait été impuissante à opérer.

A cette nouvelle, devant ce suprême parti de
quitter les moyens de la terre pour recourir à
l'intervention du Ciel, le vieux médecin fut profondément remué. Des larmes montèrent à ses yeux.

— Je consens à ce que vous voulez, dit-il.

Et, à l'heure du départ, il étendit sur sa fille ses
mains vénérables et la bénit.

*
* *

Le voyage se fit avec la plus cruelle fatigue. A
Paris, on transporta, non sans de grandes difficul-
tés, Mme Guerrier à l'appartement de son frère,
M. Hector Biver.

Leur beau-frère, M. Louis Bonnel, professeur au
lycée de Versailles, s'était rendu, très préoccupé, à
leur rencontre.

— Je viens de m'informer si M. Henri Lasserre
est à Lourdes, leur dit-il. Nous avons autrefois été
tous deux membres d'une intime réunion de jeunes
gens chrétiens. Voici une lettre pour lui.

On se remit en route.

Malgré le courage de la malade, elle était tellement anéantie au moment où le train entrait en
gare à Bordeaux, que le mari épouvanté n'osa pas
aller plus loin et voulut absolument qu'elle prît
une nuit de repos.

VIII

Le samedi 15 septembre, M. et Mme Guerrier arrivèrent à Lourdes. M. l'abbé Martignon, auquel on les avait adressés, était là pour les recevoir.

Il s'était assis dans la salle des voyageurs, disant son Office et pensant à cette suprême Neuvaine, au terme de laquelle, avec une foi à transporter les montagnes, il se voyait guéri.

Il songeait aux nombreux malades que, depuis plusieurs années, il avait vus à la Grotte recevoir une semblable grâce ; il se disait que le lendemain était le dernier jour de la Neuvaine. Les heures passent vite en compagnie de l'espérance ; et c'est de la sorte que le bon chanoine avait patiemment attendu les deux voyageurs que nos lecteurs connaissent déjà, mais que lui-même ne connaissait pas encore.

L'abbé Martignon avait tout prévu. Louée à l'avance, une voiture large et commode stationnait dans la cour du chemin de fer. Des hommes d'équipe y étendirent la malade, et on se rendit avenue de la Gare, à une maison meublée, dans laquelle une chambre avait été retenue.

Or, cette chambre était au premier ou au second étage, et l'état de Mme Guerrier réclamait, comme une absolue nécessité, un appartement au rez-de-chaussée. Le chanoine d'Alger avait été trop vaguement informé ; et il était fort embarrassé.

— Ne vous tourmentez point, dit alors leur hôtesse. Faites-vous conduire ici, tout à côté, chez M. Lavigne. Il aura peut-être ce que vous désirez.

M. Lavigne est propriétaire d'une belle maison, entourée d'arbustes et de fleurs. Le parterre s'ouvre sur la grande route qui traverse Lourdes et qui en forme la principale rue. Cette habitation est située dans l'inférieur de la ville, entre la cité et la gare.

L'excellent M. Lavigne, avec une bonne grâce parfaite, se mit à la disposition des pèlerins.

M. et Mme Guerrier se trouvèrent donc installés à la maison Lavigne, au rez-de-chaussée, dans une grande pièce, momentanément transformée en chambre à coucher, et donnant sur un jardin.

Oiseux en apparence, ces détails doivent avoir plus tard leur utilité et leur importance.

Ce fut dans cette salle que Mme Guerrier raconta à M. Martignon ses longues souffrances, son infirmité persistante, et la ferme confiance qui l'avait amenée à la Grotte.

On s'entretint des bienfaits sans nombre de Notre-Dame de Lourdes, de la mort de Mgr Peyramale. Le prêtre d'Alger dit quelques mots de sa Neuvaine, engageant Mme Guerrier à prier le Serviteur de Marie, lui offrant même, par une parole cordiale, de joindre ses intentions aux siennes.

Après un assez long repos, on se dirigea vers la Grotte. Il était environ cinq heures. M. Guerrier prit avec lui deux domestiques d'emprunt, pour l'aider à descendre de voiture Mme Guerrier et à la transporter à la Grotte.

C'est là que nous eûmes l'honneur de la voir pour la première fois. M. Guerrier nous remit la lettre de son beau-frère, M. Louis Bonnel, et nous connûmes de la sorte les douleurs de cette famille.

La prière de Mme Guerrier fut ardente et recueillie. Son regard ne quittait point l'image matérielle de la Vierge invisible apparue jadis en ces lieux, et que, de si loin, elle venait invoquer.

IX

Avant de partir, la malade avait reçu l'absolution, et, autant que possible, disposé son âme à mieux implorer la miraculeuse grâce. Elle était prête. Bien que chrétien pratiquant, M. Guerrier, ayant eu tous les soucis temporels à sa charge, avait mis moins d'activité à régulariser le spirituel. Au départ et pendant le voyage, il avait, avec une vigilance extrême, préparé toutes choses. Mais il avait un peu négligé de se préparer lui-même, attendant pour cela le moment décisif de la dernière heure.

Ce fut à Lourdes que l'heure sonna.

Assez avant dans la soirée, M. Guerrier demanda à M. l'abbé Martignon d'avoir la bonté de l'ouïr en confession, car il voulait, le lendemain, à la Sainte Table, être à côté de celle qu'il aimait : il voulait que leurs actes fussent d'accord, ainsi que leurs cœurs, et que leurs deux prières fussent l'une et l'autre également près de Dieu.

C'est ainsi que, dans le mystère du sacrement de Pénitence, il ouvrit son âme au prêtre de Jésus-Christ. Il lui confessa ses fautes ; et il lui dit ses angoisses, les tristesses de son foyer, ses inquiétudes pour le présent et ses alarmes pour l'avenir. Il avait besoin de réconfort et de courage ; et l'expérience lui avait appris que ce que l'Eglise appelle « le tribunal de la Pénitence » est aussi le tribunal de la Consolation.

Le détail de ses confidences est le secret du Seigneur. Mais ce que nous savons, c'est que le Confesseur, qui tient un instant la place de Dieu et qui, au nom du Père de toute créature, prononce la parole de miséricorde, éprouve parfois, plus que tout autre, plus que le commun des hommes, le sentiment de la pitié.

Devant l'infortune de cet époux désolé ; devant le spectacle de cette mère de trois enfants, condamnée depuis si longtemps à l'infirmité et à l'inaction ; devant toute cette famille à laquelle les soins maternels étaient encore si nécessaires, la compassion de l'ancien curé d'Alger fut grande. Il oublia son mal pour ressentir la peine d'autrui. Non point cependant que nous voulions faire entendre qu'il ne se souvint plus de sa propre souffrance et de l'immense espoir qu'il avait conçu pour le lendemain. Tout au contraire, il y songea. Mais une pensée d'ordre supérieur, qui s'était déjà vaguement présentée à lui et dont il avait, vaguement aussi, dit quelques mots à Mme Guerrier, monta de nouveau en son cœur, se précisa dans sa volonté et il l'exécuta aussitôt.

— Que votre femme ait confiance, et ayez confiance vous-même avec elle ! dit-il à son pénitent, à celui qui dans le saint tribunal l'appelait « mon Père », et à qui il répondait « mon Fils. »

« Voici que moi-même, ajouta-t-il, je fais une *Neuvaine* que j'ai commencée le samedi 8 septembre, fête de la Nativité, au pied du lit où venait d'expirer mon ami, le Curé de Lourdes, Mgr Peyramale. Depuis ce moment, j'invoque son souvenir ; et j'ai prié Notre-Dame de Lourdes de permettre qu'*au neuvième jour*, ce soit *lui-même* qui me transmette la réponse à mon instante demande. Or, nous sommes aujourd'hui à la veille de ce neuvième jour. Ma neuvaine se termine demain dimanche, 16 septembre, fête de Notre-Dame des Sept-Douleurs. C'est donc demain, à huit heures, que je célébrerai la Messe *qui est ma dernière espérance.*

« Eh bien ! veuillez annoncer à Mme Guerrier que cette Messe, non seulement je la dirai pour elle, mais que, si je dois avoir une part dans la réponse sensible que je sollicite, *je lui abandonne cette part... Je lui fais don de toutes mes prières antérieures de cette Neuvaine. Que ces ardentes prières que j'ai faites pour moi soient faites pour elle, et présentées ainsi par mon ami à la Vierge dont il fut l'apôtre ici-bas. Je substitue ses intentions aux miennes,* de sorte que, — *si le signe donné en ce neuvième jour doit être une guérison,* — *ce ne soit pas la mienne, mais celle de votre chère femme.* Ce soir, avant de s'endormir, et demain à son réveil, qu'elle mêle et associe à sa prière le nom de Mgr Peyramale ; et venez tous deux à cette Messe, à la Basilique. J'ai bon espoir qu'il se produira quelque chose. »

En acceptant avec simplicité une telle offre, M. et

Mme Guerrier ne pouvaient mesurer tout l'héroïsme et toute l'étendue du sacrifice que faisait le prêtre d'Alger. Il aurait fallu, pour cela, connaître un long passé, qu'ils ignoraient, et un avenir très prochain.

X

Donc, le soir avant de fermer les yeux et le lendemain au lever de l'aube, l'incurable paralytique mêla à ses invocations le nom de Mgr Peyramale. Et quand les huit heures du matin approchèrent, elle se fit transporter à la Basilique pour assister à cette Messe finale de la Neuvaine.

Mme Guerrier était profondément pénétrée des infaillibles et consolants enseignements de l'Église sur la communion des Saints et la réversibilité des mérites. Aussi, à la suite de l'acte d'abnégation fait en sa faveur, le sentiment de confiance qui l'avait conduite à la Grotte de Lourdes s'était-il encore fortifié et était devenu absolu. Comment en donner une idée ?

En ce lieu de paix et d'édification, nous sommes bien loin des champs de bataille et des luttes sanglantes. Et cependant, c'est au milieu des camps que nous irons chercher notre comparaison, pour bien faire concevoir ce qui se passait au fond de cette âme en prière.

Le capitaine, avec ses troupes, est parti pour livrer le combat. Il connaît le lieu, il connaît l'heure, il connaît l'ardeur de ses hommes et les dispositions de l'ennemi. Il compte sur le succès, et il l'annonce..... Il a campé par la brume, dont les ombres blanchâtres couvrent la campagne, cachant toutes choses à son regard. Mais le terrain lui est familier ; et il masse en ordre parfait ses compagnies et ses régiments. Le cœur lui bat. Malgré son courage et son assurance, il ne peut s'empêcher de songer parfois en lui-même au petit nombre de ses soldats et à la force de résistance de l'adversaire.

Brusquement le vent se lève et dissipe le brouillard. Et voilà que le Capitaine aperçoit l'armée d'un puissant Prince, arrivant à travers l'épaisseur de la brume, sous la conduite d'un ami fidèle, et se préparant à combattre dans ses rangs : « Secours inattendu ! Alliance irrésistible ! Le grand Prince est avec nous ! Nous tenons la victoire ! » s'écrie le Capitaine en tressaillant d'allégresse.

Ainsi tressaillit en son cœur la Chrétienne qui était venue à Lourdes, sans autre force que ses propres prières et celles des siens : ainsi elle tressaillit, quand elle vit tout à coup et sans s'y attendre que, sur l'appel de l'ami fidèle, l'illustre Serviteur de la Vierge, le vénéré Curé Peyramale allait unir sa grande prière à son humble prière et sa puissance à sa faiblesse. Elle comprit qu'elle allait triompher.

XI

La Basilique était presque entièrement occupée par les pèlerins de Marseille. Il eût été malaisé, à travers leurs flots pressés, de porter une malade, pour laquelle le plus léger mouvement et le moindre heurt étaient une fatigue et une souffrance.

On se résolut donc à choisir, pour célébrer la Messe, l'une des deux premières chapelles que l'on trouve en entrant. Et on prit celle de gauche, dédiée à sainte Germaine Cousin.

Ce fut dans cette chapelle, où ces circonstances en apparence de hasard conduisirent leurs pas, que l'on transporta Mme Guerrier, et que M. l'abbé Martignon offrit le Saint-Sacrifice, réservant du reste les suffrages du *Memento* des morts pour le défunt bien-aimé, dont la pensée était présente au cœur de tous.

Assise sur une chaise, la malade entendit la Messe. Entièrement inertes, ses jambes, depuis si longtemps infirmes, reposaient sur un prie-Dieu placé en face d'elle.

Pendant qu'il lisait l'Épître, le souvenir de Mgr Peyramale se présenta soudainement, et avec une netteté extraordinaire, à l'esprit de l'abbé Martignon. Dans les dernières lignes du texte qu'il avait sous les yeux, il venait de voir saillir ces paroles, dont l'application s'imposa irrésistiblement à lui, à mesure qu'il les prononçait lentement : « Le Seigneur a rendu aujourd'hui ton « nom si glorieux que ta louange demeurera tou-« jours sur les lèvres des hommes, qui garderont à « jamais mémoire de la puissance de Dieu. Pour « eux, en vue des angoisses et de la tribulation de « ton peuple, tu n'as point épargné ta propre vie ;

« et tu t'es au contraire présenté, *pour parer à la*
« *ruine,* devant le Seigneur notre Dieu (1). »

« — Mon corps sera le levain. Il faut que je
meure pour parer à la ruine », avait dit souvent Mgr Peyramale, avant de descendre dans le
tombeau.

Au moment de l'*Elévation,* l'assistance se prosterna. La malade seule demeura immobile. Quand
arriva l'instant du banquet sacré, son mari alla
s'agenouiller à la Sainte Table. Pour elle, en son
impuissance, elle attendit que son Dieu vînt à
elle. Et il y vint en effet, porté par des mains
mortelles.

A peine eut-elle reçu le Sacrement du Seigneur,
qu'elle sentit une force invincible qui la pressa de
se lever et de se mettre à genoux. Et, en même
temps, retentit au fond de son âme, comme une voix
souveraine qui lui en faisait le commandement.
Auprès d'elle, prosterné et la tête dans ses mains,
son mari se recueillait après la communion, croyant
sans croire, et espérant sans espérer.
Tout à coup il entend un frôlement de robe et
un mouvement. Il relève la tête, il se retourne.
Mme Guerrier venait de s'agenouiller à côté de lui.
Le respect du lieu saint arrêta dans sa poitrine le

(1) « Hodie nomen tuum ita magnificavit, ut non recedat laus
tua de ore hominum, qui memores fuerint virtutis Domini in
æternum, pro quibus non pepercisti animæ tuæ propter angustias
et tribulationem generis tui, sed *subvenisti ruinæ* ante con-
spectum, Dei nostri. »
Epître de la messe de Notre-Dame des Sept-Douleurs. IIIᵉ dimanche de septembre.

cri de reconnaissance, le cri de joie et de stupeur qui fut sur le point d'en sortir. Instinctivement ses yeux se dirigent vers l'autel et son regard se rencontre avec celui du Prêtre, qui était, comme le sien, tout brillant d'allégresse et d'attendrissement. Tourné vers les Fidèles, le célébrant leur adressait en ce moment la grande parole sacerdotale :

— *Dominus vobiscum*, Que le Seigneur soit avec vous !

Le Seigneur y était en effet.

La Messe s'achève, le dernier Evangile se dit. Mme Guerrier se lève sans effort, se tient debout, et de nouveau se met à genoux... Quant à son mari, il avait peine à ne pas défaillir, et ses jambes tremblaient sous lui. Pâle, ému, frémissant, les yeux tout grand ouverts, mais obscurcis par les larmes, il la regardait, n'osant lui parler et ne pouvant ajouter foi au témoignage de ses sens. La malade guérie priait et remerciait, dans un recueillement profond. Tout le trouble était pour lui ; tout le calme était pour elle.

Le Prêtre dépouilla les ornements sacrés et se retira, au coin de l'autel, pour faire son action de grâces.

Elle dut être fervente.

Au pied du lit de mort du Serviteur de Marie, il avait commencé sa Neuvaine dans les conditions que l'on connaît. Puis, au plus fort de son espérance, il avait, par une charité héroïque, transmis à autrui le trésor sur lequel il comptait.

Et voilà qu'au *neuvième jour* et à l'heure marquée, ni plus tôt ni plus tard, à la Messe *que lui-*

même disait dans ce but, la personne *désignée par lui* se dressait sous son regard, subitement guérie, comme les paralytiques de l'Évangile, au contact de quelque invisible main.

La réponse qu'il avait implorée de la bonté et de la puissance de Notre-Dame de Lourdes lui était faite, avec une clarté sans ombre. Le signe qu'il avait demandé lui était donné.

Quelle que fût la joie de la paralytique guérie, la joie du Prêtre était plus grande encore. Son ami, le Curé Peyramale, parti pour le Ciel, commençait déjà à y manifester sa présence.

XII

Ni les uns ni les autres, cependant, n'avaient prêté attention aux secrètes significations de cette petite chapelle latérale où ils se trouvaient, et où une main, plus délicate et plus forte que celle des hommes, les avait providentiellement conduits.

C'était, nous l'avons dit, la première chapelle à gauche, en entrant dans la Basilique : et toutes choses y rappelaient les origines de cette divine histoire de Notre-Dame de Lourdes dont, pour parler comme Mgr Langénieux, le Curé Peyramale avait été le *Témoin,* le *Confident* et l'*Apôtre.*

Au-dessous de la fenêtre, le mur est couvert par trois plaques de marbre blanc, hautes et larges, sur lesquelles est inscrit le récit sommaire des dix-huit Apparitions.

Le Curé de Lourdes avait été investi de son rôle ici-bas, lorsque la Vierge lui avait envoyé Bernadette, comme la messagère de son commandement formel. Or, sur ce marbre, on lisait cet ordre célèbre : « Allez dire aux prêtres que je veux que l'on me construise ici une chapelle... » — Pouvait-elle être remise plus nettement en mémoire, la mission et la personne du premier ouvrier de la première heure, de celui qui avait creusé le premier fondement et posé la première pierre ?

Le Curé de Lourdes avait un jour demandé à l'Apparition de la Grotte de faire fleurir les roses parmi les frimas de février, et la Vierge lui avait opposé le mot « Pénitence. » — Or, courant par-dessus les frises et faisant le tour de la nef, une longue ligne, composée avec des cœurs d'or, reproduit quelques-unes des paroles de Notre-Dame de Lourdes. Et voilà que, au-dessus de l'arceau qui forme l'entrée de cette chapelle latérale, se trouve précisément ce mot par lequel Marie avait répondu à la requête du Curé de Lourdes, et que la vie du saint prêtre avait si douloureusement réalisée : « Pénitence. »

Le Curé de Lourdes, conformément à ce décret de Marie, avait reçu sur son épaule le poids d'une croix terrible. — Or, quel était le sujet de la voie douloureuse que l'artiste avait sculpté à la droite de l'autel, dominant la petite ouverture ogivale qui conduit à la chapelle suivante ? C'était le Cyrénéen, c'était l'homme portant la croix.

A l'autel où M. l'abbé Martignon venait de célébrer

la Messe, les souvenirs de cette même époque ressortaient également, sous le voile transparent des allégories.

Choisie parmi toute la légion des Bienheureux, on y pouvait contempler la Sainte qui figure le mieux la Voyante de Lourdes, une bergère comme elle, une innocente enfant de nos contrées méridionales, possédant la même jeunesse, et parlant le même idiôme : la très pure et très radieuse Germaine Cousin. A son côté est la houlette de la gardeuse de brebis ; et sa tête est recouverte de cette coiffure, ressemblante de forme et d'appellation, qu'on nomme capuchon dans la région de Toulouse, et capulet dans celle des Pyrénées..... « — De tous mes agneaux, disait Bernadette, celui que j'aime le plus, c'est le plus petit. » Aux pieds de Germaine se trouve le petit agneau. — Derrière elle, le chien, symbole de la *vigilance,* de la *fidélité* et de la *force,* pour défendre bergère et troupeau ; et cette triple vertu rappelait le Pasteur énergique, qui n'avait jamais permis à la persécution déchaînée de toucher à l'Enfant de Marie.

Après la demande des Roses, Bernadette était rentrée jadis les mains vides chez le Pasteur de Lourdes... Mais voici que, sur l'autel, la sainte bergère a aujourd'hui son tablier tout plein de roses et que ses mains virginales les sèment à profusion devant elle. Et puisque aux roses il faut un parfum, voici encore que, devant la pierre du sacrifice, un Miracle s'épanouit, embaumant toutes les âmes, et répandant toute bonne odeur sur la mémoire du Serviteur de Marie.

Autrefois la Vierge avait souri, comme pour promettre les Roses après cette vie, en la saison du printemps éternel... Notre-Dame de Lourdes venait de tenir la promesse que contenait son sourire.

Arrêtons-nous un instant, et appliquons, à ce fait d'ordre surnaturel et à ce symbolisme mystique, la simple logique de la raison.

Si, en rendant la santé à Mme Guerrier, Notre-Dame de Lourdes n'avait point eu dessein d'associer à cette guérison le souvenir de son Serviteur, n'est-il pas évident qu'elle eût choisi *un autre moment* que ce Neuvième jour, marqué à l'avance ; — *une autre circonstance* que cette dernière messe de la Neuvaine, célébrée par l'intime ami ; — *un autre lieu* que cette chapelle significative ? Elle eût choisi la veille, le lendemain ou toute autre date ; la Grotte, la Piscine, un autre autel, faisant à un autre prêtre la grâce de dire la messe, à l'heure et à l'endroit du Miracle. Mais il semble qu'elle ait expressément voulu que le jour, le prêtre et le lieu signifiassent le même nom. Et, sous l'action de sa volonté, tous les détails de l'événement, se faisant écho et reflet, mettaient en saillie la même Vérité.

Non ! non ! de pareilles concordances et de semblables rapprochements ne sont point des jeux fortuits du hasard ! Ces intimes harmonies et cet ensemble, si soigneusement et si heureusement combinés par Celui qui dirige tout, dénotent sa main, avec autant de certitude et d'évidence que les ingénieux agencements d'une montre et le mouvement des aiguilles dénotent l'action d'un horloger. Ces circonstances sont le langage même de Dieu, s'adres-

sant aux hommes, langage à la fois clair et énigma-
tique comme celui des paraboles qu'il faisait jadis
entendre aux foules assemblées, sur les rives du
lac de Génézareth ou sur les places de Jérusalem.
L'âme naïve écoute, comprend et adore. « A vous,
disait le Seigneur à ses Disciples, il a été donné de
connaître les mystères du Royaume de Dieu : mais
à ceux-ci non pas. Ils ont des yeux, et ils ne voient
point. Ils ont des oreilles et n'entendent pas. »

Et voilà pourquoi, en présence de tout fait miraculeux, de tout acte direct de la puissance suprême,
il est nécessaire d'ouvrir le regard et d'avoir l'oreille
attentive.

Vous souvenez-vous, lecteur, de ce touchant passage de la Genèse, dans lequel il est raconté comment Eliézer, étant arrivé en Mésopotamie, vers la
cité de Nachor, afin de chercher une épouse pour le
jeune Isaac, s'arrêta au bord du puits qui est à
l'entrée de la ville ? Puis il tourna son cœur en haut
et prononça ces paroles :

« — Seigneur, Dieu d'Abraham mon maître,
venez aujourd'hui à mon aide, je vous en conjure ;
et que mon maître Abraham trouve grâce devant
vous. Me voici près de ce puits, et les filles de la
ville vont s'y rendre pour puiser de l'eau. Faites ,
ô mon Dieu, que celle à qui je dirai : « Inclinez
votre urne pour que je boive » et qui me répondra :
« Non seulement je veux que vous buviez, mais
« je veux encore abreuver vos chameaux » ; faites
que celle-là soit celle que vous avez destinée à
votre serviteur Isaac : et, par ce signe, je compren-
drai que mon maître Abraham a trouvé faveur
devant vous. »

« Il n'avait pas fini de parler, et voilà que paraît Rebecca, portant une amphore sur son épaule... Elle descend, remplit son vase et elle allait s'en retourner, quand Eliézer se présentant :

« — Voudriez-vous, lui dit-il, me donner un peu de votre eau, car j'ai soif ?

« — Buvez, seigneur.

« Et la jeune fille, s'empressant d'abaisser l'urne qui déjà chargeait son épaule, la penche sur son bras pour lui présenter à boire.

« Et quand il eut fini :

« — Je veux encore, ajouta-t-elle, puiser de l'eau pour vos chameaux, afin que tous puissent boire jusqu'au dernier...

« Eliézer l'avait contemplée en silence, attentif à l'arrêt que rendait le Seigneur. Cependant il tirait de ses coffres des boucles d'or et des bracelets d'un grand poids.

« Et quand les chameaux eurent bu :

« — De qui donc êtes-vous la fille ?...

« — Je suis la fille de Bathuel, fils de Melcha : mon grand-père est Nachor... »

« Eliézer se prosterna, adora le Très-Haut et s'écria :

« — Béni soit le Seigneur de mon maître Abraham, qui l'a comblé de sa grâce et de sa vérité, et qui m'a conduit tout droit à la maison de son frère (1). »

A cet accord parfait entre l'intime prière de son âme et le signe demandé qui s'accomplissait à la lettre, Eliézer avait reconnu la très claire

(1) Genèse. xxiv, 43-48.

réponse du Seigneur Dieu, et la faveur dont jouissait son maître Abraham.

Ainsi faisons-nous, nous aussi, car le Dieu de ce temps reculé est le même Dieu qu'aujourd'hui. Il se nomme l'Eternel et, maintenant comme alors, il répond de même manière au cœur droit de ceux qui l'implorent.

Poursuivons notre récit.

XIII

Notre-Dame de Lourdes avait accordé une grâce complète. Mme Guerrier était totalement guérie.

Elle avait prié pour obtenir. Elle pria pour remercier.

Puis elle se leva, calme, sereine, sans la moindre surexcitation physique ou morale, mais toute rayonnante encore du contact divin. Et, se tournant vers son mari, elle lui dit :

« — Mon ami, donne-moi ton bras... Descendons ! »

M. Guerrier ne pouvait croire un tel prodige. Il lui semblait faire un céleste rêve. Et son inexprimable félicité était traversée par la terreur de voir tout à coup s'évanouir ce beau songe...

Dans son trouble, il voulut faire avancer les porteurs.

« — Non pas ! non pas ! lui dit l'abbé Martignon, le rappelant au sentiment de la réalité miraculeuse. *Noli timere.* »

Et alors, obéissant à la parole du prêtre, et toujours tremblant, M. Guerrier offrit son bras.

Sa femme, sa chère femme le prit, et, sans rien

dire, le pressa un instant sur sa poitrine. Cette muette étreinte exprimait mieux que toute parole le souvenir des peines passées et l'immensité du bonheur présent, bonheur de l'épouse, bonheur de la mère, bonheur des enfants et de toute la famille, à qui elle pensait en ce moment. De ce cœur, de ces deux cœurs qui n'en faisaient qu'un, montait vers Dieu et vers la Vierge Très Sainte un incommensurable élan de reconnaissance.

Mme Guerrier sortit de la chapelle et traversa le bas de la nef. Les pèlerins de Marseille célébraient par leurs chants la toute-puissance de Notre-Dame de Lourdes, sans se douter qu'à côté d'eux, dans une chapelle latérale, au milieu du silence d'une messe basse, cette puissance venait encore d'éclater

Arrivée au dehors, la paralytique descend avec la plus grande aisance les vingt-cinq degrés du grand escalier de pierre, au bas duquel stationnait la calèche.

Le cocher, dans sa stupeur, regardait ce spectacle et demeurait immobile. Sur un signe de M. Guerrier, il approcha la voiture et ouvrit la portière.

« — Non, dit Mme Guerrier, je veux aller à la Grotte.

— Oui, certes ! répond le mari : la voiture va nous y porter en trois minutes.

— Point du tout. Je vais m'y rendre à pied, à ton bras. »

L'abbé Martignon se penche à l'oreille de M. Guerrier ; et, de sa voix éteinte qui n'était qu'un souffle, il lui fit entendre la parole de la foi :

« — Elle est guérie. Laissez-la faire. »

On la laisse faire : et tous ensemble s'acheminent vers la Grotte, en suivant les lacets Peyramale.

A la Basilique, devant l'autel, elle avait fait sa première action de grâces.

A la Grotte, devant la statue de Marie, elle fait la seconde.

Sans aide, sans appui, sans aucun secours étranger, elle met les deux genoux en terre et se prosterne. Puis elle se relève, va boire un verre d'eau à la Source miraculeuse, et se dirige ensuite vers la Piscine où l'on plonge les malades. Elle voulut s'y plonger guérie. Et tout son être y puisa une force nouvelle et comme une agilité plus vive dans le jeu des articulations.

Elle tint à parcourir à pied le chemin qui conduit à la ville. Devant eux, marchant au pas, la calèche les précédait.

A mi-route environ, l'abbé Martignon demanda grâce, non pour elle, mais pour lui.

— Madame, dit-il, je vous en prie, n'allez pas si vite... Vous êtes guérie, vous, ajouta-t-il en riant ; mais moi, je ne le suis point ; et je vous avoue que je n'en puis plus. Par charité pour moi, montons en voiture.

— Volontiers, répondit-elle.

Et, d'un pied léger, elle gravit sans effort le marche-pied.

La calèche traverse Lourdes ; mais, parvenue un peu au-dessous de l'ancienne église, elle quitte tout à coup la voie ordinaire et tourne à droite par la rue de Langelle. Le cocher se trompait-il donc de route ?

Au contraire, il obéissait à l'ordre de Mme Guerrier et suivait le bon chemin. Il s'arrêta à l'endroit qu'on lui avait indiqué.

Mme Guerrier descendit, avec son mari et l'ancien curé d'Alger ; et, passant par un grossier et raide escalier de bois, elle pénétra dans la crypte d'une église inachevée.

Là se trouvait un sépulcre, recouvert d'une simple pierre brute. Elle trempa ses doigts dans un bénitier ; et, avec la branche de laurier qui y était restée depuis le jour des funérailles, elle jeta sur cette tombe quelques gouttes de l'eau sacrée.

Puis elle s'agenouilla et pria au-dessus des restes du Serviteur de Marie : le Curé Peyramale.

Et ce fut là sa troisième action de grâces.

C'est en ce même jour, 16 septembre, que vint prier devant le Tombeau le premier Pèlerinage entré dans la ville depuis la mort du Curé de Lourdes, celui de la catholique Marseille. De sorte que la première couronne lointaine, déposée sur ce sépulcre, porte la date même du miracle que nous venons de raconter : *Les Pèlerins Marseillais, 16 septembre 1877.*

Accompagnés du chanoine Martignon, M. et Mme Guerrier rentrèrent enfin au logis, dans cette habitation de M. Lavigne, où la malade était arrivée la veille, en proie à une incurable paralysie.

Quel étonnement et quelle joie éprouvèrent leurs hôtes ! Il leur semblait que ce fût une bénédiction pour leur propre demeure. Avec émotion ils entendirent le récit de ce qui venait de s'accomplir !... Et ils comprirent, par l'intelligence et par le cœur, les merveilleuses coïncidences qui donnaient à ce miraculeux événement sa particulière physionomie !

— Madame, — dit M. Lavigne, après avoir tout écouté, — savez-vous où vous êtes et en quel lieu précis la Providence vous a conduite, afin que, étant partie tout à l'heure de cette maison, entièrement paralytique, vous y rentriez entièrement guérie ?

— Je ne sais, répondit-elle, en le regardant d'un air surpris et interrogateur.

— Vous êtes dans la maison qui était le Presbytère de Lourdes à l'époque des Apparitions. Et vous habitez la salle où M. le Curé Peyramale interrogeait Bernadette et où il reçut de sa bouche les ordres de la Sainte Vierge.

A cette dernière lumière sur l'action de la Providence et sur son intention en ces événements, il y eut comme un frémissement dans ce petit groupe. La clarté devenait si vive qu'elle semblait un rayonnement.

Tous gardèrent le silence et chacun demeura pensif.

XIV

M. et Mme Guerrier rentrèrent peu de jours après chez leur vieux père, et puis à leur heureux foyer. M. Guerrier nous écrivit la scène touchante du retour et il ajoutait :

« Nous n'oublierons jamais que la guérison de
« ma chère femme fut la réponse que l'abbé Mar-
« tignon demandait à la Sainte Vierge de lui faire,
« par l'intermédiaire du saint Curé Peyramale.

« Pour le rétablissement de sa santé, pour sa gué-
« rison à lui-même, nous prions depuis ce moment.
« Nous voulons que Notre-Dame de Lourdes nous
« vienne en aide, et qu'elle lui rende au centuple
« ce que, avec une charité toute sacerdotale, il a
« si généreusement, *et non en vain*, abandonné
« à Mme Guerrier. Nous le demandons tous en-
« semble à cette toute-puissante Mère ; et Dieu
« sait si, dans cette demande, nous mettons toute
« la chaleur et toute la reconnaissance de notre
« cœur !... »

Au milieu de sa joie, Mme Guerrier éprouvait
parfois un sentiment qui la troublait comme un
remords :

— Pauvre abbé Martignon ! disait-elle : il me
semble que je lui ai volé sa guérison !

Et son visage se voilait d'un nuage de tristesse.

— Non, madame, vous n'avez volé le trésor de
personne, en recevant le don de Dieu. Vous avez
reçu une grande et touchante grâce ; et c'est avec
des larmes dans les yeux que nous venons de la
raconter : mais, croyez-le bien, la grâce la plus
insigne est celle qui a été faite au prêtre dont vous
parlez, quand il lui a été donné de s'élever jusqu'au
sublime par un tel acte d'abnégation et de dévouement, quand il lui a été donné de ressembler en
cela au Maître divin, qui a dit en son Évangile
et qui a prouvé qu'il n'est point de charité plus
haute que de sacrifier sa vie pour ses amis. Le bon
Samaritain a relevé le blessé ; le bon Pasteur s'est
immolé pour une brebis du troupeau. Soyez reconnaissante, mais ne le plaignez point !... Il a choisi
la meilleure part.

Quelques semaines plus tard, l'abbé Martignon quittait Lourdes, où n'était plus son ami, le Serviteur de la Vierge. Trop malade pour suivre le penchant de son cœur, c'est-à-dire pour traverser la Méditerranée et rejoindre sur la terre d'Afrique son paternel Archevêque, Mgr Lavigerie, il alla, au commencement de l'hiver, demander au climat d'Hyères de prolonger pour lui les tièdes journées de l'automne... « Que les brises de la mer lui soient clémentes ! disions-nous au Seigneur, que le soleil lui soit doux ! »

XV

Ce qui devait arriver, hélas ! ne tarda pas à s'accomplir, et Dieu ne différa point longtemps la récompense à son Serviteur.

L'hiver étant fini, l'abbé Martignon, de plus en plus souffrant, quitta Hyères, et se rendit à Poitiers dans une famille amie. Chaque jour, à l'Eglise voisine, il pouvait encore célébrer les divins mystères.

— Je suis ici, nous écrivait-il, comme l'oiseau sur la branche : — en attendant qu'elle se brise !

Elle se brisa en effet, et l'âme prit sa volée.

Huit mois et demi après la guérison de Mme Guerrier, le 27 mai 1878, vers trois ou quatre heures du soir, M. l'abbé Martignon fut pris par quelques frissons d'un caractère inaccoutumé. Il ne se méprit point sur le sens suprême de cet avertissement.

« — *Magister adest et vocat te...* Marie, disait Marthe à sa sœur, le Seigneur est là et il t'appelle. »

Au moment où les dernières lueurs du soleil disparaissaient derrière l'horizon, le Prêtre du Seigneur pencha la tête. Et ses yeux se fermèrent à la terre pour aller se rouvrir dans le pays où la Lumière ne s'éteint jamais.

Le chanoine Martignon, comme l'abbé Lafont, était entré dans la Vie par la porte de la charité, du généreux sacrifice. *Zelus comedit eos.* L'amour les a dévorés (1).

Tels ont vécu et tels sont morts les deux disciples, les deux amis du grand Curé de Lourdes.
· Que tous trois reposent dans cette paix laborieusement conquise, qui est la gloire céleste ! Et si, comme nous en avons l'espérance, Dieu les a reçus en son bienheureux Paradis, qu'ils se souviennent là-haut de ceux qui les aimèrent ici-bas !

XVI

Lecteur chrétien, si jamais vous allez à Lourdes, pensez à tous ces souvenirs. Contemplez en votre mémoire ce Curé Peyramale que Notre-Dame de Lourdes avait choisi et qui a quitté le sol éphémère de cette vie, accompagné à sa droite et à sa gauche par ces deux bons et pieux acolytes, ainsi que le célébrant qui monte à l'autel, et qui, laissant au pied des marches le diacre et le sous-diacre, est successivement rejoint par chacun d'eux.

(1) Mme Guerrier, rendue à la pleine santé, a vécu plus de quinze années, faisant, à Beaune, le bonheur des siens et l'édification de tous.

Tous trois furent revêtus des saints ordres. Admirez, en ces âmes, la grandeur du sacerdoce catholique et la sublimité du vrai prêtre de Jésus-Christ.

Et puis, agenouillé avec ferveur, le front courbé vers la terre et l'âme tournée vers Dieu, priez Notre-Dame de Lourdes pour ceux qui furent ses ouvriers, pour les morts et pour les vivants.

Qu'Elle répande toujours à la Grotte où elle est apparue, la plénitude de ses grâces et de ses miracles. Qu'Elle rende la santé aux corps malades, la sainteté aux âmes coupables, la rectitude aux esprits déviés. Qu'Elle relève tout être tombé, toute nation abattue. Et qu'Elle fasse couler, de plus en plus abondante, cette Source du Ciel qu'Elle fit jaillir dans nos vallées mortelles !

FIN

Lourdes, Paris. Les Bretoux. — 1877-1897.

APPENDICE

ET

PIÈCES JUSTIFICATIVES

APPENDICE

ET

PIÈCES JUSTIFICATIVES

NOTE I

(Page 389.)

Les faits contenus dans le récit intitulé *In excelsis,* dont la rigoureuse exactitude est établie par la lettre de M. Guerrier, sont de plus attestés :

1° Pour l'état de maladie de Mme Guerrier et tout ce qui s'est passé à Saint-Gobain : — par M. Biver père, docteur en médecine ; — M. Hector Biver, directeur général des manufactures de glaces de Saint-Gobain ; — M. Alfred Biver, directeur de la manufacture de glaces de Saint-Gobain ; — M. Louis Bonnel, professeur au lycée de Versailles ; — M. l'abbé Poindron, curé de Saint-Gobain ; — M. Danré, pharmacien dans la même ville ; — M. Viennot, ancien employé au ministère de la guerre, qui attestent, en même temps, que Mme Guerrier est rentrée de Lourdes totalement guérie.

2° Pour le fait de guérison soudaine accompli le 16 septembre au sanctuaire de Lourdes, en la chapelle de Sainte-Germaine Cousin, à la dernière messe de la Neuvaine de M. l'abbé Martignon, et pour les divers détails de ce qui s'est passé à Lourdes : — par le R. P. Thuet, missionnaire du Saint-Esprit, actuellement

(1877) en la maison de Bordeaux, rue Parmentade, 65,
qui servait la messe de M. l'abbé Martignon ; — par
M. Lavigne, receveur et entreposeur des contributions
indirectes à Lourdes ; — par Mme Détroyat : — par le
R. Edwards, au Prieuré de Saint-Augustin, à Newton,
Devonshire (Angleterre), et par M. le baron et Mme la
baronne de Férussac, rue d'Anjou, 3, à Versailles, qui
se trouvaient à Lourdes en ce moment.

3º Pour l'état de maladie de Mme Guerrier, antérieu-
rement à son séjour à Saint-Gobain, et pour tout ce qui
s'est passé à Beaune : — par les mêmes membres de sa
famille qui l'avaient également vue chez elle ; et, en
outre, — par MM. Lebœuf, curé-archiprêtre de Notre-
Dame de Beaune ; Bouhey, vicaire ; Monmont, procureur de la République ; Noirot, juge honoraire ;
A. Larcher, juge d'instruction ; L. Lagarde, receveur
de l'enregistrement en retraite, juge de paix suppléant ;
Henri Morelot, propriétaire, etc., qui attestent en même
temps sa parfaite santé actuelle.

Bien qu'il fût extrêmement pénible à M. l'abbé Martignon de rendre compte d'un fait dans lequel il se
trouvait avoir accompli un acte de dévouement dont
il eût voulu garder à jamais le secret, il crut, sur la
demande formelle de Mme Guerrier, qu'il était de son
devoir rigoureux d'adresser au R. P. Sempé, supérieur
des Missionnaires de Notre-Dame de Lourdes, un
rapport sommaire de ce qui avait eu lieu. Il le fit avec
exactitude, mais en s'efforçant visiblement de laisser le
plus possible dans l'ombre tout ce qui pouvait, à la
grande douleur de son humilité, tourner à sa propre
louange.

Quant aux détails, frappants et caractéristiques, de
la chapelle du miracle, tout le monde peut et pourra
toujours les vérifier, car nous ne doutons point que ce

souvenir sacré ne les rende désormais inviolables à tout changement.

Voici ce rapport que nous a communiqué Mme Guerrier et auquel, comme le lecteur peut s'en apercevoir, nous avons emprunté nombre de phrases textuelles :

Lourdes, 19 septembre 1877.

MON RÉVÉREND PÈRE,

Pour l'aider dans le récit que vous lui avez demandé des principales circonstances de sa maladie et de sa guérison miraculeuse, Mme Guerrier me prie de vous préciser à quel titre et dans quelle mesure le nom et la pensée de Mgr Peyramale se trouvent mêlés à cet heureux événement. J'accède d'autant plus volontiers à son désir qu'il convient, sous ce rapport surtout, de donner au fait son exacte valeur et de lui conserver sa véritable physionomie.

Depuis longtemps, j'avais résolu de faire une nouvelle *Neuvaine* pour obtenir d'être délivré de mon extinction de voix. Le terme en avait été fixé à la fête de Notre-Dame des Sept-Douleurs. J'ignorais alors que, cette fête étant mobile, le premier jour de la neuvaine coïnciderait, cette année, avec la Nativité de la Très Sainte Vierge.

Quand Mgr Peyramale fut mort, j'eus la pensée, que je communiquai à plusieurs amis, de faire ma prière auprès de la sainte dépouille de ce grand Serviteur de Marie, et de demander à Notre-Dame de Lourdes *de permettre que* le neuvième jour *il me transmît la réponse* au nom de Celle qu'on a si bien appelée sa céleste paroissienne.

Le choix que Dieu avait fait du 8 septembre pour rappeler à lui le vénérable curé, m'autorisait suffisamment à associer son premier souvenir à mon humble supplique.

Vendredi 14, je reçus, comme vous, mon Révérend

Père, une lettre de M. l'abbé Poindron, curé de Saint-Gobain. Il me recommandait instamment M. Guerrier, juge de paix à Beaune, et sa dame, atteinte depuis trois ans d'une maladie très grave, et venant chercher à Lourdes une guérison qu'une inébranlable confiance lui donnait la certitude d'obtenir.

Samedi 15, je me rendis à la gare, pour les recevoir à leur arrivée par le train de trois heures. Mme Guerrier dut être portée du wagon à la voiture par les employés de la Compagnie, qui, dans cette circonstance, comme toujours, se montrèrent des plus délicatement obligeants et dévoués.

Paralysée des membres inférieurs, la malade ne pouvait faire le plus léger mouvement. Dans cette situation pénible, un rez-de-chaussée pour habitation lui devenait indispensable. L'excellent M. Lavigne nous tira de l'embarras où nous étions, en offrant spontanément son propre salon. Ainsi les deux pèlerins, sans qu'ils le soupçonnassent, recevaient la plus cordiale hospitalité, sous le toit même qu'habitait le bon Curé de Lourdes à l'époque des Apparitions.

Dès le premier moment je compris, à l'énergie pleine de calme avec laquelle Mme Guerrier parlait de sa guérison, que cette confiance venait d'en haut.

Je lui fis part alors des conditions dans lesquelles j'avais commencé ma Neuvaine, lui demandant de s'y associer et lui offrant *de substituer ses intentions aux miennes.* Après quelque temps de repos, nous fîmes tous trois une première visite à la Grotte. Tous ceux qui virent la malade portée sur un fauteuil remarquèrent le caractère presque extatique de sa prière. Ses yeux tournés vers la statue étaient d'une fixité complète.

A son retour à la maison, elle continua sa prière, en y mêlant toujours le souvenir de Mgr Peyramale. Ce qu'elle fit encore le lendemain à son réveil...

J'avais fixé pour huit heures la Messe *que j'allais dire pour elle,* et dans laquelle je réservais expressément les suffrages du *Memento* des morts pour celui que nous pleurions.

La malade arriva, portée comme d'habitude.

J'avais choisi de préférence, pour offrir le saint Sacrifice, la chapelle de Sainte-Germaine, placée à gauche à l'entrée de la Basilique : la foule des pèlerins qui encombrait la crypte et l'église supérieure rendait cette précaution indispensable.

Mme Guerrier entendit la Messe, assise sur sa chaise. C'est dans cette attitude qu'elle reçut la sainte communion. A peine l'hostie fut-elle déposée sur ses lèvres, qu'elle se sentit, nous dit-elle ensuite, pressée de s'agenouiller. Cédant à ce mouvement intérieur, elle se lève et se met à genoux sans la moindre difficulté. Son mari, qui venait de communier à son côté, la regardait les larmes aux yeux, sans oser lui adresser la parole. Après la Messe, l'action de grâces se continua assez longtemps encore sans que la certitude du Miracle fût complète pour ceux qui l'entouraient.

Il fallut pourtant sortir. Dans un moment de trouble, dont on se rend facilement compte, M. Guerrier voulut faire avancer les porteurs. « Attendez, lui dis-je, laissez-la marcher. » Et la voilà qui part dans toute la liberté de ses mouvements, et avec la démarche d'une personne qui n'aurait jamais souffert des jambes. Elle descendit à la Grotte, par les lacets, au bras de son mari. Elle s'agenouilla sans aucune aide, pria quelques instants, se rendit à la Piscine où elle laissa le peu de raideur qui lui restait encore dans les articulations, et revint à Lourdes, en faisant à pied une grande partie de la route qui sépare la ville de la Grotte. Son premier soin fut d'aller faire une prière au tombeau de Mgr Peyramale.

Depuis ce moment, comme tous ont pu le constater, mon Révérend Père, tout prouve que la guérison est absolue et qu'il ne nous reste plus qu'à en remercier Notre-Dame de Lourdes.

Mme Guerrier m'ayant manifesté le désir de prendre

copie de ces lignes, je n'ai pas cru devoir lui refuser cette satisfaction.

Agréez, mon Révérend Père, l'assurance de mes sentiments les plus respectueusement dévoués en Notre-Seigneur.

M. MARTIGNON.

*
* *

A la suite de ce rapport, et après que le R. P. Sempé eut pris connaissance des faits en interrogeant M. et Mme Guerrier, les Révérends Pères missionnaires publièrent cette guérison dans le numéro des *Annales de Notre-Dame de Lourdes* de ce même mois (30 septembre 1877), et ils la constatèrent dans les termes suivants :

« Mme Guerrier, de Beaune (Côte-d'Or), était paralysée, « depuis trois ans, de la moitié inférieure du corps, par « suite d'une affection de la moelle épinière. Portée à la « Basilique, elle a entendu, assise, la sainte Messe, et « reçu, également assise, la sainte communion. Aussitôt « après avoir communié, elle s'est levée seule, et prenant le bras de son mari, M. Guerrier, juge de paix à « Beaune, elle est descendue à pied à la Grotte. »

Par suite d'une faute d'impression ou d'attention, la date indiquée par les Annales était le 18 au lieu du 16. Cette erreur, assez grave dans la circonstance (puisque la date contribue si puissamment à donner au fait sa réelle physionomie), cette erreur fut rectifiée dans le numéro suivant d'un journal de Lourdes. La vraie date avait été, du reste, imprimée à son jour par ce même journal et par la *Semaine liturgique de Marseille*, laquelle, dans le compte rendu du pèlerinage marseillais, racontait en deux mots que la femme de M. Guerrier, juge de paix de Beaune, avait été miraculeusement guérie le dimanche, 16 septembre, à une messe de la Basilique, et que les pèlerins marseillais l'avaient vue à la Grotte, marchant comme tout le monde, après l'avoir vue, la veille, portée à bras devant la statue de Marie.

En apprenant la mort de M. le chanoine Martignon
(trop tard malheureusement pour qu'il lui fût possible
de se rendre à Poitiers), M. Henri Lasserre se fit un
devoir d'en informer aussitôt la famille en faveur de
laquelle cet admirable prêtre avait accompli, huit mois
auparavant, son héroïque sacrifice. Il reçut en réponse,
de M. Guerrier, une touchante lettre dont voici quelques extraits :

« CHER MONSIEUR.

« J'ai reçu hier votre télégramme m'annonçant la
mort de notre bon et vénéré ami, M. l'abbé Martignon.
Je n'ai pas à vous dire si nous avons été remués au
plus profond du cœur en recevant cette nouvelle, que
rien alors ne nous faisait présager. Notre digne ami
m'avait encore écrit le 14 de ce mois. Sa lettre, tracée
d'une main ferme, était comme toutes ses devancières,
et plus qu'elles peut-être, empreinte d'une gaieté charmante, d'une affection vraie et chaude ; il m'y parlait
de vous et se plaignait d'être sevré de vos nouvelles
depuis quelque temps déjà. Il se proposait de vous
écrire. Que nous étions loin de penser que son heure
fût si proche !

« Nous le pleurons comme un bienfaiteur qui nous
quitte, mais en même temps nous nous réjouissons de
son bonheur... N'est-il pas dans l'éternel séjour où Dieu
récompense les âmes comme la sienne des divines féli-
cités ? N'avait-il pas aimé Dieu par-dessus toutes choses,
et son prochain plus que lui-même, allant, dans son
ardente charité, au delà même du précepte divin ? Nous
en savons quelque chose, Mme Guerrier et moi !... et
jamais nous ne le mettrons en oubli, et nos prières le
lui prouveront bien.

« Depuis hier, il nous semble, au milieu de la tristesse

que nous éprouvons, démêler comme un sentiment de quiétude et de joie, pareil à celui que fait ressentir la certitude qu'on a de compter un protecteur de plus auprès de Dieu et de la Mère Immaculée. Il aimait tant la Sainte Vierge, et Celle-ci ne l'aimait-Elle pas aussi ? Nous en avons eu la preuve le 16 septembre 1877 ! Aussi est-ce au mois qui lui est spécialement consacré qu'Elle lui a ouvert les portes du ciel.

« Nous avons pourtant un regret ; le chanoine Martignon est parti sans nous laisser un souvenir que je réclamais de lui dans toutes mes lettres, et dont les siennes ne parlaient jamais, comme s'il n'eût pas voulu répondre à mes demandes.

« Nous n'avons pas son portrait, que nous eussions désiré laisser à nos enfants, afin qu'ils n'oublient jamais les traits de celui *par le sacrifice duquel leur mère fut guérie.*

« N'en auriez-vous pas une photographie ? N'en connaîtriez-vous pas une qu'on pourrait faire reproduire à plusieurs exemplaires ? Nous donnerions tout pour posséder, d'une façon ou d'une autre, une image de notre cher chanoine.

Ed. Guerrier. »

« Beaune, le 20 mai 1878. »

NOTE II

AU SUJET DES ŒUVRES HISTORIQUES DE M. HENRI LASSERRE

SUR NOTRE-DAME DE LOURDES

Aux dernières pages de ce volume, lequel termine la série des œuvres historiques de M. Henri Lasserre sur les origines du célèbre Pèlerinage, œuvres dont un miracle fut le point de départ, et dont le Curé de Lourdes fut le premier inspirateur, peut-être le lecteur aimera-t-il à constater de ses yeux comment les tomes déjà parus : *Notre-Dame de Lourdes, les Episodes miraculeux de Lourdes, Bernadette*, furent accueillis par l'Eglise enseignante et par l'Eglise enseignée, représentées d'un côté par le Pape, les Evêques, les prêtres de Lourdes, les Missionnaires de la Grotte ; de l'autre, par les Fidèles du monde entier.

Ce rapide exposé, que l'on pourrait appeler « un état de situation », est d'autant plus opportun que, en ces derniers temps, et dès que le présent volume a été annoncé, certaines plumes malveillantes ont tenté par des calomnies venimeuses, par des citations dénaturées et mensongères, par de basses insultes, de déconsidérer nos travaux passés et notre personne.

Nous ne pouvons assurément être surpris de l'explosion de ces passions haineuses, car nous savons combien, hélas ! elles sont enracinées dans la nature humaine, puisque l'Ecriture nous les montre, dès l'origine du monde, faisant déborder jusqu'au meurtre la

jalousie de Caïn ; plus tard, aveuglant Saül jusqu'à l'in-
citer à faire mourir, — pour le bien même qu'en avait reçu
sa propre cause, — ce soldat David dont Dieu avait béni
les armes et fait acclamer le nom par les multitudes.

Nous ne daignerons certes point discuter de telles
ignominies. Sans même mentionner les noms de ceux
qui se sont faits nos ennemis, nous nous bornons à
laisser aux tristes auteurs de ces diatribes et diffama-
tions, la honte de les avoir écrites, contre un homme
qui n'a jamais servi que la religion et la vérité ; la
honte de s'être laissés exaspérer à ce point par les
succès d'autrui. Ces succès, il est vrai, sont hors de
toute proportion avec le chétif mérite de l'auteur de
Notre-Dame de Lourdes ; mais, par cela même, ils
démontrent, avec d'autant plus de certitude et d'éclat,
qu'ils sont le signe et le témoignage manifestes de la
puissante bénédiction de Dieu sur les labeurs d'une
âme de bon vouloir. Une fois encore, avec le rien il a
créé quelque chose : *Infirma mundi elegit.*

Le rappel, tout simple et sans commentaire, des
pièces ci-dessous fera une suffisante lumière et sera
l'unique réponse aux calomniateurs.

⁎

Trois mois après la publication de notre premier
volume, Notre Saint-Père le Pape Pie IX, de radieuse
mémoire, étendit sa main auguste sur ces humbles
pages et, en quelque sorte, les consacra publiquement
par un Bref mémorable adressé à l'auteur.

Non seulement, ce Bref reconnaissait, pour la première
fois depuis dix ans, la Vérité des Apparitions, mais il
contenait cette phrase :

*Nous avons foi que Celle qui de toutes parts attire
vers Elle, par les miracles de sa puissance et de sa
bonté, des multitudes de pèlerins,* VEUT ÉGALEMENT SE

SERVIR DE VOTRE LIVRE *pour propager plus au loin et
exciter envers Elle la piété et la confiance des hommes,
afin que tous puissent participer à la plénitude de
ses grâces. Comme gage de ce succès* QUE NOUS PRÉDI-
SONS A VOTRE ŒUVRE, *recevez Notre bénédiction apostolique, etc.* (1).

Il y a de cela trente-huit ans. La parole de Pie IX,
comme on va le voir, avait été une bénédiction
prophétique.

En France, sous diverses formes, près d'un million
d'exemplaires de nos récits ont été lus et relus dans les
maisons des Fidèles, et, comme « Mois de Marie », dans
les églises de villages, aussi bien que dans les cathé-
drales. Soixante-sept traductions en ont été faites dans
tous les pays, spontanément et en dehors de nous, et ont
rendu populaires dans tout l'Univers ces événements
divins.

En réimprimant ici ce Bref, dont le texte latin se
trouve, avec la traduction, en tête de toutes nos éditions
de *Notre-Dame de Lourdes*, nous accompagnerons ce
capital document de quelques approbations émanées,
tout d'abord, des Evêques de Tarbes, Mgr Laurence,
Mgr Pichenot, et de voix ecclésiastiques, en mesure de
connaître la vérité des faits ou de les contrôler, et
nous ferons suivre ces pièces justificatives de la liste
des Traductions, lesquelles montreront jusqu'où la
bénédiction du Seigneur a trouvé bon de porter et de
répandre ces pages, écrites à la gloire de sa Mère.

---

(1) Fore fidentes, ut quæ per mira potentiæ ac benignitatis
suæ signa undique frequentissimos advenas accersit, scripto
etiam tuo uti velit ad propagandam latius fovendamque in se
pietatem hominum ac fiduciam, ut de plenitudine gratiæ ejus
omnes accipere possint. Hujus, quem ominamur, exitus labori
tuo auspicem accipe Benedictionem Apostolicam, quam tibi
grati animi Nostri et paternæ benevolentiæ testem peramanter
impertimus.

I

BREF DE SA SAINTETÉ LE PAPE PIE IX

A L'AUTEUR DE

NOTRE-DAME DE LOURDES

A SON BIEN-AIMÉ FILS HENRI LASSERRE,

PIE IX, PAPE

Bien-aimé Fils, Salut et Bénédiction apostolique.
Recevez Nos félicitations, bien cher Fils. Gratifié
jadis d'un insigne bienfait, vous venez, scrupuleuse-
ment et avec amour, d'accomplir le vœu que vous
aviez fait : vous venez d'employer vos soins à prouver
et à établir la récente Apparition de la très clémente
Mère de Dieu; et cela d'une telle manière que la lutte
même de l'humaine malice contre la miséricorde
divine sert précisément à faire ressortir avec plus de
force et d'éclat la lumineuse évidence du fait.

Dans l'exposition que vous faites des événements,
dans leur trame et leur enchaînement, tous les
hommes pourront voir clairement et avec certitude
comment notre très sainte Religion tourne et aboutit
au véritable avantage des peuples ; comment elle
comble de biens, non seulement célestes et spirituels,
mais encore temporels et terrestres, tous ceux qui
accourent à Elle. Ils pourront voir comment, même
en l'absence de toute force matérielle, cette Religion
est toute-puissante à maintenir l'ordre ; comment,
parmi les multitudes émues, elle sait contenir dans
de sages limites l'emportement et l'indignation,
même justes, des esprits agités. Ils pourront voir
enfin comment le Clergé coopère par ses loyaux ef-

forts et par son zèle à de tels résultats, et comment, bien loin de favoriser la superstition, il se montre infiniment plus lent et plus sévère que tout le monde quand il s'agit de porter un jugement sur des faits qui semblent surpasser les forces de la nature.

Avec une non moins vive lumière, votre récit rendra manifeste cette vérité, que l'impiété déclare tout à fait en vain la guerre à la Religion, et que les méchants tentent très inutilement d'entraver par des machinations humaines les divins conseils de la Providence, — la perversité des hommes et leur coupable audace servant au contraire de moyen à la Providence pour donner à ses œuvres plus de puissance et plus de splendeur.

Telles sont les raisons qui Nous ont fait accueillir avec la plus vive joie votre livre intitulé : NOTRE-DAME DE LOURDES. Nous avons foi que Celle qui, de toutes parts, attire vers Elle, par les miracles de sa puissance et de sa bonté, des multitudes de pèlerins, veut également se servir de votre livre pour propager plus au loin et exciter envers Elle la piété et la confiance des hommes, afin que tous puissent participer à la plénitude de ses grâces. Comme gage de ce succès que Nous prédisons à votre œuvre, recevez Notre bénédiction apostolique, que Nous vous adressons bien affectueusement, en témoignage de Notre gratitude et de Notre paternelle bienveillance.

Donné à Rome, près Saint-Pierre, le 1 sept. 1869, de Notre Pontificat l'an XXIV.

PIE IX, PAPE.

II

APPROBATIONS ECCLÉSIASTIQUES

Nous nous empressâmes de transmettre à l'Evêque de Tarbes ce Bref si important, et Mgr Laurence nous répondit :

« J'ai reçu, en cours de visite, la bonne lettre que vous « avez bien voulu m'adresser à la date du 17 courant, « ensemble le Bref bien remarquable de Sa Sainteté « Pie IX, *à vous adressé,* à l'occasion de votre livre sur « Notre-Dame de Lourdes. Je vous en félicite et j'en « félicite l'œuvre de la Grotte. Recevez mes remer-« ciements bien sentis pour votre lettre et pour son « contenu.

« *Je ne suis nullement surpris des expressions par* « *lesquelles le Souverain Pontife fait l'éloge de votre* « *œuvre... Ce qui me frappe, ce qui me comble de joie,* « *c'est que le Saint-Père se prononce en quelque sorte* « *sur le fait de l'Apparition. Merci à votre livre,* gloire « à Marie Immaculée.....

« Veuillez agréer, etc.

B. S., *Evêque de Tarbes.* »

« 27 décembre 1869. »

Les *Annales de Notre-Dame de Lourdes,* de leur côté, constatèrent en ces termes la portée du Bref :

« Nos lecteurs remarqueront ces mots : LA LUMINEUSE « ÉVIDENCE DU FAIT : *claritas eventus.* »

« Ils nous paraissent d'une importance capitale, et « décisifs pour les Catholiques.

« Nous possédons la pensée du Pape, *livrée pour une* « *publicité sans réserve.*

« Et nous pouvons transcrire sur les Roches, *avec la
« signature auguste de Pie IX*, ces paroles de sa science
« et de son cœur :

« *L'Apparition de l'Immaculée Conception dans la
« Grotte de Lourdes est un fait d'une vérité écla-
« tante.* » (Annales du 30 septembre 1869.)

Dans le public, l'importance et le caractère du Bref
étaient appréciés de même sorte. Voici la lettre que
nous reçûmes du prieur des Bénédictins de France,
devenu Abbé général après l'illustre Dom Guéranger :

PAX.

—

« Abbaye de Solesmes (fête de Saint-Michel).

« Mon cher ami,

« J'ai lu, il y a quelques jours, le Bref que Sa Sainteté
vous a adressé pour votre bel ouvrage sur Notre-Dame
de Lourdes. Je regrette de n'avoir pu encore vous en
féliciter. Vous avez reçu là, cher ami, un honneur qu'aucun de vos confrères dans la Presse catholique n'a encore
obtenu. Beaucoup, il est vrai, reçoivent des encourage-
ments, quelques-uns des éloges, un petit nombre des
éloges aussi accentués. Mais ce qui me paraît le caractère tout spécial de votre Bref, et, je veux le dire sans
exagération, votre éternelle gloire, c'est la haute portée
qu'il doit avoir.

« Ce Bref, *dans sa forme si explicite*, me paraît
comme un acte officiel qui reconnaît et confirme le
Miracle de Lourdes ; *à cause de cela, l'église de
Lourdes le conservera et saura l'apprécier comme
son plus riche trésor.* Ainsi voilà votre œuvre, et par
conséquent votre nom, attachés maintenant pour jamais
à celui de Notre-Dame, non plus seulement à cause du
talent avec lequel vous avez glorifié son Apparition,

mais par l'autorité qui, seule, a le droit de reconnaître et de proposer à nos hommages les miracles de Dieu dans ce monde.

« Jouissez donc, cher ami, de cette vraie joie, *que rien au monde ne pourra désormais vous ôter*, et, s'il est possible, que votre confiance redouble ; la Très Sainte Vierge devient votre obligée.

« Elle vous le rendra en bénédictions abondantes. Désormais vous aurez l'oreille de Notre Mère et vos amis vous prieront, afin d'avoir un mot de recommandation auprès d'Elle. Ne nous oubliez donc pas.

Fr. Ch. Couturier, *Prieur de Solesmes.* »

*
* *

Les Missionnaires de Notre-Dame de Lourdes, tenus au courant de ce que j'écrivais et le lisant attentivement, de même que M. le Curé de Lourdes, nous avaient déjà donné leur sentiment dans des lettres que nous avons conservées.

Voici en quels termes s'exprimait le R. P. Sempé, Supérieur des Missionnaires, au sujet des parties successives de ce livre qui paraissaient dans la *Revue du Monde Catholique :*

« ... *Laissez-moi d'abord vous féliciter très cordialement et avec une profonde reconnaissance : votre œuvre sera digne de Notre-Dame de Lourdes. Ce travail patient, consciencieux, approfondi, poétique, religieux et édifiant, satisfait l'esprit, charme l'imagination et le cœur, touche les âmes, fait du bien, et montre dans son évidente splendeur l'action de Dieu et de sa sainte Mère à la Grotte de Lourdes. La Vierge Immaculée vous a souri et inspiré.*

Sempé, p. m. »

« 13 janvier 1868. »

Quelques semaines plus tard, il nous écrivait encore :

« ... *Venez à Notre-Dame de Lourdes. Son histoire y est toujours vivante, encore chaude dans la mémoire et dans le cœur des acteurs et des témoins. Vous y recueillerez encore de ces paroles que vous rediles si bien, qui vont à l'âme et la font monter à Dieu.*

Sempé, p. m. »

« 20 février. »

Nous citons ces excès d'enthousiasme du R. P. Sempé, croyant opportun dans les circonstances présentes, et pour éclairer la religion de certains esprits, d'établir ici et de rappeler publiquement le jugement que le R. Père Supérieur, dès l'origine, portait sur ce livre.

Le R. P. Sempé s'était même fait une loi de ne célébrer les anniversaires des Apparitions que quand, notre ouvrage étant terminé, il pourrait, cette histoire en main, en suivre le cycle total. Voici, en effet, ce qu'il nous écrivait à la date du 20 février, alors qu'il nous restait encore plusieurs Apparitions à raconter :

« ... *Nous avons célébré, le 11 février, l'anniversaire de la première Apparition. Les autres attendront, pour être célébrées, que vous les ayez chantées, poète inspiré de Notre-Dame de Lourdes !*

Sempé, p. m. »

« 20 février 1868. »

Et dans une autre lettre :

« ... *Notre-Dame de Lourdes vous a choisi pour son* HISTORIEN. *Votre nom est désormais associé à sa gloire !*

Sempé, p. m. »

« 22 juillet 1868. »

Au 20 juin, comme nous avions été souffrant, il nous adressait ces mots :

MGR PEYRAMALE

13*

« ... *Nous prions Notre-Dame de Lourdes de vous donner la force de conduire à bonne fin et bénir votre incomparable et grand succès, pour sa gloire et celle de Dieu.*

SEMPÉ, *p. m.* »

*
* *

L'Evêché de Tarbes était dans les mêmes dispositions. Nous avons cité plus haut la lettre de Mgr Laurence à la suite du Bref pontifical. Voici comment parlait M. le Vicaire général dans une lettre à nous adressée pendant la publication de l'ouvrage :

« *Monsieur Lasserre, je demande à Dieu qu'il vous comble de toutes ses bénédictions...*

« *J'ai lu votre troisième article sur la Grotte de Lourdes. Grande et bien vive a été mon émotion. Dans mon enthousiasme, j'ai couru vite à la chambre du Prélat qui venait de se livrer à la même lecture, et il m'a été facile de m'apercevoir qu'il partageait les mêmes émotions.*

« *Peut-il en être autrement, Monsieur Lasserre ?...*

« *Le Clergé de Tarbes vous devra d'éternelles actions de grâces pour tout le bien que votre ouvrage est destiné à faire à notre diocèse...*

FOURAN, *Vicaire général.* »

« 16 juin 1868. »

*
* *

Citons enfin ces paroles d'une lettre devenue publique, et adressée à Mme de Kerscau par l'homme le plus compétent et le plus autorisé pour juger de la vérité d'un tel récit :

« *Madame, vous avez le projet de traduire en anglais* Notre-Dame de Lourdes, *par M. Henri Lasserre, et de répandre ce livre dans la Grande-Bretagne. Je suis heureux de ce projet que je regarde comme une inspiration du ciel.*

« *L'ouvrage de M. Henri Lasserre sur l'Apparition de la Mère de Dieu à Lourdes est l'œuvre la plus complète, la plus rigoureusement exacte, qui ait paru sur cet événement religieux dont le monde entier a retenti.*

« *Propager ce livre dans l'Angleterre, au moment où cette noble et grande nation semble mûre pour le catholicisme, c'est hâter le jour tant désiré du retour de nos frères dans le sein de l'Eglise mère. En se répandant dans la Grande-Bretagne,* Notre-Dame de Lourdes *y apportera les bénédictions que la Vierge Immaculée verse à flots dans la Grotte de Massabielle.*

PEYRAMALE, Curé. »

« 6 mai 1873. »

Ajoutons encore cette lettre plus récente du vénéré abbé Pomian, confesseur de Bernadette :

« Lourdes, le 20 décembre 1885.

« MON CHER MONSIEUR LASSERRE,

« Je vous remercie bien cordialement des *Episodes miraculeux* illustrés que je viens de recevoir. J'ai retrouvé avec grand plaisir dans ce beau volume des portraits de miraculés que j'ai depuis longtemps la joie de connaître et dont vous avez, avec tant d'exactitude, raconté l'histoire. Ce second volume de *Notre-Dame de Lourdes* est la digne continuation du premier.

« A propos de ce premier, si, un jour ou l'autre, j'étais appelé à dire ce que j'en pense, je n'aurais qu'à répéter, mon cher Monsieur Lasserre, ce que, à vous et à d'autres, j'ai toujours déclaré de vive voix, depuis que parut, avec un si grand retentissement, la première édition de votre livre. Cette histoire est, tout d'abord, absolument exacte en tous les points qui me concernent ou qui sont à ma connaissance personnelle. Elle est, en outre, entièrement conforme, soit quant aux faits, soit quant aux dates, avec la tradition constante et unanime de ceux qui furent témoins des événements. Grâce aux scrupuleuses enquêtes auxquelles vous vous êtes livré, vous avez pu reproduire ces événements dans leur physionomie vivante.

« Recevez, mon cher Monsieur Lasserre, avec mes nouveaux remerciements, l'assurance de mes sentiments respectueux et dévoués en Notre-Seigneur. »

B. POMIAN, *Prêtre*. »

*
* *

Nous avons de plus, en main, les lettres laudatives et approbations de plus de quarante Cardinaux, Archevêques ou Evêques qu'il nous serait aisé d'imprimer. Nous nous bornons à donner en bas de page les noms de ces Autorités Apostoliques (1), sans croire nécessaire de produire ici toutes ces lettres, malgré leur haute valeur. Nous ne faisons exception que pour celle de Mgr Forcade, Evêque de Nevers à l'époque où nous publiâmes notre livre. A la Maison-mère des Sœurs de Nevers où Bernadette, la Sœur Marie-Bernard, était religieuse, il avait pu et dû interroger minutieusement la Voyante bénie, dont le Seigneur lui avait confié la garde, et contrôler avec soin toutes choses auprès

(1) Nos Seigneurs les Cardinaux, Archevêques et Evêques de Bordeaux, de Besançon, de Rennes, de Toulouse, de Bourges, d'Aix, d'Albi, de Nevers, de Quimper, de Rodez, de Saint-Claude, de Saint-Dié, de Saint-Jean-de-Maurienne, de Séez, de Tulle, de Troyes, de Valence, de Vannes, de Verdun, de Versailles, de Périgueux, de Nancy, de Moulins, de Montpellier, de Mende, de Luçon, de Limoges, de Langres, de Grenoble, de Gap, d'Evreux, de Châlons, de Carcassonne, de Beauvais, d'Autun, d'Arras, d'Aire, d'Amiens, de Taremtaise, du Puy, de Montauban, de Soissons, du Mans.

d'elle. Cette situation du Prélat ajoute un prix particulier au témoignage qu'il nous adressa, et que nous conservons précieusement à côté du Bref du Saint-Père, des lettres ci-dessus citées de Mgr Laurence, Evêque de Tarbes, du Curé de Lourdes, du Confesseur de Bernadette, du Supérieur des Missionnaires de la Grotte, et de lettres laudatives de l'Episcopat français.

« *Monsieur, vous avez bien voulu m'offrir, il y a déjà quelque temps, votre* Notre-Dame de Lourdes. *Je vous en aurais remercié beaucoup plus tôt, si je n'avais tenu d'abord à me rendre compte par moi-même d'un ouvrage de cet intérêt et de cette importance.*

« Après l'avoir lu tout entier, sans en perdre un mot, *je n'ai plus seulement à vous adresser de vulgaires remerciements, mais des félicitations aussi vives que sincères ;* jamais livre ne sut mieux captiver mon esprit, en remuant doucement et profondément mon cœur.

« *Il obtiendra, je n'en doute pas, le même succès auprès de tous les lecteurs, qu'ils aient ou n'aient point le bonheur de croire.* Aussi, ne ferais-je jamais assez de vœux ni assez d'efforts pour sa diffusion.

« *Tout le monde sait depuis longtemps que vous êtes, Monsieur, un écrivain de talent ; mais vous venez de nous révéler que vous pouvez même devenir, à votre heure,* un Auteur inspiré (1). *Je n'en suis aucunement étonné.*

« *Les dispositions, souvent incompréhensibles, de la divine Providence m'ayant, malgré mon indignité, conféré l'honneur* d'être le gardien et le père de la vierge privilégiée de Lourdes, *je vous dois, Monsieur,* une toute particulière reconnaissance, *et je vous prie d'en agréer la bien cordiale expression.*

✝ Augustin, *Evêque de Nevers.* »

(1) Ces trois mots, que nous ne citons qu'afin d'être exacts, sont soulignés par le Prélat.

III

Ad majorem Dei gloriam et Beatæ Mariæ Virginis honorem immaculatæ.

RELEVÉ DES TRADUCTIONS INTÉGRALES

DES ŒUVRES HISTORIQUES DE M. HENRI LASSERRE

DANS LES DEUX CONTINENTS

~~~~~~

EUROPE

ANGLETERRE

LANGUE ANGLAISE

OUR LADY OF LOURDES, translated from the french of Henry Lasserre, by the Rev. F. Ignatius Sisk. — London. — Thomas Richardson and son. 1872.

THE MONTH OF MARY OF OUR LADY OF LOURDES, by Henry Lasserre, translated of the french by Mrs Crozier. — London. Burns and Oates. 1872.

BERNADETTE, SISTER MARIE-BERNARD, from Henri Lasserre, translated by Mrs F. Raymond Barker. — London. Thomas Richardson. 1881.

THE MIRACULOUS ÉPISODES OF LOURDES, by Henri Lasserre, continuation and second volume of OUR LADY OF LOURDES, translated from the seventeenth edition, with express permission of the author, by M. E. Martin. — Burns and Oates. London. 1884.

THE MIRACLE OF THE ASSUMPTION by Henry Lasserre. (Inséré intégralement dans le livre intitulé GLIMPSER OF SURNATURAL.) Boston. Thomas D., Nooman and Company.

ALLEMAGNE

LANGUE ALLEMANDE

UNSERE LIEBE FRAU VON LOURDES, herausgegeben von Heinrich Lasserre, von M. Hoffmann. — Freiburg in Breisgau (*Fribourg en Brisgau*). Herder'sche Verlagsbuchhandlung. 1871.

MARIEN-MONAT UNSERER LIEBEN FRAU VON LOURDES, von Heinrich Lasserre. Mit Genehmigung des Verfassers in's Deutsche übersetzt. — Luxembourg. Druck und Verlag von Jacob Heintze. 1877.

DAS WUNDER IN LOURDES AM 16 SEPTEMBER 1877. — Münster. Regensburg. 1878.

DIE WUNDER VON LOURDES, von Heinrich Lasserre. — Mainz (*Mayence*). Verlag von Franz Hirchheim. 1884.

DER TISCHLER von LAVAUR, Mit Erlaubniss des Herren Heinrich Lasserre. — Monat-Rosen zu Ehren der Gottes-Mutter Maria. Insbrück (*Inspruck*). 1884.

GEBETSKRANZ ZU UNSERER LIEBEN FRAU VON LOURDES. — Insbrück. Vereinsbuchhandlung. 1887.

BERNADETTE DAS GNADENKIND VON LOURDES, von Philibert Seebock. Insbrück. Druck und Verlag der Vereinsbuchhandlung und Buchdruckerei. — 1890.

BELGIQUE
LANGUE FLAMANDE

O. L. VROUW VAN LOURDES, door Hendrick Lasserre. — Gent (*Gand*). Boekdrukkererij van J. en H-Vander Schelden. 1870.

BERNADETTE, ZUSTER MARIA BERNARD, door Endrick Lasserre, uit het franschvertaald door Emiel Scherlinck. Algemeen Maalschappii van Katholieken. Boekandel. — Brussel (*Bruxelles*). 1880.

BRETAGNE
LANGUE BRETONNE

MIZ MARI AN ITRON VARIA LOURD, skrivet e gallek. Gant an aotrou Herry Lasserre. Ha lakeet e Brezonek dre he aotre gant Anna a Jesus, leanez ar speretsantel. — Brest. J.-B. Lefournier. Kemper E. Ty Iann Salaun. 1874.

FRANSOIS MAKARY, AMUNUZER ER GER A LAVAUR. Traduction bretonne, par Louiz Mari ann Dantek. — Tours, Alfred Cattier. Février 1884.

DALMATIE

LANGUE CROATE

COSPA OD LURDA, po Hinku Laseru. Prevea s francuz-
koga Krsto Milas. Zadar. Brzotiskom. Kat Hrv.
Tiskarne. — 1884.

LURDSKE GUDESNE EPIZODE, po Enriku Laseru.
Preveo je s Franceskoga Krsto Milas. U. Senju. 1888.

DANEMARK

LANGUE DANOISE

VOR FRUE AF LOURDES, af H. Lasserre, efter den 126.
Franske Udgave. Oversat af E. L. — Kjobenhavn
(*Copenhague*). I kommission Hos. Andr. Fred. Host et
Son. Trykt Hos Wm V. Mohn. 1894.

ESPAGNE

LANGUE ESPAGNOLE

NUESTRA SENORA DE LOURDES, por Enrique Lasserre. Traduccion de D. Francisco Melgar. — Madrid.
Libreria de D. Miguel Olamendi. 1876.

Autre édition publiée par l'imprimerie du « *Pensiamento
Epanol.* » Madrid, 1871.

NUESTRA SEÑORA DE LOURDES, por Enrique Lasserre. — Barcelona. Biblioteca illustrada de Espasa
hermanos, editores. 1880. Esplendida y lujosa edicion
in-4°.

NUESTRA SEÑORA DE LOURDES, por Enrique Lasserre. — Paris. Jouby y Roger.

MES DI MARIA DI NUESTRA SEÑORA DE LOURDES,
por Enrique Lasserre. Traducido por R. Ma. de Araiz-
tegui. — Madrid. Imprenta de Manuel Minuesa. 1879.

MES DI MARIA DE NUESTRA SEÑORA DE LOURDES
con raciones, por Enrique Lasserre. — Paris. A. Jouby
y Roger, editores. 1876.

EL MILAGRO DEL 16 DE SETIEMBRE DE 1877, por Enrique Lasserre. — Barcelona. Tipografia catolica. 1878.

BERNARDITA, por Enrique Lasserre, traducida al es-
panol por José Pallés. — Barcelona. 1880.

LOS EPISODIOS MILAGROSOS DE LOURDES, por Enrique Lasserre. Traduccion de Lorenzo Campano.
— Paris. A. Roger y Chernoviz, editores. 1884.

LOS EPISODIOS MILAGROSOS DE LOURDES, por Enrique Lasserre. Edicion de grand lujo splendidamente
illustrada, in-4°. — Barcelona. Espasa y Comp^a editores. 1884.

GRÈCE

GREC MODERNE

Η ΔΕΣΠΟΙΝΑ ΤΗΣ ΛΟΥΡΔΗΣ, υπὸ Στεφάνου Ματσολίνη Ιερέως, Εν
Ερμοπολει Συρου (*Hermopolis*). Εκ του τυπογραφια αδελφων
Φερη. 1883.

HOLLANDE

LANGUE NÉERLANDAISE

MAAND VAN MARIA ONZE LIEVE VROUW VAN
LOURDES, door Hendrik Lasserre. Mei vergunning
van den Schrijver vertaald door Fr. Vanwersch., S. J.
-- Amsterdam. J. Beerendonk. 1874.

O. L. V. VAN LOURDES, volgens het Groote wekrc
Henri Lasserre, door den Ecrw. P. Mich. van Eupen.
— Amsterdam. Kalverstaat. E. 28. 1870.

DE MIRAKULEUSE GEBEURTENISSEN VAN LOURDES,
naar het Fransch van Henri Lasserre. — G. Mosmans.
s.-Hertogen-Bosch (*Bois-le-Duc*), Markt A. 14. 1885.

HONGRIE

LANGUE HONGROISE

FRANCIAORSZAG LOURDESI KEGYHELYE, irta Lasserre Henrik, utan Talaber Janos. — Buda-Pesth.
Nyomatott a Hunyadi Matyas Irodalmi Intézetben. 1873.

BERNADETTE. LOURDES — 1. VISZHANGOK, irta Lasserre Henrik. A Francia eredetibol Magyarita Szulik
Jozsef. Budapest. 1879.

BERNADETTE, SCHWESTER MARIA BERNARD, von

Heinrich Lasserre, von den Furst Gudunus, Druck der Csanader diozesen. Buchdruckerei. — Temesvar. 1879.

Mgr PEYRAMALE DER PFARRER VON LOURDES, von den Escheinungen von Henri Lasserre, ins Deutsche ubersetzt H. R. Freiherr Gudunus. Temesvar. Druck der Csanader Diocesan. Buchdruckerei. 1880 (1).

LOURDES CSODA-ESEMÉNYEI, Lasserre Henriktol. Budapest. Pallas. 1884.

ILLYRIE

LANGUE SLOVÈNE

LURSKA MATI BOZJA. francoski spisal Henrik Lasserre, ki je zavoljo te knjige dobil pohvalo in blagoslov od svetega, papeza Pija IX, poslovenil Franjo Maresic. oceta. — V. Ljubljani (*Laybach*). 1881.

LES ÉPISODES MIRACULEUX DE LOURDES, traduits en slovène par le même. (L'ouvrage manque dans la bibliothèque de l'auteur, et nous ne pouvons par suite donner ce titre en cette langue.)

ITALIE

LANGUE ITALIENNE

ISTORIA DI NOSTRA SIGNORA DI LOURDES, per Enrico Lasserre, versione italiana, per un Padre D. C. D. G. — Modena. Typ. dell Imm. Concezione. 1872.

MESE DE MARIA DI NOSTRA SIGNORA DI LOURDES, con preghiere durante la S. Messa, de Enrico Lasserre, versione dal francese. — Trento. Libreria di Eugenio Bernardi. 1876.

BERNARDINA O SUOR MARIA BERNARDO, per Enrico Lasserre, versione del Padre Alfonso M. Pagnone B. — Torino (*Turin*). Tipografia Giulio Speiranie figli. 1880.

GLI EPISODII MIRACOLOSI DI LOURDES, di Enrico Lasserre. — Genova. Tipografia della Gioventù. 1883.

---

(1) Ceci est la traduction de la première partie du présent livre publiée jadis dans la *Revue du Monde Catholique*.

GLI EPISODII MIRACOLOSI DI LOURDES, per Enrico Lasserre. Tradotti da Mons. Pietro Rota, arcivescoco di Cartagine. — Modena. Tip. Pontificia dell' Immacolata Concezione. 1884.

ILE DE MALTE

DIALECTE MALTAIS

IL MIRACULU TA NHAR IL FESTA TA L'ASSUNZIONI TA MARIA SS. Mictub bil Francis Mis-sur Enrico Lasserre u tradott min uihed devot tal Madona bil permess ta l'autur. — Malta (*Malte*). Stampat fli-Stamperia tal Malta Strada Zecca No. 16. Ottobre 1895.

MOLDO-VALACHIE

LANGUE ROUMAINE

ISTORIA MADONEI DIN LOURDES. Enric Lasserre, tradusa din Frantozeste. — Iasy (*Jassy*). Typografia nationala. 1885.

POLOGNE

LANGUE POLONAISE

MIESAC MARYI, NABOZENSTWO DO MATKI BOSKIEJ Z LOURDES, przez Henryka Lasserre. — Warszawa (*Varsovie*). Nakladem Ksiegarni Gebethnera i Wolffa. 1873.

PORTUGAL

LANGUE PORTUGAISE

NOSSA SENHORA DE LOURDES, de Henrique Lasserre, tradução do francez. — Lisboa (*Lisbonne*). Typographia universal. 1871.

NOSSA SENHORA DE LOURDES, traducida por Alberto Pimentel. — Lisboa. Livraria Editora de Mattos Moreiri. 1876.

O MILAGRE DO 16 SETEMBRO DE 1877, por Henrique

Lasserre, traducido por Almeida Silvano. — Coimbra. Typographia da ordem. 1881.

OS EPISODIOS MIRACULOSOS DE LOURDES, por Henrique Lasserre, vertida em portuguez por Francisco d'Azeredo Teixeira d'Aguilar, Conde de Samodaès. — Porto. José Fructuoso da Fonseca. 1883.

AMÉRIQUE DU SUD ET AMÉRIQUE DU NORD

BRÉSIL

LANGUE ESPAGNOLE

NUESTRA SEÑORA DE LURDES, por Henrique Lasserre. — Rio de Janeiro.

NUESTRA SEÑORA DE LURDES, por Enrique Lasserre, par le Chanoine Carlos Seid. — Para.

CHILI

LANGUE ESPAGNOLE

NUESTRA SEÑORA DE LURDES, obra escrita en frances por Enrique Lasserre y traducida por Casanova y Errâzuriz. — Imprenta del correo, Santiago de Chile. 1871.

RÉPUBLIQUE DE LA NOUVELLE-GRENADE

LANGUE ESPAGNOLE

NUESTRA SEÑORA DE LOURDES, por Enrique Lasserre, publicada por José Joaquin Ortiz. — Bogota. Imprenta de *El Traditionista*. 1872.

ÉTATS-UNIS

LANGUE ANGLAISE

OUR LADY OF LOURDES, by Henry Lasserre, translated from the french. — New-York, D. and J. Sadler and Co. 1872.

FRANCIS MACARY, THE CABINET-MAKWR OF LA-
VAUR, by Henry Lasserre. — Indiana.

ASIE

Pour les traductions faites en Asie, les caractères d'imprimerie nous manquent, et nous ne savons même
pas lire les titres de façon à en donner ici, comme
ci-dessus, avec les lettres de typographie ordinaire,
un équivalent phonétique.

Ce n'est que par exception qu'il nous est possible de le
faire pour quelques-unes de ces traductions dont les
auteurs, en adressant leur ouvrage à M. Henri Lasserre, ont eu la pensée d'y joindre ces équivalents
phonétiques, que nous transcrivons. Nous nous bornons à mentionner les autres, indiquant seulement la
ville où ils ont été imprimés.

CHINE

LANGUE CHINOISE

Traduction de NOTRE-DAME DE LOURDES :
LOU-TE- CHEUG - MOU-KI-LEAO, par Lè-sé-eul. Traduit par Siu S. J. — Chang-Haï. 1881.

JAPON

LANGUE JAPONAISE

Traduction de NOTRE-DAME DE LOURDES en japo-
nais, par Suishi Masukitchi-Oita. — Bungo.

BENGALE

DIALECTE BENGALI

Traduction de NOTRE-DAME DE LOURDES en ben-
gali. — Pondichéry. 1895.

INDES ANGLAISES

DIALECTE KANARA

Traduction de NOTRE-DAME DE LOURDES :
LOUTDOU MATAYA DARSANA TSRITRAYOU, traduit
par un Brahme païen de Bangalore. — 1883.
Traduction en kanara du MOIS DE MARIE DE NOTRE-
DAME DE LOURDES, par le Père Simon Kiong. —
Pondichéry, 1883.

INDES EN DEÇA DU GANGE

LANGUE TAMOUL

Traduction de NOTRE-DAME DE LOURDES :
LOURDOU MADAVIN RERISANO TSARIDEI, par M. Bot-
tero, curé. — Pondichéry.
Autre édition du même ouvrage. — Bengalore. 1883.
Traduction de BERNADETTE, dont l'exemplaire manque
dans la bibliothèque de l'auteur. — Pondichéry.
Traduction du MOIS DE MARIE DE NOTRE-DAME DE
LOURDES, publié également à Pondichéry.

INDES AU DELA DU GANGE — ANNAM

LANGUE ANNAMITE

Traduction de NOTRE-DAME DE LOURDES :
LO DU'C THANH MAU LU'O'C KI, là su tich RAT THANH
Du'c BA HIÈN RA, o Thanh Lô Duc'c, cung it nhieu
phep la nguoi làm. Co LUONG (M. Cadro) Chop.-
Quyen Thu I-IN TAI KE SO Dia Phàn Tày Dãng.
— Ngoài. 1896.

FIN

TABLE DES MATIÈRES

LIVRE PREMIER

La Préparation.

LIVRE DEUXIÈME

La Mission.

LIVRE TROISIÈME

L'Ouvrier hors de l'Œuvre.

LIVRE QUATRIÈME

Après la mort.

APPENDICE ET PIÈCES JUSTIFICATIVES

Note I.

Note II.

Au sujet des Œuvres historiques de M. Henri Lasserre sur Notre-Dame de Lourdes, p. 437.

Bar-le-Duc. — Impr. de l'Œuvre de Saint-Paul. — 2549.97.

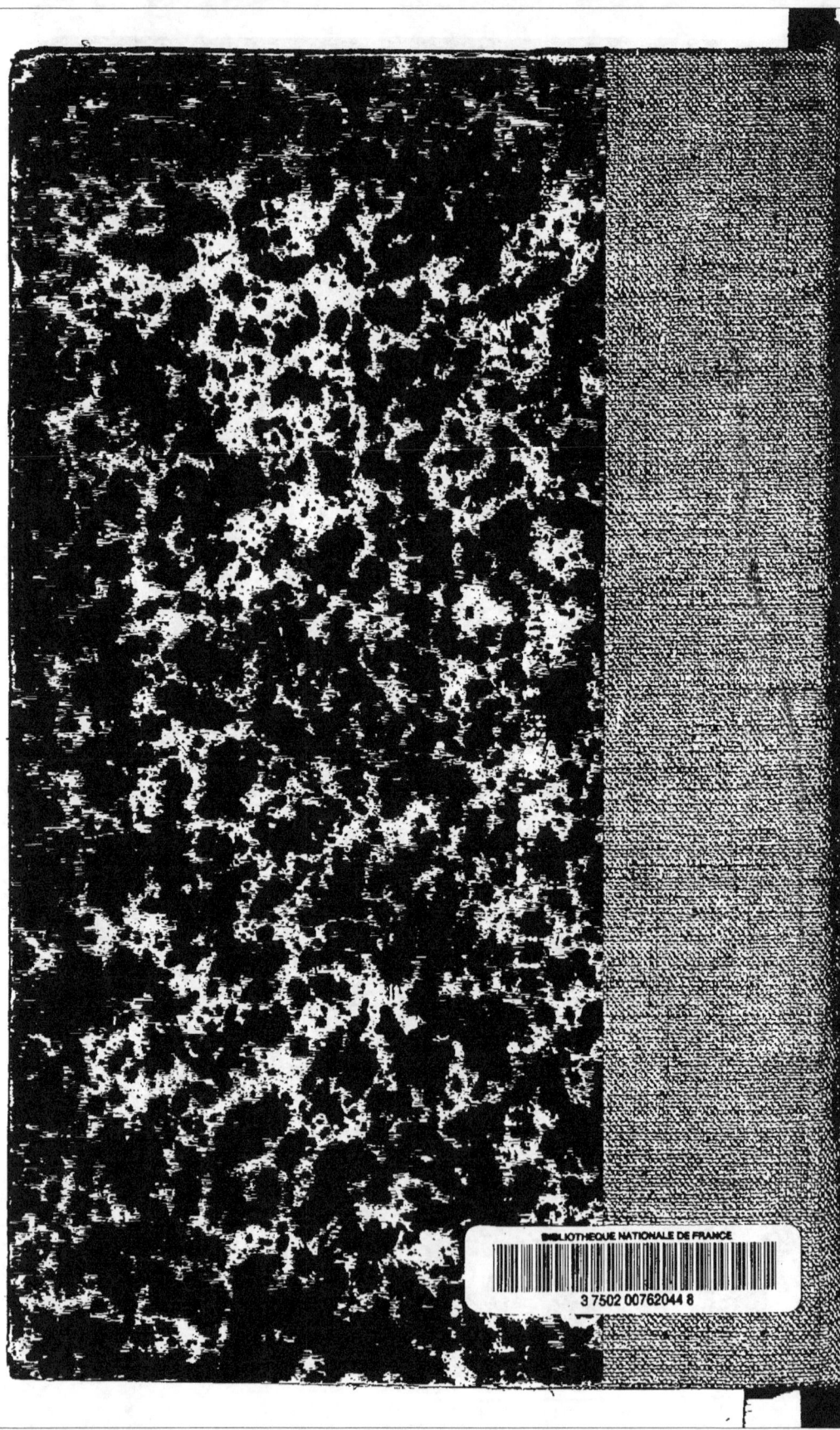